세 명의 삶 \ Q. E. D.

세 명의 삶 \ Q. E. D.

거트루드 스타인 지음

이성옥 옮김

Three Lives and Q. E. D. by Gertrude Stein

차 례

일러두기

1. 이 책은 *Three Lives and Q. E. D.* (W.W.Norton&Company, 2006)를 번역 저본으로 삼았다.
2. 본문의 주는 모두 옮긴이의 것이다.

세 명의 삶

착한 애나

1

'머틸다 아가씨'는 이제 브리지포인트*의 상인들에게 무서운 이름
이 되었다. 착한 애나가 그 이름을 들먹이면 도무지 이길 수가 없었
기 때문이다.**

값을 깎아주지 않기로 유명한 균일가 상점마저도 착한 애나가 '머
틸다 아가씨'께서 그렇게 많은 돈을 낼 수 없고, '린드하임스'에서 더
싸게 살 수 있다고 말하면 깎아줄 수밖에 없었다.

린드하임스는 애나가 가장 좋아하는 가게였는데, 할인 기간에는
밀가루와 설탕을 1파운드에 0.25센트라는 싼값에 팔았고, 가게 매
니저들이 애나의 친구들이라 할인하지 않을 때도 할인 가격에 물건

---

*   메릴랜즈주 볼티모어에 위치한 곳이다. 스타인은 1897년부터 1901년까지 존스홉
     킨스 의과대학에 다니는 동안 브리지포인트에 거주했다.

**   '애나'는 스타인의 집사였던 '레나 레벤더Lena Lebender'를 바탕으로 한 인물이고,
     '머틸다'는 스타인 자신을 투영한 인물이다.

을 주곤 했다.

애나는 고되고 걱정 많은 삶을 살았다.

애나는 머틸다 아가씨의 자그마한 집에서 집안일을 책임졌다. 재미있게 생긴 작은 집이었다. 가파른 언덕 아래 위치한 이 집은 다른 집들과 촘촘하게 붙어 있었는데, 어린아이가 쓰러뜨린 도미노처럼 재미있게 생긴 이 이층집들은 건물 앞면이 붉은 벽돌로 장식되었고 하얀 계단으로 길게 이어져 있었다.

애나는 자그마한 이 집에서 머틸다 아가씨, 심부름꾼 아이, 길 잃은 개들, 고양이들과 함께 살았고, 끊임없이 일을 시키고, 야단치고, 툴툴거렸다.

"샐리! 정말 한시도 잔소리를 안 할 수 없구나! 그새를 못 참고 푸줏간 남자애한테 정신이 팔린 거니? 아주 현관에 붙어살아라. 머틸다 아가씨께서 구두를 가져오라고 하시는데 아무 생각 없이 빈둥거리기나 하고. 내가 이런 일까지 해야 하니? 항상 따라다니면서 챙기지 않으면 뭐 하나 제대로 하는 게 없으니. 그 뒤치다꺼리는 또 다 내 차지가 되고 말이다. 말똥가리처럼 꾀죄죄하고 개처럼 지저분했던 걸 거둬줬더니 이런 식으로 갚는구나. 어서 가서 아침에 챙겨 놓은 구두를 머틸다 아가씨께 갖다드려라."

"피터!" — 애나의 목소리가 날카로워졌다. — "피터!" — 피터는 애나의 사랑을 독차지하던 가장 어린 개였다. — "피터, 베이비 좀 내버려 둬." — 베이비는 앞을 못 보는 늙은 테리어로 애나가 오래전부터 애지중지 돌보고 있었다. — "자꾸 베이비 괴롭히면 채찍으로 맞을 줄 알아, 이 못된 개 같으니."

착한 애나는 개들의 정조와 훈육에 높은 이상을 가지고 있었다. 애나와 줄곧 함께한 정식 가족으로는 피터와 늙은 베이비 말고도 솜털이 보송보송한 랙스까지 세 마리가 있었다. 랙스는 기분이 좋을 때면 높이 점프를 하면서 감정을 표현하는 개였다. 잠깐씩 머무르는 떠돌이 개들도 여럿 있었다. 애나가 새로운 집을 찾을 때까지 보살피던 녀석들인데, 이 개들도 다른 개에게 못되게 굴면 안 된다는 엄격한 규칙을 따라야 했다.

집안에 망신스러운 일이 한 번 있긴 했다. 애나가 새 주인에게 입양 보냈던 떠돌이 테리어 하나가 입양 가자마자 새끼를 왕창 낳은 것이다. 새 주인들은 폭시가 자기들에게 온 후 다른 개를 만난 적 없다고 확신했다. 그래도 착한 애나는 피터와 랙스의 결백을 단호하게 주장했고, 어찌나 열을 내며 우겼는지 결국 폭시의 새 주인들은 자기들이 부주의해서 일어난 일이라고 결론 내렸다.

"이 못된 개 같으니." 애나는 그날 밤 피터를 야단쳤다. "이 못된 녀석!"

"피터가 그 강아지들의 아버지예요." 착한 애나는 머틸다 아가씨에게 설명했다. "정말 피터를 쏙 빼닮았더라고요. 가여운 폭시, 새끼들이 너무 커서 제대로 품어주지도 못하던데. 그래도 그 사람들한테 피터가 못된 짓을 했다고 말하고 싶진 않았어요."

애나의 훈육에도 불구하고 피터와 랙스와 이 집에 머무르는 떠돌이 개들은 사악한 생각에 너무 자주 사로잡혔다. 그럴 때마다 애나는 개들을 야단치기 바빴고, 외출할 때마다 못된 녀석들을 서로 떼어놓느라 엄청 애를 먹었다. 이러한 격리 조치가 얼마나 효과 있는지 보려고 개들을 한 방에 모아놓고 잠시 방을 나갔다가 불시에 다시 들이닥치기도 했다. 애나의 손이 문손잡이에 닿는 그 순간, 사악한 마음을 품었던 개들은 슬금슬금 다시 원래 자리로 돌아가더니 훔친 설탕을 빼앗겨 실망한 어린아이처럼 쓸쓸히 구석에 자리를 잡았다.

늙고 눈이 멀어 결백할 수밖에 없는 베이비만 진정한 개의 위엄을 지켰다.

이렇게 애나는 정말 고되고 걱정 많은 삶을 살았다.

착한 애나는 왜소하고 마른 독일 여인으로, 나이는 마흔 살 정도였다. 얼굴은 파리하고, 두 뺨은 앙상했으며, 굳게 다문 입술에는 핏기가 없었다. 밝은 빛깔의 담청색 눈동자는 번갯불처럼 날카로운 빛을 발하기도 했지만, 익살이 넘칠 때도 있었다. 눈빛은 언제나 예리하고 선명했다.

못된 피터, 늙은 베이비, 꼬맹이 랙스 이야기를 할 때 목소리가 부드러웠다. 마부들이나 짓궂은 남자들에게 큰 소리로 일을 시킬 때나 말과 개를 발로 차는 사람에게 화를 낼 때는 귀가 찢어질 것 같은 날카로운 소리를 냈다. 애나는 어느 조합에도 소속되어 있지 않았기 때문에 다른 수단으로는 그들을 통제할 수 없었다. 그래서 직접 따져야 했다. 애나가 눈을 번득이면서 귀가 찢어질 것 같은 껄끄러운 목소리로 괴상한 독일식 영어를 써가며 따지면, 남자들은 겁을 잔뜩 먹고 창피해서 어쩔 줄 몰라 했다. 게다가 그 구역의 경관들은 모두 애나의 친구였다. 경관들은 항상 '미스 애니'라고 부르며 애나에게 존경을 표했고, '미스 애니'의 말이라면 열 일 제치고 귀 기울여 들었다.

애나는 오 년 동안 머틸다 아가씨를 위해 이 자그마한 집을 관리했다. 그동안 네 명의 심부름꾼 아이가 이 집을 거쳐 갔다.

첫 번째 아이는 아일랜드 출신의 예쁘고 발랄한 소녀였다. 애나는 썩 내키지 않았지만 그 아이를 집에 들였다. 성격이 쾌활하고 말 잘 듣는 건 마음에 들었다. 그래서 애나는 리지를 믿어보려고 했다. 하지만 그럴 기회가 없었다. 예쁘고 발랄한 리지는 말 한마디 남기지 않고, 짐 한 보따리 남기지 않고, 어느 날 갑자기 사라져서 다시는 돌아오지 않았다.

예쁘고 발랄한 리지의 자리는 울적한 몰리의 자리가 되었다.

몰리는 미국에서 태어난 아이였지만, 부모는 독일인이었다. 몰리와 가까운 사람들은 이미 오래전에 죽었거나 실종되었다. 몰리는 항상 혼자였다. 키가 큰 몰리는 울적한 분위기를 풍겼다. 낯빛은 누리끼리했고, 머리숱도 별로 없었다. 몸이 병약해서 늘 기침을 달고 살았고, 성깔이 고약해서 욕을 하지 않을 때가 없었다.

몰리를 감당하기가 쉽지 않았지만, 애나는 너그러운 마음을 가지고 오랫동안 몰리를 데리고 있었다. 부엌은 언제나 전쟁터였다. 애나가 몰리를 야단치면 몰리는 이상한 저주를 내뱉었고, 머틸다 아가씨는 듣기 싫다는 듯 방문을 세게 닫았다.

애나는 결국 포기할 수밖에 없었다. "머틸다 아가씨, 제발 몰리에게 한마디만 해주세요." 애나가 말했다. "저도 어떻게 해야 할지 모르겠어요. 야단을 치면 들으려고 하지 않고 저주만 내뱉으니 그 애가 무서워요. 몰리가 아가씨는 좋아하니, 제발 그 아이한테 한 말씀만 해주세요."

"하지만 애나," 마음 약한 머틸다 아가씨가 한숨을 내쉬며 말했다. "나는 그러고 싶지 않아." 마음이 너그럽고 태평하지만 소심하기도 한 이 여인은 이럴 때마다 너무 난감해서 어쩔 줄을 몰랐다. "그래도 제발 한마디 해주셔야 해요. 제발요!" 애나가 말했다.

머틸다 아가씨는 야단치는 일 같은 건 절대 하고 싶지 않았다. "아가씨, 제발요." 애나는 계속 애원했다.

머틸다 아가씨는 애나가 알아서 해결하길 바라는 마음으로 야단치는 일을 차일피일 미루고 있었다. 그런데도 상황이 전혀 나아지지 않자, 머틸다 아가씨는 결국 몰리에게 한마디 하기로 마음먹었다.

머틸다 아가씨가 몰리를 야단칠 때 애나가 자리를 비우기로 약속했다. 그래서 다음 날 저녁, 애나가 외출하고 없을 때 머틸다 아가씨는 어서 해치우자는 마음으로 부엌에 내려갔다.

몰리는 좁은 부엌에서 두 팔꿈치를 식탁에 받치고 앉아 있었다. 스물세 살의 몰리는 키 크고 마른 몸에 낯빛은 누리끼리한 아이였다. 처음에는 단정하지 않았고 조심성도 없었지만, 애나가 가르친 덕에 겉으로는 그나마 말끔해 보였다. 칙칙한 무명 원피스와 회색과 검은색의 체크무늬 앞치마 때문에 안 그래도 울적한 몰리는 더 울적해 보였고, 더 길쭉해 보였다. "이걸 어쩌면 좋아." 몰리에게 다가가던 머틸다 아가씨는 혼잣말을 중얼거리며 한숨을 내쉬었다.

"몰리, 이야기 좀 하자. 네 태도에 문제가 좀 있는 것 같아." 이 말에 몰리는 고개를 팔 아래로 깊이 떨구며 울음을 터트렸다.

"아이고, 세상에!" 머틸다 아가씨가 혀를 찼다.

"이게 다 미스 애니 때문이에요, 정말이에요." 몰리는 울음을 그치고 떨리는 목소리로 입을 열었다. "저는 최선을 다하고 있다고요."

"애나가 까탈스럽긴 하지. 그건 나도 알아." 머틸다 아가씨는 애나를 흉보고 싶은 마음에 약간 흔들렸지만, 다시 진지한 태도로 돌아왔다. "하지만 애나도 다 너를 위해서 그러는 거야. 애나만큼 너한테 잘하는 사람이 또 어디 있니?"

"저한테 잘해달라고 한 적 없어요!" 몰리가 소리쳤다. "저는 머틸다 아가씨가 시키시는 대로만 할래요. 그게 나을 것 같아요. 미스 애니는 정말 싫어요."

"그건 안 돼." 머틸다 아가씨는 아주 단호하고 엄격한 목소리로 말했다. "이 부엌의 책임자는 애나야. 애나 말을 듣기 싫으면 네가 떠나야 해."

"머틸다 아가씨를 떠나고 싶진 않아요." 울적한 몰리는 흐느꼈다. "그럼 잘 좀 해." 머틸다 아가씨는 여전히 엄한 얼굴로 이렇게 말한 뒤 재빨리 뒤돌아 나왔다.

"아이고, 세상에!" 머틸다 아가씨는 한숨을 내쉬며 위층으로 올라갔다.

머틸다 아가씨는 부엌에서 끊임없이 다투기만 하는 두 여자를 화해시키고 싶었지만 아무 소용없었다. 두 사람 사이는 오히려 전보다 더 나빠졌다.

결국 몰리가 떠나기로 했다. 빈민가에 있는 어느 노파의 집에서 지내며, 도시에 있는 공장으로 출퇴근하기로 했다. 그런데 그 노파의 성미가 정말 고약하다는 말이 있었다.

애나는 몰리 일로 마음이 편치 않았다. 가끔씩 몰리를 보기도 했고, 다른 사람에게서 소식을 전해 듣기도 했다. 몰리는 건강이 점점 안 좋아졌다. 날이 갈수록 기침이 심해졌다. 노파의 성미가 고약하다는 말도 사실이었다.

이렇게 열악한 환경에서 일 년을 지내고 나니 몰리의 건강은 더 악화되었다. 결국 애나는 몰리를 다시 데려왔다. 공장을 그만두게 하고 노파의 집에서도 데리고 나왔다. 그리고 몸이 나아질 때까지 몰리를 살뜰히 보살폈다. 애나가 열심히 보모 노릇을 한 덕분에, 몰리는 마침내 몸을 추스르고 일어났다.

처음 몰리가 떠났을 땐 심부름꾼 아이를 새로 구하지 않았다. 여름에는 머틸다 아가씨가 집을 몇 달 떠나 있을 예정이었기 때문에, 그때까지는 늙은 케이티가 매일 와서 애나를 거들어주기로 했다.

늙은 케이티는 땅딸막하고 못생긴 데다 성격도 거칠었다. 독일 출신이었는데, 괴상한 독일식 영어를 사용했다. 늙은 케이티는 할 일을 죄다 자기보다 젊은 사람에게 떠맡기려고 해서 애나를 정말 피곤하게 했다. 케이티는 묻는 말에 대답도 하지 않았고 자기 하고 싶은 대로만 했다. 잔소리를 퍼붓거나 욕을 해도, 상스러운 무식쟁이에게는 씨알도 먹히지 않았다. 대답해야 할 때는, "알았어요, 미스 애니"라고 말하는 게 전부였다.

"케이티는 너무 거친 노인네예요, 머틸다 아가씨." 애나가 말했다. "그래도 데리고 있어 보려고요. 어쨌든 일할 줄도 알고, 몰리처럼 그러진 않잖아요."

애나는 늙은 케이티의 괴상하고 무식한 억양이 재미있었다. 's'를 발음할 때 혀에서 거칠게 쉭쉭 소리가 나는 것도 재미있었고, 퉁명스럽게 굽실거리는 것도 웃겼다. 애나는 늙은 케이티에게 식탁에서 시중드는 일은 시키지 않았다. ─케이티는 너무 거친 사람이라 그런 일에는 적합하지 않았다.─ 그래서 애나가 직접 해야 했다. 그런 상황이 마음에 들지는 않았지만, 성질을 건드리는 어린 것들보다는 두박한 노인네가 나았다.

삶은 물 흐르듯 잔잔히 흘러갔다. 몇 달이 흐르고 나니 여름이 되었다. 머틸다 아가씨는 매년 여름이면 바다 건너편으로 가서 여러 달을 머물렀다. 이번 여름에도 머틸다 아가씨는 집을 떠났고, 늙은 케이티는 몹시 상심한 나머지 한참 동안 엉엉 울었다. 촌스럽고 무례하고 굽실거리기 좋아하는 노인네가 자그마한 붉은 벽돌집의 하얀 돌계단 위에 서 있었다. 뼈가 울퉁불퉁하게 드러난 얼굴, 까무잡잡하게 그을린 얇은 거죽 같은 피부, 성기고 구불구불한 반백의 머리카락, 오른쪽에서 보면 더 뚱뚱해 보이는 다부지고 땅딸막한 몸매. 파란 줄무늬 면 원피스는 늘 깨끗하게 빨아 입긴 해도, 자세히 보면 부드럽지 않고 깔깔했다. 애나가 집 안으로 데리고 들어갈 때까지, 노파는 우두커니 계단에 서서 앞치마에 얼굴을 파묻고 목 뒤에서 꺽꺽거리는 이상한 소리를 내며 울었다.

가을이 되어 머틸다 아가씨가 집에 돌아왔다. 늙은 케이티는 더 이상 집에 없었다.

"늙은 케이티가 그럴 줄은 꿈에도 생각 못 했어요." 애나가 말했다. "머틸다 아가씨께서 떠나실 때 그 늙은이가 하도 서운해하길래 여름치 봉급을 미리 줬거든요. 그런데 어쩜 인간들이 다들 그 모양인지, 믿을 사람이 하나도 없지 뭐예요. 케이티가 아가씨를 참 좋아했잖아요. 아가씨가 떠나신 후에도 매일 아가씨 얘기만 하면서, 제 말도 참 잘 듣고 일도 아주 열심히 했어요. 그러다가 한여름에 제가 병이 나니까 저를 내버려 두고 저 시골에 있는 어느 집에 한 자리 얻어 떠나버렸지 뭐예요. 거기서 돈을 조금 더 준다고 했나 봐요. 저한테는 한마디도 없었어요. 아파서 누워 있는 저를 내버려 두고 그냥 그렇게 가버린 거예요. 이번 여름은 또 얼마나 더웠게요? 갈 데 없는 노인네한테 그렇게 잘해줬는데 말이에요. 여름 내내 케이티한테는 제가 먹는 것보다 더 좋은 음식을 줬다고요. 인간이 마땅히 지켜야 할 도리를 아는 사람이 없다니까요. 한 사람도요."

늙은 케이티의 소식은 더 이상 들을 수 없었다.

하인을 뽑지 못한 상태로 여러 달이 흘렀다. 잠깐씩 일하다 떠난 사람들은 제법 있었지만, 꾸준히 계속 일한 사람은 없었다. 그러다 마침 샐리 이야기를 듣게 된 것이다.

샐리는 열한 명의 식구가 함께 사는 집의 큰딸이었지만, 열여섯밖에 되지 않은 아이였다. 샐리 밑으로는 어린 동생들이 줄줄이 있었고, 너무 어린 몇 아이를 제외하고는 다들 밖에 나가 돈벌이를 했다.

독일 출신인 샐리는 금발에 미소가 예쁜 아이였지만, 멍청한 데다 철도 좀 없는 편이었다. 샐리의 동생들은 나이가 어릴수록 머리가 똑똑한 편이었다. 그중 열 살 먹은 여자아이가 가장 똑똑했는데, 어느 술집 주인 부부 밑에서 그릇 닦는 일을 하며 돈도 그런대로 괜찮게 받았다. 그 아이의 동생도 일을 했는데 반나절만 하는 일이었다.

총각 의사의 집에서 일을 해주고 일주일에 고작 8센트를 받았다. 애나는 그 이야기를 할 때면 늘 성을 냈다.

"그 아이한테 10센트는 줘야 한다고요, 머틸다 아가씨. 그렇게 일을 많이 하는데 8센트는 너무 쩨쩨하잖아요. 제법 똑똑한 아이인데 말이에요. 우리 샐리처럼 멍청한 애가 아니잖아요. 제가 매일 그렇게 잔소리를 해대지 않으면 샐리는 혼자서 아무것도 못 할 거예요. 그래도 샐리가 착하긴 하죠. 그래서 제가 좋아하는 거고요. 앞으로는 잘할 거예요."

샐리는 착하고 말 잘 듣는 독일인 아이였고, 말대답하는 일도 없었다. 피터, 늙은 베이비, 꼬맹이 랙스도 더 이상 말썽을 피우지 않았다. 애나가 날카로운 목소리로 심하게 야단을 치거나 잔소리를 지겹게 늘어놓는 일이 끊이지 않았지만, 부엌 식구들은 나름 행복한 시간을 보냈다.

애나는 이제 샐리에게 엄마가 되어주기로 했다. 어린 딸이 사악한 길로 빠지지 않도록 끊임없이 감시하고 꾸짖는 성실한 독일인 어머니 역할을 했다. 망나니 피터와 지나치게 활달한 랙스를 사로잡았던 사악한 생각이 샐리의 마음속에도 자라나고 있었다. 그래서 애나는 샐리, 피터, 랙스에게 모두 같은 방법을 써서 나쁜 짓을 저지르지 못하게끔 단속했다.

샐리의 가장 큰 문제점은 식탁에서 시중을 들기 전에 손 씻는 걸 늘 잊는 것이었고, 그다음으로 큰 문제가 바로 푸줏간 남자애였다.

그 아이는 잘생기지도 않은 평범한 푸줏간 남자애였다. 애나가 집을 비울 때마다 샐리가 푸줏간 남자애를 집에 부르는 것 같았다.

"샐리는 참 예쁜 아이죠, 머틸다 아가씨." 애나가 말했다. "미련하고 멍청하기도 하고요. 오늘도 그 천박한 빨간 블라우스를 입었더라고요. 쇠집게로 머리도 구불구불하게 말고요. 그 모습을 보니 웃음이 나더라고요. 그래서 한마디 해줬죠. 그렇게 치장할 시간에 손이나 깨끗이 씻는 게 차라리 낫지 않겠느냐고요. 그런데 요즘 애들이 어디 말을 듣나요? 샐리는 착한 아이긴 하지만, 감시를 소홀히 하면 꼭 일을 내고 말 거예요."

애나가 집을 비울 때마다 샐리가 푸줏간 남자애를 불러 부엌에서 노닥거리는 게 분명했다. 어느 날 아침 일찍부터 애나는 목소리를 높였다.

"샐리, 이건 어제 내가 머틸다 아가씨께 아침 식사로 드리려고 사 온 그 바나나가 아니잖아! 아까 일찍 나갔다 오더니 뭘 하고 온 거야?"

"아무것도 안 했어요, 미스 애니. 그냥 잠깐 나갔다 온 거예요. 이게 어제 사 오신 그 바나나 맞아요, 정말이에요."

"샐리, 내가 너한테 어떻게 했는데, 머틸다 아가씨께서 너한테 얼마나 잘해주셨는데, 어쩜 그럴 수가 있니? 내가 어제 사 온 바나나에는 이런 반점이 없었단 말이다. 내가 얘기해볼까? 어젯밤 내가 없을 때 푸줏간 남자애가 우리 집에 와서 바나나를 먹은 거지? 그래서 네가 오늘 아침에 나가서 바나나를 새로 사 온 거고. 거짓말하면 안 된다."

샐리는 버텨보려고 했으나 결국 포기하고 사실대로 털어놨다. 애나가 열쇠로 바깥문을 열 때 남자애가 내빼면서 바나나를 집어 갔다는 것이다. "다시는 못 들어오게 할게요, 미스 애니. 진짜예요." 샐리가 말했다.

모든 게 평화로운 상태로 몇 주가 흘렀다. 지나치게 멍청하고 단순한 샐리는 저녁이 되자 그 빨간 블라우스에 조잡한 장신구를 걸치고 머리를 구불구불 말기 시작했다.

어느 이른 봄날의 화창한 저녁, 머틸다 아가씨는 문을 열어놓고 계단에 서서 상쾌하고 부드러운 밤공기를 기분 좋게 만끽하고 있었다. 애나는 마침 저녁 외출을 마치고 길을 따라 걸어오는 중이었다. "머틸다 아가씨, 문을 닫지 말고 그냥 두세요." 애나가 목소리를 낮추며 말했다. "샐리 모르게 집에 들어가려고요."

애나가 조심스럽게 안으로 들어와 부엌문으로 다가갔다. 애나의 손이 문손잡이에 닿는 순간, 안에서 허둥대는 소리와 '쾅' 소리가 이어서 들렸고, 애나가 부엌에 들어왔을 땐 샐리만 덩그러니 앉아 있었다. 그런데 이런, 푸줏간 남자애가 달아나면서 외투는 잊은 모양이었다.

이렇게 애나는 고되고 걱정 많은 삶을 살았다.

머틸다 아가씨와 애나의 관계가 평탄하기만 한 것은 아니었다. "저는 돈을 아끼려고 이렇게 노예처럼 일하는데, 아가씨는 밖에 나가기만 하면 그런 쓸모없는 물건에 돈을 쓰시네요." 착한 애나는 몸집이 크고 경솔한 이 여주인이 도자기나 동판화, 심지어 유화를 옆구리에 끼고 집에 돌아올 때면 이렇게 불평했다.

"애나가 돈을 절약하지 않았으면 내가 이것들을 살 수 없었을 거야." 머틸다 아가씨가 변명했다. 그러면 애나는 우쭐한 기분에 마음이 조금 누그러졌지만, 물건 가격을 알고 나면 손목을 비틀면서 소리 지를 뿐이었다. "오, 머틸다 아가씨, 머틸다 아가씨. 그걸 사겠다고 돈을 그만큼이나 쓰시다니요? 외출할 때 입을 변변한 드레스도 한 벌 없으시면서 말이에요." "내년에는 꼭 한 벌 새로 장만할게, 애나." 머틸다 아가씨가 쾌활하게 대답했다. "그때까지 우리가 같이 산다면 새 옷을 볼 수 있겠죠……." 애나가 침울하게 대꾸했다.

애나는 머틸다 아가씨를 잘 알고 있었기 때문에 누구보다도 그녀를 아꼈고, 그녀와 함께 산다는 사실에 굉장한 자부심을 느꼈다. 하지만 머틸다 아가씨가 낡은 옷을 대강 걸치고 다니는 모습이 그리 마음에 들지는 않았다. "만찬에 가시면서 그런 드레스를 입으시면 안 되죠, 머틸다 아가씨." 애나는 바깥문 앞에 버티고 서서 이렇게 말하곤 했다. "다시 들어가서 새 드레스를 입으세요. 그걸 입으면 언제든 멋져 보이잖아요." "그럴 시간이 없어." "아니에요, 시간은 충분해요. 제가 같이 가서 거들어드릴게요. 만찬에 그 드레스는 절대로 안 돼요. 우리가 내년에도 같이 살게 되면 제가 새 모자도 하나 사 드릴게요. 그렇게 입고 나가시다니, 정말 부끄러운 일이에요."

가련한 여주인은 한숨을 내쉬었다. 물러설 수밖에 없었다. 애나에게 들키지 않으려면 서둘러 나서야 했지만, 달리 신경을 쓰지 않고 느긋하게 여유를 부리며 사는 게 성미에 맞았기 때문에 결국 애나에게 들켜서 옷을 다시 갈아입어야 했다. 그런 일이 워낙 빈번했으므로 가끔은 그런 애나가 피곤했다.

몸집이 크고 성격이 느긋한 머틸다 아가씨에게 인생은 언제나 쉬이 흘러갔다. 착한 애나가 늘 곁에서 돌봐주고 옷과 소지품을 챙겨

주었기 때문이다. 하지만 우리가 사는 이 세상은 적당할 줄을 몰랐고, 쾌활한 성품의 머틸다 아가씨도 애나와의 관계가 평탄치만은 않았다.

모든 일이 저절로 이루어진다면 가장 좋을 것이다. 하지만 뭘 원하는지 제대로 말하지 않고 그저 해달라고만 하면 아무리 간절히 원해도 얻을 수 없다. 그건 정말 짜증 나는 일이다. 머틸다 아가씨는 쾌적한 야외에서 산책할 때가 좋았다. 마음 맞는 친구들과 눈부시게 아름다운 석양을 바라보며 마음 가는 대로 길을 걷는 것이다. 구불구불한 언덕과 옥수수밭을 지나고, 달빛 아래서 하얗게 빛나는 층층나무와 머리 위에서 선명하게 빛나는 별들을 지나고, 깨끗한 공기를 들이마시며 혈관 속에서 피가 짜릿하게 흐르는 기분을 만끽하다 보면, 집에 늦게 들어와서 애나에게 혼날 거라는 사실을 잊고는 했다. 집에 돌아가면 늦은 밤이었지만 혹시라도 집에 따뜻한 음식이 있는지 조심스레 물었다. 언제나 기분이 유쾌한 머틸다 아가씨의 친구들도 합세했다. 온종일 뜨거운 바람과 불타오르는 햇빛에 시달리느라 온몸이 뻐근하고 노곤해진 머틸다 아가씨의 친구들은 맛있는 음식과 편안한 분위기를 갈구하면서 이 자그마한 집으로 몰려들었다. 이 사람들은 애나가 만들어주는 맛있는 음식을 워낙 좋아했기에 닫힌 문 앞에 서서 애나가 저녁 외출을 했는지, 아니면 집에 있는지 궁금해하며 기다렸다. 그것도 마냥 쉬운 일은 아니었다. 애나가 집에 있더라도 머틸다 아가씨가 애나를 달래는 동안 밖에서 다리를 후들거리며 기다려야 했고, 혹시라도 애나가 외출하고 집에 없는 날이면 어린 샐리에게 음식을 내오라고 과감하게 다그치기도 했다.

이런 상황을 견디기 힘든 날이면, 머틸다 아가씨는 발랄한 리지, 울적한 몰리, 투박한 케이티, 멍청한 샐리처럼 자신도 말썽쟁이가 된 것 같아 기분이 몹시 울적했다.

머틸다 아가씨와 착한 애나 사이에는 또 다른 문제도 있었다. 애나의 친구들로부터 애나를 지켜야 하는 문제였다. 애나의 친구들은 가난한 사람들이 으레 그러는 것처럼 애나의 돈을 죄다 가져가 써버렸고, 돈을 갚지도 않으면서 갚겠다는 약속만 남발했다.

착한 애나에게는 별난 친구들이 많았다. 애나가 브리지포인트에서 이십 년 동안 살며 알게 된 친구들이었고, 머틸다 아가씨는 이따금 그 별난 친구들에게서 애나를 구해내야 했다.

2
착한 애나의 일생

애나 페더너, 그러니까 착한 애나는 중간계급보다는 조금 못한 어느 가정에서 태어났고, 독일 남부의 혈통을 이어받은 인물이었다.

열일곱 살 되던 해에 고향에서 그리 멀지 않은 대도시의 중간계급 가정에서 일을 시작했지만 오래 있지는 않았다. 안주인이 시종―그게 바로 애나였다―에게 친구를 집까지 데려다주라고 한 적이 있었다. 애나는 집사였지, 시종은 아니었다. 그래서 곧장 그 집을 나왔다.

애나는 여자라면 마땅히 지켜야 할 도리를 지켜야 한다는 다소 고지식한 신념을 가지고 있었다.

애나는 무슨 일이 있어도, 단 한 번이라도 빈 응접실에 앉지 않았다. 부엌에 페인트를 새로 칠해 냄새 때문에 속이 메스꺼워도 앉지 않았다. 아니, 피곤하지 않은 날이 단 하루도 없었지만, 애나는 머틸다 아가씨와 길게 이야기를 나누는 동안에도 절대 자리에 앉지 않았다. 여자라면 응당 여자답게 행동해야 한다는 게 애나의 신념이었다. 존경을 표현하는 방식이나 먹는 음식도 마찬가지였다.

처음 일했던 집에서 나온 지 얼마 되지 않아, 애나는 어머니와 함께 미국으로 떠났다. 이등칸을 타고 오긴 했지만, 길고 따분한 여행이었다. 어머니는 폐결핵으로 이미 몸이 좋지 않은 상태였다.

모녀는 남부 끝자락에 위치한 쾌적한 마을에 도착했다. 어머니는 그곳에서 천천히 돌아가셨다.

혼자 남은 애나는 이부 오빠가 이미 터를 마련한 브리지포인트로 거처를 옮겼다. 체격이 육중하고 거동이 느린 애나의 오빠는 훌륭한 성품을 지닌 사람이었다. 그런데 체격이 지나치게 큰 탓에 몸에 늘 병을 달고 살았다.

오빠는 제빵사였고, 결혼해서 잘 살고 있었다.

애나는 오빠를 무척 좋아했지만, 절대 오빠에게 의존하지는 않았다.

애나가 브리지포인트에 와서 처음 일을 시작한 곳은 메리 워드스미스 아가씨 집이었다.

메리 워드스미스 아가씨는 몸집이 크고 아름다웠지만 늘 무기력했다. 두 어린아이와 함께 살고 있었는데, 몇 달 간격으로 세상을 떠난 오빠 내외가 남긴 아이들이었다.

애나는 머지않아 집안일을 모두 떠맡았다.

애나는 몸집이 크고 풍만한 여자들의 집을 좋아했다. 몸집이 큰 여자들은 게으르거나 조심성 없거나 무기력한 나머지, 인생의 무게를 견디지 못하고 애나에게 모든 일을 떠넘겼다. 애나는 그게 좋았다. 애나의 고용인들은 반드시 이렇게 몸집이 크고 무기력한 여자들이어야 했다. 아니면 몸집이 크고 무기력한 남자도 괜찮았다. 그렇지 않은 사람들은 애나가 없어도 알아서 잘 지낼 수 있으리라 생각했다.

애나는 어린아이들을 그다지 좋아하지 않았다. 개와 고양이와 살면서 몸집 큰 여주인만 챙기는 게 더 좋았다. 에드거 워드스미스와 제인 워드스미스 남매를 진심으로 좋아한 적은 없었다. 그래도 여자아이보다는 남자아이가 더 편했다. 여자아이는 여자라서 그런지 어릴 때부터 예민하고 까다롭게 굴어서 맞추기가 쉽지 않은데, 남자아이는 적당히 챙겨주고 잘 먹이기만 하면 괜찮았기 때문이다.

워드스미스 가족은 여름이면 시골의 쾌적한 집에서 지냈고, 겨울이면 도시에 있는 호텔식 아파트에서 여러 달을 보냈다.

애나는 거처를 옮길 때마다 목적지를 정하고, 이런저런 결정을 내리고, 앞으로 지낼 장소를 마련하는 일까지 책임져야 했다.

애나가 메리 아가씨의 집에서 지낸 지 삼 년이 되었을 때, 조그만 제인이 애나의 반대편에서 점점 힘을 키워갔다. 제인은 단정하고 활발한 아이였다. 어린아이답게 예쁘고 순수했으며, 금발을 꼼꼼하게 양 갈래로 땋아 등 뒤로 늘어뜨리고 다녔다.

메리 아가씨도 애나와 마찬가지로 아이들을 좋아하지는 않았지만 자신과 피를 나눈 이 아이들만큼은 누구보다 예뻐했고, 애교 넘치는 제인이 고집을 부리면 순순히 모든 걸 양보했다. 애나는 대충 다뤄도 되는 남자아이가 더 편했지만, 메리 아가씨는 상냥하고 부드러운 여자아이를 더 예뻐했다.

겨울이 끝나고 봄이 되었다. 시골로 거처를 옮길 준비가 모두 끝나자 메리 아가씨와 제인이 먼저 시골집으로 떠났다. 애나는 도시에서 남은 일들을 마저 처리한 후에 방학한 에드거를 데리고 뒤따라갈 예정이었다.

시골로 이사할 준비를 하는 동안, 제인과 애나는 여러 차례 날카롭게 맞부딪쳤다. 온순하고 무기력해서 애나에게 지시 내릴 엄두 같은 건 낼 수도 없는 메리 워드스미스 아가씨의 입을 빌려 어린 제인이 불쾌한 지시를 내렸다.

"이런, 애나! 메리 고모가 이건 이렇게 하라고 하셨어!"라고 제인이 말하는 순간, 애나의 두 눈은 더욱 매섭게 찢어졌고, 굳게 다문 아래턱은 앞으로 삐죽 나왔다. 애나는 겨우겨우 입을 움직여 간신히 "알겠습니다, 제인 아가씨"라고 대답했다.

이사하는 날이었다. 메리 아가씨는 이미 마차에 앉아 있었다. "이런, 애나!" 조그만 제인이 집 안으로 뛰어 들어오며 외쳤다. "메리 고모께서 나중에 올 때 메리 고모의 방과 내 방에 있는 파란 커튼도 챙겨 오라고 하셨어." 애나는 몸이 뻣뻣해졌다. "여름에는 그 커튼을 사용한 적이 없답니다, 제인 아가씨." 애나가 잠긴 목소리로 답했다. "맞아, 애나. 하지만 메리 고모가 예쁠 것 같으니 잊지 말고 가져오라고 하셨어. 그럼 안녕!" 여자아이는 이렇게 말하고 계단을 사뿐히 뛰어 내려가더니 마차에 올라탔다. 그리고 마차는 떠났다.

애나는 층계에 가만히 서 있었다. 눈이 더욱 매섭게 찢어지면서 날카로운 빛이 뿜어져 나왔다. 얼굴과 몸이 분노로 온통 뻣뻣해졌다. 애나는 집 안으로 들어가 부서질 정도로 세게 문을 닫았다.

그 후 삼 일 동안 애나는 몹시 힘들게 버텼다. 까만색에 갈색 얼룩무늬를 지닌 작고 귀여운 베이비는 애나의 친구인 과부 렌트먼 부인이 선물한 강아지였고, 애나는 베이비를 무척 자랑스러워했지만, 베이비도 맹렬하게 타오르는 애나의 분노를 느낄 수 있었다. 하고 싶은 것도 마음대로 하고, 먹고 싶은 음식도 마음대로 먹을 수 있는 이 날만 손꼽아 기다리던 에드거는 성난 애나의 눈에 보이지도 않았다.

삼 일째 되던 날, 애나는 에드거를 데리고 워드스미스가의 시골집으로 향했다. 메리 아가씨와 제인의 방에 걸려 있던 파란 커튼은 챙기지 않았다.

에드거는 가는 길 내내 흑인 남자와 앞자리에 앉아 마차를 몰았다. 남부는 아직 이른 봄이었다. 비를 잔뜩 머금은 들판과 숲이 무거워 보였다. 말들은 먼 길을 따라 천천히 마차를 끌었다. 길은 온통 황갈색 진흙으로 뒤덮여서 질척거렸고, 어디선가 굴러와 여기저기 널브러져 있던 돌들이 지나가던 사람들의 발에 채이고, 밟히고, 부서져서 길을 더욱 울퉁불퉁하게 만들었다. 물기를 잔뜩 머금은 땅 위로는 솜털처럼 부드러운 작은 꽃들, 어린 이파리들, 고사리들이 새봄과 함께 모습을 드러내고 있었다. 나무의 우듬지는 붉고 노란 빛깔과 하얗고 푸른 빛깔로 환하게 빛을 발했다. 땅에서 올라오는 습기 때문에 축축한 안개가 낮게 깔렸고, 텅 빈 들판에 피워놓은 모닥불의 푸른 연기가 퍼트리는 따뜻하고 신선한 냄새는 안개와 뒤섞였다. 낮게 깔린 안개 위로는 맑은 공기가 흘렀다. 새들의 노랫소리, 따뜻한 햇살, 점점 길어지는 낮 시간이 곧 가져다줄 즐거운 기운이 공기 중에 어려 있었다.

땅속 깊은 곳에서 올라오는 나른한 기운과 약간의 흥분, 따뜻하면서도 어쩐지 부담스러운 기분. 삶에 대한 강렬한 느낌은 언제나 습기로 가득한 봄날과 함께 조금 이르게 찾아왔고, 열렬히 기뻐하며 화답을 보내지 않으면 분노와 짜증과 불안으로 응답했다. 봄은 이런 계절이었다.

여주인과 담판을 지어야 할 때가 이제 멀지 않았다는 생각, 따뜻한 햇살, 느리게 굴러가는 마차, 울퉁불퉁한 길, 김을 뿜어내는 말들, 사람들과 동물들과 새들이 만들어내는 시끄러운 소리, 또다시 새로이 시작되는 삶. 이런 것들이 마차에 홀로 앉아 있는 애나에게는 그저 미친 짓거리처럼 보였다. "베이비! 그렇게 자꾸 돌아다니면 내가 널 죽여버릴지도 몰라. 이런 짓거리는 더 이상 참을 수 없어."

이때 애나는 스물일곱 살이었으며, 아직은 몸이 그렇게 마르지도 지치지도 않았을 때였다. 얼굴뼈가 툭 튀어나오긴 했지만 살이 조금은 붙어 있어서 부분적으로는 둥그스름해 보이기도 했다. 하지만 그 성격과 기질은 맑고 파란 두 눈에서 날카롭게 존재감을 드러냈다. 애나는 결심하듯 이를 악다물 때 아래턱을 위로 밀어 올리는 버릇이 있었는데, 그럴 때면 아래턱은 유독 뼈가 도드라져 보였다.

마차 안에 혼자 앉아 있는 지금도 분노는 여전히 풀리지 않았지만 맞서겠다는 결단을 내리자 전율이 온몸을 타고 흘렀다.

마차가 대문 안으로 들어서자 조그만 제인이 뛰어나왔다. 제인은 애나의 얼굴을 한 번 쳐다보고는 파란 커튼에 대해 입도 뻥긋하지 않았다.

애나는 베이비를 품에 안고 마차에서 내렸다. 짐을 모두 내리자 마차는 떠났다. 애나는 현관에 짐을 그대로 쌓아 놓고 안으로 들어갔다. 메리 워즈스미스 아가씨가 불 옆에 앉아 있었다.

메리 아가씨는 불 옆에 놓인 커다란 안락의자에 앉아 있었다. 메리 아가씨의 부드럽고 거대한 살덩어리가 안락의자를 빈틈없이 꽉 채웠다. 메리 아가씨가 입은 검은 새틴 드레스의 소매는 부드러운 살덩이로 꽉 차서 무거워 보였다. 메리 아가씨는 언제나 그 의자를 거대한 몸으로 채우고 아무 말 없이 무기력하게 앉아 있었다. 균형이 잘 잡힌 잘생긴 얼굴, 부드러운 피부, 맑고 텅 빈 청회색 눈동자, 졸려 보이는 두터운 눈꺼풀.

메리 아가씨 뒤에 자리 잡은 어린 제인은 애나가 방에 들어오는 것을 보고 긴장한 듯 부자연스러운 자세를 취했다.

"메리 아가씨." 애나가 입을 열었다. 애나는 문 바로 안쪽에 멈춰 섰다. 이를 악물고 서 있는 애나의 모습은 무척이나 결연했다. 몸은 머리부터 발끝까지 빳빳하게 굳었고, 담청색 눈동자는 날카롭게 번뜩였다. 곧 터져 나올 것 같은 분노와 두려움을 힘겹게 억누르느라 잔뜩 경직되어 이상한 자세로 교태를 부리는 사람 같았다. 완강하게 억누르고 있지만 어쩔 수 없이 드러나는 도발적인 몸짓처럼, 욕정이 자신의 존재를 증명하려고 온갖 괴이한 방식을 동원한 것 같은 모습이었다.

"메리 아가씨." 애나가 잠긴 목소리로 천천히 내뱉었다. 그 어느 때보다도 단호했다. "메리 아가씨, 더 이상 이런 건 못 참겠어요. 저는 아가씨가 시키시는 일을 하는 사람이에요. 제가 할 수 있는 일이라면 뭐든지 하죠. 아가씨를 위한 일이라면 뭐든지 말이에요. 이사 오기 전에 쓰시던 그런 파란 커튼은 여름에는 손이 많이 가요. 제인 아가씨는 집안일을 잘 모르시죠. 하지만 제가 그런 일까지 하길 원하신다면 저는 떠나겠어요."

애나는 말을 멈췄다. 원래 하려고 했던 말을 다 하지는 못했지만 애나의 마음이 충분히 전달됐는지 메리 아가씨는 애나의 말 한마디 한마디에서 두려움을 느꼈다.

몸집이 거대하고 무기력한 여자들이 으레 그렇듯, 메리 아가씨의 심장은 여리고 무기력한 몸뚱이 안에서 매가리 없이 뛰었다. 안 그래도 조그만 제인이 나대는 바람에 진작부터 기운이 빠져 있었다. 그런데 설상가상으로 애나가 이런 말을 해버리니, 얼굴이 점점 창백해지다가 급기야 기절까지 하고 말았다.

"메리 아가씨!" 애나는 비명을 지르며 메리 아가씨에게 달려왔다. 그리고 축 늘어진 메리 아가씨의 몸뚱이를 안락의자에 기대어 눕혔다. 얼이 빠진 조그만 제인은 애나가 시키는 대로 부엌으로 달려가서 각성제, 브랜디, 식초, 물을 가져왔고, 가여운 메리 고모의 곁에 앉아 손목을 열심히 주물렀다.

메리 아가씨는 천천히 눈을 떴다. 애나는 질질 짜는 조그만 제인을 방 밖으로 내보내고, 말없이 메리 아가씨를 부축해 소파에 눕혔다.

그 후, 파란 커튼 이야기를 입 밖에 낸 사람은 없었다.

애나의 승리였다. 며칠 후 조그만 제인은 화해의 의미로 초록 앵무새를 선물했다.

제인과 애나는 같은 집에서 육 년을 더 같이 살았다. 함께하는 마지막 날까지 상대를 존중하면서 늘 신중한 모습을 보였다.

애나는 제인이 선물한 앵무새를 무척 예뻐했다. 애나는 고양이도 좋아했고 말도 좋아했지만 가장 좋아하는 동물은 역시 개였고, 세상의 모든 개 중에서도 과부 렌트먼 부인이 첫 선물로 준 꼬마 베이비를 가장 사랑했다.

애나에게 렌트먼 부인은 일생일대의 사랑이었다.

애나가 렌트먼 부인을 처음 만난 건 피가 반만 섞인 오빠의 집을 방문했을 때였다. 제빵사인 애나의 오빠는 조그만 식료품점을 운영하다가 세상을 뜬 렌트먼 부인의 남편과 아주 잘 아는 사이었다.

렌트먼 부인은 꽤 오랫동안 조산사 일을 했다. 남편이 죽고 없는 상황에서 두 아이를 키우려면 직접 일을 해야 했다.

렌트먼 부인은 외모가 빼어났다. 굴곡이 살아 있는 몸매, 밝은 올리브 빛깔의 피부, 짙고 검은 눈동자, 곱게 잔물결 치는 검은 머리카락은 사람들의 시선을 사로잡기 충분했고, 성격도 쾌활한 데다 일하는 솜씨도 좋아서 사람들의 마음을 쉽게 사로잡았다. 한마디로 얼굴도 예쁜 데다 마음씨도 착한 사람이었다.

렌트먼 부인은 착한 우리 애나보다 나이가 두어 살 정도 더 많았다. 애나는 렌트먼 부인을 만나고 얼마 되지 않아 사람을 끌어당기는 그녀의 매력에 완전히 푹 빠지고 말았다.

렌트먼 부인이 가장 좋아하는 일은 곤란한 상황에 처한 여자들의 아기를 받아주는 것이었다. 여자들이 별문제 없이 집이나 일터로 돌아갈 수 있을 때까지 아무도 모르게 자기 집으로 데려가 보살폈고, 여자들은 그 대가로 조금씩 돈을 보냈다. 렌트먼 부인과 친구가 되면서 애나의 삶에도 다채롭고 즐거운 일들이 더 많아졌다. 하지만 렌트먼 부인을 돕느라 저축한 돈을 몽땅 써버린 적도 여러 번 있었다.

애나가 마침내 메리 워드스미스 아가씨의 집을 떠나야 할 때가 되었을 때, 숀엔 박사를 소개해준 사람이 렌트먼 부인이었다.

메리 아가씨의 집을 떠나기 몇 년 전부터 애나의 건강은 심각할 정도로 안 좋아졌다. 이때 망가진 몸은 애나가 그 끈질긴 삶을 끝마칠 때까지 그녀를 괴롭혔다.

애나는 보통 키에 마른 체격이었고, 일을 무척 열심히 하며, 늘 걱정이 많은 여자였다.

두통은 한시도 애나를 가만히 내버려 두지 않았다. 그리고 세월이 흐를수록 애나를 더욱 심하게 괴롭혔다.

애나의 얼굴 살이 점점 빠지면서 선이 더 날카로워졌고, 일하느라 병을 달고 사는 여자들이 그렇듯 안색이 누렇게 변해 있었다. 담청색 눈동자도 예전만큼 선명하지 않았다.

허리 통증도 애나를 힘들게 했다. 지치지 않는 날이 없었다. 날이 갈수록 성격도 까탈스러워졌고 참을성도 잃어버렸다.

메리 워드스미스 아가씨는 의사에게 진찰을 받으라며 애나를 설득했다. 이제는 장성해서 어여쁜 아가씨가 된 제인도 애나를 병원에 보내려고 온갖 방법을 다 썼다. 애나는 제인 아가씨 앞에서는 절대 고집을 꺾지 않았고, 제인 아가씨가 자기 일에 간섭할까 봐 늘 걱정이었다. 메리 워드스미스 아가씨가 가볍게 건네는 충고를 거절하는 건 그리 어려운 일이 아니었다.

애나에게 영향력을 행사할 수 있는 유일한 사람은 렌트먼 부인이었다. 그녀가 숀엔 박사에게 가서 진찰을 받으라며 애나를 설득했다.

숀엔 박사가 아니었다면 착한 독일 사람인 애나는 일을 내려놓고 수술 받을 결심을 하지 않았을 것이다. 숀엔 박사는 독일 사람들과 가난한 사람들을 잘 다루는 재주가 있었다. 박사는 유쾌하고 따뜻한 사람이었다. 건전하고 재미있는 농담도 많이 알았다. 게다가 어찌나 논리적으로 설득을 잘하는지, 착한 우리 애나도 자기 몸에 좋은 일을 해보겠다고 마음먹을 정도였다.

에드거가 집을 떠나 지낸 건 여러 해 전이다. 처음 몇 년은 기숙학교에 있었고, 학교를 졸업한 후에는 토목 기술자가 될 준비를 하면서 일을 배웠다. 메리 아가씨와 제인은 애나가 집을 비우는 동안 여행을 가겠다고 약속했다. 그렇게 하면 애나가 집안일을 걱정할 필요가 없었고, 애나 대신 일할 사람을 뽑을 필요도 없었다.

덕분에 애나도 한시름 덜 수 있었다. 이제 애나는 렌트먼 부인과 숀엔 박사에게 의지했고, 두 사람은 어떻게 해야 애나가 건강을 회복할 수 있을지 고민했다.

애나는 수술을 잘 견뎠다. 다시 일할 수 있을 정도로 기운을 차릴 때까지는 꽤 오랜 시간이 걸렸지만 끈기 있게 버텼다. 하지만 메리 워드스미스 아가씨의 집으로 돌아간 순간, 여러 달 동안의 노력이 금방 허사가 되었다.

애나가 손에서 일을 완전히 놓지 않는 한 애나의 건강은 결코 나아질 것 같지 않았다. 끔찍한 두통이 한시도 애나를 떠나지 않았고, 그녀는 날마다 조금씩 시들었다.

애나는 제발 일 좀 그렇게 하지 말라고 애원하는 주변 사람들을 위해서 음식을 열심히 챙겨 먹으며 자기 몸을 돌보았다. 고집 세고 올곧은 독일 사람인 애나는 여자라면 그렇게 하는 것이 마땅한 도리라고 생각했다.

메리 워즈스미스 아가씨와 함께하는 애나의 삶도 이제 끝을 향해 가고 있었다.

어엿한 숙녀가 된 제인 아가씨는 사교계에 진출했다. 머지않아 약혼을 하고 결혼도 할 것이다. 그러면 메리 워즈스미스 아가씨는 제인의 집에서 함께 살게 될 터였다.

그 집에 애나의 자리는 없을 것 같았다. 애나와 함께 있을 땐 제인 아가씨도 항상 조심스럽게 행동했고 애나의 의견을 존중했지만, 애나는 제인 아가씨가 안주인인 집에서 살 수 없었다. 애나가 이런 생각을 품고 있었기 때문에, 메리 아가씨와 함께 보내는 마지막 이 년이 예전처럼 행복할 수는 없었다.

변화는 생각보다 더 일찍 찾아왔다.

제인 아가씨가 브리지포인트에서 기차로 한 시간 거리인 커든에서 온 남자와 약혼했고, 몇 달 후에 결혼식을 올리기로 했다.

제인 아가씨가 가정을 꾸리는 순간 애나가 떠나기로 결심한 사실을 메리 아가씨는 알지 못했다. 메리 아가씨에게 이런 이야기를 하는 것도 애나에게는 무척이나 힘든 일이었다.

결혼식 준비가 밤낮없이 이어졌다.

애나도 순조로운 결혼식을 위해 바느질을 비롯해 많은 일을 했다.

메리 아가씨는 안절부절못하다가도 애나의 손을 거치면 일이 쉽게 해결되는 것을 보고 뿌듯해했다.

애나는 슬픔을 잊기 위해 한시도 쉬지 않고 일했다. 그렇게 일하면서 죄책감을 조금이라도 덜어내고 싶었다. 어째서인지 그런 식으로 메리 아가씨를 떠나는 게 옳지 않다는 생각이 들었다. 하지만 애나가 달리 어찌할 수 있겠는가? 제인 아가씨가 안주인인 집에서 살 수는 없었다.

결혼식 날짜가 점점 가까워졌다. 마침내 그날이 되었고, 이제 모든 것이 끝났다.

신혼부부는 신혼여행을 떠났고, 애나와 메리 아가씨는 집에 남아 짐을 쌌다.

애나는 여전히 용기가 나지 않았지만 더 이상 미룰 수는 없었다.

애나는 짬이 날 때마다 자신의 친구인 과부 렌트먼 부인에게 달려가 위안을 얻고 조언을 구했다. 그리고 메리 아가씨에게 이야기할 때, 같이 있어달라고 부탁했다.

브리지포인트에서 렌트먼 부인을 만나지 않았다면 애나는 제인 아가씨 집으로 따라 들어갔을 것이다. 렌트먼 부인이 메리 아가씨를 떠나라고 닦달한 것도 아니고, 그렇게 조언한 것도 아니었다. 다만 렌트먼 부인을 향한 감정 때문에 메리 아가씨를 위해 살던 삶에 회의를 느끼고 말았다. 그게 아니라면 그런 선택을 할 애나가 아니었다.

다시 말하지만, 애나에게 렌트먼 부인은 일생일대의 사랑이었다.

짐 정리도 모두 끝났다. 며칠 후면 메리 아가씨도 신혼부부가 기다리는 새집으로 떠날 예정이었다.

이제는 애나도 말해야 했다.

렌트먼 부인이 애나와 함께 가서 메리 아가씨가 상황을 잘 받아들일 수 있도록 거들어주기로 했다.

두 여자가 텅 빈 응접실에 들어섰을 때, 메리 워드스미스 아가씨는 차분한 모습으로 난로 옆에 앉아 있었다. 메리 아가씨는 전에도 렌트먼 부인을 여러 번 봤기에 두 사람이 함께 들어오는 걸 보고도 이상하게 생각하지 않았다.

애나와 렌트먼 부인은 어떻게 말을 시작해야 할지 몰라 망설였다.

메리 아가씨에게 변화를 이야기하려면 신중하고 조심스러워야 했다. 너무 갑작스레 얘기하거나 자극적인 표현으로 메리 아가씨에게 충격을 주지 말아야 했다.

애나는 잔뜩 경직되어 있었고, 속마음은 수치심과 불안과 슬픔으로 가득 차서 온통 부들부들 떨렸다. 나름 대범한 성격인 렌트먼 부인도 크게 다르지 않았다. 평소에는 충동적인 행동도 곧잘 하고, 남의 일에 간섭하기 싫어하는 성격이었다. 게다가 이 일은 렌트먼 부인과 크게 관련이 있는 일도 아니었다. 그런데도 렌트먼 부인은 괜히 곤란하고 민망했다. 온순한 표정을 하고 있는, 저 풍채 좋고 무기력한 여인에게 죄를 짓는 기분마저 들었다. 마음 독하게 먹고 감정을 억누르면서 냉정한 태도를 유지하려고 기를 쓰는 애나를 보니 왠지 딱하다는 생각이 들어서 기분이 더 찜찜했다.

"메리 아가씨." ─애나는 처리해야 할 일은 빠르고 확실하게 처리하는 사람이었다.─ "메리 아가씨, 렌트먼 부인도 함께 왔어요. 저는 아가씨와 함께 커튼에서 지내지 않을 거란 말씀을 드리려고요. 물론 가서 짐 푸는 일까지는 도와드리겠지만, 저는 다시 브리지포인트로 돌아올 거예요. 오빠 가족도 여기에 사니까 너무 멀리 떨어져서 사는 건 좋지 않을 것 같아서요. 제인 아가씨 집에 저까지 필요하진 않을 것 같고요."

메리 워드스미스 아가씨는 당황했다. 애나가 무슨 소리를 하는 건지 알아들을 수 없었다.

"애나, 오빠가 보고 싶으면 언제든 가서 볼 수 있잖아. 그리고 월급은 내가 줄 거야. 애나도 그렇게 알고 있는 줄 알았는데. 조카들이 놀러 오고 싶다고 하면 언제든 와도 되고 말이야. 골드스웨이트 씨 댁 같은 큰 집엔 늘 방이 남으니까."

렌트먼 부인이 끼어들 차례였다.

"워드스미스 아가씨께서 애나의 말을 이해하지 못하신 것 같아요." 렌트먼 부인이 입을 열었다. "아가씨께서 애나에게 정말 잘해주신 건 애나도 잘 알아요. 저한테도 늘 그렇게 얘기하니까요. 애나를 위해서 아가씨께서 할 수 있는 일이라면 뭐든 하신다는 것도 알고요. 애나가 아가씨한테 얼마나 고마워하는지 몰라요. 그래서 아가씨를 떠나고 싶지 않을 거예요. 하지만 골드스웨이트 부인이 이제 그 큰 집의 안주인이 되셨으니 나름의 원칙대로 살림을 꾸리고 싶으실 거예요. 그렇게 하려면 어렸을 때부터 자신을 봐온 애나 같은 사람보다는 새 하인들을 고용하는 편이 나을 수 있잖아요? 애나의 생각은 그래요. 애나가 제 의견을 묻길래, 제가 생각해도 그렇게 하는 게 아가씨 가족한테도 좋을 것 같다고 말했어요. 애나가 아가씨 생각을 많이 한다는 건 아가씨도 아시죠. 아가씨도 애나에게 참 잘해주셨고요. 애나가 브리지포인트에서 지내는 게 아가씨 가족분들에게도 나을 거예요. 골드스웨이트 부인께서 새집에 적응하려면 시간이 조금 걸리긴 하겠지만요. 애나, 아가씨께 이렇게 말씀드리려던 거 맞지?"

"오, 이런." 메리 워드스미스 아가씨가 천천히 말을 이었다. 슬픈 목소리에 당황한 기색이 역력해서 착한 애나는 더욱 괴로웠다. "우리가 그렇게 오랜 세월을 함께했는데 날 떠날 생각을 할 줄은 몰랐어."

"메리 아가씨!" 애나는 갑자기 말문이 터졌다. "제인 아가씨 밑에서 일해야 하는 것만 아니었다면 아가씨를 떠나지 않았을 거예요. 아가씨가 얼마나 좋은 분이신지 저도 잘 알아요. 잘 아니까 아가씨와 에드거 도련님을 위해서 그렇게 열심히 일했죠. 제인 아가씨도 마찬가지고요. 하지만 제인 아가씨는 저와 전혀 다른 방식으로 살림을 꾸리고 싶으실 거예요. 저도 제인 아가씨가 제가 하는 일에 사사건건 참견하거나 안 하던 일을 해야 한다면 견디지 못할 거고요. 메리 아가씨, 정말 안타깝지만, 제인 아가씨도 제가 새집으로 가는 걸 원치 않으세요. 저도 그럴 거라 생각했고요. 제가 따라가지 않는다고 해서 기분 상하지 않으셨으면 해요. 안 그래도 되는데 별 이유 없이 제가 아가씨를 떠난다고 생각하지도 마시고요."

가여운 메리 아가씨. 메리 아가씨는 최선을 다하는 사람이 아니었다. 메리 아가씨가 애나를 설득하려고 최선을 다했다면 그녀도 기꺼이 마음을 돌렸을지 모른다. 하지만 최선을 다한다거나 걱정 근심에 휩싸이는 건 태평하게 살아온 메리 아가씨에게 몹시 버거운 일이었다. 애나가 떠나야겠다면 떠나야지, 뭐. 가여운 메리 워즈스미스 아가씨는 한숨을 내쉬며 애나에게 아쉬운 눈길을 던졌다. 그리고 포기해버렸다.

"애나가 그게 최선이라고 믿는다면 그렇게 해야겠지." 메리 아가씨는 안락의자에 그 부드러운 살덩이를 깊이 파묻으며 말했다. "속상하지만 어쩔 수 없잖아. 애나가 떠나기로 했다는 얘기를 들으면 제인도 분명 속상해할 거야. 이렇게 애나와 함께 와주다니 렌트먼 부인도 정말 친절하네. 애나가 잘되길 바라니까 그럴 수 있는 거겠지. 이제 그만 가보는 게 좋겠어. 애나, 한 시간 후에 돌아와서 잠자리를 봐 줘." 메리 아가씨는 난로 옆에 평온하게 앉아 그대로 두 눈을 감았다.

두 여인은 집을 나섰다.

애나와 메리 워드스미스 아가씨의 관계는 이렇게 끝났다. 애나는 숀엔 박사의 집에서 새로운 삶을 시작했다.

유쾌한 독신남인 숀엔 박사의 집안 살림을 맡으면서 독일 사람인 애나는 새로운 경험을 하게 되었다. 애나의 생활 습관은 예전과 다르지 않았지만, 한때는 그녀의 동의하에서나 했던 일들을 이제는 시도 때도 없이 해야 했다. 예를 들어 애나는 시간이 몇 시든 자다 일어나서 숀엔 박사와 그의 독신남 친구들을 위해 야식을 차리고, 뜨거운 음식을 요리하고, 닭튀김을 내놓아야 했다.

애나는 남자들을 챙기는 일이 좋았다. 남자들은 음식을 맛있게 잘도 먹었다. 게다가 배부르고 따뜻하면 애나가 뭘 하든 신경 쓰지 않았다. 애나의 양심은 언제나 깨어 있었기 때문에 참견하는 사람이 있든 없든 한 푼이라도 아끼려고 항상 애를 썼고, 해가 떠 있는 동안에는 한시도 쉬지 않고 일했다. 그러나 누가 뭐래도 애나는 야단칠 때 가장 행복한 사람이었다. 이제는 하녀들, 흑인 남자아이, 개, 고양이, 말, 앵무새는 물론이고, 유쾌한 숀엔 박사까지 야단칠 수 있었다. 애나는 숀엔 박사가 잘되었으면 하는 마음으로 열심히 그를 야단쳤다.

애나가 박사의 짓궂은 행동과 재미있는 농담을 좋아하는 것처럼, 그도 애나에게 야단맞는 걸 무척이나 재미있어했다.

애나는 박사의 집에서 행복한 날들을 보냈다.

처음으로 엉뚱한 성격을 드러내기도 했다. 괴상한 장난을 칠 때도 있었다. 숀엔 박사와 지내면서 이런 엉뚱한 성격을 발견한 덕택에 나중에 늙은 케이티가 거칠고 비굴하게 굴어도, 샐리가 멍청한 행동을 해도, 피터와 랙스가 못된 짓거리를 해도, 거기에서 즐거움을 찾을 수 있었다. 애나는 박사가 가지고 있는 해골들로 장난치는 것도 좋아해서 그것들을 들고 이리저리 돌아다니며 기괴한 소리를 내면 겁을 잔뜩 먹은 흑인 남자아이는 눈알이 뒤집히며 다리를 벌벌 떨었다.

애나는 박사에게 장난친 이야기들을 들려주기도 했다. 살 빠지고 주름 잡힌 애나의 얼굴에 전에 본 적 없는 장난기가 맴돌았고, 이야기를 들은 박사가 크게 웃음을 터뜨리기라도 하면 빛바랜 그녀의 담청색 눈동자도 즐거움으로 반짝였다. 비록 비쩍 마른 노처녀이긴 했지만, 착한 애나는 박사를 즐겁게 해주려고 온몸을 다 써가며 이야기에 열을 올렸다.

착한 애나는 유쾌한 숀엔 박사의 집에서 행복한 날들을 보냈다. 처음에는 그랬다.

애나는 시간이 날 때마다 친구인 과부 렌트먼 부인과 함께 시간을 보냈다. 렌트먼 부인은 숀엔 박사의 집과 멀지 않은 자그마한 집에서 두 아이와 함께 살고 있었다. 큰아이는 이제 열세 살이 된 줄리아였다. 줄리아 렌트먼은 얼굴도 심하게 못생기고 머리도 멍청한 데다가, 지나치게 독일 사람인 자기 아버지를 너무 닮아서 성격도 황소고집이었다. 렌트먼 부인이 줄리아와 사이가 나쁜 건 아니었지만, 딸이 갖고 싶어 하는 게 있으면 뭐든 갖게 해주었고 멋대로 행동해도 그냥 내버려 두었다. 렌트먼 부인 입장에서는 딸에게 무심해서 그러는 것도 아니었고, 딸이 싫어서 그러는 것도 아니었다. 그저 사는 방식이 그랬을 뿐이었다.

둘째 아이는 줄리아보다 두 살 어린 밝고 명랑한 남자아이였다. 렌트먼 부인은 이 아이도 그냥 방치했기 때문에 아이는 자기 하고 싶은 대로 하고 살았다. 렌트먼 부인은 신경 써야 할 일이 너무 많아서 머릿속도 뒤죽박죽이었고 집도 엉망진창이었다.

렌트먼 부인이 집안일에 신경 쓰지 않거나 두 아이의 훈육에 전혀 관심을 두지 않는 모습이 착한 애나에게는 견디기 힘든 문제였다. 애나는 잔소리를 늘어놓으며 설득도 해보고, 렌트먼 부인을 위해 저축도 해보고, 집안일이 제대로 돌아가게끔 해보려고 노력했다.

애나가 렌트먼 부인의 화려한 언변과 외모에 처음 사로잡혔을 때도 렌트먼 부인의 집에만 가면 제자리에 있지 않은 물건들을 정리하고 싶은 생각에 마음이 편치 않았다. 이제 두 아이가 커서 신경을 쓸 일이 더 많아지기도 했고 알고 지낸 시간도 길어지다 보니 애나의 눈에 씌었던 콩깍지도 벗겨져서, 애나가 옳다고 생각하는 방식대로 집안 살림을 정리하려고 애쓰기 시작했다.

그러는 동안 애나는 어린 줄리아의 행동을 좀 고쳐줘야겠다는 생각에 그녀를 야단치기도 했다. 줄리아 렌트먼은 착한 애나가 보기에 썩 기분 좋은 아이는 아니었지만, 한창 크고 있는 어린 여자아이에게 올바른 행동을 가르치는 사람이 아무도 없다는 건 말도 안 되는 일이었다.

남자아이는 야단을 쳐도 기분 나쁘게 받아들이지 않아서 한결 편했다. 야단맞고 나면 애나가 먹을 것도 주고 살갑게 장난도 치고 재미있는 농담도 했기 때문에 오히려 야단맞는 걸 좋아했다.

여자아이인 줄리아는 매사에 뚱한 반응을 보였는데, 친척도 아닌 미스 애니가 매일 자기 집에 와서 분란을 일으키니 따지고 보면 줄리아의 반응도 납득할 만했다. 하지만 엄마에게 이런 얘기를 해봤자 소용없었다. 렌트먼 부인은 애나의 말을 듣기는 했지만 이해하려 하지는 않았고, 질문에 대답하긴 했으나 결정을 내리는 법은 없었으며, 애나가 부탁을 하면 들어주긴 했으나 그 외의 일들은 되는 대로 내버려 두었다.

결국 애나의 우정으로도 감당하기 벅찬 상황에 이르고 말았다.

"줄리아, 엄마 나가셨니?" 애나가 렌트먼 부인의 집에 들어오며 물었다. 어느 여름의 일요일 오후였다.

이날 애나는 옷을 굉장히 잘 차려입었다. 애나는 언제나 옷에 신경을 많이 썼고, 새 옷은 아껴 입었다. 여자라면 일요일에 외출할 때 잘 차려입어야 한다는 나름의 원칙을 성실히 지키고 있었다. 그리고 어떤 행동이 추잡한 행동인지도 사회계급에 따라 잘 파악하고 있었다.

애나가 물건을 사는 방식은 무척이나 흥미로웠는데, 메리 워드스미스 아가씨를 위해 물건을 살 때와 훗날 소중한 머틸다 아가씨를 위해 물건을 살 땐 언제나 순전히 자기 취향에 맞추면서 친구들 물건들이나 자기 물건을 살 때만큼 저렴하게 살 때도 있었다. 그 와중에도 상류계급의 구성원을 위해서는 그 지위에 걸맞은 물건을 고르고, 그 밖의 다른 사람들을 위해서는 싸구려라고 불리는 괴상하고 추한 물건을 골랐다. 애나는 각 계층에게 가장 적절한 물건을 잘 알고 있었고, 그녀의 완고한 삶에서는 여성의 적절한 옷차림에 절대 타협하는 일이 없었다.

화창한 여름의 일요일 오후, 애나는 멋지게 차려입고서 렌트먼 부인의 집에 들어섰다. 허리 부분에 검은 구슬로 장식한 수술이 달린 벽돌색의 실크 드레스를 입고, 그 위에는 짙은 색의 천 스커트를 둘렀으며, 머리에는 아직 새것이라 빳빳하고 빛이 나는 검은 밀짚모자를 썼다. 모자에는 알록달록한 리본과 새 한 마리가 장식으로 얹어져 있었다. 손에는 새 장갑을 꼈고, 목에는 깃털 스카프를 둘렀다.

애나는 며칠 만에 렌트먼네를 방문했다. 인정 많은 남부 지역의 중하위계층 집들이 다 그렇듯 잠기지 않은 문을 열었을 땐 줄리아 혼자 거실에 앉아 있었다.

"줄리아, 엄마는 어디 가셨니?" 애나가 물었다. "나가셨는데 곧 돌아오실 거예요, 미스 애니. 새 남동생 보실래요?" "무슨 미친 소리를 하는 거니?" 애나가 자리에 앉으며 말했다. "미친 소리가 아니고요, 엄마가 엄청 귀여운 남자 아기를 입양했는데 모르셨어요?" "얘가 말 같지도 않은 소리를 하네. 네가 그런 정신 나간 얘길 하고 다닐 나이니?" 줄리아는 시무룩해졌다. "제 말을 믿든 말든 상관없지만, 아기는 부엌에 있어요. 엄마가 돌아오시면 직접 말씀하시겠죠."

정말 말도 안 되는 소리 같았지만, 줄리아가 거짓말을 하는 것 같지도 않았다. 게다가 렌트먼 부인은 그런 이상한 짓도 충분히 저지를 수 있는 위인이었다. 애나는 당황했다. "그게 무슨 말이니?" 애나가 물었다. "아주머니가 제 말을 믿지 않으시니까 직접 가서 보시라는 말이에요."

애나는 부엌으로 갔다. 정말로 아기가 있었고, 조그만 녀석은 기운이 넘쳐 보였다. 아기는 열린 문 옆에 놓인 바구니 안에서 아주 곤히 자고 있었다.

"엄마가 잠시 아기를 봐주기로 하셨다는 얘기겠지." 미스 애나가 환장하는 순간을 놓치지 않으려고 따라 들어온 줄리아에게 애나가 이렇게 말했다. "그게 아니에요, 미스 애니. 아기의 생모는 릴리라는 여자예요. 시골에 있는 비숍 씨 댁에서 왔는데 아기를 원치 않는다고 하더라고요. 그런데 엄마는 이 아기가 정말 마음에 들어서 우리 집에서 엄마 아들로 키우고 싶다고 하셨어요."

애나는 너무 화나고 놀라서 혼이 빠져나갈 것 같았다. 그때 현관문이 쾅 소리를 내며 닫혔다.

"엄마가 오셨네요." 줄리아는 이렇게 말했지만, 이 승리가 그리 기쁘지만은 않았다. 입양 문제에 대해 자기 입장도 아직 결정하지 못한 상태였기 때문이다. "제 말을 못 믿으시겠다면 엄마한테 직접 여쭤보세요."

렌트먼 부인이 부엌으로 왔다. 늘 그렇듯 밝고 차분한 표정이었지만 속마음을 알 수 없었다. 이런 성격 덕분에 지금까지 무난히 조산사 일을 할 수 있었다. 그렇지만 착한 애나를 잘 아는 주변의 모든 사람과 마찬가지로, 렌트먼 부인도 애나의 올곧은 성격과 분별력이 두려웠고 거침없이 퍼붓는 잔소리도 신경 쓰였다.

두 여자가 함께한 육 년의 세월 동안 그들의 관계에서 애나에게 주도권이 있었던 것은 분명했다. 렌트먼 부인이 남에게 끌려다니는 사람은 아니었기 때문에 엄밀히 따지면 주도권이라기에 좀 무리가 있었고, 렌트먼 부인이 그저 그런 척했다고 봐야 했다. 하지만 애나도 렌트먼 부인이 실제로 행동하기 전에 어떤 의도였는지 눈치챌 때마다 나름 요령을 터득했다. 그러니 지금은 둘 중에 누가 승자인지 가리기 힘든 상황이었다. 다른 사람의 말을 듣지 않고 자기가 관심 있는 일만 신경 쓰며 행복하게 사는 렌트먼 부인이 이미 아기를 데리고 왔기 때문에 좀 더 유리하다고 할 수 있었다.

애나는 언제나 옳고 그름에 확고한 기준이 있었다. 애나는 온몸이 뻣뻣하게 굳었고 얼굴의 핏기가 사라졌다. 너무 화가 났고, 너무 겁이 났다. 격렬한 싸움이 벌어질 것 같을 때면 늘 그렇듯 긴장되고 떨렸다.

부엌에 들어온 렌트먼 부인은 기분이 좋고 마음이 편안해 보였다. 애나는 뻣뻣하게 굳은 채 아무 말도 하지 않았고 백지장처럼 하얀 얼굴로 가만히 쳐다보기만 했다.

"오랜만에 보는 것 같네, 애나." 렌트먼 부인이 다정하게 운을 뗐다. "어디 아픈 건 아닌가 걱정하던 참이었어. 오늘은 날씨가 참 더운 것 같아. 거실에 가서 앉자, 애나. 줄리아가 아이스티를 내올 거야."

애나는 여전히 뻣뻣하게 굳은 채 아무 말도 하지 않았고, 렌트먼 부인을 따라 다른 방으로 자리를 옮겼다. 그리고 초대받은 사람처럼 자리에 앉지 않고 가만히 서 있었다.

애나는 처리해야 할 일은 빠르고 확실하게 처리하는 사람이었다. 처음엔 숨을 쉬는 것조차 버거웠지만, 시간이 좀 지나자 해야 할 말들이 한꺼번에 쏟아져 나왔다.

"렌트먼 부인, 릴리라는 여자가 낳은 아기를 당신이 키우려고 데려왔다던데, 아니지? 아까 줄리아가 그런 말을 하길래 미친 소리 하지 말라고 했거든."

애나는 너무 흥분한 나머지 숨 쉬는 것도 잊고 순식간에 내뱉었다. 하지만 렌트먼 부인의 편안한 기분이 애나에게도 전해지자 천천히 숨을 내쉬며 마음을 가다듬었다. 오히려 말하기 전보다 기분이 더 편안해진 것 같았다.

"애나, 릴리는 비숍 씨 댁에서 일하고 있어서 아이를 키울 수가 없대. 아기가 얼마나 귀엽고 예쁜지 몰라. 내가 아기들을 정말 좋아하잖아. 줄리아와 윌리한테도 동생이 있으면 좋을 것 같더라고. 줄리아는 아기들이랑 노는 걸 정말 좋아하니까. 나는 집을 비울 때가 많고 윌리도 늘 밖에 나가 뛰어놀기 바쁘니 아기가 있으면 줄리아한테도 정말 좋을 거야. 자기도 줄리아가 밖으로 도는 건 좋지 않다고 맨날 그랬잖아. 아기가 있으면 줄리아도 집에 붙어 있을 테니 좋을 거야."

애나는 렌트먼 부인이 한마디씩 내뱉을 때마다 분노가 더욱 치밀어 올라 얼굴이 완전히 창백해졌다.

"렌트먼 부인, 아기를 데려다 키우는 게 줄리아랑 대체 무슨 관계가 있어? 이미 있는 아이들도 제대로 보살펴주지 못하고 있잖아. 나말고 줄리아를 가르칠 사람이 있기나 해? 이제 누가 줄리아한테 아기 돌보는 방법을 알려줄 건데? 줄리아는 아기 돌보는 방법 같은 건 전혀 모르는 애야. 자기는 매일 밖으로만 나돌고, 자기가 낳은 아이들도 돌볼 시간이 없으면서, 이젠 모르는 사람이 낳은 아기까지 떠맡겠다니 말이 되냐고! 렌트먼 부인, 당신이 제멋대로인 건 알았지만 이런 짓까지 벌일 줄은 몰랐어. 이건 아냐. 자기 아이들은 될 대로 되라고 내팽개쳐놓고 남의 아이까지 데려오면 안 돼. 돈도 없어서 늘 쪼들리잖아. 그런다고 돈을 아끼기나 해? 다 허투루 써버리면서 말이야. 이건 정말 안 될 일이야."

정말 최악이었다. 애나는 지금까지 친구에게 이렇게까지 솔직했던 적이 없었다. 이런 말까지 들어야 하다니 렌트먼 부인에게 너무 가혹했다. 애나가 내뱉은 말이 진심이라고 생각했다면 렌트먼 부인은 애나를 두 번 다시 집에 부를 수 없었을 것이다. 렌트먼 부인은 애나를 정말 좋아했고, 그녀의 예금과 강인한 성격에 많이 의지하고 있었다. 그리고 애나의 모진 말을 곧이곧대로 받아들이기엔 정신이 딴 데 팔려 있기도 했다.

렌트먼 부인은 마음 편한 쪽으로 애나의 말을 해석하려고 애썼다. "애나, 자기는 아이들끼리 보내는 시간이 많은 걸 너무 심각하게 생각하는 것 같아. 줄리아와 윌리는 정말 착한 아이들이야. 광장에서 함께 어울려 노는 아이들도 모두 착한 아이들이고 말이야. 자기도 아이가 있었다면 그냥 내버려 두는 것도 그리 나쁘지 않다고 생각했을 거야. 그런데 줄리아가 아기를 얼마나 예뻐하는지 몰라. 조그만 녀석이 어찌나 착하고 예쁜지, 이 아이를 고아원에 보내면 정말 속상할 거야. 자기도 아이들 정말 좋아하잖아. 윌리한테도 얼마나 잘해? 애나, 말이야 쉽지. 저 불쌍한 아기를 정말 고아원에 보낼 수 있겠어? 여기서 지내면 더 잘 클 수 있는데 말이야. 자기도 정말 그러고 싶지는 않을 거야. 나한테는 그렇게 모질게 말했지만 자기가 진짜로 아기를 고아원에 데려갈 수 있을 거라고 생각하지 않아. 세상에, 오늘 너무 덥네. 줄리아, 아이스티 안 가져오고 뭐 하니? 미스 애니가 계속 기다리고 계시는 거 안 보이니?"

줄리아가 아이스티를 내왔다. 줄리아는 부엌에서 두 사람의 대화를 듣고 있다가 지나치게 흥분한 나머지 아이스티를 쟁반에 꽤 많이 흘리고 말았다. 하지만 별 탈은 없었다. 애나가 대화에 너무 깊이 빠져드는 바람에 줄리아의 서툰 손놀림을 보지 못했다. 칠칠치 못하고 제대로 하는 일 없는 줄리아의 손에는 새 반지가 끼워져 있었다.

"아이스티 드세요, 미스 애니." 줄리아가 말했다. "이게 아주머니 거예요, 진하게 드시는 거 좋아하잖아요."

"아니다, 줄리아. 이 집에서는 아이스티를 마시고 싶지 않구나. 너희 엄마는 이제 친구에게 아이스티를 대접하는 데 돈을 쓸 여유가 없으실 거야. 앞으로 돈을 그런 데 쓰면 안 돼. 나는 드레텐 부인에게 가봐야겠다. 드레텐 부인은 정말 열심히 사는 친구야. 몸이 그렇게 아픈데도 아이들을 키우면서 어찌나 열심히 사는지. 그 집에나 가봐야겠구나. 잘 있어, 렌트먼 부인. 당신의 헛짓거리에 행운이 조금이라도 따르길 바랄게."

착한 애나는 바깥문이 부서질 정도로 세게 닫고 나갔다. 그 충격에 집이 흔들렸다. "세상에, 미스 애니가 정말 단단히 화나셨나 봐요." 줄리아가 말했다.

애나가 드레텐 부인과 친하게 지낸 지는 이제 두어 달 정도였다.

드레텐 부인은 종양을 치료받으려고 숀엔 박사를 찾아왔었다. 그녀가 숀엔 박사의 집을 드나들다가 애나를 알게 됐고, 두 사람은 서로 호감을 느꼈다. 두 사람의 우정이 불꽃처럼 뜨겁게 타오른 것은 아니었다. 늘 열심히 일하고 걱정이 끊이지 않는 두 여자의 마음이 통했을 뿐이었다. 푸근한 몸집에 모성애가 넘치고, 남편에게 복종하면서 일곱이나 되는 아이들을 낳고 키운 인내심 강하고 지친 인상의 한 여자와, 맑은 눈이 재치 있게 반짝이고 강인한 턱선을 지녔지만 지치고 야윈 얼굴을 한 독신녀, 바로 착한 우리 애나였다.

드레텐 부인은 많은 것을 참아가며 검소하고 성실하게 살았다. 남편은 정직하고 점잖은 사람이었지만, 양조업자여서 술을 많이 마실 수밖에 없었다. 그러다 보니 가끔씩 무례하고 불쾌한 행동을 했다.

일곱이나 되는 아이 중 넷은 아들이었고 셋은 딸이었다. 아들들은 충직하고 쾌활하고 효심이 지극했으며, 딸들은 순종적이고 성실하고 검소했다.

애나는 드레텐네가 훌륭한 가정이라고 생각했고, 그들 역시 애나를 무척 좋아했다. 애나는 가부장적인 남자를 많이 겪은 독일 여자답게 무례한 아버지의 비위를 잘 맞춰주었고 기분을 거스르는 일도 거의 없었다. 늘 지치고 아프며, 잘 참는 어머니의 이야기를 귀 기울여 들었고, 현명한 조언을 해주거나 물질적인 도움을 주기도 했다. 아이들도 애나를 굉장히 좋아했다. 아들들은 시도 때도 없이 애나에게 장난질하면서 크게 웃어댔고, 그녀도 아들들의 장난에 큰 웃음으로 맞받아쳤다. 딸들도 모두 착한 아이들이어서 야단칠 일이 없었다. 그저 모자 장식이나 리본에 대한 상냥한 조언을 건네고, 생일에 어울릴 만한 장신구를 추천해주었다.

애나가 친구인 과부 렌트먼 부인에게 통탄할 만한 일격을 날린후, 마음의 위안을 얻고자 찾아온 곳이 바로 이 집이었다. 그 일에 대해서는 드레텐 부인에게 아무 말도 하지 않았다. 그런 상처를 까 발려서 두 사람 관계에 괜한 문제를 일으키고 싶지 않았다. 렌트먼 부인과의 일은 오롯이 두 사람의 문제였고, 또 너무 슬픈 일이었기 때문에 섣불리 입 밖에 낼 수 없었다. 대가족이 모여 사는 이 집은 늘 시끄럽고 다툼이 끊이지 않아서 여기서는 애나도 자신의 걱정과 상처로 인한 고통을 잠시 잊을 수 있었다.

드레텐 가족은 교외에 위치한 집에서 살았다. 나무로 만든 못생긴 집이었다. 대도시 외곽에는 그런 집이 여러 채 모여 있었다.

아버지와 아들들은 집에서 맥주 만드는 일을 했고, 엄마와 딸들은 청소와 바느질과 요리를 담당했다.

드레텐 가족은 일요일마다 깨끗하게 몸을 씻었다. 몸에서 주방 비누 냄새가 풍겼다. 아들들은 일요일에 입는 외출복을 차려입고 집 주변이나 마을을 돌아다녔고, 특별한 날에는 자매들과 함께 소풍을 갔다. 딸들은 좀 불편해 보이는 화려한 색의 옷을 입었고, 교회에 가서 거의 종일 머무르거나 친구들과 산책을 했다.

아이들은 저녁 먹을 시간에 맞춰 집에 돌아왔고, 애나가 저녁 식사에 참석하면 모두 반가워했다. 독일 사람들은 일요일 저녁에 다 같이 모여 즐겁게 식사하는 것을 무척이나 좋아했다. 식사하는 동안 애나와 아들들은 농담을 주고받으며 웃음꽃을 피웠고, 딸들은 음식을 준비해서 식탁 위에 내놓았다. 엄마는 이런 아이들을 무척 자랑스러워했다. 아버지가 이따금 불쾌한 말을 던져서 분위기를 어색하게 만들었지만, 나머지 식구들은 아무 말도 듣지 못한 것처럼 그냥 흘려보냈다.

애나가 더운 일요일 오후에 렌트먼 부인의 집을 나와 그녀가 벌인 무모한 짓을 잊고 마음의 평온을 얻기 위해 찾아온 곳이 바로 드레텐 가족의 집이었다.

대문은 활짝 열려 있었다. 드레텐 부인이 흔들의자에 앉아 상쾌하고 향긋한 여름 공기를 마시며 휴식을 취하고 있었고, 나머지 식구들은 보이지 않았다.

전차에서 내려 여기까지 걸어온 애나는 몹시 더웠다.

애나는 부엌에 들어가 시원한 음료를 마신 후, 드레텐 부인과 가까운 계단에 걸터앉았다.

이제 분노는 가라앉았다. 대신 슬픔이 밀려왔다. 드레텐 부인이 엄마처럼 다정하고 부드럽게 건네는 말을 듣고 있으니 슬픔의 자리에 평온한 체념이 들어앉았다.

저녁 시간이 가까워지자 아이들이 하나씩 집으로 돌아왔다. 활기 넘치는 일요일 저녁 식사가 곧 시작되었다.

드레텐 부인을 알고 지낸 몇 달 동안, 착한 우리 애나의 삶이 마냥 평온했던 건 아니었다. 제빵사인 애나의 오빠와 문제가 생긴 것이다.

빵집을 하는 애나의 이부 오빠는 좀 특이한 사람이었다. 그는 움직이기 불편할 정도로 엄청난 거구였다. 온몸의 살이 불룩하게 튀어나왔고, 몸이 너무 비대해서 잘 걷지도 못했다. 넓적한 두 다리에는 커다란 정맥이 곧 터지기라도 할 것처럼 툭 튀어나와 있었다. 최근에는 걷는 일도 거의 없었다. 굵은 지팡이에 몸을 기대고 가만히 앉아 일꾼들을 지켜보기만 했다.

공휴일마다, 그리고 가끔은 일요일에도 애나의 오빠는 빵집 마차를 타고 외출을 했다. 빵집 손님들을 직접 찾아가서 건포도가 들어간 크고 달콤한 케이크 빵을 나누어 주었다. 걸음을 옮길 때마다 끙끙 앓는 소리를 내고 숨을 헐떡이면서도 한 집도 빠트리지 않고 그 무거운 몸을 끌고 마차에서 내렸다. 검은 머리에 이목구비가 또렷하고, 사람 좋아 보이는 그의 넓적한 얼굴은 땀과 기름으로 번들거렸다. 노동자로서의 긍지와 너그러운 성품이 배어 있는 얼굴이었다. 그는 커다란 지팡이의 도움을 받아 발을 더듬거리며 걸음을 옮겼고, 가장 먼저 발견한 의자에 걸터앉았다. 그 의자는 방문한 집의 구조에 따라 부엌에 있기도 했고 응접실에 있기도 했다. 그는 일단 자리에 앉아서 담배를 피우다가 그 집의 안주인이나 요리사에게 건포도 넣은 빵을 건넸다.

애나는 오빠의 빵집에서 빵을 사지 않았다. 둘 다 브리지포인트에 살았지만 같은 동네는 아니었다. 하지만 오빠는 빵을 돌리러 나갈 때 애나의 집을 빼먹지 않았다. 그리고 늘 자기 손으로 직접 애나에게 빵을 건넸다.

애나는 이부 오빠를 굉장히 좋아했다. 오빠는 원래 말수가 적은 편인 데다가 여자들과는 거의 대화를 나누지 않아서 애나도 오빠라는 사람을 잘 알지는 못했다. 하지만 애나가 보기에 오빠는 착하고 정직하고 친절한 사람이었으며, 애나의 일에 참견하지도 않았다. 그리고 애나는 건포도가 들어간 이 빵을 굉장히 좋아했다. 여름에는 심부름꾼 아이와 이 빵만 먹으면서 살 수도 있었지만, 생활비로 매일 빵을 살 수 없었다.

오빠와의 관계가 늘 깔끔하기만 한 건 아니었다. 오빠의 식구들과 사이가 썩 좋다고 할 수 없었기 때문이다.

오빠에게는 아내와 두 딸이 있었다.

애나는 오빠의 부인이 정말 마음에 들지 않았다.

막내딸의 이름은 고모인 애나의 이름을 따서 지었다.

애나는 오빠의 부인이 정말 마음에 들지 않았다. 이 여자는 애나에게 무척 친절했고, 애나가 하는 일에 참견하지도 않았다. 애나를 만나면 언제나 반가워했고, 그녀가 집에 찾아오면 후하게 대접했다. 그런데도 착한 우리 애나의 눈에는 좀처럼 차지 않았다.

애나는 조카들에게도 딱히 애정이 없었다. 조카들에게는 잔소리를 하지도 않았고, 도움될 만한 조언도 하지 않았다. 오빠네 집이 돌아가는 방식에 이러쿵저러쿵 말을 얹거나 참견하는 일도 없었다.

페더너 부인은 얼굴이 예쁘고 성격도 순했다. 그 속에 까칠하고 냉정한 모습이 숨어 있을지도 몰랐지만, 남들에게는 늘 밝고 친절했다. 가정교육을 잘 받은 두 딸도 늘 얌전했고, 어른들 말을 잘 따랐으며 옷도 잘 차려입었다. 그런데도 착한 우리 애나는 그 아이들을 사랑하지 않았고, 그 아이들의 엄마도 사랑하지 않았다. 그냥 마음에 드는 데가 없었다.

애나는 바로 이 집에서 자신의 친구인 과부 렌트먼 부인을 처음 만났다.

페더너 가족은 친구에게 헌신하고 친구와 친구의 아이들을 극진히 보살피는 애나를 이상하게 생각하지 않았다. 두 여자가 주고받는 감정은 다른 차원의 것이라 타인이 함부로 침범할 수 없었다. 하지만 페더너 부인의 마음과 혀는 주변을 검게 더럽히는 재주가 있었다. 물론 아주 검게 만들었다는 것은 아니다. 그저 조그만 검댕을 묻히는 정도였다. 페더너 부인은 그 정도만으로도 하느님의 얼굴을 우스꽝스럽게 만들 수 있었다. 그리고 친구들 일에도 참견할 생각이 없었지만, 본의 아니게 자꾸 참견했다.

렌트먼 부인의 경우에도 페더너 부인은 정말 참견할 생각이 없었고 그건 사실이었다. 하지만 애나가 드레텐 가족과 어울리는 건 전혀 다른 문제였다.

왜 하필 드레텐 부인이냐는 것이다. 그 여자는 품위도 없고 돈도 없었다. 할 줄 하는 건 열심히 일하는 것뿐이었다. 그 여자 남편은 양조장에서 일하지만, 자기가 직접 운영하는 것도 아니었고 맨날 술 냄새나 풍겼다. 검소하지 않고, 점잖은 구석도 없었다. 그런데 드레텐 부인과 볼품없고 못생긴 그 집 딸들이 자기 시누이에게 선물을 받는 까닭을 알 수가 없었다. 자기 남편이 왜 그렇게 시누이에게 잘해주는지도 이해되지 않았다. 막내딸 이름을 애나라고 지은 것도 납득할 수 없었다. 애나에게는 드레텐 가족이 생판 남이나 마찬가지인데 그렇게 잘해줘봐야 좋을 것도 없고, 별로 적절한 행동도 아닌 것 같았다.

페더너 부인은 영리한 여자라 고집 세고 성질이 불같은 시누이에게 직접 이야기하는 것보다 은밀하게 전달할 기회를 노리고 있었다.

드레텐 가족에게 검댕을 묻히기란 식은 죽 먹기였다. 집은 가난하고, 아버지는 주정뱅이인 데다가 아들들은 투덜거릴 줄밖에 몰랐다. 게으르고 못생긴 딸들은 애나의 도움을 받아 괜찮은 옷으로 겨우 치장을 했고, 불쌍한 엄마는 힘들게 일하느라 늘 몸이 아팠다. 그러니 동정하는 척 경멸을 드러내면서, 드레텐 가족을 깎아내리는 건 일도 아니었다.

애나는 페더너 부인이 참견해도 딱히 반격할 수 없었다. 그도 그럴 것이 페더너 부인이 늘 "아가씨가 그 집 사람들한테 정말 잘하시잖아요. 아가씨 없었으면 그 사람들은 어떻게 먹고살았을지 모르겠어요. 그러니 사람들이 아가씨를 '착한 애나'라고 부르는 거죠. 마음씨가 얼마나 따뜻한지, 딱 아가씨 오빠처럼, 그래서 누가 부탁하기 무섭게 다 퍼주고 말이죠. 아가씨 친척도 아니면서 준다고 넙죽 받는 것도 참 염치없다니까요. 가여운 드레텐 부인. 정말 좋은 여자예요. 친척도 아닌 생판 남이 그렇게 열심히 도와주는데, 남편이라는 작자는 술 마시는 데 돈을 다 써버리니 그 여자도 꽤 힘들 거예요. 마침 어제 렌트먼 부인이랑 그런 얘길 했거든요. 드레텐 부인은 정말 운이 좋은 사람 아니냐고요. 아가씨가 옆에서 항상 도와주니 얼마나 다행이에요." 이런 말로 이야기를 마무리했기 때문이다.

그리하여 결국 애나는 생일인 대녀에게 금시계와 줄을 선물했고, 큰조카에게도 새 실크 우산을 선물했다. 가여운 애나. 이 조카들이 애나의 유일한 친척이었지만, 그녀는 조카들을 좋아하지 않았다. 별로 좋아하지도 않는 그들이 애나의 유일한 친척이라는 사실이 문제였다.

렌트먼 부인은 페더너 부인의 참견질에 절대 동참하지 않았다. 렌트먼 부인은 너무 산만하고 정신없는 사람이라 남의 일에 참견할 능력도 되지 않았고, 애나에게 믿음이 확고해서 애나가 다른 사람들에게 잘해줘도 질투하지 않았다.

그러는 동안 애나는 숀엔 박사의 집에서 행복한 나날을 보내고 있었다. 애나는 늘 바빴다. 요리하고, 저축하고, 바느질하고, 걸레질하고, 야단치느라 바빴다. 저녁에는 애나가 헐값에 산 질 좋은 물건들을 흥미로운 눈으로 구경하는 숀엔 박사를 보면서 행복한 시간을 보냈고, 그가 먹을 음식을 정성스럽게 준비했다. 식사 후에는 애나가 박사에게 그날 있었던 일들을 들려주었고, 그는 애나의 이야기를 들으면서 열심히 웃었다.

박사도 애나와 함께하는 생활이 무척이나 행복했고, 애나가 부탁한 것도 아닌데 오 년 동안 그녀의 월급을 여러 번 올려줬다.

애나는 자기가 가진 것에 만족했고, 박사의 호의에 무척 고마워했다.

박사를 위해 일하는 삶과 친구들에게 베푸는 삶은 계속 그렇게 이어졌지만, 각각의 삶에는 다채로운 기쁨과 고통이 뒤따랐다.

아기 입양 사건이 과부 렌트먼 부인과 애나의 우정에 종지부를 찍지는 않았다. 착한 애나도, 대충 사는 렌트먼 부인도 정말 중대한 이유가 아니고서는 서로를 포기할 생각이 없었다.

렌트먼 부인은 애나의 인생에서 유일한 사랑이었다. 렌트먼 부인은 여자들을 끌어당기는 매력이 있어서 언제나 여자들의 사랑을 받았다. 조심성 없고 덤벙대는 게 단점이긴 했으나 마음씨 착하고 정직한 여자였다. 렌트먼 부인은 애나를 신뢰했고, 친구 중에서 애나를 가장 좋아했다. 그건 애나도 아주 잘 알고 있었다.

그렇다. 애나는 렌트먼 부인을 포기할 수 없었다. 그리고 줄리아에게 아기 돌보는 방법을 가르치느라 전보다 더 바빴다.

렌트먼 부인은 여러 계획을 구상하고 있었다. 그 계획에 함께하려면 애나도 렌트먼 부인의 말을 열심히 듣고 열심히 도와야 했다.

렌트먼 부인이 가장 좋아하는 일은 곤란한 상황에 처한 여자들의 아기를 받아주는 것이었다. 여자들이 별문제 없이 집이나 일터로 돌아갈 수 있을 때까지 아무도 모르게 자기 집으로 데려가 보살폈고, 여자들은 그 대가로 조금씩 돈을 보냈다.

애나도 곁에서 친구를 도왔다. 가난하고 착한 여자들은 곤란한 상황에 처한 젊은 여자들을 그냥 지나치지 못했다. 애나도 마찬가지였다. 애나가 정말 마음 깊이 경멸하고 증오하는 못된 여자들을 말하는 게 아니었다. 착하고 정직하고 성실하고 정숙한데, 어쩌다 곤란한 상황에 처한 바보 같은 여자들을 말하는 것이었다.

애나는 이런 여자들을 위해 돈과 힘을 보태고 싶었다.

렌트먼 부인은 큰 집을 구해서 여자들을 더 많이 받으면, 돈도 더 벌 수 있을 거라고 했다.

애나는 이 생각이 마음에 들지 않았다.

애나는 모험을 즐기지 않았다. 돈은 아낀 만큼만 생기는 것이었다.

착한 애나에게는 그렇지 않았지만…….

애나는 돈을 아끼고 또 아꼈지만, 그렇게 아낀 돈은 이리저리 자취를 감췄다. 이 친구에게 조금, 저 친구에게 조금, 곤란한 처지에 있는 누군가에게도 조금, 기쁜 일이 생긴 누군가에게도 조금, 아픈 사람, 죽은 사람, 결혼하는 사람에게도 조금, 어린아이들을 위해서도 조금. 애나가 힘들게 일해서 벌고 저축한 돈은 이런 식으로 자취를 감췄다.

렌트먼 부인이 어떻게 큰 집을 감당할 수 있다는 것인지 애나는 이해되지 않았다. 지금 있는 이 작은 집에서는 돈 들어갈 일이 그리 많지 않았다. 하지만 집이 커지면 관리하는 데 더 많은 돈이 필요할 것이다.

착한 애나의 입장에서는 이런 일들을 구체적으로 예상하는 것도 쉽지 않은 일이었다. 그러던 어느 날 애나가 렌트먼의 집을 찾았다. "애나." 렌트먼 부인이 말했다. "우리가 전에 보러 갔던 아랫골목의 크고 괜찮은 집 있잖아, 내가 어제 계약했어. 확실하게 해두려고 계약금도 걸어놨으니까 가서 자기 마음대로 손봐도 돼. 꾸미고 싶은 대로 꾸며."

이미 늦었다는 건 알고 있었다. 그래도 말은 해보았다. "렌트먼 부인, 집을 구하지 않겠다고 했잖아. 바로 지난주에는 그렇게 말했다고. 그래 놓고 이런 짓을 벌일 줄은 몰랐어!"

이미 늦었다는 건 애나도 아주 잘 알고 있었다.

"나도 알아, 애나. 그런데 집이 너무 괜찮더라고. 자기도 봤잖아. 다른 사람들도 그 집을 보러 왔더라. 자기도 그 집이 딱이라고 했는데, 내가 계약하지 않으면 그 사람들이 계약하겠다고 해서 말이야. 자기한테 먼저 물어보고 싶었는데 그럴 시간이 없었어. 자기가 도와줄 일은 많지 않아. 집 상태도 그 정도면 훌륭하니까. 아주 조금만 손보고 들어가면 돼. 애나가 도와줄 건 그게 다야. 그 정도면 아주 충분하다니까. 가서 보면 알 거야. 자기한테 다 맡길 테니까 자기 마음대로 다 해도 돼. 자기가 해도 굉장히 근사할 거야. 자기가 그런 일에 감각 있잖아. 정말 멋진 집이 될 거야. 맞잖아, 그렇지?"

애나는 이게 잘하는 짓인지 확신할 수 없었지만, 이 일에 돈을 보됐다. 물론 절대 잘하는 짓은 아니었다. 렌트먼 부인은 돈을 절대로 갚지 못할 것이며, 집을 관리하는 데에도 돈이 엄청나게 들 테니까. 하지만 딱한 우리 애나에게 별다른 방법이 있었을까? 렌트먼 부인이 애나의 인생에서 유일한 사랑임을 잊지 말아야 한다.

릴리의 아기 조니가 렌트먼 집에 들어온 후에는 애나도 그녀의 집에서 일어나는 일을 통제할 수 없었다. 그 일은 애나의 패배로 이어졌다. 더 이상의 말싸움 없이 이야기는 거기서 끝났지만, 사실상 렌트먼 부인의 승리라고 할 수 있었다.

애나에게 렌트먼 부인이 필요한 만큼 그녀도 애나가 필요했지만, 애나가 떠나도 별수 없다고 결론 내린 상황에서 착한 애나의 영향력은 점점 약해질 수밖에 없었다.

친구 사이에서 권력은 늘 하향 곡선을 그리기 마련이다. 한 사람의 영향력이 계속 커지다 보면, 어느 순간부터 그 사람은 더 이상 승리할 수 없다. 그렇다고 해서 패배한 것은 아니지만, 승리를 확신할 수 없는 그 순간부터는 그 사람의 영향력이 더 이상 커질 수 없다. 영향력이 절대 감소하지 않고 계속 증가하며 힘을 발휘하는 건 결혼 같은 아주 긴밀한 관계에서나 가능하다. 둘 중 누구도 벗어날 수 없는 관계에서만 가능하다는 얘기다.

우정은 호의를 기반으로 유지된다. 관계가 깨질 위험이나 다른 막강한 힘이 끼어들 위험도 언제나 존재한다. 어느 한 사람이 관계를 깨고 달아날 수 없을 때만 영향력은 효과를 발휘할 수 있다.

애나는 렌트먼 부인을 간절히 원했다. 그녀도 애나가 필요했지만, 언제든 다른 길을 선택할 수 있었다. 게다가 애나가 한 번 물러섰으니 다음에도 그럴 수 있었다. 그러니 렌트먼 부인이 두려워할 이유가 없었다.

착한 애나가 노골적으로 따지고 들지 않았기 때문에 렌트먼 부인은 점점 힘을 얻었다. 이제는 전보다 더 오래 버틸 수 있었다. 렌트먼 부인은 애나가 마음이 따뜻한 여자라는 걸 잘 알고 있었다. 도움이 필요한 사람에게 매정하게 고개를 돌릴 사람이 절대 아니었다. 딱한 애나는 싫다고 말할 수 있는 사람이 절대 아니었다.

무엇보다도 렌트먼 부인은 애나의 인생에서 유일한 사랑이었다. 그런 사랑은 인생을 사는 동안 만나기 쉽지 않다. 그리고 놓치면 평생을 외롭게 살아야 한다.

그래서 애나는 그러면 안 된다는 걸 알면서도 저축한 돈을 그 집에 모두 보탰다.

한동안 집을 수리하느라 무척 바빴다. 그 집은 밑 빠진 항아리처럼 애나의 돈을 계속 집어삼켰다. 일단 수리를 시작한 이상, 목표한 수준에 이르지도 않았는데 그만둘 수 없었다.

어쩌다 보니 애나는 정말로 그 집에 흥미를 보이고 있었다. 렌트먼 부인은 일단 일을 저지르고 나니까 맥이 탁 풀려버렸고 집에도 흥미를 잃었다. 마음이 편치 않고 앞날이 불안했다. 심지어 전보다 더 산만해졌다. 그래도 그 집을 찾는 손님들에게는 하나같이 친절하고 다정하게 대했고, 편히 지낼 수 있게 배려해주었다.

렌트먼 부인의 마음속에는 전에 느끼지 못한 새로운 불안이 뿌리를 내리고 있었다. 애나도 느낄 수 있을 정도였다. 렌트먼 부인은 대체 뭘 그렇게 불안해하는 걸까? 렌트먼 부인은 애나가 잘못 알고 있는 거라고만 말했다. 자신에게는 아무 문제가 없다고 했다. 새집에 들어온 사람들은 모두 좋은 사람이고 걱정할 일이 없다고 했다. 하지만 문제가 있는 건 분명했다.

애나는 이부 오빠의 아내이자 험담을 좋아하는 페더너 부인에게 그 문제라는 것에 대해 귀가 닳도록 들었다.

새집을 청소하고 수리하고 가구를 들여놓는 동안 렌트먼 부인은 계속 불안해 보였고, 페더너 부인은 험담만 계속 늘어놨다. 그때 한 남자가 홀연히 나타났다. 렌트먼 부인이 데리고 온 새 의사였다.

그 남자를 직접 만난 적은 없었지만, 이야기는 여러 번 들은 적 있었다. 친구인 과부 렌트먼 부인에게 들은 건 아니었다. 렌트먼 부인이 분명히 말해주지 않아서 남자의 정체는 수수께끼로 남아 있었지만, 애나는 그 수수께끼를 풀 기운도 없었다.

페더너 부인은 계속해서 불쾌한 험담을 늘어놨고 불길한 추측을 남발했다. 심지어 사람 좋은 드레텐 부인도 페더너 부인과 같은 이야기를 했다.

렌트먼 부인은 새 의사에 대해 아무 말도 하지 않았다. 착한 애나는 이런 상황이 너무 미심쩍고 불안해서 견딜 수가 없었다.

결국 생길 수 있는 온갖 나쁜 일이 한꺼번에 터졌다.

렌트먼 부인의 집에는 으스스하고 음울한 기운과 함께 수수께끼 같은 남자가, 어쩌면 악마일지도 모르는 남자*가 나타났다. 한편 숀엔 박사는 한 여인에게 호기심을 점점 키워 나가는 중이었다.

---

*   불법 낙태 시술을 하는 의사.

이 또한 페더너 부인이 불쌍한 애나에게 얘기한 적 있었다. 숀엔 박사가 곧 결혼할지도 모른다는 얘기였다. 박사는 요즘 바인가르트너 씨 집에 뻔질나게 드나들고 있었다. 그 집 딸이 숀엔 박사를 좋아한다는 걸 모르는 사람은 없었다.

그 당시 오빠네 집 거실은 애나에게 고문실이나 마찬가지였다. 올케가 하는 말이 너무 그럴듯하다는 게 문제였다. 숀엔 박사는 곧 결혼할 게 분명했고, 렌트먼 부인은 요즘 들어 부쩍 이상한 행동만 하고 있었다.

가여운 애나. 너무나 암울한 시기였다. 애나는 크나큰 고통을 견뎌야 했다.

문제는 숀엔 박사 쪽에서 먼저 터졌다. 약혼식을 올린 박사는 이제 결혼식을 앞두고 있었다. 어느 날 박사가 애나에게 직접 이야기했다.

착한 애나는 이제 어찌해야 한단 말인가? 숀엔 박사는 당연히 애나가 계속 있어주면 좋겠다고 했다. 난처한 일들이 연달아 일어나다니, 애나는 너무 슬펐다. 숀엔 박사의 집에서 지내는 동안 박사가 결혼하면 상황이 지금처럼 좋지만은 않을 거라 생각했었다. 단호하게 집을 떠나고 싶어도 그럴 기운이 없었다. 박사의 곁에 남겠다고 할 수밖에 없었다.

박사는 급하게 결혼식을 올렸다. 애나는 신혼집을 아름답고 깔끔하게 꾸몄다. 진심으로 그 집에 남아 있고 싶었다. 하지만 오래 버티지 못했다.

숀엔 박사의 부인은 오만하고 기분 나쁜 여자였다. 끊임없이 일을 시키고 시중을 들게 하면서 고맙다는 말 한마디 할 줄 몰랐다. 박사의 집에서 오랫동안 일했던 사람들은 박사의 부인을 오래 버티지 못하고 그 집을 떠났다. 애나는 박사에게 가서 이야기했다. 하인들이 숀엔 부인을 어떻게 생각하는지 설명했다. 그러고는 박사에게 작별을 고하고 그 집을 나왔다.

애나는 막막했다. 어떻게 해야 할지 몰라 망설였다. 메리 워드스미스 아가씨가 있는 커튼으로 갈까 싶었다. 메리 아가씨는 편지를 보낼 때마다 애나에게 돌아오라고 했지만, 참견하기 좋아하는 제인 아가씨가 신경 쓰이는 건 어쩔 수 없었다. 브리지포인트와 렌트먼 부인을 떠나 멀리 가는 것도 역시 불가능했다. 지금은 이곳에 남는 것도 떠나는 것만큼이나 괴로운 일이 되어버렸지만.

숀엔 박사의 친구가 머틸다 아가씨를 소개했다. 머틸다 아가씨의 집에 들어가도 괜찮을지 확신이 들지 않았다. 여주인을 모시고 사는 게 예전처럼 보람 있을 것 같지 않았다. 메리 아가씨와 함께 지낼 때야 참 좋았지만, 그녀 같은 사람이 흔하지 않으니 그런 생각이 드는 것도 당연했다.

여자들은 남의 일에 참견하길 너무 좋아했다.

머틸다 아가씨는 몸집이 상당히 큰 여자라고 했다. 애나의 메리 아가씨만큼 크지는 않겠지만, 그래도 꽤 크다고들 했고, 착한 애나는 몸집이 큰 여주인을 좋아했다. 작고 마르고 활동적이고 참견하기 좋아하는 여주인은 싫었다.

애나는 어떻게 하는 것이 가장 좋을지 고민하느라 결정을 내리지 못하고 있었다. 바느질을 할 줄 아니 먹고살 수는 있었다. 하지만 별로 내키지는 않았다.

렌트먼 부인은 애나에게 머틸다 아가씨의 집으로 들어가라며 부추겼다. 정작 들어가서 살아보면 애나도 그 집이 마음에 들 거라고 했다. 그래도 애나는 확신이 들지 않았다.

"있잖아, 애나." 렌트먼 부인이 말했다. "우리 이렇게 하자. 나하고 같이 점치는 여자에게 가는 거야. 점쟁이가 어떻게 해야 할지 알려줄 거야."

점쟁이에게 가자니 정말 최악이었다. 애나는 신실한 독일 남부 가톨릭 신자였고, 교회에서 독일 신부님들이 늘 하시는 말씀이 점 보러 다니지 말라는 것이었다. 하지만 착한 애나가 이 상황에서 달리 무얼 할 수 있단 말인가? 애나는 최선을 다해 열심히 살았지만 모든 게 엉망진창이 되고 말았다. 애나는 마음이 복잡했다. 사는 게 너무 괴로웠다. "알았어, 렌트먼 부인." 애나는 결국 그 제안에 응했다. "같이 점쟁이한테 가보자."

아랫동네에 사는 이 점쟁이는 보통 점쟁이가 아니라 영매였다. 렌트먼 부인과 애나는 영매의 집으로 향했다.

영매가 직접 나와 문을 열어주었다. 지저분하고 단정치 못한 생김새가 영 마음에 들지 않았지만, 애나의 말을 열린 마음으로 진지하게 들어주었다. 설득력 있게 말하는 재주도 있었다. 비록 머리는 기름기로 떡 진 상태였지만.

영매가 두 사람을 집 안으로 안내했다.

바깥문은 곧장 응접실로 이어졌다. 남부의 작은 집들은 다 이런 구조였다. 응접실에는 두꺼운 꽃무늬 카펫이 깔려 있었고, 직접 만든 조잡한 물건들로 가득했다. 그런 물건들이 벽에도 걸려 있고, 의자의 시트와 등받이, 탁자 위에도 놓여 있었다. 가난한 집에서 볼 수 있는 온갖 잡다한 물건이 사방에 걸려 있거나 놓여 있었다. 심지어 죄다 잘 깨지는 물건들이라 대부분은 벌써 깨져 있었다. 지저분하고 답답한 공간이었다.

응접실에서 손님을 받는 영매는 없다. 영매는 식사를 하는 방에서만 강신술을 행한다.

남부의 작은 집들은 겨울이 되면 거실에서 식사를 한다. 거실 한가운데 둥그런 테이블을 놓고 장식이 달린 양모를 테이블 위에 깐다. 그러면 양모는 음식물의 기름기를 흡수한다. 양모는 매번 깔았다가 걷어 내야 하지만, 식탁보 아래 식탁 보호용 덮개를 쓰는 것보단 양모를 까는 게 더 쉽다. 덮개를 씌운 의자는 낡고 지저분하다. 바닥의 카펫은 식탁에서 떨어진 음식과 신발에서 옮겨 묻은 흙으로 얼룩덜룩하다. 세월과 함께 자리 잡은 먼지도 빼곡하다. 초록색 비슷한 칙칙한 벽지에는 기분 나쁜 회색 얼룩이 묻어 있고, 집 안에서는 고기의 지방 덩어리와 양파를 넣고 끓인 수프 냄새가 진동한다.

영매는 렌트먼 부인과 우리 애나가 찾아온 이유를 먼저 확인한 뒤 두 사람을 식사하는 방으로 안내했다. 세 사람이 식탁에 둥그렇게 모여 앉자 영매가 강신술을 시작했다.

영매는 눈을 잠깐 감고 있다가 금방 다시 떴다. 두 눈에 초점이 없었다. 그 상태로 심호흡을 계속하다가 숨이 막히는지 여러 번에 걸쳐 힘들게 숨을 들이마셨다. 그리고 몇 번 손을 내젓다가 단조로운 목소리로 천천히 말하기 시작했다.

"어디— 어디 보자— 어디— 안 보이는데— 어디 보자— 어디
보자— 뭐가 너무 많아— 안 보이잖아— 어디 보자— 어디— 고
민이 있구면— 어떻게 해야 할지 모르는 거야. 어디 보자— 보자,
보자— 안 보인다, 안 보여— 보인다, 보여— 확신이 없는 거야—
어디 보자— 어디 보자— 나무가 집 주변을 에워싸고 있어— 어둡
고— 저녁이군— 어디 보자— 어디 보자— 당신이 그 집에 들어가
네— 계속 보자— 집에서 나왔어— 다 괜찮을 거야— 그냥 해버
려— 확신이 없어도 그냥 저지르면 돼— 다 괜찮을 거니까— 그게
최선이니까 당장 행동에 옮겨."

영매는 말을 멈추고 침을 꿀꺽 삼켰다. 눈알이 뒤집히더니 숨을
거칠게 들이켰다. 그리고 다시 원래 상태로 돌아왔다.

"혼령께서 원하던 답을 주시던가요?" 영매가 물었다. 렌트먼 부인
이 그렇다고, 친구가 간절히 원하던 답을 얻었다고 대답했다. 애나
는 미신에 사로잡힌 이 집이 불쾌했다. 신부님이 아실까 봐 걱정됐
고, 먼지와 기름때로 가득한 집이 더러워서 견딜 수가 없었다. 하지
만 앞날을 결정하는 데 도움이 된 것 같아 그걸로 만족했다.

애나가 복채를 냈다. 두 사람은 영매의 집에서 나왔다.

"애나, 내가 뭐랬어? 괜찮을 거라니까. 혼령도 똑같이 얘기했잖아.
머틸다 아가씨의 집에 들어가야 한다니까. 지금 자기한테는 그게 최
선이야. 오늘 밤에 머틸다 아가씨가 사는 집에 가보자. 자길 데리고
점집에 오길 잘한 것 같아. 이제 어떻게 해야 할지 알았잖아."

그날 저녁, 렌트먼 부인과 애나는 머틸다 아가씨를 만나러 갔다.
머틸다 아가씨는 친구네 집에서 지내고 있었다. 나무로 둘러싸인 집

이었다. 그 집에서 애나는 머틸다 아가씨말고 다른 사람과 이야기를 나눴다.

그때가 저녁이 아니었고 그렇게 어둡지 않았다면, 이 집이 나무로 둘러싸여 있지 않았다면, 영매의 말처럼 애나가 그 집에 들어갔다 나오지 않았다면, 영매의 말이 조금이라도 틀린 데가 있었다면, 애나는 머틸다 아가씨의 집에 절대 들어가지 않았을 것이다.

머틸다 아가씨의 친구라는 사람은 엄마처럼 다정하고 온화한 여자였지만, 어딘가 모르게 불쾌한 면이 있었다. 별것 아닌 일에도 무척 기뻐했고, 하인들에게도 굉장히 상냥했다. 하지만 자기보다 나이도 어리고 어리숙한 머틸다 아가씨를 대신해서 주변 상황을 점검하고, 애나가 정말 괜찮은 사람인지 꼼꼼하게 따져봐야 한다는 책임을 느끼고 있었다. 머틸다 아가씨의 친구는 지금까지 어떤 일을 했는지 결혼 계획이 있는지 물었고, 돈 관리는 어떻게 하는지, 외출은 얼마나 자주 하는지, 빨래, 요리, 바느질 같은 것도 할 수 있는지 꼬치꼬치 캐물었다.

착한 애나는 너무 불쾌해서 입을 굳게 다물고 말도 거의 하지 않았다. 렌트먼 부인이 옆에서 적당히 둘러댔다.

머틸다 아가씨가 애나를 고용하겠다고 했고, 애나도 영매가 한 말을 무시할 수 없었다. 렌트먼 부인도 지금은 애나가 머틸다 아가씨의 집으로 들어가는 게 가장 좋은 방법이라고 생각해서 열심히 애나를 설득했다. 결국 애나는 머틸다 아가씨에게 전갈을 보내 당신께서 원한다면 집에 들어가서 기꺼이 일하겠다고 말했다.

그렇게 해서 애나는 머틸다 아가씨와 함께 새로운 삶을 시작했다.

애나는 머틸다 아가씨가 살게 될 자그마한 붉은 벽돌집을 깨끗하고 아늑한 보금자리로 가꾸었다. 베이비와 앵무새도 데리고 왔다. 자기 일을 도와줄 리지까지 고용하고 나니 모든 게 만족스러웠다. 앵무새만 빼고. 머틸다 아가씨는 앵무새가 꽥꽥거리는 소리를 너무 싫어했다. 베이비는 문제될 게 없었으나 앵무새는 견딜 수가 없었다. 애나도 앵무새를 그렇게까지 좋아한 건 아니어서 드레텐네 딸들에게 줘버렸다.

애나는 존경하는 신부님을 찾아가 잘못을 사실대로 고백했다. 자기가 정말 어리석었으며, 앞으로 다시는 그런 짓을 하지 않겠다고 약속했다. 잘못을 뉘우치고 나니 비로소 마음이 편해지는 것 같았다.

애나는 신앙심이 깊은 사람이었다. 주변 사람들은 신앙심이 깊지 않거나 신을 아예 믿지 않았지만, 그건 애나의 잘못이 아니었다. 애나가 걱정할 일도 아니었다. 애나는 그런 친구들을 위해 항상 열심히 기도를 올렸고, 신앙심은 깊지 않지만 모두 좋은 사람들이라고 굳게 믿었다. 숀엔 박사가 애나의 깊은 신앙심을 놀린 적이 몇 번 있었다. 이제 머틸다 아가씨도 똑같은 행동을 했다. 하지만 애나는 신실한 교인답게 너그러운 마음으로 그저 좋게 생각하려고 애썼다.

애나는 안 좋은 일이 생길 때마다 왜 그런 일이 생기는지 이해되지 않았다. 한번은 안경이 부서졌는데, 자기가 교회의 의무에 충실하지 않았다는 걸 뒤늦게 알게 됐다.

일하느라 미사를 깜박한 날도 있었다. 그러면 반드시 무슨 일이 일어났다. 그럴 때마다 애나는 신경이 날카로워졌고, 삶의 확신을 잃었다. 나날이 심란해지기만 했다. 주변 사람들이 힘든 일을 겪으면 꼭 애나의 안경이 부서졌다. 안경을 고치는 데 돈이 너무 많이 들었기 때문에 이건 정말 좋지 않았다. 하지만 안경이 일단 깨지면 골치 아픈 일들도 함께 사라졌다. 자기 때문에 이런 일이 생기는 것 같았다. 사람들이 경솔하고 부주의해서 안 좋은 일이 일어난 거라면 야단치고 잔소리하는 걸로 끝낼 수 있었다. 하지만 애나의 안경이 깨지고 나서야 상황이 수습된다는 건, 결국 이 모든 일이 애나의 잘못이라는 의미였다.

아니, 사실 그렇지도 않았다. 애나가 잘못을 저지르지 않았어도 결과는 마찬가지였을 것이다. 아무리 발버둥 쳐도 안 좋은 일은 일어났고, 그걸 해결하려면 돈이 들었다. 착한 애나가 가장 견디기 힘든 건 결국 돈 문제였다.

애나는 모든 일에 열심이었다. 고해성사도 빼먹지 않았고, 자선 활동도 열심히 했다. 물론 사람들에게 기분 좋은 거짓말을 한 일이나 교회가 가난한 사람들을 더 도와주면 좋겠다고 생각한 것까지는 신부님께 말하지 않았다.

하지만 숀엔 박사에게는 이런 얘기도 모두 했었다. 소중한 머틸다 아가씨에게도 이런 얘기를 모두 했다. 애나가 신부님에게 어떤 얘기를 어떻게 했는지 설명할 때면 애나의 두 눈은 장난기와 즐거움으로 반짝였다. 이런 얘기를 한 건 죄가 아니었기 때문에 신부님께 고백할 필요는 없었다.

그래도 점쟁이를 찾아간 건 애나의 잘못이었다. 그것만큼은 신부님께 사실대로 고하고 반드시 속죄해야 했다.

애나는 신부님께 찾아가 속죄했다. 그리고 속죄했으니 이제 머틸다 아가씨를 뒷바라지하고 집안일을 보살피면서 새 삶을 시작할 수 있었다.

그렇다. 머틸다 아가씨를 뒷바라지하며 살았던 이때가 고된 삶을 살아온 애나에게는 가장 행복한 시간이었다.

애나는 머틸다 아가씨를 위해 모든 일을 다 했다. 머틸다 아가씨의 옷과 모자와 집을 관리하고, 그녀가 언제 어떤 옷을 입으면 좋을지, 그녀에게 가장 좋은 게 무엇인지 결정했다. 머틸다 아가씨는 모든 일을 애나에게 맡겼고, 애나는 모든 일을 떠맡아서 몹시 기뻤다.

애나는 야단도 치고, 요리도 하고, 바느질도 했다. 그리고 돈을 열심히 저축했다. 머틸다 아가씨는 돈을 너무 헤프게 썼고, 애나는 쓸데없는 물건들을 사 와서 일만 자꾸 늘리는 그녀에게 잔소리를 늘어놓느라 너무 바빴다. 하지만 한편으로는 아는 것도 많고, 멋진 소장품도 많은 머틸다 아가씨가 꽤 대단하다는 생각이 들어서 주변 사람들에게 항상 그녀를 자랑하고 다녔다.

애나는 이때 가장 행복한 시절을 보냈다. 친구들을 생각하면 슬프기 그지없었지만, 그것도 어느 정도 무뎌졌는지 예전만큼 슬프지는 않았다.

머틸다 아가씨가 애나에게 일생일대의 사랑은 아니었지만, 애나는 그녀에게 엄청난 애정을 쏟았고, 그녀의 삶은 애나의 사랑으로 넘쳐흐를 지경이었다.

렌트먼 부인의 상황이 좋지 않아 보였다. 하지만 머틸다 아가씨와 함께 있는 동안 애나는 행복하게 지냈으니 다행이라고 할 수 있었다. 꺼림칙한 의사는 알고 보니 아주 사악한 인간이었다. 그 의사를 데려온 건 렌트먼 부인이었지만, 이제 그가 렌트먼 부인을 마음대로 휘두르고 있었다.

애나는 오랫동안 렌트먼 부인을 보지 못했다.

렌트먼 부인이 애나에게 돈을 조금 더 빌리면서 어음을 보낸 적은 있었다. 하지만 그 후에는 렌트먼 부인을 만나지 못했다. 애나는 렌트먼네에 발길을 끊은 지 오래였다. 키 크고 예쁘지만 멍청한 줄리아가 이따금 애나를 보러 오긴 했는데, 엄마 이야기는 거의 하지 않았다.

렌트먼 부인의 상황이 정말 좋지 않은 것 같았다. 착한 애나는 렌트먼 부인 때문에 너무 속상했다. 그래도 지금은 렌트먼 부인보다 머틸다 아가씨가 더 중요했다.

렌트먼 부인은 결국 좋지 않은 정도가 아니라 최악의 상황이 되고 말았다. 꺼림칙하고 사악한 그 의사가 옳지 않은 일을 하다가 문제를 일으킨 것이다.

렌트먼 부인도 그 의사와 복잡하게 얽혀 있었다.

정말 심각한 문제였지만, 둘 다 최악의 상황은 겨우 면할 수 있었다.

모두 렌트먼 부인의 일을 안타까워했다. 이 의사를 만나기 전에는 그녀도 정말 좋은 사람이었다. 물론 지금도 나쁜 사람이라고 할 수는 없었다.

애나는 그 후로 몇 년 동안 친구를 만나지 못했다.

하지만 애나는 계속 새 친구들을 사귀었다. 새 친구들은 가난한 사람들이 친한 척할 때면 으레 그러는 것처럼 애나가 모아놓은 돈을 다 가져다 써버리고, 돈을 갚지 않으면서 갚겠다는 약속만 남발했다. 애나도 결코 이들의 형편이 좋아질 거라 생각하지 않았지만, 마땅히 해야 할 일을 하지 않고, 빌려준 돈도 갚지 않고, 애나가 그렇게 챙기는 데도 나아지지 않는 모습을 보면서 세상에 대한 원망만 더 커졌다.

친구라는 사람들 중에 생각이 제대로 박힌 사람은 한 명도 없었고, 애나는 늘 같은 절망을 되풀이했다.

가난한 사람들이 인심은 후하다. 가난한 사람들은 자기가 가진 걸 아낌없이 내주지만, 남에게 선물을 받았을 땐 신세졌다고 생각하지 않는다.

검소한 독일 사람인 애나도 자기가 모아놓은 돈을 언제든 친구들에게 내줄 의향이 있었지만, 몸이 아프거나 더 이상 일할 수 없을 정도로 늙었을 때 자신을 건사할 수 있을지 장담할 수 없었다. 아무리 애나가 검소한 독일 사람이라고 해도 저축한 만큼 돈이 생긴다는 진리는 저축한 당일만 유효했다. 노후를 대비해 돈을 모을 수가 없었다. 저축한 돈이 은행에서 전혀 모르는 사람의 손으로 들어가거나 친구의 투자 자금으로 사용되는 경우가 허다했기 때문에 저축한 돈도 믿을 수가 없었다.

친구가 생활비나 다른 도움이 필요하다고 하면, 그나마 조금이라도 모아놓은 돈이 있는 입장에서 부탁을 거절하기가 정말 어려웠다.

그래서 착한 애나는 도움을 필요로 하는 사람이나, 도움이 필요해 보이는 사람에게는 무엇이든 내주었다. 그 사람이 친구일 때도 있었고, 전혀 모르는 사람일 때도 있었다. 어린아이일 때도 있었고, 개나 고양이일 때도 있었다.

그러다 보니 길모퉁이 집에 사는 이발사 부부도 돕게 되었다. 이발사 부부는 먹고살 만큼도 벌지 못했다. 열심히 일하는 검소한 사람들이었다. 나쁜 짓을 한 적도 없었다. 그런데 이발사는 돈과 인연이 없었다. 이발사에게 돈을 빌려 간 사람들은 갚을 생각을 하지 않았다. 괜찮은 직장에서 일할 기회가 생기면 병이 나서 기회를 날렸다. 그런 일이 자꾸 생기는 게 그 사람 잘못은 아니었지만, 제대로 되는 일이 하나도 없었다.

이발사의 아내는 마르고 창백한 금발의 독일 여자였다. 아이들을 정말 힘들게 낳았는데, 너무 일찍 일을 시작했다가 결국 병이 나고 말았다. 그녀 역시 제대로 되는 일이 없었다.

이 부부에게는 지속적인 도움이 필요했고, 돈을 갚을 때까지 천천히 기다려줄 수 있는 사람이 필요했다. 그래서 착한 애나는 도움을 주고 천천히 기다려주기까지 했다.

다른 사람들을 돕다가 자신의 처지가 어려워져서 착한 애나에게 도움을 요청한 여자도 있었다.

이 여자에게 시동생이 하나 있는데, 그도 정말 선량한 사람이었다. 시동생과 상점에서 같이 일하는 보헤미아 사람이 폐결핵에 걸렸는데 병원에 입원할 정도로 심각하진 않았지만 일을 할 수는 없었다고 한다. 그래서 여자는 자기 집에서 지낼 수 있게 그를 배려해주었는데, 그는 성격도 좋지 않았고 고마워할 줄도 모르는 사람이라, 오히려 여자의 두 아이에게 짜증을 내고 집을 어지르기만 했다고 한다. 의사가 폐결핵 환자는 잘 먹어야 낫는다고 해서, 여자와 시동생은 그에게 좋은 음식도 많이 갖다 주었다고 했다.

여자는 그 남자와 친해서 도와준 것도 아니었고, 그 남자가 좋아서 도와준 것도 아니었다. 그 남자는 친척도 아니었고, 같은 나라 사람도 아니었다. 하지만 가난한 사람들이 더 친절한 법이라, 여자는 대가를 바라지 않고 불쌍한 처지에 있는 사람을 도와주었다가 고맙다는 말도 듣지 못하고 집안 꼴만 엉망이 되어버렸다.

그러다 이 여자에게 곤란한 일들이 줄줄이 일어났다. 시동생이 결혼을 했고, 남편이 일자리를 잃었다. 여자는 집세를 낼 돈이 없었다. 바로 이때 착한 애나가 모아놓은 돈이 이 여자에게 도움이 되었다.

그런 사람들이 계속 찾아왔다. 곤경에 처한 젊은 여자도 찾아왔고, 곤경에 처한 늙은 여자도 찾아왔다. 애나는 이 여자들의 이야기를 귀 기울여 들어주고 지낼 만한 곳을 찾아주었다.

길 잃은 개와 고양이도 집을 찾을 때까지 애나의 보살핌을 받았다. 애나는 개나 고양이를 데려갈 사람들이 좋은 주인이 될 수 있을지 신중하게 따져보았다.

어린 피터와 쾌활한 꼬맹이 랙스도 주인을 잃고 애나에게 온 녀석들이었는데, 정을 붙인 그녀가 차마 떠나보낼 수 없어서 머틸다 아가씨 집에 데리고 살았다.

피터는 정말 쓸모없는 녀석이었다. 귀여울 줄만 알았지, 겁 많고 멍청한 수놈이었다. 뒷마당 쪽 골목으로 다른 개가 지나가기라도 하면 벽을 보고 껑충껑충 뛰면서 정말 사납게 짖어댔다. 그런데 어쩌다 아주 작은 강아지가 울타리 안으로 들어와 피터를 흘끗 쳐다보면 겁을 잔뜩 먹고 애나의 치마 속으로 도망쳤다.

피터는 아래층에 혼자 있을 때면 서글프게 울었다. "여기 나 혼자 있어요." 피터가 이렇게 울부짖으면 착한 애나가 내려가서 위층으로 데리고 올라왔다. 한번은 애나가 집에서 멀지 않은 곳에서 며칠 지내야 했는데, 피터가 집 밖에 나가는 걸 너무 무서워해서 그녀가 그곳까지 피터를 안고 갔다. 피터는 꽤 큰 녀석이었는데도 바닥에 주저앉아 울면 착한 애나가 품에 안고 걸었다. 피터가 겁이 많긴 해도 착하고 순했으며 콜리답게 얼굴이 예뻤다. 털은 꽤 두꺼웠는데 목욕시키고 나면 부드럽고 빛이 났다. 피터는 절대 집 밖으로 나가지 않고 예쁜 두 눈으로 열심히 구경만 했다. 사람들이 쓰다듬어주면 굉장히 좋아했지만, 얼굴을 보지 않으면 금세 잊었다. 그리고 밖에서 무슨 소리가 들리면 정말 열심히 짖었다.

어느 날 밤 마당에 아주 조그만 강아지가 들어와 있었다. 그때 애나는 피터를 처음 만났고, 피터에 대해 아는 것도 그게 전부였다. 아들을 너무 예뻐해서 버릇을 망쳐놓는 독일 엄마들처럼, 애나도 피터를 너무 예뻐해서 버릇을 망쳐놓고 말았다.

꼬맹이 랙스는 피터와 성격이 정반대였다. 랙스는 늘 기운이 넘쳤다. 온갖 부스러기를 모아 만든 것처럼 북슬북슬한 털은 엷은 갈색이었다. 랙스는 언제나 공중으로 높이 점프해댔고, 사방으로 정신없이 뛰어다녔다. 멍청한 피터의 다리 밑으로 뛰어다닐 때도 있었다. 앞을 못 보는 베이비가 점잖게 앉아 졸고 있으면 베이비를 향해 돌진하기도 했다. 길고양이들을 따라 미친 듯이 뛰어다닐 때도 있었다.

랙스는 밝고 쾌활한 개였다. 착한 애나는 랙스도 무척 예뻐했지만, 잘생기고 겁 많은 멍청이 피터만큼은 아니었다.

베이비는 애나가 가장 오래 보살핀 개였다. 오랜 세월을 함께했다는 끈끈한 유대감이 애나와 베이비를 연결하고 있었다. 피터가 나이 들어서 만난 잘생기고 버릇없는 젊은이라면, 랙스는 언제나 어린 아기였다. 랙스도 좋긴 했지만, 그렇게까지 마음이 가지는 않았다. 어느 날 길을 잃고 헤매는 랙스를 주웠는데, 보낼 곳이 마땅치 않아 함께 살게 되었을 뿐이었다.

착한 애나는 샐리, 늙은 베이비, 젊은 피터, 쾌활한 꼬맹이 랙스와 함께 부엌에 옹기종기 모여 있을 때면 이보다 더 행복할 수 없을 것 같았다.

앵무새는 애나의 관심 밖으로 점점 멀어졌다. 애나는 앵무새를 그리 예뻐하지 않았기 때문에 드레텐네 가서도 앵무새의 안부를 묻는 일이 거의 없었다.

애나는 여전히 일요일이면 드레텐 부인의 집을 방문했다. 애나에게 다양한 조언을 해주었던 과부 렌트먼 부인과 달리 드레텐 부인은 조언을 하지 않았다. 드레텐 부인은 무척 조용하고 온화한 사람이라 다른 사람의 인생에 영향을 끼치거나 타인과의 관계에서 주도권을 잡고 싶어 하지 않았다. 삶에 지쳐 있느라 그럴 겨를도 없었다. 삶과 일에 지친 두 독일 여자는 세상을 한탄했다. 세상살이의 슬픔과 고단함을 한탄했다. 드레텐 부인은 인생의 고통을 너무나 잘 알고 있었다.

이때 드레텐 가족의 상황이 그리 좋지 않았다. 아이들은 별문제 없었지만, 남편이 계속 성질을 부리고 돈을 막 쓰는 바람에 될 일도 안 되는 상황이었다.

가여운 드레텐 부인은 종양 때문에 여전히 고생하고 있었다. 일도 거의 못할 지경이었다. 몸집이 큰 드레텐 부인은 늘 지쳐 있었지만, 인내심이 강한 독일 여자였다. 부드럽고 주름 많은 황갈색 얼굴에는 독일인 남편에게 순종하고, 딸과 아들을 줄줄이 낳아 키우고, 항상 서서 일하며, 무엇 하나 잘되는 일 없는 사람다운 표정이 담겨 있었다.

드레텐 부인의 건강이 계속 나빠지자 의사는 종양을 꺼내야 한다고 했다. 드레텐 부인은 더 이상 숀엔 박사의 진찰을 받지 않았다. 지금은 나이 많고 인자한 독일 의사에게 치료를 받고 있었다.

"좀 들어보세요, 머틸다 아가씨." 애나가 말했다. "이제 독일 노인네들은 아플 때 숀엔 박사님한테 가지 않아요. 제가 숀엔 박사님 곁을 오래 지키기는 했죠. 박사님은 가난한 사람들을 돕겠다고 저 윗동네로 가셨는데, 부인이라는 여자가 돈을 그렇게 펑펑 쓰면서 돈 자랑이나 하고 다니는 바람에 박사님은 가난한 사람들한테 신경 쓸 여력이 없어졌어요. 이제 돈 벌 궁리만 하고 살아야 하니 정말 딱한 노릇이죠. 박사님만 생각하면 정말 속상해요. 하지만 드레텐 부인이 아파서 고생할 때 모른 척하신 건 정말 너무했어요. 그래서 저도 이제 박사님을 뵈러 가지 않아요. 허먼 박사님도 좋은 분이에요. 검소한 독일분이시죠. 자기 환자를 모르는 척하는 그런 분이 아니에요. 드레텐 부인이 수술 때문에 곧 입원할 예정인데, 그전에 와서 인사드리고 싶대요. 내일이요. 아가씨를 뵙고 아가씨 말씀을 들어야 마음이 편할 것 같다고 하더라고요."

착한 애나의 친구들 중 머틸다 아가씨를 존경하지 않는 사람은 없었다. 머틸다 아가씨를 존경하지 않았다면 착한 애나의 친구로 남지 못했을 것이다. 머틸다 아가씨가 애나의 친구들을 만나는 일은 드물었지만, 그들은 애나를 통해 늘 존경의 편지와 꽃을 보냈다. 가끔 애나가 친구를 데려오면 머틸다 아가씨가 조언을 해주기도 했다.

가난한 사람들이 친절한 상류층 사람, 책을 많이 읽은 사람, 선량한 사람에게 조언을 구하는 건 좋은 일이다.

머틸다 아가씨는 드레텐 부인을 만나 병원에 입원해 수술을 받는다고 하니 자신도 무척 기쁘고, 수술을 받고 나면 다 괜찮아질 거라고 그녀를 위로했다. 마음씨 착한 드레텐 부인은 그 말을 듣자 마음이 편해졌다.

드레텐 부인의 종양은 성공적으로 제거되었다. 몸 상태가 예전만큼 좋지는 않았지만 조금씩 일도 할 수 있었고, 두 발로 걸어 다녀도 심하게 피곤하지는 않았다.

애나의 삶은 그렇게 계속되었다. 머틸다 아가씨를 돌보고, 그녀의 옷과 물건을 잘 관리하고, 도움이 필요한 사람이나 도움이 필요해 보이는 사람은 기꺼이 도와주었다.

렌트먼 부인과 화해해야 할 때가 된 것 같았다. 화해해도 관계가 예전 같지는 않을 것이다. 렌트먼 부인을 예전처럼 사랑할 수는 없겠지만, 렌트먼 가족에게 도움이 필요할 때 애나가 도와줄 수 있을 것이다. 애나는 천천히 화해를 시도했다.

렌트먼 부인은 모든 문제의 원인이었던 꺼림칙하고 사악한 의사와 완전히 결별한 상태였다. 그 큰 집에서 나온 지도 오래였다. 안좋은 일을 겪는 바람에 그 후로는 아주 조용히 지냈다. 조용히 지내면서 어떻게든 다시 자리를 잡아보려고 했다. 애나의 돈을 갚을 생각도 있었다. 하지만 아직은 현실성 없는 계획이었다.

애나는 이제 렌트먼 부인과 꽤 자주 만나고 있었다. 곱슬곱슬한 렌트먼 부인의 검은 머리에도 흰머리가 듬성듬성 올라와 있었다. 까무잡잡하고 아름다웠던 얼굴은 힘없이 축 늘어졌고 살도 꽤 찐 것 같았다. 몸에는 후줄근한 옷을 걸치고 있었다. 예전에도 활기가 넘치는 사람은 아니었지만, 힘든 일을 겪어서 그런지 전보다 더 불안해 보였고 겁에 질려 있었다.

렌트먼 부인은 그동안 있었던 일에 대해서는 한마디도 하지 않았다. 그렇지만 렌트먼 부인이 아직도 완전히 극복하지 못했고, 여전히 힘들어한다는 건 애나도 알 수 있었다.

렌트먼 부인은 정말 괴로웠다. 렌트먼 부인처럼 착한 여자가 그런 짓을 저질렀으니 괴로운 게 당연했다. 렌트먼 부인은 정말 착한 여자였다. 이렇게 착한 독일 여자가 나쁜 짓인 걸 알고도 그런 짓을 저지른 것이다. 아무리 강인하고 배짱이 있어도 견디기 힘든 일이었다. 착한 애나도 그 일에 대해 함부로 입을 열지 않았다. 렌트먼 부인에게 일어났던 그 일은 우울한 기억과 함께 수수께끼로 남겨 두는 수밖에 없었다.

그런데 이제 렌트먼 부인의 딸, 멍청하고 말 안 듣는 금발의 줄리아에게 문제가 생겼다. 엄마가 다른 일에 정신이 팔린 동안, 줄리아는 시내 상점에서 일하는 젊은 남자와 어울려 다녔다. 그는 좀 흐리멍덩하기는 해도 그럭저럭 괜찮은 편이었는데, 돈벌이가 시원찮은 데다가 늙은 어머니까지 모시고 살았기 때문에 돈을 모을 수 있는 처지가 아니었다. 두 사람이 사귄 지도 꽤 오래되어서 이제 결혼해야 했다. 그런데 대체 어떻게 결혼을 한단 말인가? 남자는 늙은 어머니를 모시고 살았기 때문에 신혼집까지 장만할 능력이 없었다. 줄리아는 일을 해본 경험이 거의 없었다. 그런데 늙고 지저분하고 성격 더러운 찰리의 어머니와 절대 함께 살지 않겠다고 고집을 부렸다. 렌트먼 부인도 돈이 없었다. 밑바닥에서 새로 시작해야 하는 처지였다. 하지만 착한 애나에게는 당연히 모아놓은 돈이 있었다.

애나가 결혼식 비용을 모두 댔다. 키만 컸지 제대로 할 줄 아는 게 없는 줄리아와 사람은 좋지만 그다지 똑똑하지는 않은 찰리에게 잔소리를 퍼부어가며 결혼식을 준비했고, 싸구려 물건들로 신혼집을 장식했다.

줄리아와 찰리는 곧 결혼식을 올렸다. 결혼식은 순조롭게 끝났다. 줄리아와 찰리가 쓸데없이 큰돈을 쓰려고 하면 애나가 절대 허락하지 않았다.

"그렇지 않아요, 머틸다 아가씨." 애나는 버릇처럼 말했다. "요즘 젊은 애들은 나중을 위해 돈을 모아야 한다는 생각 같은 건 하지도 않아요. 줄리아와 찰리만 봐도 그래요. 며칠 전에 걔네 집에 들렀더니 대리석 깔린 식탁을 새로 샀더라고요. 식탁 위에는 플러시 천으로 만든 커다란 사진첩이 있었는데 꽤 비싸 보였어요. 그래서 제가 '저 사진첩은 뭐니?' 하고 물으니까 줄리아가 '아, 저거요? 찰리가 생일 선물로 사 준 거예요' 이러더라고요. 그래서 돈을 냈냐고 물었더니, 아직 돈은 안 냈지만 곧 낼 거라고 하더군요. 제가 궁금한 건 그거예요. 돈을 내지도 못할 물건을 대체 왜 사느냐 그거예요. 생일이 뭐 대수라고 그런 데 돈을 쓰는지 모르겠어요. 줄리아는 일도 안 하잖아요. 가만히 앉아 빈둥거리면서 돈 쓸 궁리나 하고 있다고요. 찰리는 일 센트도 저금할 수 없는 형편이고요. 이런 애들은 정말 처음 봐요. 돈 무서운 줄 모른다니까요. 나중에 아이라도 생기면 어떻게 키우려고 그러는지 모르겠어요. 줄리아가 찰리한테 선물 받은 유치한 물건들을 보여주면서 자랑을 하길래 나중에 애라도 생기면 어쩌려고 그러느냐니까, 그 바보 같은 게 킥킥 웃으면서 한다는 말이 자기네는 아이를 안 낳을지도 모른다는 거예요. 부끄러운 줄 알아야죠. 어쩌다 이렇게 됐는지 모르겠어요. 요즘 젊은 애들은 개념이 없다니까요. 걔네 부부는 아이를 안 낳는 게 나을지도 모르겠어요. 렌트먼 부인만 봐도 그렇잖아요. 이미 아이를 둘이나 낳아 키워봤으면서 아무것도 모르는 사람처럼 조니를 입양했으니까요. 애 키우느라 돈이 많이 들었을 거예요. 사람들이 어떻게 그럴 수 있는지 모르겠어요. 요즘 사람들은 뭐가 옳고 뭐가 그른지 아예 모르는 것 같아요. 세상에 너무 무관심하고, 다들 자기밖에 모르는 것 같아요. 자기만 잘 먹고 잘살면 된다고 생각하나 봐요. 어떻게 그렇게 살 수 있는지 저는 통 이해가 되지 않아요."

착한 애나는 사악하고 냉담한 이 세상이 이해되지 않았다. 이렇게 변한 세상을 한탄할 뿐이었다. 인간이라면 어떻게 살아야 하는지 제대로 아는 사람은 하나도 없는 것 같았다.

애나의 과거가 이제 자취를 감추려 하고 있었다. 앞도 못 볼 정도로 늙은 베이비가 몹시 아팠다. 아무래도 오래 살지 못할 것 같았다. 베이비는 애나가 메리 워드스미스 아가씨와 함께 살고 있을 때 처음 알게 된 렌트먼 부인이 애나에게 처음으로 보낸 선물이었다.

오랜 세월 동안 많은 일이 있었지만, 베이비는 착한 애나와 늘 함께했다. 나이를 먹다 보니 점점 살도 쪘고, 시력을 잃으면서 활기도 잃었다. 베이비도 어릴 땐 활력이 넘쳤고, 쥐도 정말 잘 잡는 강아지였다. 하지만 너무 오래전 일이라 기억도 잘 나지 않았다. 늙은 베이비는 이제 따뜻한 바구니와 저녁밥만으로도 충분히 만족했다.

애나가 곤란한 상황에 처한 사람들을 열심히 도와주고, 잘생긴 피터와 꼬맹이 랙스까지 도와주는 동안 베이비도 애나와 오랜 세월 애정을 주고받았다. 어린 개들이 가여운 베이비를 내몰고 바구니를 빼앗으려 들면 애나가 무섭게 화를 냈다. 베이비가 시력을 잃은 지도 벌써 몇 년이 되었다. 늙은 개들은 시력을 잃기도 했다. 베이비는 살이 많이 찐 데다가 체력도 약해져서 늘 숨을 헐떡거렸다. 오래 서 있지도 못했다. 애나는 베이비가 저녁을 먹었는지 매일 확인하고, 어린 녀석들이 베이비의 자리를 빼앗지 못하게 감시해야 했다.

베이비가 병으로 죽은 건 아니었다. 나이가 너무 많다 보니 앞을 못 보고 기침도 많이 했다. 자연스럽게 움직임도 줄어들었다. 그러다 볕이 좋던 어느 여름날, 베이비는 결국 숨을 거두었다.

동물들이 늙는 건 너무나 슬픈 일이었다. 동물들도 늙으면 흰 털이 많아지고, 피부가 쭈글쭈글해지고, 눈이 멀고, 이가 썩었지만, 어쩐지 모든 것이 잘못된 것 같았다. 사람들은 나이가 드는 과정에서 젊은 사람들과 자연스러운 관계를 맺는다. 자식을 남기기도 하고, 업적을 남기기도 한다. 하지만 개는 늙으면 이 고단한 세상과 완전히 단절된다. 평생 죽음을 우울하게 질질 끌고 다니는 죽지 않는 인간, 스트럴드브러그처럼.*

어느 날 늙은 베이비는 그렇게 떠났다. 착한 애나는 슬프다기보다는 우울했다. 앞도 못 보는 데다 심한 기침으로 고생하는 늙은 베이비에게는 죽는 게 나을지도 모른다는 생각이 들었다. 그런데도 막상 베이비가 떠나니 마음이 허했다. 아직 젊고 멍청한 피터와 쾌활한 꼬맹이 랙스가 있다는 사실이 위로가 되긴 했지만, 영원히 마음에 품을 수 있는 개는 베이비뿐인 것 같았다.

애나는 베이비에게 묘지를 만들어주고 싶었지만, 기독교 국가에서는 불가능한 일이었다. 결국 애나는 오랜 친구를 잘 싸서 미리 봐둔 조용한 장소에 묻어주었다.

애나는 가여운 베이비를 위해 눈물을 흘리지 않았다. 그렇지 않아도 슬픈 애나에게 슬픈 일이 또 하나 생겼기 때문에 눈물 흘릴 시간이 없었다. 더 이상 머틸다 아가씨의 집안 살림을 돌볼 수 없게 된 것이다.

애나는 처음부터 몇 년만 머틸다 아가씨의 집에서 일하기로 했었다. 머틸다 아가씨가 워낙 거처를 자주 옮기는 사람이었기 때문에 그녀의 집에서 일하기로 했을 때 애나도 그렇게 동의했다. 착한 애나는 이 문제를 그리 깊이 생각하지 않았다. 처음 머틸다 아가씨의 집에 왔을 땐 이곳을 이렇게 좋아하게 될 줄 몰랐다. 그래서 떠난다 하더라도 그리 걱정할 일은 없을 것 같았다. 그런데 생각과 달리 머틸다 아가씨의 집에서 정말 행복한 나날을 보냈고, 이 집에서 영원히 살 수 없다는 사실마저 잊고 있었다. 이제 이 집에서 지내는 마지

---

*　조너선 스위프트의 《걸리버 여행기》에 등장하는 죽지 않는 인간.

막 해가 되었다. 애나는 머지않아 이 집을 떠나야 한다는 걸 알면서도 현실을 부정하고 싶었다.

"어차피 그때쯤이면 다 죽고 없을 텐데 뭐 하러 그런 얘길 해요." 머틸다 아가씨가 거취 문제를 상의하려고 하면, 애나는 이렇게 얼버무리며 머틸다 아가씨의 입을 막았다. 아니면 "그때까지 우리가 안 죽고 살아 있으면, 머틸다 아가씨께서 그냥 여기서 계속 사셔도 되죠"라고 대꾸하기도 했다.

착한 애나는 머틸다 아가씨와 이별한다는 생각만으로도 몹시 힘들었다. 그러니 아무렇지 않게 그 이야기를 할 수 없었다. 또다시 낯선 사람들 사이에 덩그러니 남겨진다고 생각하니 너무 지쳤다.

애나만 현실을 부정하고 싶은 건 아니었다. 머틸다 아가씨도 앞으로 일어날 일을 어떻게든 외면하려고 했다. 애나는 머틸다 아가씨를 붙잡아 둘 온갖 핑계를 만들었고, 머틸다 아가씨는 착한 애나를 데리고 갈 방법을 궁리했다. 하지만 애나는 그럴듯한 핑계를 생각해내지 못했고, 머틸다 아가씨도 뾰족한 수를 떠올리지 못했다. 머틸다 아가씨는 다른 나라로 떠날 계획이었고, 애나는 그렇게 먼 나라에서는 외로워서 살 수 없을 것 같았다.

결국 두 사람은 헤어질 수밖에 없었다. 애나는 어차피 그때쯤이면 다 죽고 없을 거라는 말을 되풀이했지만, 아무도 죽지 않았다. 결국 두 사람 모두 죽지 않고 산 채로 이 상황을 맞아야 했다. 다들 헤어져야 할 때가 된 것이다. 가여운 베이비만 빼고.

가여운 애나. 가여운 머틸다 아가씨. 마지막 날, 두 사람은 서로의 얼굴을 쳐다보지 못했다. 애나는 집안일에 정신을 쏟고 싶었지만 그럴 수도 없었다. 그저 집 안팎으로 드나들며 아무에게나 잔소리를 퍼부었다.

앞으로 어찌해야 할지 마음을 정하지 못하고 있었다. 당분간 자그마한 붉은 벽돌집을 지키겠다고 말하긴 했다. 하숙인을 몇 명 들이는 것도 괜찮을 것 같았다. 당장은 결정할 수 없었지만, 나중에 머틸다 아가씨에게 편지로 알려도 되지 않을까 싶었다.

울적한 날들이 더디게 흘러가더니 결국 모든 준비가 끝났다. 머틸다 아가씨는 집을 떠나 열차에 올라탔다. 애나는 머틸다 아가씨와 함께 살았던 그 자그마한 붉은 벽돌집의 하얀 돌계단 위에서 긴장한 사람처럼 부자연스럽게 서 있었다. 얼굴은 창백했지만 두 눈은 메말라 있었다. 착한 애나는 바보 같은 피터를 붙들고 머틸다 아가씨께 작별 인사를 하라고 하면서, 절대 머틸다 아가씨를 잊지 말라고 당부했다. 그게 머틸다 아가씨가 마지막으로 들은 말이었다.

3

착한 애나의 죽음

착한 애나가 집안 식구들을 잘 챙기고 집안 살림을 꼼꼼하게 잘 한다는 사실을 잘 알고 있는 머틸다 아가씨의 친구들은 서로 애나를 데려가려고 했다. 애나는 커튼에 있는 메리 워드스미스 아가씨에게 가볼까 싶었지만, 요즘에는 딱히 가고 싶은 곳도, 하고 싶은 일도 없었다.

렌트먼 부인 곁에 남고 싶은 생각도 없었다. 이제 애나의 인생에 특별히 소중한 사람 같은 건 존재하지 않았다. 모르는 사람의 집에 들어가 일하고 싶은 생각도 없었다. 어디서 머틸다 아가씨 같은 사람을 또 만나겠는가? 머틸다 아가씨처럼 애나를 전적으로 믿고 모든 일을 맡기는 사람은 또 없을 것이다. 애나는 지칠 대로 지친 그 몸에서 힘을 있는 대로 쥐어짰다. 집안 살림들이 다 갖추어져 있는 자그마한 붉은 벽돌집에 남아 하숙을 놓고 생활비를 버는 게 그나마 나을 것 같았다. 머틸다 아가씨가 애나에게 살림살이를 알아서 처리하라고 했기 때문에 특별히 돈이 더 들어갈 일도 없었다. 그렇게 하면 애나도 그럭저럭 살 수는 있을 것 같았고 그 정도 일이면 혼자 할 수 있지 않을까 싶었다. 애나는 너무 지쳐서 삶에 더 이상 변화를 주고 싶지 않았다. 그래서 머틸다 아가씨와 살았던 그 집에 남아 하숙할 남자들을 구했다. 여자는 받고 싶지 않았다.

그럭저럭 준비가 끝나자 애나의 집에도 다시 활기가 흘렀다. 애나의 집에서 하숙하는 사람들은 애나를 무척 좋아했다. 그들은 애나가 야단치는 것도 좋아했고, 그녀가 만들어주는 음식도 좋아했다. 그들은 농담도 잘하고, 잘 웃는 데다가, 애나가 시키는 일이라면 무엇이든 했다. 착한 애나도 생각보단 이런 생활이 즐거웠다. 하지만 머틸다 아가씨가 그리운 건 여전했다. 애나는 일 년, 또는 그 후에라도 머틸다 아가씨가 다시 돌아올 거라고, 그럼 당연히 애나를 원할 것이고, 애나가 다시 그녀를 잘 보살필 수 있을 거라는 희망을 품었고, 그녀를 기다리면서 그렇게 확신했다.

애나는 머틸다 아가씨의 물건들을 아주 소중하게 관리했다. 하숙인들이 머틸다 아가씨의 식탁에 흠이라도 내면 엄청난 잔소리를 퍼부었다.

하숙인 중 몇몇은 독일 남부에서 온 사람들이었다. 애나는 마음씨 착한 이 사람들을 미사에 데리고 갔다. 그들 중에는 의사가 되려고 공부하는 건실한 독일 청년도 있었다. 애나는 이 청년을 유독 챙겼다. 예전에 숀엔 박사를 위해 퍼부었던 잔소리를 이 청년에게도 똑같이 퍼부었다. 이 청년은 성격도 쾌활해서 씻을 때마다 노래를 흥얼거렸는데, 머틸다 아가씨도 똑같은 버릇이 있었다. 애나는 자신의 삶에서 빠져나간 무언가를 다시 채워주는 이 젊은이에게 애정을 점점 키워갔다.

이 시기에 애나가 불행한 삶을 살았다고 할 수만은 없었다. 애나는 열심히 일했고, 열심히 야단쳤다. 개, 고양이, 사람 할 것 없이 애나의 도움이 필요하거나 도움이 필요해 보이는 존재들은 끊임없이 나타났다. 애나의 잔소리와 그녀의 음식을 몹시 사랑하는 독일인 하숙인들도 있었다.

그렇다고 이 시기에 애나가 행복한 삶을 살았다고 할 수도 없었다. 애나는 옛 친구들을 자주 만나지 못했다. 할 일이 너무 많았기 때문에 어쩌다 한 번 일요일 오후에 드레텐 부인을 만나러 가는 게 전부였다.

문제가 하나 있다면 수입이 거의 없다는 것이었다. 하숙인들에게 그렇게 후한 식단을 제공하면서 하숙비는 저렴하게 받는 바람에, 정작 애나 자신은 입에 간신히 풀칠하고 있었다. 애나에게 어려운 일이 있을 때마다 그녀의 이야기를 들어주시는 독일인 신부님이 하숙비를 조금 더 올려 받으라고 충고도 해봤고, 머틸다 아가씨도 편지로 신부님과 같은 얘기를 했지만 하숙비를 올리는 건 마음이 내키지 않았다. 하숙인들은 다 좋은 사람들이었지만, 형편이 그리 좋은 편이 아니었다. 이런 사정을 잘 아는 애나가 하숙인들에게 하숙비를 올려 달라고 할 수 없는 노릇이었고, 새로 들어오는 하숙인에게 기존 하숙인보다 돈을 더 내라고 하는 것도 찜찜했다. 그래서 하숙집을 시작한 후로 하숙비를 한 번도 올리지 않았다. 애나는 낮이면 열심히 일하고, 밤이면 돈 모을 방법을 고민했다. 하지만 아무리 열심히 일해도 간신히 버티는 수준에서 벗어나지 못했다. 돈을 모을 방법이 없었다.

수입이 변변찮으니 그 많은 일을 애나 혼자 할 수밖에 없었다. 샐리를 데리고 있어봤자 급료를 줄 수 있는 형편이 아니었다.

샐리를 내보내고 도와줄 사람이 없어지자 외출도 쉽지 않았다. 애나는 집을 비우면 안 된다고 생각하는 사람이라서 외출이 더욱 쉽지 않았다. 공장에 취직한 샐리가 어쩌다 한 번씩 일요일에 들르면 그제야 겨우 외출해 드레텐 부인과 오후를 보냈다.

상황이 이렇다 보니 옛 친구들을 만나는 것도 더 힘들어졌다. 가끔씩 이부 오빠의 가족을 만나러 가긴 했다. 오빠 가족도 애나의 생일에는 찾아와 선물을 주고 갔고, 애나의 오빠가 건포도를 넣은 빵을 단골들에게 돌릴 때도 그녀를 잊지 않았다. 하지만 애나에게 오빠 가족이 그렇게 대단한 의미가 있는 건 아니었다. 애나도 그들에게 할 도리는 다했다. 오빠와 사이도 무척 좋았고, 가져다주는 건포도 빵도 늘 반가웠다. 조카들에게 선물을 보낼 때도 돈을 아끼지 않았지만, 그래도 속마음을 터놓고 얘기할 수 있는 사람들이라는 생각은 들지 않았다.

렌트먼 부인도 어쩌다 보는 게 전부였다. 한 번 깨져버린 우정을 다시 붙이는 것도 쉽지 않았다. 그럭저럭 친구처럼 지낼 수는 있었다. 하지만 예전만큼 다시 가까워질 가능성은 없었다. 말로 설명할 수 없는 비밀들과 용서받지 못한 잘못들이 두 사람 사이를 갈라놓았다. 착한 애나는 멍청한 줄리아를 어떻게든 챙겼고, 아주 가끔 렌트먼 부인을 보러 가기도 했지만 그냥 형식적인 행동에 가까웠다.

이제 애나와 가장 친한 사람은 드레텐 부인이었다. 두 사람이 함께할 수 있었던 건 둘 다 슬픔이 너무 컸기 때문이다. 두 사람은 만나기면 하면 드레텐 부인의 앞날을 걱정했다. 드레텐 부인의 남편은 이제 망가질 대로 망가져서 손 쓸 수 없는 지경에 이르고 말았다. 드레텐 부인은 묵묵히 남편을 견디면서 아이들 뒷바라지를 하고 맡은 일만 열심히 했다. 드레텐 부인은 짜증과 불안에 지친 애나가 찾아와 옆에 앉아서 고민을 모두 털어놓으면 엄마처럼 그녀를 위로해주었다.

애나가 브리지포인트에서 보낸 세월도 이십 년이 되었다. 그 오랜 세월 동안 애나 곁에서 그녀의 이야기를 묵묵히 들어준 사람은 인자하신 신부님과 사람 좋은 드레텐 부인이 전부였다.

애나는 열심히 일하고 열심히 고민해 돈을 저축했다. 피터와 랙스와 하숙인들을 열심히 야단쳤고 열심히 보살폈다. 일은 아무리 해도 끝이 없었다. 애나는 날이 갈수록 기운이 빠졌다. 날이 갈수록 얼굴이 창백해지고 야위었다. 날이 갈수록 걱정도 늘었다. 그러다가 몸이 너무 상해서 드레텐 부인을 수술했던 허먼 박사에게 진찰을 받았다.

애나는 잘 쉬고 잘 먹어야 했다. 애나에게 필요한 건 그게 전부였지만, 그녀에게는 그것마저도 불가능했다. 애나는 전혀 쉴 수 없었다. 애나는 여름이든 겨울이든 쉬지 않고 일했다. 그렇게 해야 간신히 연명할 수 있었다. 의사가 기운을 차릴 수 있는 약을 처방해 주기도 했지만, 별로 효과는 없는 것 같았다.

애나는 날이 갈수록 지쳤고, 두통은 전보다 더 심하게 더 자주 찾아왔고, 한시도 아프지 않을 때가 없었다. 잠도 잘 못 잤다. 개들이 소리를 내서 깰 때도 있었지만, 안 아픈 데가 없다 보니 잠들기도 힘들었다.

허먼 박사와 인자한 신부님이 치료를 더 받으라며 애나를 설득했다. 드레텐 부인도 당장 일을 내려놓고 쉬지 않으면 더 심하게 탈이 날 거라며 경고했다. 그럴 때마다 애나는 잠도 더 자고 음식도 더 잘 챙겨 먹겠다고 약속하긴 했지만, 요리는 항상 애나의 몫인데 식탁을 다 차리기 전에 기운이 빠져버리니 식사조차도 애나에게는 버거운 일이었다.

애나의 유일한 친구나 다름없는 드레텐 부인은 지나치게 신중하고 사려 깊은 성격이라 오히려 별로 도움이 되지 않았다. 고집 세고 일밖에 모르는 애나 같은 사람을 설득해서 몸을 돌보게 하려면 더 독하고 냉정한 친구가 있어야 했다.

두 번째 겨울을 맞았을 때, 애나의 몸 상태는 더 안 좋아졌다. 그리고 다시 여름이 되었을 땐, 의사가 오래 버티기 힘들 거라고 경고했다. 의사는 애나에게 곧장 자기 병원에 와서 수술을 받으라고 했다. 수술을 받으면 다시 기력도 되찾아서 겨울에도 거뜬히 일할 수 있을 거라고 했다.

애나는 의사의 말을 안 듣고 버텼다. 집안일을 내버려 두고 병원에 입원할 수 없는 노릇이었다. 그러다 애나 대신 일할 여자를 한 명 구하고 나서야 병원에 치료를 받으러 갔다.

애나는 병원에 입원해 수술을 받기로 했다. 드레텐 부인도 몸이 좋지 않았지만 착한 애나 옆에 누군가는 있어야 할 것 같아 함께 시내로 왔다. 애나는 드레텐 부인이 성공적으로 수술을 받았던 그 병원에 도착했다.

수술을 준비하는 데 며칠이 걸렸다. 그리고 애나는 수술을 받았다. 기운이 다 빠져버린 애나는 결국 죽고 말았다.

드레텐 부인은 머틸다 아가씨에게 애나의 죽음을 알렸다.

"친애하는 머틸다 아가씨께." 드레텐 부인은 편지에 적었다. "미스 애니는 수술을 받았지만, 어제 세상을 떠나고 말았습니다. 죽기 전까지도 머틸다 아가씨와 숀엔 박사와 메리 워드스미스 아가씨 이야기를 했어요. 나중에 미국에 돌아오시거든 피터와 랙스를 잘 돌봐달라는 얘기도 했고요. 머틸다 아가씨가 오실 때까지 피터와 랙스는 제가 데리고 있을게요. 미스 애니는 머틸다 아가씨께 안부를 전해달라고 하더니 편하게 눈을 감았습니다."

멜란차

어쩌면 그녀의 삶이 모두의 삶일지도

로즈 존슨은 아기를 낳을 때 고생을 심하게 했다.

로즈 존슨의 친구인 멜란차 허버트는 보통 여자가 할 수 있는 일이라면 뭐든지 다 했다. 옆에서 수발을 들다가 로즈가 투정을 부려도 꾹 참고 비위를 맞춰주었다. 하지만 겁만 많고, 철은 하나도 없으며, 퉁명스럽기까지 한 흑인 로즈는 불평을 늘어놓으며 난리 법석을 떨었고, 사람들이 싫어할 짓만 골라 하면서 멍청한 짐승처럼 굴었다.

아기는 건강하게 태어났지만, 오래 살지는 못했다. 로즈 존슨은 자기밖에 모르는 사람이라 아기에게는 관심이 별로 없었다. 멜란차가 다른 일 때문에 어쩔 수 없이 며칠 자리를 비운 사이 아기는 죽고 말았다. 로즈 존슨은 아기를 예뻐했지만 어쩌다 그 존재를 잠시 잊어버렸고, 그 사이 아기가 죽은 것이다. 로즈와 로즈의 남편 샘은 너무 속상했다. 하지만 브리지포인트의 흑인 사회에서 갓 태어난 아기가 죽는 일은 흔했기 때문에 아기의 죽음을 마음에 오래 담아 두지는 않았다.

로즈 존슨과 멜란차 허버트가 친구로 지내기 시작한 건 몇 년 전부터였다. 로즈는 얼마 전에 연안 항해선의 갑판 선원인 샘과 결혼식을 올렸다. 샘은 점잖고 친절한 사람이었다.

멜란차 허버트는 결혼을 하지 않았다.

로즈 존슨은 정말 까만 흑인이었다. 크고 튼튼한 체격에 인물도 좋았다. 하지만 퉁명스럽고 멍청했으며, 유치한 행동도 곧잘 했다. 기분이 좋으면 웃었고, 귀찮은 일이 생기면 시큰둥해져서 툴툴거렸다.

로즈 존슨은 정말 까만 흑인 여자였지만, 백인들 밑에서 백인과 다름없이 성장했다.

로즈는 기분이 좋으면 웃었지만, 따뜻하고 환한 빛을 발하는 흑인들의 웃음처럼 활짝 퍼지는 웃음은 아니었다. 로즈는 다른 흑인들처럼 별것 아닌 일에 호들갑 떨며 기뻐하지 않았다. 그저 평범한 보통 여자들처럼 웃었다.

로즈 존슨은 세상일에 무관심하고 게을렀다. 백인들 밑에서 자란 탓에 적당히 편안하게 살고 싶어 했다. 백인들의 교육을 받고 자라서 백인의 생활양식에 익숙했지만, 타고난 천성까지 바꿀 수는 없었다. 로즈는 다른 흑인들처럼 도덕관념 따위 없이, 계획 없이, 되는 대로 인생을 살았다.

둘씩 짝지어 다니는 여자들이 대체로 그렇듯, 로즈 존슨과 멜란차 허버트도 친구 사이라고 보기에는 묘한 구석이 많았다.

멜란차 허버트는 흑인이었지만 피부색이 비교적 밝았다. 단아한 외모에 머리도 똑똑하고 매력이 있었다. 로즈처럼 백인의 손에 자라지는 않았지만, 백인의 피가 반 정도 섞여 있었다.

멜란차와 로즈 존슨은 브리지포인트의 다른 흑인들보다 외모가 괜찮은 편이었다.

"나는 평범한 깜둥이가 아니잖아." 로즈 존슨은 이렇게 말했다. "백인들이 날 키웠으니까. 멜란차도 피부가 하얗고 배운 게 많으니 평범한 흑인이라고 할 수 없어. 결혼을 안 해서 남편이 없긴 하지만. 반면에 나는 샘 존슨이랑 결혼했지."

섬세하고 똑똑하고 매력적인 데다가 반은 백인이라고 할 수 있는 멜란차 허버트 같은 여자가 어째서 퉁명스럽고 입도 거칠며 피부도 시커먼 로즈를 사랑하는 걸까? 어째서 멜란차는 그런 로즈를 위해 무슨 일이든 마다하지 않는 걸까? 도덕관념 따위 없이, 계획 없이, 되는 대로 인생을 사는 로즈 같은 여자는 운 좋게 괜찮은 흑인 남자와 결혼했는데, 백인의 피가 섞인 데다가 외모도 매력적이고 인생의 목적도 뚜렷한 멜란차 같은 여자는 어째서 아직도 결혼을 못 한 걸까?

안 그래도 하고 싶은 게 많아 머릿속이 복잡한 멜란차는 인생을 고민할 때면 절망하지 않을 수 없었다. 이렇게 우울한 인생을 앞으로 어떻게 살아야 할지 막막했다.

어느 날 멜란차는 심한 우울증을 앓던 여자가 자살한 이야기를 로즈에게 들려주었다. 그러면서 자기도 자살하는 게 나을 것 같다고 말했다.

로즈 존슨은 그 말이 전혀 이해되지 않았다.

"우울해서 자살을 한다고? 왜 그런 말을 하는지 모르겠어. 나는 우울해도 자살 같은 건 절대 하지 않을 거야. 우울해서 다른 사람을 죽이면 몰라도, 절대 자살은 안 할 거라고. 만에 하나 내가 자살을 한다면 그건 실수야. 아, 실수로 자살하면 정말 슬프겠다."

로즈 존슨과 멜란차 허버트는 어느 날 밤 교회에서 처음 만났다. 로즈 존슨은 종교에 관심이 전혀 없었다. 예수의 부활에 감흥을 느끼기에는 감정이 그리 풍부하지 않았다. 멜란차 허버트는 종교의 필요성을 아직 느끼지 못하고 있었다. 그때도 멜란차는 욕망 때문에 머릿속이 복잡했다. 그래도 두 사람은 다른 흑인들처럼 흑인 교회에 다녔다. 처음에는 다른 친구를 따라 교회에 왔지만, 함께 어울리면서 친구가 되었다.

로즈 존슨은 하녀가 아니었다. 백인들은 로즈를 친자식처럼 키웠다. 믿음직한 하녀였던 로즈의 어머니는 그녀가 아기였을 때 세상을 떠났다. 자식이 없었던 백인들은 예쁘고 귀여운 로즈를 데려다 키웠다.

로즈는 나이가 들자 자연스럽게 백인들의 집에서 나와 흑인들이 사는 동네로 거처를 옮겼다. 백인들의 집에는 돌아가지 않았다. 그러다가 백인들이 다른 동네로 이사를 가게 되어 로즈만 혼자 브리지포인트에 남았다. 백인들은 로즈에게 약간의 돈을 남겼지만 로즈는 그 돈을 금방 다 써버렸다.

로즈는 이제 가난한 사람들이 으레 그러듯 대충 살았다. 어떤 여자의 집에 들어가서 살다가 별다른 이유 없이 나왔고, 또 다른 여자 집에 들어가 살았다. 어떤 흑인 남자와 사귀다가 약혼을 했고, 헤어지면 또 다른 남자와 사귀다가 약혼을 했다. 항상 행실을 똑바로 해야 하고 헤프게 살면 안 된다는 철칙이 있었기 때문에, 남자를 사귈 땐 일단 약혼부터 했다.

"나는 다른 깜둥이들처럼 아무 남자나 만나지 않아. 멜란차 너도 아무 남자와 어울리면 안 돼." 어느 날 로즈가 이런 얘기를 했을 때, 항상 머릿속이 복잡하고 아무것도 확신할 수 없었던 멜란차는 옳고 그른 게 뭔지 헷갈리기 시작했다. "아니야, 멜란차. 나는 그런 깜둥이가 아니라니까. 내가 백인들 밑에서 자랐잖아. 그래서 늘 약혼자가 있는 거야."

로즈는 계속 이런 식으로 살았다. 안락하고 그럭저럭 괜찮게 생활했다. 매일 같이 농땡이를 부렸고, 모든 게 만족스러웠다.

한동안 이런 식으로 살다 보니 정식으로 결혼을 하면 더 편하게 살 수 있을 것 같았다. 로즈는 얼마 전에 샘 존슨이라는 남자를 만났다. 괜찮은 사람 같았다. 매일 나가는 직장이 있었고, 봉급도 괜찮은 편이었다. 샘 존슨도 로즈가 꽤 좋았기 때문에 결혼할 의사가 있었다. 어느 날 두 사람은 성대한 결혼식을 올리고 부부가 되었다. 멜란차가 바느질하며 혼수 준비 같은 걸 거들어주었고, 자그마한 빨간 벽돌집을 아늑하게 꾸밀 때도 도와주었다. 갑판 선원인 샘이 연안 항해선을 타고 나가 일하는 동안, 로즈는 집에 친구들을 불러놓고 남편이 있으면 얼마나 좋은지 자랑했다.

첫해에는 모든 것이 순조로웠다. 로즈는 게을렀지만 지저분하지 않았고, 샘은 꼼꼼했지만 까다롭게 굴지 않았다. 그리고 멜란차가 매일 같이 들러서 살림을 거들어주었다.

아기가 태어나기 직전에 로즈는 멜란차의 집에서 지냈다. 그 집에는 성격 좋고 몸집 좋은 흑인 여자가 살고 있어서 빨래를 맡길 수도 있었다.

멜란차가 사는 집은 병원과 가까워서 아기를 낳을 때 의사의 도움을 받을 수 있었고, 아기를 낳은 후에는 멜란차의 도움을 받을 수 있었다.

아기는 이 집에서 태어났다가 이 집에서 죽었다. 그리고 로즈는 샘과 함께 자기네 집으로 돌아갔다.

멜란차 허버트는 로즈 존슨처럼 인생을 단순하게 살지 않았다. 가질 수 없는 것과 가지고 있는 것의 간극을 느끼며 괴로워했다.

눈앞에 있는 걸 가지려고 하면, 이미 가진 것들이 사라졌다. 멜란차는 다른 사람들 곁을 떠난 적 없었지만, 항상 혼자 남겨졌다.

멜란차 허버트는 지나치게 열렬히 사랑에 빠졌고, 지나치게 자주 사랑에 빠졌다. 삶은 수수께끼 같았고 미묘했으며, 부정과 막연한 불신, 어지러운 환멸로 점철되어 있었다. 그래서 멜란차는 갑작스럽게 충동적으로 깊이 믿음에 빠졌고, 고통을 받으며 자신을 강하게 억눌렀다.

멜란차 허버트는 안정과 평화를 간절히 원했지만, 언제나 골치 아픈 일에 휘말렸다.

멜란차는 이렇게 우울한데 어떻게 자살하지 않고 버틸 수 있는지 의아했다. 아무리 생각해도 자살만이 최선의 방법인 것 같았다.

멜란차 허버트는 어머니의 영향을 받아 독실한 신앙인으로 자랐다. 하지만 어머니를 그리 좋아하지는 않았다. 동네 사람들이 '미스'

허버트라고 부르는 멜란차의 어머니는 품위 있고 상냥하며 피부가 밝은 갈색인 흑인 여자였다. '미스' 허버트는 수수께끼 같은 인물이라 행동을 예측할 수 없었다.

멜란차도 어머니를 닮아 피부가 밝은 갈색이었고, 상냥하면서도 수수께끼 같은 면이 있었다. 하지만 멜란차에게 큰 영향을 끼친 사람은 거칠고 무례하고 불쾌하기 그지없는 흑인 아버지였다.

멜란차의 아버지는 어쩌다 한번 멜란차와 어머니가 함께 사는 집에 들렀다.

몇 년 전부터는 아버지의 소식도 들리지 않았다.

멜란차 허버트는 어릴 때부터 줄곧 흑인 아버지를 증오했지만, 그에게서 물려받은 그 성격은 뿌듯한 데가 있었다. 피부색이 밝고, 성격도 상냥한 어머니를 닮고 싶은 마음보다는 무례한 흑인 아버지에게 느끼는 애착이 더 컸다. 어머니에게서 물려받은 것들은 별로 대수롭지 않았다.

멜란차 허버트는 어린 시절의 자신을 혐오했다. 어린 시절의 기억을 떠올리는 것 자체가 고통이었다.

멜란차는 아버지와 어머니를 사랑하지 않았고, 부모에게 골칫덩어리 취급을 받으며 자랐다.

멜란차의 부모는 정식으로 결혼한 부부였다. 아버지는 거대한 체격에 남성미 넘치는 깜둥이였고, 아주 가끔씩만 집에 들렀다. 하지만 상냥하고 친절하고 수수께끼 같으며, 밝은 피부의 예측 불가능한 어머니는 체격이 크고 남성미 넘치는 흑인 남편에게 애착을 느꼈다.

제임스 허버트는 별 볼 일 없는 흑인 노동자였고, 하나뿐인 딸에게는 거칠고 폭력적인 아버지였다. 그 딸은 정말 감당이 안 되는 아이였다.

어린 멜란차는 부모님을 전혀 사랑하지 않았다. 지나치게 용감해서 부모에게 못된 말도 서슴없이 내뱉었다. 학교에서는 뭐든지 무척 빨리 배우는 학생이었다. 멜란차는 일자무식인 부모의 화를 돋울 때 학교에서 배운 지식을 아주 유용하게 써먹었다.

멜란차 허버트는 언제나 용감했다. 말들과 함께 노는 것을 좋아했고, 거친 활동도 마다하지 않았다. 멜란차는 말을 탈 때와 길들일 때가 제일 행복했다.

말들과 함께 지낼 수 있는 아주 좋은 기회가 있었다. 멜란차의 집 근처에 비숍 씨네 마구간이 있었는데, 비숍 씨는 워낙 부자라 마구간에 멋진 말이 무척 많았다.

비숍 씨의 마부인 존은 멜란차를 무척 예뻐해서 그녀가 마구간에서 마음껏 놀 수 있게 해주었다. 존은 예의 바르고 활기 넘치는 물라토*였고, 제법 괜찮은 집에서 아내와 자식들을 데리고 살았다. 멜란차는 존의 아이들보다 나이가 많았다. 열두 살이 된 멜란차는 몸만 보면 제법 어른 같기도 했다.

멜란차의 아버지인 제임스 허버트는 비숍 씨네 마부인 존을 잘 알고 있었다.

어느 날 제임스 허버트가 집에 와서 다짜고짜 화를 냈다.

"멜란차 이 계집애 어디 갔어?" 제임스가 소리를 버럭 지르며 말했

---

*   백인과 흑인의 혼혈.

다. "한 번만 더 존이랑 비숍 씨네 마구간에 갔다간 죽을 줄 알아. 엄마라는 여자가 딸년 간수도 똑바로 안 하고 뭐 하는 거야!"

제임스 허버트는 살이 쪄서 몸이 물렁했지만, 힘이 제법 셌고 손도 억셌다. 그리고 늘 화가 나 있었다. 제임스는 즐거움을 모르는 사람이었다. 아주 가끔 사람들과 어울리며 술을 마시긴 했지만 결코 즐거워 보이지는 않았다. 자유롭게 살던 젊은 시절에도 검은 얼굴이 빛날 정도로 환하게 웃어본 적이 없었다.

제임스 허버트의 딸인 멜란차도 잘 웃는 아이가 아니었다. 멜란차는 상냥했지만 강인한 여자이기도 했다. 곤란한 상황에 처하면 있는 힘을 다해 싸우느라 웃을 일도 없었다. 타고난 성격이 그랬다. 골치 아픈 일들이 너무 싫었던 가여운 멜란차는 언제나 이렇게 살았다. 멜란차 허버트는 평화롭고 조용한 삶을 살고 싶었다. 그러나 어딜 가든 골치 아픈 문제가 그녀를 기다리고 있었다.

제임스 허버트는 화를 잘 냈다. 성격이 사납고 늘 심각한 제임스 허버트는 당연히 멜란차에게도 화를 자주 냈다. 멜란차는 성질을 돋우는 데 탁월한 재주가 있었고, 학교에서 배운 걸로 아무것도 모르는 아버지를 괴롭히는 아이였다.

제임스 허버트는 비숍 씨네 마부인 존과 가끔 술을 마셨다. 성격 좋은 존은 멜란차만 보면 화를 내는 제임스를 좀 달래보려고 했다. 멜란차는 존에게 집안일이나 아버지 이야기를 한 적이 없었다. 아무리 힘든 일이 있어도 그런 얘기는 다른 사람에게 하지 않았다. 그런데도 멜란차를 아는 사람들은 그녀의 삶이 고통스럽다는 사실을 잘 알고 있었다. 멜란차를 정말 아끼는 사람들은 그녀가 고민을 털어놓지 않아도, 울적한 티를 내지 않아도, 아무렇지 않은 척하며 당당한 태도를 보여도 멜란차를 용서하고 이해했다. 멜란차의 삶이 정말 괴롭다는 사실을 잘 알고 있었기 때문이다.

제임스 허버트도 남들에게 고민을 털어놓지 않긴 마찬가지였지만, 늘 사납고 심각한 얼굴을 하고 있었기 때문에 먼저 물어보려는 사람도 없었다.

사람들이 '미스' 허버트라고 부르는 멜란차의 어머니도 남편이나 딸에게 그런 이야기를 하는 사람이 아니었다. '미스' 허버트는 언제나 상냥하고 친절했으며 행동을 종잡을 수 없는 불안정한 사람이었다.

허버트 가족은 문제가 있어도 말하지 않는 조용한 가족이었다. 그런데도 주변 사람들은 그 집에서 일어나는 일을 모두 알고 있었다.

어느 날 아침이었다. 마침 제임스와 존이 저녁에 만나 술 마시기로 한 날이었다. 그날 유난히 기분이 좋았던 멜란차는 즐겁게 마구간으로 향했다. 존은 좋은 친구였다. 존에게는 그날 아침 멜란차가 유난히 예쁘고 사랑스러우면서도, 유난히 고통스러워 보였다.

존은 점잖은 흑인 마부였다. 존은 멜란차를 자기 큰딸처럼 여겼다. 멜란차에게 여성적인 매력을 강하게 느끼긴 했지만. 존의 아내도 멜란차를 무척 좋아했고, 화목한 가정을 위해 언제나 최선을 다했다. 멜란차는 친절하고 사려 깊은 사람들이 좋았고, 그런 사람들을 존경했다. 그리고 늘 평온하고 조용한 삶을 원했다. 하지만 가여운 멜란차의 인생에는 언제나 골치 아픈 일들이 끊이지 않았다.

저녁이 되었을 때 존은 제임스와 한창 술을 마시다가 정말 좋은 딸을 두었다며 멜란차를 칭찬하기 시작했다. 그러다가 착한 존이

술을 너무 많이 마셨는지 멜란차 이야기를 하면서 다소 부적절하고 야릇한 뉘앙스의 말을 꺼냈다. 술을 과하게 마신 건 사실이었지만, 그날 아침 멜란차에게 여성적인 매력을 강하게 느낀 것도 사실이었다. 늘 사납고 심각하고 의심 많은 제임스는 술을 마셨다고 해서 속마음을 열어 보이는 사람이 아니었다. 존은 멜란차가 지닌 장점과 매력을 쉬지 않고 늘어놓았다. 제임스를 붙들고 떠들었다가 혼자 중얼거리기도 했다. 가만히 앉아서 얘기를 듣던 제임스는 낯빛이 점점 어두워졌고 표정이 딱딱하게 굳어버렸다.

두 사람은 갑자기 험한 욕을 주고받았다. 그러더니 이내 검은 주먹 안에서 면도칼이 날카롭게 번쩍였다. 두 사람은 뒤로 물러섰다가 다시 면도칼을 마구 휘둘렀다. 흑인들은 이런 식으로 싸웠다.

평소에는 존도 점잖고 친절한 흑인이었지만, 면도칼을 휘두를 때는 가차 없었다.

같은 방에서 술을 마시던 다른 흑인들이 두 사람을 겨우 떼어 놨을 때 존은 다친 데가 별로 없었지만 제임스 허버트는 오른쪽 어깨부터 배까지 큰 상처가 나 있었다. 면도칼 싸움으로 심하게 다치는 경우는 거의 없지만 피가 많이 나 흉한 상처가 남았다.

다른 흑인들은 상처를 씻기고 붕대를 감은 다음에야 제임스를 놔주었다. 제임스는 다 잊고 싶은 생각으로 잠자리에 들었다.

다음 날 제임스는 멜란차와 아내가 사는 집에 와서 다짜고짜 화를 냈다.

"멜란차, 이 계집애 어디 갔어?" 제임스는 아내를 보자마자 이렇게 말했다. "한 번만 더 누런 존이랑 비숍 씨네 마구간에 갔다간 죽을 줄 알아. 말 좀 잘 들으라고 해. 엄마라는 여자가 딸년 간수도 똑바로 안 하고 뭐 하는 거야!"

멜란차 허버트는 여러 면에서 조숙했기 때문에, 꽤 어릴 때부터 여성적인 매력을 활용할 줄 알았다. 하지만 날 때부터 똑똑했던 멜란차도 인간의 악랄함에 대해서는 완전히 무지했다. 주변에서 이런저런 얘기들을 듣긴 했지만, 그게 무슨 뜻인지는 몰랐다. 그게 뭔지 알 수 없는 멜란차는 마음속 깊은 곳에서 무언가 울렁거렸다.

제임스는 갈수록 멜란차를 더 심하게 괴롭혔고, 멜란차는 아버지가 자기에게 무슨 대답을 들으려고 이렇게 난폭하게 구는 건지 이해되지 않았다. 화가 잔뜩 난 제임스는 생각해낼 수 있는 온갖 방법을 다 동원해서 멜란차에게 대답을 들으려고 했지만, 멜란차는 아버지가 원하는 대답이 뭔지 알 수 없었다. 멜란차는 아버지가 묻는 말에 대답하지 않고 계속 저항했다. 단지 지나치게 용감해서 그런 것만은 아니었다. 멜란차는 얼굴 까만 자기 아버지가 너무나 끔찍하게 싫었다.

흥분이 한차례 가라앉고 나니, 속에서 울렁거리던 그 느낌이 뭔지, 자신이 어떤 힘을 지니고 있는지 멜란차도 깨달았다. 그리고 그 힘을 이용해서 더 강해질 수 있다는 것도 알게 되었다.

제임스 허버트는 딸과의 싸움에서 이길 수 없었다. 제임스는 존과 싸웠던 일과 면도칼에 날카롭게 베였던 것도 금방 잊었고, 딸과 싸운 것도 잊어버렸다.

멜란차는 자기가 지닌 힘을 깨닫고 거기에 집중하느라 아버지를 미워하는 법도 잊어버렸다.

존이나 존의 아내를 만나는 건 이제 별로 흥미롭지 않았다. 심지어 그 멋진 말들에게도 별로 관심이 가지 않았다. 이렇게 조용한 생활에 익숙해지니 더 이상 재미있고 신나는 일을 찾고 싶은 마음도 들지 않았다.

멜란차는 이제 정말 여자처럼 행동하기 시작했다. 만반의 준비가 된 멜란차는 남자들을 찾아 길거리와 어두운 모퉁이를 헤매고 다녔다. 남자들은 성격이 어떤지, 무슨 일을 하는지 알고 싶었다.

그렇게 몇 년 동안, 멜란차는 다양한 지식을 얻었고 그렇게 쌓인 지식이 지혜가 되었다. 멜란차는 많은 것을 배웠고, 멀리서 희미하게나마 지혜를 발견했다. 하지만 아는 게 많아지자 골치 아픈 일도 많아졌는데, 멜란차가 정말 나쁜 잘못을 저지른 건 아니었고 그럴 마음도 없었다.

주변 사람들의 감시와 관심 속에서 자란 여자아이들은 항상 바깥세상으로 도망칠 기회를 노린다. 바깥세상에 나가면 많은 것을 배우고 지혜를 얻을 수 있기 때문이다. 멜란차 허버트처럼 자란 여자아이에게 탈출은 무척 간단한 일이었다. 멜란차는 주로 혼자 돌아다녔지만, 친구와 함께 돌아다닐 때도 있었다. 멜란차는 길거리를 배회하다가 철도 조차장에 멈추어 설 때도 있었고, 부두나 건물 공사장에 멈추어 설 때도 있었다. 그러다 세상이 어두워질 시간이 되면, 멜란차는 이 남자 저 남자를 알아가기 시작했다. 멜란차가 먼저 다가가면 남자들은 반응을 보였다. 그러면 멜란차는 티 안 나게 뒤로 슬쩍 물러섰다. 하지만 왜 뒤로 물러서는 건지는 몰랐다. 어쩌다 멜란차가 거의 넘어가려고 하면, 뭔지 알 수 없는 그 힘이 남자를 가로막았다. 무지와 알 수 없는 힘과 욕망이 뒤얽힌 낯선 경험이었다. 멜란차는 겁이 났다. 하지만 자기가 겁쟁이라는 사실은 몰랐다.

남자아이들은 멜란차에게 아무 의미 없었다. 멜란차를 만족시키기에는 너무 어렸다. 멜란차는 의기양양한 사람을 존경했다. 그런 이유 때문에 밝은 피부의 상냥한 어머니보다 사납고 남성미 넘치는 까만 피부의 아버지에게 더 애착을 느끼기도 했다. 어머니에게서 물려받은 것들은 대수롭지 않게 생각했다.

아직 뭘 모르던 어린 시절의 멜란차에게 지식과 힘을 발휘한 건 남자들이었다. 하지만 멜란차가 이 힘을 진정으로 이해하게 된 건 남자 때문이 아니었다.

멜란차는 열두 살 때부터 열여섯 살 때까지 항상 무언가를 찾아 이리저리 방황했지만 아주 흐릿한 지혜 외에는 발견한 게 없었다. 학교는 계속 다니고 있었다. 멜란차는 대부분의 흑인 아이들보다 교육을 오래 받은 편이었다.

지혜를 찾기 위한 멜란차의 방황은 가끔 은밀하게 이루어졌다. 아직은 어머니와 함께 살고 있던 때라 '미스' 허버트의 감시에서 벗어나는 게 쉽지만은 않았다. 무모할 정도로 용감한 멜란차라 하더라도 요즘 부쩍 집에 자주 들르는 아버지가 알게 되는 건 싫었다.

이 시기에 멜란차는 많은 남자와 함께 길거리에 서서 이야기를 나누거나 산책을 다녔지만, 그것만으로는 남자들을 깊이 알기 어려웠다. 남자들은 하나같이 멜란차가 세상의 모든 걸 알고 모든 걸 경험했을 거라고 생각했다. 그래서 멜란차에게는 아무것도 말해주지 않았고, 그녀가 결정할 거라고 생각해서 아무것도 묻지 않았다. 그런 탓에 여러 남자와 어울리기는 했지만 걱정할 일이 생기지는 않았다.

지혜를 구하러 다니는 동안 안전할 수 있었던 건 굉장한 행운이었다. 하지만 멜란차는 행운이라 생각하지 않았으며 아무 의미 없는 행운이었다.

멜란차는 진짜 경험을 간절히 원했다. 하지만 간절히 원해도 가질 수 없을 것 같았다. 용감하고 과감한 멜란차도 이 문제에서는 여전히 겁쟁이였다. 그리고 겁쟁이였기 때문에 아무것도 깨달을 수 없었다.

멜란차는 철도 조차장을 돌아다니며 구경하는 게 좋았다. 가만히 서서 남자들이 일하는 모습을 구경했고, 바쁘게 움직이는 엔진과 선로 전환기를 구경했다. 조차장에 있는 모든 것이 다 흥미로웠다. 그곳에 있으면 다양한 세상을 구경할 수 있었다. 피가 천천히 흐르는 게으른 사람이라면 조차장에서 세상이 끊임없이 돌아가는 모습을 보며 강한 활력을 느낄 수 있다. 직접 일하지 않더라도 마음 깊은 곳에서 그런 활력을 느낄 수 있다. 원래부터 활력이 넘쳤거나 늘 그런 활력을 경험하는 사람보다 오히려 더 잘 느낄 수 있을지도 모른다. 고통스러운 상황 없이 고통을 느끼고 싶은 사람이라면 목구멍이 부풀어 오르고, 가슴이 벅차오르고, 심장이 세차게 뛰는 느낌을 조차장에서 체험할 수 있다. 이리저리 움직이는 사람들을 구경하고, 요란하게 쿵쾅거리는 엔진 소리를 듣고, 길게 울리는 열차의 경적 소리를 듣다 보면 흥분으로 가슴이 울렁거리기도 한다. 울타리에 난 구멍으로 조차장을 들여다보는 어린아이라면 놀랍고 신기한 세상을 목격할 수 있다. 그 세상이 만들어내는 모든 소음을 사랑하게 되고, 소음을 사랑하게 되면 소리 없는 바람도 사랑하게 된다. 쿵쾅거리는 열차가 앞으로 나아가기 직전에는 바람이 잔잔해졌다가, 열차가 시끄러운 소음을 내며 터널로 들어서면 터널의 어둠이 열차의 소음까지 삼켜버린다. 아이는 열차가 뿜어내는 연기까지도 사랑한다. 연기는 항상 불꽃과 함께 파란 빛을 뿜어내고, 이따금 동그란 원을 그리며 허공으로 날아간다.

멜란차에게 조차장은 남자들의 활기찬 기운이 가득한 곳이었다. 그리고 멜란차를 자유와 혼란으로 이끌어줄 장소였다.

멜란차는 이따금 조차장에 와서 남자들이 일하는 모습을 바라보거나 바쁘게 돌아가는 기계들을 구경했다. 남자들은 기회를 놓치지 않고 "안녕, 아가씨. 와서 내 엔진 위에 앉아볼래?" 아니면 "안녕, 예쁘게 생긴 노랑이 아가씨, 이리 와서 저 친구 일하는 것 좀 구경하지 않을래?" 같은 말을 하면서 추파를 던졌다.

흑인 짐꾼들은 모두 멜란차를 좋아했다. 멜란차가 오면 다양한 이야기를 들려주었다. 어떤 짐꾼 이야기로는 서부에서 긴 굴을 통과해야 하는데 공기가 부족해서 숨을 쉴 수가 없었다고 한다. 그래서 굴 밖으로 나와 허공에 높이 매달린 가느다란 다리를 타고 거대한 협곡의 가장자리를 지나가야 했다고 한다. 그 다리에서는 자동차가 추락한 적도 있고, 열차가 통째로 떨어진 적도 있다고 했다. 어두운 협곡 밑바닥을 내려다보면 사신과 온갖 악귀가 웃으며 올려다보는 모습을 볼 수 있다고 했다. 그리고 기차가 가파르고 미끄러운 산길을 쿵쾅거리며 내려갈 때, 커다란 바위들이 산 아래로 굴러 내려와서 지나가는 자동차를 박살내거나 사람을 깔아뭉갤 때도 있다고 했다. 짐꾼들은 이런 얘기를 할 때 번들거리는 까맣고 둥근 얼굴로 몹시 엄숙한 표정을 지었다. 그리고 자기 이야기에 겁을 먹기라도 한 듯 기름이 번들거리던 검은 얼굴은 창백해져서 회색빛으로 바뀌었고, 동그랗게 뜬 두 눈에는 흰자위가 가득했다.

멜란차에게 이야기를 자주 해주던 짐꾼 중에 밝은 갈색 피부에 커다란 몸집을 지닌 흑인이 하나 있었다. 그는 항상 심각하고 우울한 사람이었지만 멜란차가 자기 이야기를 열심히 듣는 데다가 잘 알아듣기까지 해서 몹시 좋아했다. 그 남자가 저 아래 남쪽 지방에 머물 때 있었던 일이라며 이야기했다. 어떤 백인 남자가 술에 취해서 자기를 '망할 깜둥이'라고 부르며 깜둥이에게는 자리 삯을 줄 수 없다고 버티는 바람에 남자를 역이 아닌 곳에서 기차 밖으로 내쫓았다는 것이다. 그 일 때문에 백인들이 자기를 죽이려고 벼르고 있어서 남부 지방으로 돌아가는 건 포기했다고 했다.

멜란차는 심각하고 우울한 이 갈색 얼굴의 흑인이 무척 마음에 들었다. 멜란차는 친절하고 온화한 성품을 지닌 사람들이 좋았고, 그런 사람들을 존경했다. 이 남자는 멜란차에게 진지한 조언과 함께 진심 어린 친절을 베풀었고, 멜란차도 남자의 호의를 진지하게 받아들였다. 하지만 그런 조언과 친절도 멜란차의 삶에 영향을 끼칠 수 없었다. 멜란차가 그렇게 내버려 두지 않았다. 멜란차는 남들의 조언에 귀 기울이지 않고 언제나 잘못된 길을 선택했다.

멜란차는 해가 지기 전에는 짐꾼이나 다른 일꾼들과 어울렸다. 하지만 하늘이 어두워지면 그걸로 끝이었다. 대신 좀 더 점잖은 남자들을 찾아다녔다. 멜란차는 점원이나 젊은 배달원과 인사를 나누고, 함께 서서 이야기를 주고받거나 산책을 했다.

멜란차는 결국엔 늘 그 자리에서 빠져나왔지만 빠져나오는 게 쉽지 않을 때도 있었다. 멜란차는 자신이 간절히 원하는 게 뭔지 모르고 있었다. 용감하고 과감한 멜란차도 이 문제에서는 여전히 겁쟁이였고, 그렇기 때문에 아무것도 깨달을 수 없었다.

멜란차는 저녁이면 남자들 옆에 서 있거나 함께 이야기를 나누기도 했다. 다른 여자가 옆에 함께 있으면 서 있을 때나 자리를 옮길 때 한결 수월했다. 서로 자리를 양보해줄 수도 있었고, 간단한 인사말이나 웃음을 주고받으면서 남자들의 관심을 끌 수도 있었기 때문이다.

하지만 멜란차는 혼자 있을 때가 더 많았고, 혼자 있을 땐 지혜로 이어지는 긴 여정에 발을 들여놓을 뻔한 적도 있었다. 어떤 남자는 이야기를 나누며 멜란차의 많은 것을 알아갔다. 하지만 그게 전부 진실이라고 할 수는 없었다. 멜란차는 이야기할 때 처음부터 끝까지 말하는 법이 없었다. 일부러 그런 건 아니었지만 멜란차는 항상 일부분을 빼먹고 이야기하는 습관이 있어서 말할 때마다 이야기가 달라졌다. 무슨 일이 있었는지, 무슨 말을 했는지, 무슨 행동을 했는지 정확히 기억하지 못하기 때문이었다. 가끔은 좀 더 가까이 다가와서 멜란차를 붙잡는 남자도 있었다. 멜란차의 팔을 붙들고 노골적인 농담을 던지기도 했다. 그러면 멜란차는 어김없이 그 자리에서 도망쳤다. 남자는 멜란차가 세상의 지혜를 알고 있을 거라고 생각했기 때문에 자기의 의도를 명확히 하지 않았고, 그녀가 결정을 내린 거라 믿어서 붙잡을 생각도 하지 못했다.

결국 멜란차는 지혜의 가장자리에서 계속 맴돌았다. "이봐, 아가씨. 여기 와서 좀 더 있다 가지 그래?" 남자들은 항상 이렇게 말을 건넸다. 그리고 멜란차가 대답할 때까지 기다렸다. 그러면 멜란차는 웃음으로 답했고, 좀 머물렀다가 갈 때도 있었다. 하지만 시간이 되면 어김없이 집으로 돌아갔다.

멜란차 허버트는 지혜를 간절히 원했지만, 지혜가 두렵기도 했다. 나이를 좀 더 믹고 나서는 더 오래 버틸 때도 있었다. 그러다 보면 결실을 볼 수 있을 것 같았지만, 결국엔 어김없이 집으로 돌아갔다.

조차장 옆에는 선적 부두가 있었다. 멜란차는 선적 부두에 있을 때가 가장 좋았다. 멜란차는 혼자 다닐 때가 많았지만 꽤 예쁜 흑인 여자와 함께 다닐 때도 있었다. 멜란차는 오랫동안 가만히 서서 짐 내리는 남자들을 구경하거나 증기선에 석탄 싣는 광경을 구경했다. 그리고 자유분방하고 활기찬 흑인들이 내지르는 소리에 집중했다. 남자들은 몸을 자유자재로 움직이며 유치한 괴성을 내질렀다. 그리고 배와 창고 사이를 바삐 오가며 짐을 날랐다.

짐을 나르던 남자들은 멜란차를 향해 이렇게 외치기도 했다. "거기 아가씨, 조심해. 내가 잡으러 갈지도 모르니까." "거기 노랑이 아가씨, 이리 와봐. 배 타게 해줄게." 신기한 이야기를 많이 아는 진지한 외국인 선원을 만날 때도 있었다. 어떤 주방장은 멜란차와 친구들을 배에 데리고 가서 요리하는 곳, 잠자는 곳, 물건 사는 곳을 구경시켜주었고, 배 위에서 생활하는 방법도 설명해주었다.

멜란차는 어두컴컴하고 냄새나는 배를 구경하는 게 좋았다. 열심히 일하는 남자들을 바라보는 게 좋았고, 그들과 이야기 나누고 그들의 이야기를 듣는 게 좋았다. 하지만 이 거친 남자들과 함께 지혜를 얻고 싶은 마음은 없었다. 해가 떠 있는 동안에는 거친 남자들의 이야기를 듣는 것이 재미있었지만, 해가 지고 세상이 어두워지면 점원이나 젊은 선적 회사 직원과 이야기를 나눴다. 멜란차가 그들을 바라보면, 그들도 멜란차를 바라보았다. 멜란차는 그렇게 해서 지혜를 얻으려고 노력했다.

멜란차는 공사장에서 일하는 남자들을 구경하는 것도 좋았다. 기중기로 자재를 끌어 올리고, 땅을 파고, 톱질을 하고, 돌을 자르는 남자들을 보는 게 재미있었다. 이곳에서도 해가 떠 있는 동안에는 공사장 인부들과 어울렸다. "거기, 아가씨. 조심해. 까딱하면 떨어지는 돌덩이에 맞아서 아주 작살나는 수가 있어. 깔리는 데 소질 좀 있나?" 남자들은 자기들 농담이 재미있다고 생각하는지 이렇게 말하며 웃었다. "이봐, 예쁜 노랑이 아가씨. 여기 올라와서 서 있을 수 있어? 배짱 있으면 한번 올라와봐, 내가 잡아줄 테니까. 거기 돌덩이 위에 가만히 앉아 있으면 위로 끌어 올려줄게. 다 올라오면 내가 잡아줄 거니까 무서워할 거 없어."

가끔 멜란차는 위험한 행동도 서슴지 않았다. 그런 남자들 앞에서는 힘과 용기를 얼마든지 보여줄 수 있었다. 그러다 한 번은 발이 미끄러지는 바람에 꽤 높은 곳에서 떨어졌다. 한 인부가 붙잡아준 덕에 목숨은 건졌지만 왼쪽 팔이 심하게 부러졌다.

인부들이 모두 멜란차 주변으로 모여들었다. 높은 곳에 과감히 올라가고, 팔이 부러졌는데도 꾹 참는 멜란차를 바라보며 감탄했다. 의사에게 데려갈 때도 멜란차를 엄청 치켜세웠고, 집에 데려다줄 때도 그녀를 칭송했다. 그녀가 비명을 지르지 않는다며 무척 대견해했다.

그날 제임스 허버트는 멜란차와 아내가 사는 집에 와 있었다. 그리고 멜란차가 인부들과 함께 돌아오는 모습을 보고 불같이 화를 냈다. 제임스가 남자들을 쫓아내면서 욕을 너무 심하게 퍼붓는 바람에 하마터면 싸움이 날 뻔했다. 제임스가 의사도 못 들어오게 해서 멜란차는 진찰을 받지 못했다. "엄마라는 여자가 딸년 간수도 똑바로 안 하고 뭐 하는 거야!"

제임스 허버트는 더 이상 딸과 싸우지 않았다. 멜란차의 혀가 무서웠고, 멜란차의 머리가 두려웠다. 배운 게 아무것도 없는 이 난폭한 흑인 남자가 못된 말만 골라 하는 딸을 무서워하고 있었다. 멜란차는 여전히 아버지를 증오했기 때문에 너무나 고통스러웠다.

멜란차는 여자로서 처음 사 년을 이런 식으로 보냈다. 그동안 많은 일이 있었지만, 그 무엇도 그녀를 제대로 된 길로, 세상의 지혜를 얻게 해줄 그 길로 안내해주지는 못했다.

열여섯 살이 되던 해에 멜란차는 제인 하든을 알게 되었다. 제인은 흑인이었지만 피부가 워낙 하얘서 그녀를 흑인으로 보는 사람이 거의 없었다. 제인은 교육을 많이 받은 여자였다. 이 년 동안 흑인 대학에도 다녔지만 품행에 문제가 있어서 학교를 그만두고 나왔다고 했다. 제인은 멜란차에게 많은 걸 가르쳐주었다. 지혜로 향하는 길을 안내해준 것이다.

제인 하든은 이때 스물세 살이었고 경험도 무척 풍부했다. 제인은 멜란차의 매력에 크게 끌렸고, 멜란차는 제인이 자기를 친구로 생각해줘서 몹시 뿌듯했다.

제인 하든은 아는 것을 두려워하지 않았다. 진짜 경험을 간절히 원했던 멜란차는 제인이야말로 모든 걸 알고 있을 것이라고 믿었다.

제인 하든에게는 못된 버릇이 몇 가지 있었다. 술도 많이 마셨고, 항상 갈피를 못 잡아서 방황했다. 하지만 방황에서 벗어나고 싶은 생각이 없었기 때문에 벗어나려고 하지도 않았다.

멜란차 허버트도 제인과 함께 방황했다. 술도 마셔보았고, 다른 짓들도 같이 해봤다. 하지만 그리 재미있지는 않았다. 다만 지혜를 얻고 싶다는 욕망은 나날이 더 커졌다.

이제 두 여자는 해가 떠 있는 동안에는 거친 남자들과 어울리지 않았다. 멜란차는 저녁에 어울리던 남자들의 계급도 위로 더 끌어올렸다. 배달원이나 점원과는 더 이상 말을 섞지 않았다. 대신 사업가나 외판원과 어울려 다녔고, 더 높은 계급의 남자들에게 접근하기도 했다. 제인과 멜란차는 이 남자들과 함께 걸으며 웃고 떠들다가 도망쳤다. 남자들과 이야기를 하다가 도망치는 건 예전과 다를 게 없었지만, 멜란차에게는 어딘가 조금 다르게 느껴졌다. 같은 일을 반복하는 것 같았지만 새로운 재미가 있었다. 지혜를 깨우친 여자와 함께 어울리다 보니 간절히 알고 싶던 그것이 어렴풋하게나마 보이기 시작했다.

멜란차에게 지혜를 가져다준 건 남자가 아니었다. 멜란차를 깨우쳐준 건 바로 제인 하든이었다.

제인은 닳고 닳은 여자였다. 제인에게는 강한 힘이 있었고, 제인은 그 힘을 기꺼이 사용했다. 몸에 백인의 피가 많이 섞여 있어서 세상을 더 명확하게 볼 수 있었다. 술 마시는 걸 좋아해서 무모한 행동도 많이 했다. 백인의 피는 제인에게 큰 영향을 끼쳤다. 제인은 배짱이 두둑했고 끈기도 있었다. 그리고 누구보다도 용감했다. 아무리 곤란한 상황에서도 기가 꺾이는 법이 없었다. 제인은 멜란차를 좋아했다. 멜란차는 자기와 닮은 데가 있었다. 그런데 나이도 어리고 상냥하기까지 했다. 제인 하든은 자기 경험을 이야기할 때, 멜란차가 이야기를 열심히 듣는 데다가 잘 알아듣기까지 해서 참 좋았다.

제인은 갈수록 멜란차가 좋아졌다. 이제는 남자를 만나 이야기하는 것보다 단둘이 어울려 다니는 시간이 더 많았다. 그러다 밖에 나가 돌아다니는 걸 그만두고 제인의 방에서 함께 시간을 보내기 시작했고, 멜란차는 제인의 발치에 앉아 그녀의 이야기를 귀 기울여 들으면서 애정의 힘을 느꼈으며, 그러다 자신을 분명 지혜로 이끌어 줄 뚜렷한 길 하나가 앞에 놓여 있는 것을 보게 되었다.

멜란차는 학교에 가지 않을 때나 집에 있지 않을 땐 제인 하든과 시간을 보냈다. 그렇게 거의 이 년이 흘렀다. 멜란차는 그토록 찾아 헤매던 세상의 지혜를 비로소 두 눈으로 볼 수 있었고, 비로소 확신할 수 있었다.

제인 하든은 돈이 조금 있었고, 시내 아래쪽에 방도 하나 있었다. 흑인 학교에서 아이들을 가르치기도 했다. 하지만 행실이 안 좋다는 이유로 그만둬야 했다. 항상 술이 문제였다. 술 문제만큼은 결코 다른 사람의 눈을 속일 수가 없었다.

제인의 술 문제는 날이 갈수록 심각해졌다. 멜란차도 술에 재미를 붙여보려고 했지만, 술에서 별다른 매력을 찾을 수 없었다.

멜란차와 제인이 처음 알게 된 해에는 제인이 주도권을 쥐고 있었다. 제인은 멜란차를 사랑했다. 멜란차는 똑똑하고 용감하고 상냥하고 말 잘 듣는 아이였기 때문에 좋아할 수밖에 없었다. 그래서 그 해가 끝나기 전에 제인은 멜란차에게 세상의 지혜를 가르쳐주었다.

제인에게는 지혜를 가르치는 방법이 여러 개 있었다. 제인은 멜란차에게 많은 얘기를 들려주었다. 제인은 멜란차를 몹시 사랑했고, 멜란차는 그 사랑을 깊숙이 받아들였다. 제인은 다른 사람들과 어울려 다니기도 하고, 남자들과 어울려 다니기도 했다. 멜란차와도 어울려 다녔다. 제인은 세상 사람들이 원하는 것을 멜란차에게도 알려주었고, 힘을 가진 사람이 무엇을 할 수 있는지도 알려주었다.

멜란차는 몇 시간이고 제인의 발치에 앉아 제인의 지혜를 받아들였다. 멜란차는 제인을 사랑했고, 제인의 사랑을 깊이 느꼈다. 기쁨에 눈을 뜨고 고통에 익숙해지는 방법도 배웠다. 어머니 때문에 고통을 느낀 적은 있었다. 몸서리치게 끔찍한 흑인 아버지 때문에 고통을 느낀 적도 있었다. 그럴 땐 멜란차도 맞서 싸웠다. 부모님 때문에 고통받고 싶지 않아서 독하게 마음먹고 단호하게 맞섰다. 하지만 제인 하든이 주는 고통은 달랐다. 멜란차는 고통을 갈구했고 그 앞에 무릎을 꿇었다.

멜란차에게는 너무나 격정적이고 혼란스러운 한 해였다. 하지만 이때부터 그녀는 진정으로 모든 것을 이해하기 시작했다.

멜란차는 제인 하든에게 모든 걸 배웠다. 제인과 함께 행동하고, 느끼고, 생각하고, 이야기하며 유익한 것들과 무익한 것들을 배웠다. 제인의 가르침이 지나치게 버거울 때도 있었다. 그래도 멜란차는 어떻게든 제인의 가르침을 따라갔다. 배우는 속도는 느렸지만 조금씩 힘을 기르고 감정을 키우며 진정한 깨달음을 향해 갔다.

그런 두 사람의 관계에 아주 서서히 변화가 찾아왔다. 제인 하든이 쥐고 있던 주도권이 아주 서서히 멜란차 허버트에게 넘어가고 있었다. 그리고 두 사람의 사이는 조금씩 멀어지기 시작했다.

이 모든 걸 가르쳐준 사람이 제인 하든이라는 사실을 멜란차 허버트도 잘 알고 있었다. 하지만 제인은 멜란차가 원하지 않는 것을 억지로 하게 했다. 그렇게 되다 보니 멜란차도 자기가 뭘 했는지, 무슨 일이 있었는지 정확히 기억하지 못했다. 가끔은 제인과 다투기도 했다. 함께 밖에 나가 어울리지도 않았다. 멜란차는 제인 하든에게 빚진 게 많다는 사실을 가끔 잊기도 했다.

멜란차는 세상의 지혜를 원래부터 알고 있었던 것 같은 기분이 들었다. 제인에게 배운 게 많다는 사실은 물론 잘 알고 있었다. 하지만 두 사람에게 갈등이 생기면서 이런 사실은 금세 잊혔다. 게다가 날이 갈수록 두 사람 사이의 골은 점점 깊어지고 있었다.

제인 하든은 닳고 닳은 여자였다. 예전에는 강인한 여자였지만 나쁜 술버릇 때문에 지금은 완전히 약해졌다. 멜란차도 제인처럼 술에 재미를 붙여보려고 했지만 별다른 매력을 느끼지 못했다.

제인은 그 강하고 거친 성격과 술버릇 때문에 멜란차를, 멜란차가 더 이상 자신을 필요로 하지 않는다는 사실을 용서하기가 더욱 힘들었다. 멜란차는 더 강인해졌고, 제인은 그녀에게 매달리는 처지였다.

이제 멜란차는 열여덟 살이 되었다. 옅은 노란빛의 단아하고 잘생긴 얼굴에는 지적인 매력까지 감돌았다. 어딘가 수수께끼 같은 데가 있긴 했지만, 사람들 앞에서는 항상 상냥하고 친절했으며 그들을 위해 무엇이든 할 준비가 되어 있었다.

멜란차는 이제 제인 하든을 거의 만나지 않았다. 제인은 이런 멜란차가 너무 못마땅해서 욕을 퍼붓기도 했지만, 술에 취하면 다 잊어버렸다.

하지만 멜란차는 제인 하든을 잊을 수 있는 성격이 아니었다. 멜란차는 제인에게 곤란한 일이 생길 때마다 기꺼이 도왔고, 나중에 그녀가 완전히 무너졌을 때도 할 수 있는 한 도우려고 애썼다.

멜란차 허버트는 다른 사람을 가르칠 준비가 되어 있었다. 하고 싶은 건 뭐든 할 수 있었고, 세상 사람들이 원하는 게 뭔지도 잘 알고 있었다.

멜란차는 어떻게 하면 좀 더 버틸 수 있는지, 그리고 더 오래 버틸 경우 언제 결정을 내려야 하는지 알고 있었다. 빠져나가고 싶을 때 빠져나가는 방법도 알고 있었다.

멜란차는 또다시 길거리를 배회하기 시작했다. 하지만 예전과는 전혀 다른 느낌이었다. 거친 노동자들에게는 말을 건네지 않았다. 자신보다 계급이 좀 더 높은 백인들에게도 말을 걸지 않았다. 멜란차는 '진짜'를 원하고 있었다. 그녀에게 더 깊은 감동을 줄 수 있고, 그녀에게 지혜를 가득 불어넣어 줄 수 있는 '진짜'를 원했다. 물론 멜란차에게도 이제 남부럽지 않은 지혜가 있었지만, 좀 더 풍부한 지혜로 자신을 가득 채우고 싶었다.

멜란차는 길거리에 나가면 꽤 멀리까지 돌아다녔다. 그리고 항상 혼자 다녔다. 다른 사람의 도움은 더 이상 필요하지 않았다. 남자들에게 말을 걸 때, 좀 더 남고 싶어서 버틸 때, 빠져나가고 싶어서 빠져나갈 때, 언제든 혼자 충분히 할 수 있었다.

멜란차는 만족할 만한 상대를 찾을 때까지 굉장히 많은 남자를 거쳐야 했다. 거의 일 년 가까이 배회한 끝에 젊은 물라토를 만났다. 그 남자는 개업한 지 얼마 되지 않은 의사였고, 앞날이 창창한 젊은 이였다. 하지만 멜란차가 관심 있게 본 부분은 그런 게 아니었다. 남자는 착하고 점잖은 데다 똑똑하기까지 했다. 그리고 강인한 사람 같았다. 멜란차는 언제나 착하고 사려 깊은 사람들을 좋아했다. 남자는 처음에 멜란차를 그리 믿지 않았다. 멜란차가 원하는 게 뭔지 몰라서 적당히 거리를 유지했다. 멜란차는 이 남자를 간절히 원하고 있었다. 두 사람은 상대를 조금씩 알아갔다. 마침내 두 사람 사이에 강한 유대가 형성되었다. 멜란차는 이 남자를 정말 간절히 원했기 때문에 더 이상 길거리를 배회하지 않았다. 그리고 이 남자에게 모든 걸 내주고 말았다.

그때 멜란차 허버트는 혼자였다. 어떤 흑인 여자의 집에 들어가서 살다가 머지않아 다른 흑인 여자의 집으로 옮기곤 했다. 바느질해서 돈을 벌기도 하고, 흑인 학교에서 대리 교사로 잠깐씩 일하기도 했다. 하지만 자기 집도 없었고, 월급이 꼬박꼬박 나오는 직장도 없었다. 멜란차의 인생은 이렇게 시작되었다. 멜란차는 젊었고, 지혜도 있었다. 옅은 노란빛의 단아한 얼굴에 상냥한 아가씨였다. 사람들에게도 항상 친절을 베풀었다. 하지만 어딘가 수수께끼 같은 구석이 있었고, 그런 점이 그녀를 더욱 돋보이게 했다.

멜란차는 제퍼슨 캠벨*을 만나기 전 거의 일 년 동안 정말 다양

* 《Q.E.D.》의 '아델'이 거트루드 스타인 자신을 모티프로 한 인물이라면, 제퍼슨 캠벨은 아델의 남성 버전이라고 볼 수 있다.

한 남자를 만났지만, 멜란차의 관심을 제대로 끌었던 남자는 없었다. 멜란차는 많은 남자를 만나서 많은 경험을 했다. 그리고 다음에는 더 짜릿한 경험을 할 수 있을 거라 기대하면서 남자들의 곁을 떠났다. 하지만 그런 건 결국 아무 의미 없다는 사실만 깨달았을 뿐이었다. 멜란차는 하고 싶은 건 뭐든 할 수 있었고, 세상 사람들이 원하는 게 뭔지 잘 알고 있었다. 다만 멜란차가 흥미를 느끼지 못할 뿐이었다. 이 남자들에게는 배울 게 아무것도 없었다. 그녀에게 깊은 깨달음을 줄 수 있는 사람이 필요했고, 마침내 그런 남자를 찾은 것 같았다. 그리고 그 남자가 정말 자기가 찾는 그런 남자인지 확인하기도 전에 멜란차는 그렇게 믿어버렸다.

그 해, 이웃 사람들이 '미스' 허버트라고 불렀던 옅은 노란 얼굴의 멜란차 어머니는 병을 심하게 앓다가 결국 해를 못 넘기고 죽었다.

멜란차의 아버지는 집에 좀처럼 들르지 않았다. 멜란차도 아버지가 어디에 있는지 전혀 몰랐다. 멜란차는 어머니를 정성스레 간호했다. 아픈 사람이나 힘든 처지에 있는 사람은 도와야 한다는 게 멜란차의 생각이었다.

멜란차는 어머니를 정말 극진히 돌보았다. 보통 여자가 할 수 있는 일은 무엇이든 다 했다. 멜란차는 옅은 노란 얼굴의 어머니 곁에서 열심히 시중을 들었다. 어머니가 힘들어하면 잘 달래가면서 어머니를 극진히 돌보았다. 해야 할 일은 뭐든지 다 했다. 어머니가 편히 눈 감을 수만 있다면 무슨 일이든 다 했다. 어머니는 멜란차를 좋아했던 적이 없었다. 멜란차는 너무나 다루기 힘든 아이였고, 독한 말도 서슴지 않고 내뱉는 아이였다.

멜란차는 보통 여자가 할 수 있는 일은 무엇이든 다 했다. 결국 어머니는 숨을 거두었고, 멜란차는 어머니를 땅에 묻었다. 아버지는 여전히 소식이 없었다. 그 후로도 멜란차는 아버지를 보지 못했고, 아무 소식도 듣지 못했다.

젊은 의사 제퍼슨 캠벨은 병든 어머니의 수발을 드는 멜란차의 곁에서 끝까지 함께해주었다. 제퍼슨 캠벨은 예전에도 멜란차 허버트를 본 적 있었지만, 그녀를 결코 좋아하지 않았고 좋은 사람이라고 생각하지도 않았다. 멜란차가 여기저기 돌아다닌다는 이야기도 들었다. 제인 하든을 어느 정도 알고 있었기 때문에, 그녀의 친구인 데다가 방탕하게 헤매고 다니는 여자가 괜찮은 여자일 거라는 생각은 할 수 없었다.

제퍼슨 캠벨 박사는 진지하고 성실하며 쾌활한 젊은이였다. 아픈 사람들을 돌보는 일이 좋았고, 자기를 찾아오는 흑인들을 무척 아꼈다. 제프 캠벨의 삶은 늘 쉽게 흘러갔다. 사람들도 그를 참 좋아했다. 제프 캠벨은 착하고 마음이 넓은 사람이었다. 게으름을 피우지도 않았고, 인상을 찡그리는 법도 없었다. 기분이 좋을 땐 노래를 부르거나 웃음을 터뜨렸다. 그의 웃음은 따뜻하고 환한 빛을 발하는 흑인들의 웃음처럼 활짝 피어나는 웃음이었다.

제프 캠벨은 살면서 크게 말썽을 피운 적도 없었다. 제퍼슨의 아버지는 친절하고 진지했으며 신앙심도 몹시 깊었다. 성실하고 똑똑하고 품위 있는 사람이었다. 그는 흰머리가 희끗희끗하게 올라온 밝은 갈색 얼굴의 흑인으로 오랫동안 캠벨 집안에서 집사로 일했다. 제프 캠벨의 부모는 아들이 태어나기 전부터 캠벨 집안에서 노예가 아닌 자유인 신분으로 일하고 있었다.

제퍼슨 캠벨의 아버지와 어머니는 정식으로 결혼한 부부였다. 옅은 갈색 피부에 몸집이 자그마한 제프의 어머니는 상냥하고 친절한 여자였다. 훌륭한 남편을 존경했고, 남편의 말에 성실히 복종했다. 착하고 성실하고 쾌활한 의사 아들을 열심히 뒷바라지하고 지극히 사랑하는 어머니이기도 했다. 제프 캠벨은 이 부부의 유일한 자식이었다.

제프 캠벨의 부모는 아들에게 열심히 신앙을 가르쳤지만, 제프 캠벨은 종교에 별다른 흥미를 느끼지 못했다. 제퍼슨은 착한 사람이었다. 누구보다 부모님을 사랑했기 때문에 부모님을 속상하게 한 적도 없었다. 부모님이 원하는 일이라면, 부모님을 기쁘게 할 수만 있다면 무슨 일이든 마다하지 않았다. 하지만 제프 캠벨이 가장 사랑하는 건 과학과 실험이었고 새로운 것을 배울 때가 가장 행복했다. 제프 캠벨은 의사가 되고 싶었고, 언제나 흑인들의 삶에 관심이 많았다.

캠벨 집안사람들은 제프에게 무척 잘해주었다. 제프가 꿈을 이룰 수 있게 도와주기도 했다. 제퍼슨은 열심히 공부해서 흑인 대학에 입학했고, 의사가 되기 위해 열심히 공부했다.

제프 캠벨이 의원을 개업한 지는 이제 이삼 년 정도 지났다. 다들 제프 캠벨을 좋아했다. 제프는 강인한 사람이었지만, 사람들 앞에서는 다정하고 쾌활했다. 이해심도 깊었다. 웃을 땐 얼굴에 순수한 기쁨이 드러났고, 주변의 흑인들을 도울 수 있다는 사실에 무척 뿌듯해했다.

제프 캠벨 박사는 제인 하든을 잘 알고 있었다. 제인이 아플 때 몇 번 도와준 적이 있었다. 멜란차에 대해서도 들은 게 있었지만, 실제로 만난 건 그녀의 어머니가 아플 때였다. 박사는 아픈 그녀의 어머니를 보러 왕진을 갔었다. 그땐 멜란차의 행동이 별로 마음에 들지 않았고, 그녀를 좋은 여자라고 생각하지 않았다.

제프 캠벨 박사는 제인이 아플 때 몇 번 도와준 적이 있었다. 그때 제인은 제프 캠벨에게 멜란차의 험담을 늘어놓았다. 자기가 멜란차 허버트에게 그렇게 잘해줬는데 멜란차는 무슨 권리로 자기를 버리고 다른 남자들을 만나고 다니느냐는 것이다. 멜란차 허버트는 분별력이 없어서 사람을 어떻게 대해야 하는지 모르는 애라고 했다. 마음씨 착한 애라는 건 자기도 잘 알지만, 착한 마음씨로 좋은 일을 할 생각 같은 건 하지 않는다고 했다. 하기야 시커먼 깜둥이 아버지에게 짐승같이 구는 방법밖에 배운 게 없는데 대체 뭘 기대하겠냐고 했다. 멜란차는 맨날 아버지 욕을 하지만, 멜란차야말로 그런 아버지를 꼭 빼닮았으며 속으로는 아버지를 존경하고 있을지도 모른다고 했다. 그 아버지라는 사람은 다른 사람에게 신세를 져도 갚을 줄 모르는 인간인데, 그런 점이 멜란차도 똑같고 아버지를 닮았다는 사실을 자랑스러워한다고도 했다. 멜란차가 아닌 척하면서 떠드는 걸 들어주는 것도 이제 질렸다고 했다. 제인 하든은 착한 마음씨를 써먹지 않는 인간들이 너무 싫다고 했다. 멜란차는 마음이 약해빠져서 사람들과 원만하게 지내려고만 한다고 했다. 멜란차가 아버지를 닮고 싶다고 말한 적은 없지만 아버지 성격을 똑같이 물려받았고, 그런 걸 자랑스러워하면서 아버지를 욕하고 다니는 건 멜란차가 멍청한 거라고 했다. 아니, 제인 하든은 멜란차가 필요하지 않았다. 사실 멜란차는 제인의 집에 자주 들러서 제인을 챙겨주기도 했다. 그건 분명한 사실이었다. 멜란차는 제인을 버리고 떠난 게 아니다. 자기 마음을 솔직히 드러내지 않았을 뿐이다. 멜란차 허버트가 마음씨 착한 사람이라는 건 제인 하든도 부인하지 않았지만 더 이상 멜란차를 보거나 소식을 듣고 싶지 않았고, 멜란차가 자기를 보러 오는 것도 싫었다. 제인은 멜란차가 싫지는 않았지만 그녀의 아버지 이야기가 싫었고 그녀의 이야기라면 뭐든 다 싫었으며, 그런 건 제인에게 아무 의미가 없었다. 제인 하든은 모든 게 다 지겹다고 했다. 이제 멜란차가 전혀 필요하지 않으며, 멜란차를 만나거든 자기가 더 이상 보고 싶어 하지 않는다는 말을 전해달라고 했다. 그리고 제인은 다른 사람 이야기를 하면서 그 사람은 자기를 기꺼이 믿어준다고 했다. 제인 하든은 멜란차를 놓아주고 다 잊을 거라고 했다. 지금까지 살았던 기억도 다 잊고 싶다고 했다. 그러면서 술을 좀 마시면 모든 걸 깡그리 잊을 수 있다고 했다.

제인은 이런 얘기를 제프 캠벨에게 자주 늘어놓았다. 하지만 제프 캠벨은 별로 흥미를 느끼지 못했다. 멜란차라는 여자를 알고 싶지도 않았다. 제프 캠벨이 제인 하든의 집에 왕진 왔을 때, 집 밖에서 멜란차가 다른 여자와 대화하는 소리를 들은 적은 있었다. 하지만 그 대화에서 알 수 있는 건 별로 없었다. 제인 하든이 멜란차의 험담을 늘어놓을 때도 멜란차에 대해 알 수 있는 건 거의 없었다. 제프 캠벨은 멜란차보다 제인에게 더 관심이 많았다. 제인 하든은 착한 사람이고, 큰일도 할 수 있을 정도로 강한 사람인데, 술독에 빠져 지내느라 능력을 발휘하지 못하고 있었다. 제프 캠벨은 이런 꼴로 있는 제인을 볼 때마다 속상했다. 제인은 거친 여자였지만, 제프는 제인에게 장점이 많다는 걸 알고 있었고, 그래서 제인이 좋았다.

제프 캠벨은 제인 하든을 위해 할 수 있는 일은 뭐든 다 했다. 멜란차 이야기에는 별로 관심이 없었다. 이야기를 들어도 아무 감흥이 없었다. 멜란차 허버트에게는 전혀 관심이 가지 않았다. 제인 하든은 그 누구보다도 강하고 마음씨 착한 사람이었다. 고약한 술버릇이 발목을 잡기 전까진 자신의 장점을 잘 활용할 줄 아는 멋진 여자였다.

캠벨 박사는 멜란차 허버트의 어머니가 아플 때 멜란차와 함께 환자를 돌보았다. 그러는 동안 꽤 오래, 그리고 자주 멜란차를 만났고 가끔씩 대화도 많이 나눴다. 하지만 멜란차는 캠벨 박사에게 제인 하든의 이야기를 하지 않았다. 그저 일반적인 주제로 얘기를 나누거나 치료법 이야기가 전부였다. 농담을 하는 법도 없었다. 멜란차는 캠벨 박사에게 질문을 자주 했고, 박사가 대답할 때면 아주 집중해서 들었다. 캠벨 박사가 치료법을 이야기할 땐 하나도 빠트리지 않고 머릿속에 기억했다. 멜란차는 배운 건 절대 잊지 않는 여자였다.

제프 캠벨은 자기가 이 대화에 흥미를 느끼고 있다는 사실을 깨닫지 못했다. 그는 멜란차를 볼 때마다 그녀가 좋아지고 있다는 사실도 깨닫지 못했다. 멜란차를 많이 생각하고 있다는 것도 몰랐다. 멜란차도 제인 하든처럼 마음씨 착한 사람이라고 믿으면서도 자기가 그렇게 믿고 있다는 건 몰랐다. 제인 하든을 좋아한다는 건 잘 알고 있었다. 그래서 제인이 나쁜 술버릇을 빨리 끊었으면 싶었다.

멜란차 허버트의 어머니는 병세가 더 악화되고 있었다. 멜란차는 보통 여자가 할 수 있는 일은 무엇이든 다 했다. 그래도 멜란차의 어머니는 딸이 좀처럼 성에 차지 않았다. '미스' 허버트가 입 밖에 소리 내어 말한 적은 없지만, 그녀가 딸을 별로 아끼지 않는다는 걸 모르는 사람은 없었다.

캠벨 박사가 '미스' 허버트 때문에 멜란차의 집에 머무는 시간이 길어졌다. 하루는 '미스' 허버트의 상태가 너무 좋지 않아 그날 밤을 넘기기 힘들어 보였다. 캠벨 박사는 멜란차에게 얘기한 대로 밤늦게 다시 멜란차의 집을 방문해 '미스' 허버트를 일으켜 앉히고 상태를 살폈다. 진찰을 마친 후에는 멜란차가 원한다면 같이 있겠다고 했다. 멜란차 허버트와 제프 캠벨은 함께 앉아 밤을 샜다. '미스' 허버트는 죽지 않았다. 다음 날이 되자 몸 상태가 오히려 나아졌다.

멜란차가 어머니와 줄곧 함께 살았던 이 집은 자그마한 붉은 벽돌집이었다. 이층집이었지만 집 안엔 가구도 거의 없었고, 깨진 창문은 수리도 안 한 채 방치되어 있었다. 멜란차는 집을 수리할 돈이 없었다. 그나마 이웃에 사는 성격 좋은 흑인 여자가 멜란차 모녀를 도와준 덕분에, 멜란차는 어머니를 간병하면서도 집을 깨끗하게 치워놓고 살 수 있었다.

멜란차의 어머니는 이층 방 침대에 누워 있었다. 계단과 곧장 연결되는 방이었다. 이층에는 방이 두 개뿐이어서, 멜란차와 캠벨 박사는 계단에 걸터앉아 함께 밤을 샜다. 거기선 멜란차의 어머니가 부르는 소리를 충분히 들을 수 있었다. 램프 불빛이 충분히 닿지는 않았지만 두 사람은 앉아서 책을 읽었다. '미스' 허버트에게 들리지 않을 정도로 작게 대화를 나누기도 했다.

캠벨 박사는 책 읽는 걸 무척 좋아했다. 그런데 그날 밤에는 깜박 잊고 책을 가져오지 않았다. 멜란차의 집에서 환자를 돌보는 동안 심심하지 않게 읽을거리를 좀 챙겨올 생각이었는데 깜박한 것이었다. 멜란차보다 몇 칸 더 위쪽에 앉아 있던 캠벨 박사는 깜박하고 책을 가져오지 않았다고 말했다. 멜란차는 집에 옛날 신문이 좀 있으니 심심하면 그 신문이라도 읽으면서 시간을 보낼 수 있을 거라고 했다. 캠벨 박사는 아무것도 없이 멀뚱히 앉아 있는 것보단 옛날 신문이라도 읽는 게 나을 것 같다고 대답했다. 캠벨 박사는 멜란차가 건네준 옛날 신문들을 읽었다. 그러다가 재미있는 기사가 보이면 소리 내서 읽어주기도 했다. 멜란차는 말없이 듣기만 했다. 캠벨 박사는 멜란차가 신경 쓰이기 시작했다. 어쩌면 멜란차도 착한 사람일지 모른다는 생각이 들었다. 확신할 수는 없었지만, 착한 사람일지도 모른다는 생각이 들기 시작했다.

제퍼슨 캠벨은 사람들에게 자신의 관심거리를 이야기하는 게 좋았고, 흑인 사회를 위해 할 수 있는 일이 뭐가 있을지 말하고 싶어 했다. 멜란차 허버트는 제퍼슨 캠벨처럼 생각해본 적이 없었다. 캠벨 박사 앞에서 자신의 의견을 드러내지도 않았다. 재미만 추구하기보단 항상 성실하고 규칙적인 삶을 살아야 한다는 캠벨 박사의 의견에는 동의하고 싶지 않았다. 제퍼슨 캠벨은 모든 사람이 성실하고 규칙적인 삶을 살아야 한다고 주장했다. 그런 삶이야말로 현명하고 행복한 삶이라고 했다. 하지만 멜란차는 실제 경험을 추구하는 사람이었다. 그래서 진정한 지혜에 도달하는 방법 같은 건 별로 생각해본 적이 없었다.

캠벨 박사는 옛날 신문들을 금방 다 읽었다. 그래서 이제는 항상 생각하던 주제로 이야기를 늘어놓기 시작했다. 캠벨 박사는 사람들의 고통을 이해하고 싶어서 이 일을 한다고 했다. 재미를 위해서 하는 일이 아니라고 했다. 인간이라면 늘 부모님을 사랑해야 하고, 재미난 일들만 좇기보단 안정된 삶을 살아야 한다고 했다. 자신이 어디에 있는지, 뭘 원하는지 알아야 하고, 말할 땐 의도를 정확히 전달해야 한다고도 했다. 이런 삶이 자기가 아는 유일한 삶이고, 자기가 믿을 수 있는 유일한 삶이라고 했다. "항상 재미를 느끼거나 항상 새로운 경험을 추구하며 살고 싶지는 않아요. 이미 경험은 충분하다고 생각해요. 매일 조용하고 안정된 삶을 살면서 가족들과 함께 시간을 보내죠. 일하는 동안에는 환자들을 돌보면서 제 일에 대해 생각해보기도 하고요. 여기저기 돌아다니는 일에는 흥미 없어요. 흑인들이 그렇게 사는 걸 보고 싶지 않고요. 저도 흑인이니까 별로 미안하게 생각하지는 않아요. 흑인들이 선한 삶을 추구하길 바랄 뿐이에요. 규칙적인 생활을 하고, 열심히 일하고, 세상을 이해하면서 말이죠. 이 정도면 점잖은 사람에게는 충분히 재미있고 신나는 삶이라고 생각하지 않아요?" 제프 캠벨의 목소리에는 약간의 분노가 배어 있었다. 멜란차에게 화가 난 건 아니었다. 캠벨 박사는 이야기에 몰두하느라 멜란차의 존재도 거의 잊고 있었다. 그는 자신이 원하는 삶을 말하고 있었고, 흑인들에게 바라는 삶을 말하고 있었다.

멜란차 허버트는 제프 캠벨이 하는 이야기를 하나도 빼놓지 않고 귀담아들었다. 캠벨 박사가 무슨 뜻으로 그런 말을 하는 건지 이해되긴 했지만, 멜란차에게는 아무 의미 없는 말들이었다. 언젠간 박사도 진짜 지혜란 그런 게 아니라는 걸 분명 깨닫게 될 것이다. "그럼 제인 하든을 어떻게 생각해요?" 멜란차는 제프 캠벨에게 물었다. "제인을 좀 다르게 생각하시는 것 같아서요. 제인의 집에 자주 가고, 제인과 이야기도 많이 나누잖아요. 그런데 박사님 말씀처럼 얌전히 집에서 가족들하고만 시간을 보내는 착한 여자들한테는 그렇게 하지 않으시던데요. 박사님은 말씀과 행동이 별로 일치하지 않는 것 같아요. 그리고 박사님이 선한 분인지도 잘 모르겠어요." 멜란차는 계속 이야기했다. "박사님 본인도 교회에 가는 걸 좋아하지 않으면서 교회가 사람들에게 중요하다고 말씀하시죠. 제가 보기엔 박사님도 평범한 사람들처럼 즐겁게 시간을 보내는 게 좋으신 것 같은데요. 그런데 말로는 선하게 살아야 한다고 하고, 재미를 추구하지 말라고 하시네요. 본인도 별로 원하지 않는 그런 삶을 말이에요. 박사님은 제인 하든이나 저와 다를 게 없는 분 같은데, 자기 자신을 잘 모르는 것 같아요. 무슨 말을 하는지도 잘 모르는 것 같고요."

제퍼슨은 평소처럼 혼자 길게 이야기를 늘어놓았을 뿐인데 멜란차의 얘기를 들으니 더 이상 편하게 떠들 수 없었다. 그는 웃음을 터트렸다. 하지만 깊이 잠든 '미스' 허버트가 깨지 않게 조용히 웃었다. 캠벨 박사는 밝은 표정으로 멜란차를 바라보았다. 재미있는 아가씨 같았다. 박사는 마음을 가다듬고 멜란차의 질문에 대답하기 시작했다.

"그래요, 멜란차 양. 얘기를 들어보니 제가 깊이 생각하지 않고 말한 것 같기도 하네요. 하지만 당신이 그렇게 생각하는 건 제 말을 충분히 이해하지 못했기 때문이에요. 제 의도를 분명히 파악하지 못한 것 같아요. 저는 모든 사람을 다 알고 싶다고 말하지 않았어요.

세상에 다양한 사람이 많지 않다고 말한 적도 없고, 제인 하든 같은 사람이 알고 지내거나 대화하기에 좋은 상대가 아니라고 말한 적도 없어요. 제가 제인 하든을 좋아하는 이유는 제인이 강한 사람이기 때문이에요. 재미를 추구하며 사는 생활방식 때문이 아니고요. 제인의 나쁜 버릇들은 정말 안 좋게 생각해요. 하지만 어쨌든 제인은 강한 여자이고, 제가 제인을 높이 사는 것도 그 이유 때문이죠. 제 말 믿지 않는다는 거 잘 알아요, 멜란차 양. 하지만 그게 제 진심이에요. 제 말을 충분히 이해했다면 그렇게 말씀하지 않았을 겁니다. 그리고 종교를 얘기하자면, 저는 종교적으로 선한 사람이라고 할 수 없어요. 하지만 종교를 통해서 많은 사람이 선한 삶을 살 수 있고, 안정된 생활을 할 수 있죠. 믿음이 있다면 그 믿음 덕에 선한 사람이 될 수 있어요. 믿음이 없다면 종교를 가지라고 말하고 싶어요. 저는 그저 흑인들이 재미를 위해 새로운 것만 좇는 게 싫다는 거예요."

제퍼슨 캠벨은 여기까지 이야기하고 입을 다물었다. 멜란차는 아무 대꾸도 하지 않았다. 두 사람은 말없이 가만히 앉아 있었다.

제프 캠벨은 다시 신문을 들췄다. 멜란차보다 위쪽에 앉아 신문을 계속 읽어나갔다. 그의 고개가 시선을 따라 움직였다. 제프 캠벨은 가만히 앉아서 신문을 읽다가, 어느 순간부터 자신의 목표에 대해 고민하고 있었다. 그는 이따금 검은 손등으로 입을 문질렀다. 깊은 생각에 빠진 사람처럼 이마를 찡그리기도 하고, 잘 떠오르지 않는 답을 억지로 밀어내려는 것처럼 손바닥으로 머리를 문지르기도 했다. 멜란차는 가만히 앉아서 타오르는 램프를 보고 있었다. 그러다 바람에 불꽃이 흔들리면 램프를 약간 기울였다. 램프에서 연기가 피어올랐다.

제프 캠벨과 멜란차 허버트는 한참 동안 말없이 계단에 앉아 있었다. 단둘이 있다는 사실을 의식하지 못하는 것 같았다. 그렇게 한 시간쯤 지났을 때였다. 제퍼슨은 자기가 지금 멜란차와 단둘이 계단에 앉아 있다는 사실을 서서히, 그리고 강렬하게 깨닫기 시작했다. 멜란차 허버트도 지금 이 상황을 의식하고 있을까? 제퍼슨은 궁금해졌다. 두 사람 다 지금 상황을 분명히 인식하고 있다는 생각이 들었다. 멜란차도 분명히 인식하고 있다는 게 중요했다. 두 사람은 그렇게 한참 동안 말없이 앉아 있었다.

제퍼슨이 결국 다시 입을 열었다. 램프 냄새 이야기였다. 그는 램프에서 냄새가 나는 원리를 설명했다. 멜란차는 캠벨 박사의 얘기를 듣고만 있었다. 멜란차가 전혀 대꾸하지 않자 캠벨 박사도 입을 다물었다. 멜란차는 허리를 펴고 앉더니 다시 질문했다.

"아까 안정된 삶을 이야기하셨는데, 무슨 의도로 하신 말씀인지 잘 이해되지 않아요. 박사님은 늘 말씀하시는 그런 선한 사람 같지 않아요. 저도 착한 사람을 몇 명 알아요. 그 사람들은 선하고 믿음이 있지만, 박사님은 그렇지 않잖아요. 그저 마음 가는 대로 쉽게 인생을 사시는 분 아닌가요? 제인 하든과 어울리는 것도 좋아하시고요. 제인은 절대 선한 사람이 아니지만, 박사님은 제인을 무시하지 않으시죠. 제인한테 그런 말을 하실 분도 아니고요. 제인을 친구로 좋아하신다는 건 알아요. 그래서 아까 저한테 하신 말씀이 이해되지 않는 거예요. 박사님은 충분히 솔직하셨다고 생각해요. 저도 박사님 말씀을 믿고 싶고요. 하지만 선하고 독실한 사람이 되고 싶다는 말이 도저히 이해되지 않아요. 박사님은 선한 사람도 아니고 믿음이 있는 사람도 아니니까요. 박사님은 이상한 친구들과 어울려 다니는 것도 수치스럽게 생각하지 않잖아요. 박사님은 자신이 행동과 말이 일치하는 삶을 살고 있다고 생각하시는 것 같아요. 저는 정말 박사님 말씀을 이해 못 하겠어요."

캠벨 박사는 크게 웃음을 터트렸다. 하마터면 '미스' 허버트가 깰 뻔했다. 제프 캠벨은 멜란차가 이런 얘길 하는 게 재미있었다. 그리고 멜란차가 정말 마음씨 착한 사람일지도 모르겠다는 생각이 들었다. 캠벨 박사가 웃음을 터트리긴 했지만, 멜란차는 기분 나쁘게 받아들이지 않았다. 오히려 그 웃음이 다정하게 느껴졌다. 캠벨 박사는 다시 진지한 태도로 돌아와 생각을 정리하려는 듯 머리를 문지르기 시작했다.

"멜란차 양, 설명만으로는 제 생각을 이해하기 쉽지 않다는 거 알아요. 제가 좋아하는 선한 사람 중에 제가 말한 선한 삶을 당신만큼 깊이 생각해본 사람은 없을 것 같네요. 하지만 그게 중요한 건 아니고요. 제가 하고 싶은 말은, 저는 절대로, 단 한 번도, 단순히 재미를 추구하는 삶은 생각해본 적 없다는 거예요. 사실 많은 흑인들이 그런 식으로 살고 있잖아요? 열심히 일하지도 않고, 바깥일이나 집안일에 별로 신경 쓰지도 않아요. 돈을 열심히 저축해서 아이들 키울 때 보탤 생각도 하지 않고요. 규칙적이고 성실한 삶을 살 수 있는데 그럴 생각이 없는 거예요. 알뜰하게 살면서 새로운 길을 개척하려는 생각도 하지 않고요. 오히려 여럿이 뭉쳐 다니면서 술이나 마시고, 나쁜 짓이라면 무작정 달려들어요. 그런 짓거리가 좋아서 하는 것도 아니에요. 그냥 자기들 재미있자고 하는 거죠. 아시다시피 저도 흑인이고, 제가 흑인이라는 사실에 불만도 없어요. 그저 흑인들이 선한 삶을 살았으면 좋겠고, 자기 삶을 보살피면서 정직하게 살았으면 좋겠다는 게 제 바람이에요. 규칙적인 생활을 하고요. 그렇게 살면 모두 즐겁고 행복하면서 올바르게 살 수 있어요. 부지런히 살다 보면 재미를 위해서 나쁜 짓을 할 필요도 없고요. 맞아요, 저는 조용히 살고 싶고 착하게 살고 싶어요. 그게 우리 같은 흑인들이 잘 살 수 있는 가장 좋은 방법이에요. 제가 말하고 싶은 건 그게 전부예요. 다른 의도는 없어요, 멜란차 양. 제가 착하게 살아야 한다고 말했을 땐 그런 삶을 말하고 싶었던 거예요. 늘 독실하게 살아야 한다는 것도 아니고, 모든 사람을 좋아하라는 것도 아니에요. 다른 사람들과 계속 어울려 살아야 한다고 해서, 그들을 반드시 알아야 한다는 의미도 아니고요. 단지 같이 어울리면서 재미 좀 보자고 모든 사람을 다 알아야 할 필요는 없어요. 저는 그런 게 너무 싫어요. 우리 흑인들의 문제가 바로 그거예요. 이제 제 말이 이해가 되셨는지 모르겠네요. 조금은 이해하셨으리라 생각해요."

"그렇게 말씀하시니 이해가 되는 것 같아요, 캠벨 박사님. 무슨 의도로 하신 말씀인지 알겠어요. 누구든 사랑해야 하는 건 아니라고 말씀하신 거죠?" "왜 아니겠어요? 저도 당연히 사랑의 힘을 믿고 모든 사람에게 친절해야 한다고 생각해서 그 사람들에게 필요한 게 뭔지 고민해보고 그들을 도우려는 거죠." "무슨 말씀인지 알겠어요. 그런데 제가 말하는 사랑은 그런 사랑이 아니에요. 저는 뜨겁고 강렬한 진짜 사랑을 말하는 거예요. 나를 사랑하는 사람을 위해 뭐든지 할 수 있는 그런 사랑이요.""저도 아직 그런 사랑에 대해서는 아는 게 별로 없어요, 멜란차 양. 저는 늘 이렇게 살았거든요. 맨날 일 생각만 하느라 시시덕거릴 시간이 없었어요. 신나는 삶을 살고 싶은 마음도 별로 없고요. 강렬한 사랑은 재미있고 신나는 삶을 의미하는 것 같거든요. 그런 사랑을 열렬히 갈망하는 사람들을 보면 그렇게 생각할 수밖에 없더라고요. 저 같은 사람한테는 잘 어울리지도 않고요. 저는 조용한 사람이에요. 그리고 다른 흑인에게도 조용한 삶이 의미가 있을 거라고 믿어요. 지금까지 살면서 강렬한 사랑 같은 거엔 휘말려본 적이 없어요."

"이제 분명히 알 것 같아요, 캠벨 박사님." 멜란차가 말했다. "제가 왜 박사님을 오해했는지 이제 알 것 같아요. 박사님이 무슨 말씀을 하려던 건지도 알 것 같고요. 박사님은 감정을 있는 그대로 받아들이는 게 겁나는 거예요. 박사님은 늘 선한 삶을 말씀하시고, 친구들과 좋은 시간을 보내는 삶을 얘기하면서, 복잡한 문제에 휘말리고 싶어 하진 않으시죠. 제가 보기엔 별로 현명한 것 같지 않아요. 그게 정말 좋은 건지 모르겠다고요. 저는 그런 삶이 무슨 소용인지 모르겠어요, 캠벨 박사님. 박사님은 감정을 있는 그대로 받아들이는 게 끔찍하게 두려운 거예요. 제 눈에는 그렇게밖에 안 보여요. 박사님이 말씀하신 삶의 의미라는 거 말이에요."

"제 생각은 그렇지 않아요, 멜란차 양. 제가 감정을 못 느끼는 사람이라고 생각하지도 않고요. 선한 삶과 조용한 삶을 좋아하긴 하지만, 위험을 미리 피하는 게 나쁘다고 생각하지는 않아요. 특히 죽을 정도로 위험한 상황이라면 말이에요. 그리고 강렬한 사랑에 빠지는 것보다 더 위험한 일은 없어요. 병이나 심각한 갈등 같은 건 별로 걱정되지 않아요. 하지만 재미만 추구하고 살다가 복잡한 문제에 휘말리고 싶진 않아요. 그건 정말 끔찍하게 위험한 문제니까요. 사랑하는 방식에는 두 가지가 있어요. 하나는 맡은 일을 열심히 하고, 선하고 규칙적인 삶을 살면서 가족과 화목하게 지내는 거예요. 그리고 또 다른 하나는 짐승처럼 방탕하게 길거리를 배회하며 다니는 거죠. 그런 삶이 옳지 않다고 말한 적은 없지만, 좋다고 생각한 적도 없어요. 제가 아는 사랑은 이 두 가지뿐이에요, 멜란차 양. 하지만 후자 같은 상황에 휘말려서 고생하고 싶은 생각은 없어요."

제퍼슨이 말을 마쳤다. 멜란차는 잠시 생각에 잠겼다.

"이제 좀 이해가 되는 것 같아요, 캠벨 박사님. 저는 박사님이 어떻게 그렇게 살 수 있는지 정말 궁금했거든요. 모르는 게 없는 분이고, 아는 사람도 정말 많은 분이잖아요. 무슨 이야기를 하든 항상 진지하시고요. 게다가 박사님을 싫어하는 사람도 없어요. 박사님은 늘 생각에 잠겨 있는 분 같아요. 하지만 박사님이 제대로 알거나 제대로 이해하는 사람은 한 명도 없죠. 박사님은 너무 겁을 먹은 나머지 선한 사람이 될 기회도 쉽게 날려버릴 분이에요. 그런 선의는 별로 의미가 없다고 생각해요."

"어쩌면 그 말이 맞을지도 몰라요, 멜란차 양." 제퍼슨이 대답했다. "멜란차 양이 틀릴 수도 있다는 말은 하지 않겠어요. 어쩌면 사랑의 두 번째 방법을 더 알 필요가 있을지도 모르죠. 그러면 흑인들을 돕는 데 쓸 수도 있을 테니까요. 그건 부정하지 않겠어요. 하지만 정말 좋은 선생님을 만난다면 첫 번째 방법으로도 여자에 대해서 많은 걸 알 수 있지 않을까요?"

그때 '미스' 허버트의 방에서 뒤척이는 소리가 들렸다. 멜란차는 위층으로 올라가 침대 옆에 앉았다. 캠벨 박사도 멜란차를 따라 올라가서 함께 머물렀다. 잠에서 깬 '미스' 허버트는 한결 나아진 듯 보였다. 어느덧 아침이었다. 캠벨 박사는 멜란차에게 주의할 사항을 몇 가지 알려주고 돌아갔다.

멜란차 허버트는 언제나 착하고 친절하며 사려 깊은 사람들을 사랑했고, 그런 사람들과 함께하고 싶었다. 제퍼슨 캠벨은 멜란차가 원하는 모든 걸 가진 사람이었다. 제퍼슨은 건장하고 다부진 체격에 얼굴도 잘생겼고, 쾌활하면서도 지적인 물라토였다. 하지만 제퍼슨은 처음부터 멜란차에게 별로 관심이 없었다. 멜란차와 알고 지낸지 얼마 되지 않았을 때에도 멜란차를 그다지 좋아하지 않았고, 멜란차에게 괜찮은 면이 조금이라도 있을 거라고는 생각하지 않았다. 제퍼슨은 점잖은 사람이었다. 다른 남자들처럼 추잡한 짓거리를 하는 사람이 아니었다. 하지만 제퍼슨은 멜란차가 진정으로 원하는 게 뭔지 전혀 모르는 것 같았고, 그렇기 때문에 멜란차는 제퍼슨의 영향력이 점점 커지는 것을 느꼈다.

캠벨 박사는 매일 '미스' 허버트를 보러 왔다. 캠벨 박사가 멜란차와 함께 밤새 '미스' 허버트를 돌본 다음 날에는 상태가 한결 나아진 것 같았다. 하지만 전반적으로 상태가 좋지 않았기 때문에 죽을 날이 얼마 남지 않은 건 분명했다. 멜란차는 보통 여자가 할 수 있는 일이라면 마다하지 않고 뭐든지 열심히 했다. 그런다고 제퍼슨의 눈에 멜란차가 좋은 여자로 보이지는 않았다. 멜란차가 착한 사람인지 확인하고 싶었던 건 아니었다. 제인 하든의 말이 사실이었다. 멜란차는 모든 사람에게 친절하지만, 착한 사람이라고 할 수는 없었다. '미스' 허버트도 멜란차를 별로 좋아하지 않는 것 같았다. 죽는 날까지 그랬다. 그래서 멜란차가 어머니에게 늘 잘하긴 해도 대단하다는 생각은 별로 들지 않았다.

　제퍼슨과 멜란차는 만나는 횟수가 점점 늘어났다. 같이 어울리는 게 즐거웠다. 상대가 하는 이야기를 가만히 듣는 것도 좋았고, 대화를 주고받으며 상대방의 생각을 확인하는 것도 좋았다. 아주 잠깐씩 감정을 표현할 때도 있었지만, 그런 경우는 거의 드물었다. 제퍼슨은 자기가 믿는 가치들을 조곤조곤 늘어놓을 때가 가장 즐거웠다. 멜란차가 이미 들은 얘기라며 제퍼슨에게 장난을 칠 때도 있었지만, 대부분의 경우 말없이 경청하는 쪽이었다. 멜란차는 시간이 흐를수록 제퍼슨 캠벨에 대한 애정이 더 커졌다. 제퍼슨도 이제는 멜란차가 마음씨 착한 사람이라는 걸 알고 있었다. 멜란차가 '미스' 허버트를 잘 챙겨서 그렇게 생각하는 건 아니었다. 그것만으로는 멜란차의 속마음을 알 수 없었다. 하지만 멜란차와 있을 땐 그녀의 세심한 배려를 깊이 느낄 수 있었다.

　'미스' 허버트의 건강은 계속 안 좋아지고 있었다. 어느 날 밤이었다. 캠벨 박사는 '미스' 허버트가 다음 날 아침까지 버티지 못할 거라는 생각이 들었다. 캠벨은 이따가 다시 돌아와서 '미스' 허버트가 편히 눈 감을 수 있게 최선을 다 해보겠다고 멜란차에게 약속하고는 일단 집으로 돌아갔다. 그리고 다른 환자들을 차례로 방문한 다음에 다시 멜란차의 집을 찾았다. 캠벨 박사는 '미스' 허버트가 편히 쉴 수 있게 해주었다. 그리고 나서 램프를 들고 계단에 앉아 있던 멜란차의 위쪽에 자리를 잡았다. 멜란차는 무척 피곤해 보였다. 두 사람은 말없이 그 자리에 앉아 있었다.

"오늘 유난히 피곤해 보이시네요, 캠벨 박사님." 멜란차가 먼저 입을 열었다. 지친 목소리가 낮고 부드럽게 들렸다. "잠깐 누워서 눈 좀 붙이지 않으실래요? 다른 사람들을 돌보느라 계속 쉬지도 못하셨잖아요. 박사님이 오늘 밤 저와 같이 어머니를 지켜봐주시는 것도 좋지만, 환자들 돌보느라 종일 힘드셨는데 계단에 앉아 계시는 건 아닌 것 같아요. 이렇게 다시 와주신 건 정말 감사하지만, 오늘 밤은 박사님이 안 계셔도 혼자 버틸 수 있을 것 같아요. 도움이 필요하면 옆집 아주머니한테 부탁해도 되고요. 그러니까 집에 가서 침대에 좀 누우세요. 얼굴을 보니 정말 쉬셔야 할 것 같아요."

제퍼슨은 아무 말도 하지 않았다. 부드러운 눈으로 멜란차를 가만히 바라만 보았다.

"멜란차 양, 당신이 이렇게 친절하게 저를 배려해줄 거라고는 생각 못 했어요.""캠벨 박사님," 멜란차는 한결 더 부드러운 목소리로 말했다. "박사님이 저를 그렇게 좋게 생각해주실 거라고는 저도 생각 못 했어요. 저한테 친절한 면이 있다고 해도 박사님께서 관심 있으실 거라고는 생각 안 했으니까요."

두 사람은 한참 동안 그 자리에 앉아 있었다. 몸은 몹시 피곤했지만, 마음은 고요하고 평온했다. 멜란차가 먼저 침묵을 깨고 낮은 목소리로 이야기를 시작했다.

"캠벨 박사님은 정말 좋은 분 같아요. 박사님을 매일 만나다 보니 그런 생각이 드네요. 박사님처럼 좋은 분이 제 친구였으면 좋겠어요. 박사님이 좋은 분이라는 걸 이젠 저도 아니까요. 박사님은 다른 남자들처럼 추잡한 행동을 하지 않을 것 같아요. 솔직히 말해주세요, 캠벨 박사님. 저와 친구가 되는 거 어떻게 생각하세요? 박사님은 정말 착한 분이시니 마음도 없으면서 말로만 저와 친구가 되겠다고 하시지는 않겠죠. 자길 좋아하는 여자한테 그렇게 하는 사람들 참 많잖아요. 솔직히 말씀해주세요, 박사님. 제 친구가 되어주실래요?"

"멜란차 양," 캠벨이 천천히 입을 열었다. "당장은 뭐라고 대답할 수가 없어요. 우리가 당장 친구로 지낼 수 있다면 저도 무척 기쁠 거예요. 제가 평소에는 사람들 앞에서 많은 이야기를 하지만 사실 저는 마음이 조용히, 느리게 움직이는 사람입니다. 좀 더 솔직하게 제 생각을 말씀드리자면, 그 사람을 좀 더 자세히 알기 전에는 친구가 되겠다는 말을 선뜻 할 수 없어요. 저는 제가 그 사람을 얼마나 좋아하는지, 제가 그 사람에게 도움이 될 수 있을지, 그런 걸 먼저 알아야 해요. 제 말 이해해주실 거라 믿어요, 멜란차 양." "솔직히 말씀해주시니 제가 더 감사해요, 제프 캠벨." 멜란차가 말했다. "저는 늘 솔직합니다. 언제나 제 생각을 그대로 말씀드렸어요. 솔직하지 않을 이유가 전혀 없으니까요."

두 사람은 말없이 함께 앉아 있었다. "제가 궁금한 건 그거예요." 제프 캠벨이 다시 말을 이었다. "우리가 서로의 생각을 제대로 파악하고 있는가 하는 거요. 우리가 이렇게 얘기를 나누고 있긴 하지만, 상대가 무슨 말을 하는 건지 제대로 알고 있는 건가 싶어요." "제가 나쁜 인간이라고 생각하셔서 그렇게 말씀하시는 것 같아요." 멜란차는 갑자기 그런 생각이 들었다. "그건 아니에요, 멜란차 양. 그런 의미는 아니었어요. 그건 당신도 잘 알잖아요. 당신은 보면 볼수록 괜찮은 사람이에요. 지금처럼 같이 이야기하는 것도 정말 좋고요. 우리 둘 다 이렇게 함께 얘기하는 걸 좋아하는 것 같아요. 볼수록 당신이 참 친절하고 상냥한 사람이라는 생각이 들어요. 문제는 제가 말은 참 빨리하지만, 마음은 정말 더디게 움직이는 사람이라는 거예요. 저도 잘 모르는 걸 당신한테 말하고 싶지는 않아요. 당신이 무슨 의미로 그런 말을 하는지 저는 확실히 모르겠어요. 그래서 당신 질문에 그렇게 대답한 거고요."

"저한테 그렇게까지 솔직히 말씀해주시니 또다시 감사한 생각이 들어요, 캠벨 박사님." 멜란차가 대답했다. "이제 박사님을 혼자 있게 해드려야겠어요. 저는 다른 방에 가서 잠깐 쉴게요. 박사님은 여기 계세요. 제가 없어야 박사님도 잠깐 눈을 붙일 수 있을 것 같아요. 좀 주무세요, 박사님. 도움이 필요하면 깨울 테니 일단 쉬셨으면 좋겠어요."

멜란차가 방으로 들어가자 제프 캠벨은 혼자 계단에 앉아 조용히 생각에 잠겼다. 멜란차의 말이 무슨 의미인지 이해되지 않았다. 자기가 멜란차 허버트라는 사람을 제대로 아는 건가 싶었다. 내가 멜란차와 항상 함께 있고 싶어 하는 걸까? 캠벨은 어째서 자기가 멜란차와 함께 있고 싶어 하는지 생각하기 시작했다. 제퍼슨 캠벨은 모든 사람을 좋아했다. 제퍼슨은 사람들에게 인기가 많았고, 여자들에게도 인기가 많았다. 제퍼슨은 건장한 체격에 마음이 친절하고 따뜻한 젊은이였다. 게다가 품행도 반듯하고 건실했다. 캠벨을 간절히 원하는 여자들도 있었다. 하지만 이런 여자들은 캠벨을 너무 지치게 만들었다. 여자들과 가볍게 즐길 때도 있었지만 그런 여자들에게는 아무 감정이 생기지 않았다. 하지만 멜란차와 있을 땐 전혀 달랐다. 제퍼슨은 자기 마음을 제대로 모르고 있다는 생각이 들었다. 멜란차가 뭘 원하는지도 모르고 있었다. 멜란차와 장난을 하고 싶은 건 아니었다. 멜란차는 제퍼슨이 감정을 있는 그대로 느낄 줄 모른다고 얘기했었다. 진짜 감정에 마음을 내맡기는 걸 두려워한다고도 말했었다. 그러나 가장 큰 문제는 이해심이 부족하다는 것이었다. 그 말이 내내 제퍼슨을 괴롭혔다. 제퍼슨은 정말이지 이해심 넓은 사람이 되고 싶었다. 멜란차가 무슨 의미로 그런 말을 한 건지 알 수만 있다면……. 제퍼슨은 여자를 웬만큼은 안다고 생각했다. 그런데 지금 보니 아는 게 하나도 없었다. 특히 멜란차에 대해서는 아는 게 쥐뿔도 없었다. 어떻게 하는 게 좋을지 고민해봤지만 아무 생각도 떠오르지 않았다. 지금 자기가 멜란차와 게임을 하고 있는 건가 싶었다. 그런 거라면 제퍼슨은 거절하고 싶었다. 하지만 정말 제퍼슨이 이해심 부족한 사람이라면, 멜란차 허버트로부터 이해하고 공감하는 방법을 깨달을 수 있지 않을까 싶었다. 제퍼슨은 무슨 일이 있어도 겁쟁이가 되고 싶지는 않았다. 하지만 자기 마음도 알 수 없었다. 제퍼슨은 생각하고 또 생각했다. 그런다고 자기 마음을 알 수 있을 것 같진 않았지만. 결국 제퍼슨은 그만 생각하기로 했다. 이건 그냥 게임일 뿐이라고 믿기로 했다. "다시는 멜란차와 이런 식으로 게임을 하지 않을 거야." 제퍼슨은 한참을 생각하다가 이렇게 중얼거렸다. "바보 같은 생각은 그만하고, 내 일이나 고민하면서 '미스' 허버트 같은 사람들한테 중요한 게 뭔지 생각해보는 게 낫겠어." 제퍼슨은 주머니에서 과학 관련 서적을 꺼내 램프 가까이 붙어서 읽기 시작했다.

제퍼슨은 그렇게 한 시간 정도 앉아서 책만 읽었다. 멜란차에 대한 고민은 완전히 잊었다. 그때였다. '미스' 허버트가 제대로 숨을 쉬지 못하고 있었다. 잠에서 깬 '미스' 허버트는 힘들게 숨을 헐떡거렸다. 캠벨 박사는 '미스' 허버트에게 가서 약을 먹였다. 옆방에 있던 멜란차도 와서 박사가 시키는 대로 거들었다. '미스' 허버트는 이제 한결 편안해졌는지 또다시 깊은 잠에 빠져들었다.

캠벨 박사는 앉아 있던 자리로 돌아갔다. 제퍼슨을 따라 나온 멜란차도 제퍼슨 곁에 잠시 서 있다가 계단에 앉아 그가 책 읽는 모습을 바라보았다. 오래지 않아 두 사람은 다시 대화를 이어갔다. 제프 캠벨은 어쩌면 지금 전혀 다른 경험을 하고 있는지도 모른다는 생각이 들었다. 멜란차와 제퍼슨은 게임을 하는 게 아닐지도 몰랐다. 어쨌든 제퍼슨은 멜란차와 함께 있어서 좋았다. 제퍼슨은 읽고 있던 책에 대해 이야기하기 시작했다.

멜란차가 질문하는 걸 보면 굉장히 똑똑한 사람이라는 걸 알 수 있었다. 제퍼슨도 그녀가 정말 좋은 사람이라고 믿기 시작했다. 두 사람은 이야기를 나누면서 즐거운 시간을 보냈다. 그러다가 또다시 침묵이 깔렸다.

"이렇게 다시 와서 저와 이야기를 해주시니 정말 좋은 분 같아요." 제퍼슨이 말했다. 멜란차가 게임 따위를 하는 게 아니라는 확신이 들었다. 멜란차는 정말 좋은 여자이고, 마음씨 착한 여자였다. 멜란차만큼 진실하고 다정한 사람이라면 자기에게 좋은 선생님이 되어

줄 것 같았다. "캠벨 박사님과 대화하는 건 언제나 즐겁거든요." 멜란차가 말했다. "박사님만큼 저한테 솔직했던 사람도 없었고요. 남자가 제게 솔직한 마음을 보여주는 것만큼 좋은 것도 없죠." 두 사람은 또다시 계단에 우두커니 앉아서 아무 말도 하지 않았고, 두 사람 사이에 놓인 램프에서 연기가 피어올랐다. 멜란차는 캠벨 박사 쪽으로 몸을 약간 기울였다. 그리고 두 손으로 박사의 한쪽 손을 움켜잡더니 힘껏 눌렀다. 여전히 말은 없었다. 박사의 손을 내려놓은 멜란차는 다시 박사 쪽으로 몸을 좀 더 기울였다. 제퍼슨도 몸을 살짝 움직이긴 했지만, 딱히 반응을 보이지는 않았다. "됐어요." 결국 멜란차가 날카롭게 내뱉었다. "그냥, 생각을 좀 하고 있었어요." 캠벨 박사는 천천히 입을 열었다. "궁금한 게 있어서요." 제퍼슨은 이야기를 이어갈 준비를 했다. "감정을 느낄 수 있을 때까지 생각을 멈출 수 없는 건가요, 제프 캠벨?" 멜란차의 목소리에 슬픔이 약간 배어 있었다. "아니, 저는 잘 모르겠어요." 제프 캠벨은 천천히 말했다. "저는 그런 것까진 잘 모르겠어요, 멜란차 양. 생각을 멈추지 않고는 아무것도 느낄 수 없다면, 그런 감정으로는 할 수 있는 게 없을 것 같아서 두려워요. 당신은 별로 걱정하지 않겠죠. 제가 이렇게 거의 아무것도 느끼지 못하고 있어도 말이에요. 저도 조금은 느끼고 있는 것 같지만요. 생각을 어떻게 멈춰야 하는지는 모르지만 느끼긴 하거든요." "캠벨 박사님이 느끼는 감정에는 별로 공감하기가 어렵네요." "그건 당신이 잘못 생각하는 거예요, 멜란차 양. 저한테는 분명 당신에 대한 감정이 있어요. 당신이 저한테 감정이 있는 것처럼 말이에요. 정말이에요. 그렇게 말씀하시는 걸 보니 저를 잘 모르시는 것 같아요. 그냥 솔직히 말해줘요. 나를 얼마나 좋아하는지 말해줘요, 멜란차 양." "그래요, 당신을 좋아해요." 멜란차가 천천히 대답했다. "제프 캠벨, 당신을 좋아해요. 당신이 생각하는 만큼 좋아하진 않지만, 당신이 알고 있는 것 이상으로 당신을 좋아하고 있어요."

제프 캠벨은 말을 멈췄다. 멜란차의 말에 담긴 의미를 곱씹으며 말없이 가만히 앉아 있었다. 두 사람 모두 한참 동안 아무 말도 하지 않았다. "제프 캠벨." 멜란차가 캠벨의 이름을 불렀다. "아." 캠벨 박사는 자리를 조금 옮겨 앉았다. 두 사람은 또다시 한참 동안 아무 말도 하지 않았다. "저한테 할 말 없어요?" 멜란차가 물었다. "아, 그래요. 한 사람씩 번갈아 이야기하고 있었죠. 저는 이렇게 조용하고 마음이 느리게 움직이는 사람이에요. 당신 말이 무슨 뜻인지 정확히 모르겠지만 당신을 무척 좋아하고, 당신에게 좋은 점이 상당히 많다는 건 잘 알고 있어요. 이것만큼은 믿어주세요, 멜란차 양." "알았어요. 당신 말 믿을게요, 제프 캠벨." 멜란차는 이렇게 대답하고 입을 다물었다. 그녀의 침묵에서 슬픔이 느껴졌다. "저는 들어가서 좀 누워야겠어요, 캠벨 박사님." 멜란차가 말했다. "저만 두고 가지 말아요." 제프 캠벨이 급하게 붙들었다. "왜 그러시죠? 저한테 뭘 원하는 건데요?" 멜란차가 다시 물었다. "그건," 제프 캠벨은 천천히 대답했다. "당신하고 계속 이야기하고 싶으니까요. 당신하고 있으면 무슨 얘기를 하든 즐겁거든요. 당신도 잘 알잖아요." "저는 다시 누울래요. 당신은 여기서 혼자 생각을 즐기는 게 좋겠어요." 멜란차가 다정하게 말했다. "오늘 밤은 너무 피곤하네요. 박사님도 눈 좀 붙이세요. 조금이라도 푹 쉬셨으면 좋겠어요." 멜란차는 제퍼슨을 향해 몸을 굽히고 인사를 건넸다. 그러고 나서 제퍼슨에게 급하게 입을 맞추더니 재빨리 방으로 들어갔다. 제퍼슨은 혼자 남겨졌다.

캠벨 박사는 조용히 계단에 앉아 생각에 잠겼다. 무언가가 느껴지는 것 같기도 했다. 제퍼슨은 아침이 밝을 때까지 그렇게 혼자 남겨져 있었다. 캠벨 박사는 환자에게 가보았다. '미스' 허버트가 편히 갈 수 있게 그가 조치를 취하는 동안 멜란차는 옆에 와서 거들었다. '미스' 허버트는 그다음 날 아침 열 시까지 버텼다. 그리고 별다른 고통 없이 천천히 숨을 거두었다. 제프 캠벨은 마지막 순간까지 멜란차와 자리를 지키며 '미스' 허버트가 편히 갈 수 있게 도와주었다. 모든 게 다 끝나자, 제프 캠벨은 옆집에 사는 흑인 여자에게 가서 멜란차가 뒷정리를 할 수 있게 도와달라고 부탁했다. 그리고 자신은 다른 환자들을 돌보러 갔다. 하지만 곧 멜란차에게 다시 돌아왔다. 제프 캠벨은 멜란차가 장례식 치르는 것까지 거들어주었고, 멜란차는 장례식이 끝나자 옆집에 사는 성격 좋은 여자의 집으로 들어가 살았다. 그 후에도 멜란차는 제프 캠벨과 자주 만났다. 두 사람 사이에 강렬한 감정이 싹트고 있었다.

멜란차는 제프 캠벨과 함께 나갈 때 말고는 혼자 길거리를 돌아다니지 않았다. 두 사람은 가끔씩 밖에 나가 한참 동안 길을 거닐었다. 제프 캠벨은 머릿속에 무슨 생각이 떠오를 때마다 열심히 멜란차에게 이야기했다. 멜란차는 제프 캠벨과 함께 있을 땐 말을 거의 하지 않았다. 가끔은 말을 너무 안 한다며 제프 캠벨이 멜란차를 놀리기도 했다. "제인 하든이나 다른 사람들한테 들은 얘기도 그렇고, 처음 만났을 때 당신이 참 열심히 이야기했던 걸 떠올리면 당신은 정말 말을 잘하는 사람 같은데 말이에요. 솔직히 말해봐요, 멜란차. 어째서 지금은 이렇게 말이 없는 거예요? 제가 너무 떠들어서 말할 기회가 없는 거예요? 아니면 제가 말을 너무 많이 하는 바람에 얘기하는 게 지겨워진 거예요? 왜 이렇게 말이 없는 건지 솔직히 말해봐요." "당신도 잘 알잖아요, 제프 캠벨." 멜란차가 대답했다. "당신은 제 이야기에 별로 흥미를 못 느끼니까요. 당신은 세상의 모든 것을 끊임없이 생각하는 사람이에요. 저는 그렇지 않고요. 그러니 당신한테 제 이야기가 재미있을 리 없죠. 제 말이 맞지 않나요, 제프? 제가 언제나 좋아하는 솔직한 제프 캠벨이라면 그렇다고 인정하겠죠." 제프는 웃음을 터트리더니 애정이 담긴 눈으로 멜란차를 바라보았다. "당신 말이 틀렸다고 하진 않겠어요. 당신은 사람들이 듣고 싶어 하는 이야기를 잘하는 사람이에요. 하지만 솔직히 저는 당신이 그런 얘길 할 땐 별로 듣고 싶지 않아요. 그런데 가끔 진짜 감정을 드러낼 때가 있잖아요. 그럴 땐 당신 이야기를 듣는 게 얼마나 즐거운지 몰라요." 멜란차는 다정한 얼굴로 제프를 향해 미소 지었다. 깊은 곳에서 어떤 힘이 느껴지는 것 같았다. "저는 정말 좋아하는 사람과 있을 땐 말을 많이 하지 않아요. 게다가 여자가 진짜 감정을 이야기해봐야 무슨 소용이 있겠어요. 당신도 머지않아 알게 될 거예요. 진짜 감정이 뭔지 알게 되면 말이죠. 쉴 새 없이 이야기하는 버릇 때문에 시간이 좀 걸릴지도 모르겠지만. 제 말이 맞는지 틀리는지 두고 보자고요." "당신이 틀렸다고 하진 않을게요, 멜란차." 제프 캠벨이 말했다. "제 생각에 깊이가 별로 없을지도 모르죠. 당신 말이 틀렸다고 생각하지는 않아요. 그건 정말이에요. 당신이 나한테 늘 했던 얘기들이 무슨 의미인지 깨닫게 되면 완전히 다른 눈으로 세상을 보게될지도 모르죠." "당신은 내게 늘 다정하고 좋은 사람이에요, 제프캠벨." 멜란차가 말했다. "사실 나는 당신한테 그다지 좋은 사람이아닐지도 몰라요. 늘 혼자 떠들면서 당신을 귀찮게 하잖아요. 하지만 당신을 무척 좋아하는 건 사실이에요, 멜란차." "나도 당신이 좋아요, 제프 캠벨. 당신은 내게 어머니이자 아버지이고, 형제이자 자매이며, 자녀이기도 해요. 당신은 내게 세상 전부예요. 당신이 그동안내게 얼마나 잘해줬는지 일일이 얘기할 수 없을 정도예요. 나한테 이렇게 잘해주고, 이렇게 예의 바른 모습을 보여준 남자는 한 명도 없었어요. 당신을 만나서 당신의 사랑을 받기 전까지는요. 잘 가요, 제프. 내일 일 마치면 다시 만나요." "그래요, 멜란차. 그래야죠." 제프캠벨은 이렇게 말하고 집으로 돌아갔다.

여러 달이 지났지만, 제프 캠벨은 여전히 모호한 기분에 사로잡혀있었다. 멜란차에 대해 아는 게 전혀 없는 것 같았다. 멜란차를 알고지낸 지도 꽤 되었고, 그동안 멜란차와 자주 만나기도 했다. 그리고만날 때마다 멜란차가 더 좋아졌다. 하지만 멜란차에 대해 아는 건거의 없는 것 같았다. 제프는 멜란차가 선한 사람이라고 거의 믿고있었다. 하지만 그럼에도 멜란차에게 확신이 들지 않았다. 멜란차의행동을 보면 확신할 수 있는 게 전혀 없었지만, 멜란차를 향한 감정은 거의 진짜에 가까웠다. 제프는 이 문제를 더 생각하지 않기로 했다. 저절로 사라지길 바라면서 마음속 깊이 묻어 두었다. 그의 마음속에서는 이 의문이 결코 사라지지 않겠지만 더 이상 생각하지 않을작정이었다.

제프는 언제나 멜란차와 함께 있고 싶었지만, 멜란차에게 가는 게 썩 내키지는 않았다. 멜란차에게 가야 할 때가 되면 괜히 겁이 났다. 하지만 겁쟁이가 되고 싶지는 않았다. 멜란차와 함께 있을 땐 겁이 나지 않았다. 함께 있을 때 두 사람은 서로에게 진실했고, 그래서 항상 함께 있고 싶었다. 하지만 멜란차에게 가기 전에는, 조금이라도 시간을 끌고 싶은 마음에 무슨 일이 생기길 바랄 정도였다.

여러 달이 지났지만 제프는 여전히 모호한 기분에 사로잡혀 있었다. 제프는 자기가 뭘 원하는지 몰랐다. 하나 분명한 건, 멜란차가 뭘 원하는지도 모른다는 거였다. 제프 캠벨은 사람들과 어울리는 걸 늘 좋아했다. 생각에 깊이 잠기는 것도 좋아했다. 하지만 제프 캠벨은 멋진 남자이면서도 아직 어린아이였다. 전에는 이런 우스꽝스러운 감정을 느껴본 적이 없었다. 어느 날 저녁, 제프는 멜란차를 보러 가지 못하게 붙들어줄 만한 사람을 만나 이야기를 나눴다. 그래서 멜란차의 집에 도착했을 땐 이미 늦은 시간이었다. 멜란차는 제프를 기다리고 있었다.

제프가 집 안으로 들어오니 멜란차가 기다리고 있었다. 제프는 모자와 두꺼운 외투를 벗고, 의자 하나를 난로 옆에 끌어다가 앉았다. 그날 밤 날씨가 무척 추웠기 때문에 제프는 불 옆에 앉아 손을 문질러 녹였다. 제프는 짧게 "안녕하세요"라고 인사만 건네고 아무 말도 하지 않았다. 멜란차도 불 옆에 조용히 앉아만 있었다. 불이 내뿜는 열기 때문에 옅은 노란색의 아리따운 얼굴이 분홍빛으로 발갛게 물들었다. 멜란차는 낮은 의자에 앉아 두 손을 무릎 위에 가만히 올리고 있었다. 그녀의 강렬한 감정이 팔랑거리는 기다란 손가락으로 언제라도 곧 흘러나올 것 같았다. 멜란차는 제프 캠벨을 기다리느라 지쳐 있었다. 멜란차는 의자에 가만히 앉아서 말없이 제프를 바라보기만 했다. 제프는 건장하고 튼튼한 체격에 얼굴이 가무스름하고 쾌활한 흑인이었다. 그의 손은 올곧으면서도 다정한 느낌을 주었다. 하지만 열정이 느껴지지는 않았다. 제프가 커다란 손으로 여자들을 만질 때 보면 누이를 만지는 오빠 같았다. 제프의 미소는 남부의 햇살처럼 따뜻하고 환하게 빛나는 미소였다. 제프는 수수께끼 같은 구석이 전혀 없는 사람이었다. 그는 항상 활짝 열려 있었다. 늘 유쾌하고 친절한 사람이었다. 그리고 예전의 멜란차가 그랬던 것처럼, 제프도 지금 지혜를 간절히 원하고 있었다.

제프는 한참 동안 아무 말도 하지 않고 따뜻한 불 옆에서 몸을 녹였다. 멜란차는 제프를 계속 바라봤지만, 제프는 멜란차에게 시선을 돌리지 않았다. 대신 가만히 앉아 불만 뚫어지게 바라보았다. 아무것도 숨기는 게 없는 것 같은 가무잡잡한 그의 얼굴은 미소를 짓고 있었다. 짙은 갈색 손등으로 입을 문지르며 미소 짓는 얼굴을 만들었다. 제프는 이내 생각에 빠졌다. 도저히 생각나지 않는 무언가를 억지로 밀어내기라도 하려는 것처럼 이마를 찌푸리며 손등으로 머리를 문질렀다. 제프는 다시 미소를 지어 보였다. 하지만 그리 따뜻해 보이는 미소는 아니었다. 미소와 조소의 경계를 묘하게 오가고 있었다. 미소는 조금씩, 조금씩 제프의 얼굴에서 자취를 감췄고, 이제 제프는 침울하고 모든 일에 넌더리가 난 사람의 표정을 하고 있었다. 얼굴이 더 까매 보였다. 미소가 있던 자리에는 원망이 담겨 있었다. 제프는 시선을 불에 고정한 채 이야기를 시작했다. 멜란차는 딱딱하게 굳은 표정으로 제프만 바라보고 있었다.

"멜란차 허버트." 제프 캠벨이 입을 열었다. "그동안 당신을 알고 지냈지만, 당신에 대해 제대로 아는 게 거의 없는 것 같아요. 나와 있을 땐 이런 식이죠." 제프는 얼굴을 찡그렸다. 깊은 생각에 빠져서 불만 뚫어지게 바라보고 있었다. "나와 있을 때 당신은 늘 이래요. 어떨 땐 친절하고 상냥한 여자 같다가도, 금방 전혀 다른 사람처럼 보이죠. 이 두 사람은 전혀 다른 사람인 것 같아요. 공통점을 거의 찾아볼 수 없는 두 사람의 모습이 어떻게 당신 안에 모두 있는 건지 이해되지 않아요. 두 사람은 전혀 비슷하지 않아서 아무 관련도 없는 별개의 인물처럼 느껴질 정도예요. 가끔 당신은 절대 믿을 수 없는 여자 같아요. 어깨가 들썩일 정도로 크게 웃음을 터뜨릴 때도 있고, 나쁜 짓도 할 줄 알죠. 그런 모습이 가짜였다고 생각하지는 않아요. 제가 하려는 말은, 당신이란 사람이 그렇게 보일 때가 있다는 거예요. 당신 어머니와 제인 하든이 생각하는 것처럼 말이죠. 그럴 땐 당신과 가까워지는 게 정말 싫어요. 하지만 가끔은 전혀 다른 사람 같을 때가 있어요. 그럴 땐 진정한 아름다움 같은 게 당신 안에서 빛을 발하는 것 같아요. 그 굉장한 매력은 이루 말할 수 없을 정도예요. 세상의 감미로움을 모두 머금은 것 같은 모습이니까요. 결점이라곤 찾아볼 수 없는 순결한 꽃 한 송이보다 더 눈부시게 빛나죠. 어찌나 온화한지 피부를 감싸 안는 햇살보다 더 부드러워요. 마치 한여름처럼 다정하기도 하죠. 세상을 보는 방식은 어떻고요? 모든 걸 새롭게 재창조해버리잖아요. 당신이 그런 모습을 보여줄 땐 그게 진짜 같아 보여요. 아주 잠깐이긴 해도 분명히 알 수 있어요. 진짜 새로운 종교를 얻은 것 같은 기분이 들 정도니까요. 그런데 그런 기분은 그리 오래가지 않더라고요. 전혀 다른 여자가 다시 제 앞에 모습을 드러내거든요. 이번엔 그 여자가 진짜 당신의 모습인 것처럼 보이죠. 그러면 나는 당신에게 다가가기가 두려워져요. 당신을 조금도 믿을 수 없다는 생각밖에 들지 않고요. 당신에 대해 아는 게 아무것도 없는 것 같은 기분마저 들어요. 어느 쪽이 진짜 멜란차 허버트의 모습인지 모르겠어요. 당신과 더 이상 얘기 나누고 싶지도 않아요. 솔직히 말해줘요, 멜란차. 혼자일 때 당신은 어느 쪽에 더 가까운 모습인지 말해줘요. 내가 정말 알고 싶은 건 그거예요."

멜란차는 아무 말도 하지 않았다. 제프는 여전히 멜란차 쪽으로는 시선을 돌리지 않았다. 그러다 잠시 후에 이야기를 계속 이어갔다. "멜란차 당신은 가끔 정말 잔인한 사람 같아요. 주변 사람들이 상처를 받거나 곤란한 상황에 처해도 전혀 신경 쓰지 않는 것 같고요. 그런 당신을 보면 나는 너무 혼란스러워요. 그런데도 당신이 좋거든요. '미스' 허버트와 함께 있던 그런 모습까지 말이에요. 당신은 분명 보통 여자라면 할 수 있는 일을 했을 뿐이죠. 하지만 당신보다 더 잘할 수 있는 여자는 없을 거예요. 뭐라고 말해야 말뜻을 제대로 전달할 수 있을지 모르겠네요. 굉장히 지독한 무언가가 당신 감정을 사로잡고 있는 것 같아요. 착한 사람들을 많이 봐왔지만 그런 사람들한테서는 이런 느낌을 받은 적이 없어요. 제인 하든과 '미스' 허버트도 비슷한 얘기를 했었죠. 어쨌든 제 마음은 당신을 향하고 있어요. 당신이 그 누구보다 다정한 사람이라는 건 확실하니까요. 내가 알고 싶은 건, 당신을 두려워해야 할 이유가 있냐는 거예요. 예전엔 여자에 대해 모르는 게 없다고 자부했었어요. 그런데 지금은 당신에 대해 아무것도 모른다는 사실밖에 확신할 수가 없어요. 당신을 그렇게 오래 알고 지냈는데, 당신과 그렇게 많은 시간을 함께했는데, 당신과 함께하는 시간이 그렇게 행복했는데, 머릿속에 있는 생각을 당신한테 모두 얘기했는데 이제 더 많은 걸 알고 싶고, 더 많은 걸 받아들이고 싶어요. 저는 정말 간절해요. 그렇게 할 수 있게 해줘요, 멜란차."

제프는 이제 입을 다물고 불꽃만 노려보았다. 자신의 생각을 찬찬히 돌이켜보다가 이런 생각이 너무나 지긋지긋하고 역겹다는 표정을 지었다. 제프는 말없이 한참을 그렇게 앉아 있었다. 그때 매우 고통스러운 표정으로 온몸을 부들부들 떨고 있는 멜란차 허버트의 모습이 눈에 서서히 들어오면서 그의 가슴도 강하게 요동쳤다. "왜 그래요, 멜란차?" 제프 캠벨은 큰 소리로 외치며 자리에서 일어났다. 그리고 오빠처럼 한 팔로 그녀를 감싸 안았다. "이제 참을 만큼 참은 것 같아요." 멜란차는 흐느끼며 이렇게 내뱉었고, 순간 비참한 기분에 사로잡혔다. "당신이 무슨 말을 해도 기꺼이 들을게요. 그게 당신이 원하는 거라면 말이에요. 당신이 그렇게 말하고 싶다면 얼마든지 그래도 돼요. 진심으로 그렇게 말하고 싶다면 저는 기꺼이 견딜 수 있어요. 하지만 정말 잔인하네요. 그런 식으로 한 여자를 고통에 빠뜨릴 작정이라면, 그 여자에게 숨 쉴 기회는 줘야 하는 거 아닌가요? 단 한 번이라도 말이에요. 아무 때나 고통을 참을 수 있는 여자는 없어요. 당신이 제게 고통을 주고 싶다면 저는 얼마든지 참을게요. 참을 수 있을 때까지요. 하지만 오늘 밤엔 너무 심했어요. 더 이상은 도저히 못 참겠어요. 진심으로 여자를 알고 싶다면 그렇게 잔인한 행동은 하지 말아요. 여자가 얼마나 버틸 수 있을지 생각 좀 하라고요. 생각하는 게 당신 특기잖아요." "왜 그래요, 멜란차?" 제프 캠벨은 겁이 났다. 제프는 다정하고 듬직한 큰오빠처럼 부드럽게 멜란차를 달래며 말했다. "당신이 무슨 말을 하는 건지 솔직히 잘 모르겠어요. 이러면 내가 너무 미안하잖아요. 당신이 힘들어하는 걸 알았다면 그런 말을 하지 않았을 거예요. 제가 얼굴 빨간 인디언*처럼 그렇게 잔인한 사람이라고 생각했어요? 그렇게 생각하면서 어떻게 저를 좋아할 수 있어요?" "나도 모르겠어요, 제프." 멜란차는 제프의 품에 기댔다. "당신이 왜 저를 계속 만나는 건지 저도 잘 모르겠어요. 하지만 얼마든지 당신이 원하는 대로 할게요. 그렇게 해서 당신을 좀 더 알 수만 있다면 저는 상관없어요. 제프, 당신이 원한다면 저는 얼마든지 견딜 준비가 되어 있어요." "세상에, 어떻게 그런 말을 해요, 멜란차!" 제프 캠벨이 소리쳤다. "당신 속을 정말 알 수 없네요. 당신이 그렇게 말하면 내가 속상하잖아요." 제프는 멜란차를 더 가까이 끌어안았다. "하지만 그 어느 때보다 당신을 존중하고 신뢰해요, 멜란차. 진심이에요. 제가 한 말 때문에 당신이 괴로울 거라는 생각은 전혀 못 했어요. 이렇게 몸을 심하게 떨다니, 속상하게 정말. 진정해요, 멜란차. 나 때문에 이렇게 속상해하니까 너무 미안해서 미안하단 말도 못 하겠어요. 당신한테 상처를 주려고 그런 게 아니라는 걸 증명할 수 있다면 뭐든 하겠어요." "알아요, 저도." 제프의 품

---

*　　Red Indian. 아메리카 원주민을 비하하는 표현.

에 안긴 멜란차가 낮게 중얼거렸다. "당신이 좋은 사람인 거 알아요, 제프. 오래전부터 알고 있었어요. 그러니 당신이 나한테 상처를 주든 말든 상관없어요." "제가 당신에게 상처를 줬는데 어떻게 그렇게 결론을 내릴 수가 있어요?" "쉿, 다 큰 어른이 소년처럼 순진한 말만 하네요. 당신은 진짜 상처가 뭔지 몰라서 그래요." 멜란차는 눈물을 흘리며 제프를 향해 간신히 미소를 지어 보였다. "제프, 어떤 사람을 속속들이 알게 되면 그 사람을 더 이상 존경할 수 없게 돼버려요. 그리고 저는 당신에 대해 아는 게 별로 없고요." "저는 이해 못 하겠어요. 다른 흑인들보다 나을 게 하나도 없는 사람이 된 것 같아요. 당신이 저를 만나기 전에는 별로 운이 없었던 건지도 몰라요. 그럴 거예요. 하지만 저도 별로 좋은 사람이 아닌 것 같네요." "그만해요, 제프. 당신은 자기 자신을 너무 모르는 것 같아요." 멜란차가 말했다. "어쩌면 당신 말이 맞을지도 몰라요. 당신이 틀렸다는 말은 하고 싶지 않네요." 제퍼슨은 한숨을 길게 내쉬더니 미소를 지었다. 두 사람은 한동안 말없이 앉아 있었다. 다정한 분위기에 취해 있다 보니 시간이 늦은 줄도 몰랐다. 제프는 늦게 집으로 돌아갔다.

제프 캠벨이 멜란차와 만나기 시작한 후 여러 달이 지났다. 하지만 제프는 인자한 어머니에게 멜란차에 대해서 한마디도 하지 않았다. 뚜렷한 이유가 있었던 건 아니지만, 제프는 멜란차를 자주 만나면서도 다른 사람들에게 두 사람의 만남을 비밀로 하고 있었다. 멜란차도 제프 캠벨과 만날 땐 다른 친구들을 부르지 않았다. 두 사람은 자주 만나 시간을 보내면서도, 이 만남을 다른 사람이 알면 큰일이라도 날 것처럼 비밀스럽게 행동했다. 두 사람의 만남을 방해할 만한 사람이 있었던 것도 아니다. 제프 캠벨도 이 관계가 어쩌다 비밀이 되었는지 궁금했다. 멜란차가 원해서 이렇게 된 건가 싶었지만 확실하지는 않았다. 멜란차와 이런 얘길 따로 나눈 것도 아니었다. 두 사람이 만나는 걸 아무도 알면 안 된다는 무언의 합의가 있었던 것 같기도 했다. 대화 내용을 곱씹으며 의미를 파악하려면 두 사람 외에 다른 누가 있으면 안 된다는 무언의 합의가 있었던 것 같기도 했다.

제퍼슨은 멜란차에게 어머니 얘기를 가끔 했다. 하지만 멜란차에게 어머니를 만나고 싶은지 물어보지는 않았다. 어쩌다 두 사람의 관계가 이렇게까지 비밀스러워진 건지 잘 이해되지 않았다. 멜란차는 어떻게 하길 바라는 걸까? 그동안 제퍼슨은 멜란차가 뭘 좋아할지 추측해서 그렇게 했을 뿐이었다. 그래서 계속 단둘이 만남을 이어갔다. 그리고 봄이 되자 야외로 나가 산책을 즐겼다.

두 사람은 행복한 날들을 보냈다. 제프는 갈수록 멜란차가 더 좋아졌다. 이제 그의 마음속 깊은 곳에서도 진짜라고 할 수 있는 감정이 생겨났다. 멜란차에게 이야기를 들려주는 게 즐거웠다. 이렇게 대화를 나누는 게 얼마나 즐거운 일인지, 멜란차와 함께할 수 있다는 게 얼마나 행복한 일인지 이야기할 때도 행복했고, 그녀에게 모든 이야기를 할 수 있어서 기쁘다고 이야기하는 것까지 행복했다. 어느 날, 제프는 돌아오는 일요일에 멜란차와 소풍을 나가 화창한 들판에서 행복한 시간을 보낼 계획을 세웠다. 온종일 단둘이 함께 있을 생각이었다. 그리고 소풍을 가기 하루 전에 제인 하든에게서 집에 들러달라는 전갈을 받았다.

제인은 거의 종일 몸이 좋지 않았고, 제프 캠벨은 제인이 나아질 때까지 할 수 있는 일은 뭐든 다 했다. 제프 덕에 기운을 차린 제인 하든은 멜란차 이야기를 하기 시작했다. 제프가 멜란차와 만나고 있다는 걸 제인은 몰랐다. 멜란차를 마지막으로 본 것도 꽤 오래전 일이었다. 제인은 멜란차를 처음 만났던 시절의 이야기부터 시작했다. 그 시절의 멜란차는 아무것도 모르는 숙맥이었다고 했다. 그땐 무척 어렸고 마음씨도 착했다고 했다. 절대 못된 애가 아니었다고 했다. 그런데 아는 게 정말 아무것도 없었다고 했다. 제인은 날마다 멜란차를 어떻게 가르쳤는지 설명했다. 멜란차는 정말 열성적으로 배웠다고 했다. 제인은 두 사람이 길거리를 배회한 이야기도 했다. 멜란차가 자기를 사랑했던 이야기도 했고, 멜란차와 자기가 나쁜 짓을 하고 다닌 이야기도 했다. 자기를 버리고 떠난 후에 멜란차가 겪은 일들을 아는 대로 모두 이야기했다. 멜란차가 백인, 흑인 가리지 않고 여러 남자를 만났다는 이야기도 했다. 멜란차는 남자를 고를 때 전혀 까다롭지 않았다고 했다. 그러면서도 멜란차가 못된 애는 아니라고, 마음씨는 착하다고 했다. 멜란차가 나쁘다는 말은 한마디도 하지 않았다. 하지만 멜란차는 제인이 가르쳐준 것들을 남자들에게 적극적으로 써먹었다고 했다. 멜란차는 알고 싶은 게 너무 많았고, 남자들은 멜란차에게 뭐든지 가르쳐줬다고 했다.

제인의 이야기를 듣고 있으니 제프 캠벨은 눈이 번쩍 뜨였다. 제인 하든은 지금 자기가 무슨 짓을 하고 있는지 전혀 모르고 있었다. 제프의 기분이 어떤지 전혀 모르고 있었다. 제인은 이야기를 꾸미는 사람이 아니었다. 어쩌다 보니 멜란차 허버트와 함께했던 시절의 이야기가 나왔을 뿐이었다. 제프는 제인의 말이 사실이라고 믿었다. 제프 캠벨은 이제야 비로소 눈이 뜨이는 것 같았다. 속이 거북했다. 멜란차가 아직 가르쳐주지 않은 것들을 너무 많이 알아버린 것이다. 속이 거북하고 마음도 무거웠다. 멜란차가 너무 추잡해 보였다. 진짜 감정이 뭔지 비로소 알 것 같았다. 제프는 제인 하든을 좀 더 지켜보다가 다른 환자의 집으로 갔다. 왕진을 모두 끝내고 집에 돌아와서는 방에 가만히 앉았다. 생각이 멈추어버렸다. 속이 너무 거북했다. 마음도 너무 무거웠다. 너무 지치고 피곤해서 세상이 온통 암울해 보였다. 비로소 진짜 감정을 느끼게 된 것 같았다. 상처를 느끼는 순간 알 수 있었다. 드디어 진짜 깨달음을 얻은 것이다. 제프는 다음 날 멜란차와 소풍을 가서 봄이 찾아온 들판을 거닐며 종일 행복한 시간을 보내려고 계획했었다. 하지만 제프는 멜란차에게 쪽지를 보내 아픈 환자가 있어서 환자의 집에 가봐야 한다고, 같이 시간을 보낼 수 없다고 전했다. 삼 일이 지난 후에도 제프는 멜란차에게 연락하지 않았다. 제프는 내내 마음이 좋지 않았다. 마음이 무겁게 내려앉은 것 같았다. 진짜 감정이 뭔지 비로소 알게 된 것 같았다.

결국 멜란차에게 편지가 왔다. "당신이 저한테 왜 이러는지 정말 모르겠어요, 제프 캠벨." 멜란차 허버트가 보낸 편지에는 이렇게 적혀 있었다. "당신이 요즘 저를 피하는 이유가 뭔지 도통 모르겠다고요. 잘해보고 싶은 마음을 또다시 이상한 방식으로 표현하는 건가 싶었는데, 당신이 모든 걸 후회하고 있는 건 아닌가 하는 생각도 들어요. 잘해보고 싶어서 이러는 거라면 별로 좋은 방법은 아닌 것 같네요, 제프 캠벨. 미안하지만 당신이 이러면 저도 더 이상 못 견뎌요.

내가 아무하고나 어울려도 괜찮다는 듯 행동하면서, 내가 나쁜 사람인 양 말하고, 나를 경멸하는 걸 더 이상 못 견디겠다고요. 당신 변덕도 더 이상 못 참겠어요. 당신은 사랑받을 자격이 없는 사람이에요. 두 번 다시 만나고 싶지 않군요. 늘 행복하길 바랍니다, 캠벨 박사님."

제프 캠벨은 멜란차의 편지를 다 읽고 나서 한참을 멍하니 앉아 있었다. 꼼짝할 수가 없었다. 일단 너무 화가 났다. 나는 쓰라린 고통이 뭔지 전혀 모르는 인간이라는 건가? 나는 멜란차가 뭘 원하는지 알지도 못하면서 그녀 곁에 머무르기에는 강인하지 못한 인간이라는 건가? 제프가 화를 내는 건 당연했다. 제프는 절대 겁쟁이가 아니었다. 반면 멜란차는 용서할 수 없는 짓을 너무 많이 저질렀다. 멜란차를 믿고 싶어서, 멜란차에게 충실하고 다정한 남자가 되고 싶어서 제프는 최선을 다했다. 그 순간 갑자기, 어느 밤에 너무나 고통스러워했던 멜란차의 모습이 떠올랐다. 멜란차의 다정한 마음이 다시 전해지는 것 같았다. 그때 제프는 깨달았다. 자신은 언제나 그녀를 용서할 수밖에 없다는 것을. 멜란차에게 상처를 주었다는 사실이 너무나 미안했다. 당장이라도 멜란차에게 달려가 위로해주고 싶었다. 제인 하든이 멜란차에 대해서 한 말이나 멜란차가 했다는 나쁜 짓들이 사실이라고 해도, 멜란차와 함께 있고 싶은 마음이 더 간절했다. 멜란차가 설명해주면 제대로 알게 될지도 모를 일이다. 어떻게 그렇게 된 건지, 어떻게 하면 그녀를 믿을 수 있을지 멜란차가 모두 알려줄지도 모른다.

제프는 자리에 앉아 답장을 쓰기 시작했다. "사랑하는 멜란차에게. 당신이 보낸 편지를 읽어보니, 당신이 제 말을 오해한 것 같아요. 당신을 믿기 위해서 제가 겪고 있는 고통을 당신은 제대로 봐주지 않았고, 저를 이해하려고 하지도 않았어요. 제 입장에서는 당신이 과거에 나쁜 행동을 했다는 사실을 떨쳐내기가 얼마나 어려운 일인지 당신은 객관적으로 생각해보지 않았겠죠. 당신이 보낸 편지를 받고 화를 내는 게 당연하다는 얘기를 하려는 게 아니에요. 저는 당신 앞에서 겁쟁이처럼 행동한 적이 없었어요. 당신이 원하는 게 뭔지, 당신이 무슨 의도로 그런 말을 하는 건지, 저로서는 이해하기도 힘들고 알 수도 없어요. 정말 솔직하게 얘기하는 거예요. 당신이 이끄는 대로 빨리 따라가지 못하는 나를 기다려주는 게 뭐가 그리 어렵냐고 따지고 싶지는 않아요. 내가 어쩔 수 없이 당신에게 상처를 주는 것처럼, 나 또한 깊은 상처를 받을 수 있다는 건 당신도 잘 알 거예요. 하지만 당신에게는 늘 솔직하고 싶어요. 당신과 함께하려면 이렇게 할 수밖에 없어요. 당신 마음을 빨리 따라가지 못하는 건 저한테도 힘든 일이에요. 당신 앞에서 겁쟁이가 되고 싶지는 않아요, 멜란차. 마음에 없는 말을 하고 싶지도 않고요. 내가 솔직한 게 싫다면, 나는 당신에게 아무 말도 할 수 없을 거예요. 나를 두 번 다시 보고 싶지 않다고 한 것도 이해해요. 하지만 당신을 향한 제 마음을 당신이 제대로 느낄 수 있다면, 내가 당신을 이해하고 느끼기 위해 정말 힘들게 노력하고 있다는 걸 당신이 느낄 수 있다면, 저는 기쁜 마음으로 당신에게 달려가 당신의 얼굴을 볼 수 있을 거예요. 그리고 당신과 다시 시작할 수 있겠죠. 이번 주 내내 얼마나 힘들게 보냈는지 지금은 얘기하고 싶지 않아요. 군이 해봤자 별로 좋을 게 없을 것도 같고요. 하지만 내가 앞으로 당신에게 최선을 다하리라는 건 분명해요. 다른 건 몰라도 당신에게 늘 솔직하겠다는 건 약속할 수 있어요. 당신을 이해하기 위해 당신의 가르침을 따르는 게 옳다고 생각하지만, 예상만큼 빨리 쫓아가지는 못할 거예요. 내가 자꾸 변덕을 부린다는 바보 같은 말은 하지 말아요. 나는 변하지 않았어요. 조금도요. 저는 제가 올바르고 정직하다고 믿는 방식을 따를 거예요. 당신에게 항상 그렇게 얘기했으니, 당신도 이미 잘 알고 있겠죠. 당신이 내일 저를 만나 함께 있어준다면 무척 기쁠 것 같아요. 당신도 같은 생각이라면 답장해줘요, 멜란차.

　그럼 이만 줄입니다.

진심을 담아,
제퍼슨 캠벨."

"그래요, 만나요." 멜란차는 답장을 써서 보냈다. 제프는 멜란차를 만나는 게 기쁘기는 했지만 걸음을 서두르지는 않았다. 멜란차는 기다리고 있다가 제프가 보이는 순간 그를 향해 달려갔다. 두 사람은 함께 집으로 들어갔다. 다시 함께할 수 있어서 몹시 기뻤다. 두 사람은 서로에게 무척이나 다정했다.

"이번에는 당신이 영영 나를 만나주지 않을 거라고 생각했어요, 멜란차." 두 사람은 평소처럼 대화를 시작했다. "당신 편지를 읽자마자 이제 다 끝났다고 생각했어요. 두 번 다시 당신을 못 만날 줄 알았다고요. 그래서 너무 화가 나고 속상했어요."

"당신이 너무 못되게 굴었어요, 제프 캠벨." 멜란차가 애정이 듬뿍 담긴 목소리로 대답했다.

"당신 말이 맞아요." 제프가 대답했다. 금방이라도 쾌활하게 웃음을 터트릴 것 같은 얼굴이었다. "앞으로 그런 말은 하지 않을게요. 하지만 제가 정말 필요 이상으로 못되게 군 건 아니라고 생각해요."

제프는 멜란차를 품에 안고 입을 맞췄다. 그리고 한숨을 내쉬더니 입을 다물었다. "멜란차." 잠시 후에 제프가 웃으며 말했다. "어쨌든 그런 말은 두 번 다시 하지 말아요. 우리가 정말 좋은 친구이고 진정한 친구라면 절대로 그런 말 하지 말아요. 두 사람이 함께하기 위해서 이렇게 노력했으니 기쁨도 함께 누려야죠." "우리 둘 다 열심히 노력했죠. 저도 그렇게 생각해요." 멜란차가 대답했다. "당신 때문에 너무 힘들었지만 당신 말이 틀렸다고는 못 하겠어요. 나쁜 남자 같으니." 멜란차는 미소를 짓더니 다시 한숨을 내쉬었다. 그리고 아무 말도 하지 않았다.

이제 제프는 돌아가야 했다. 두 사람은 계단에 서서 한참 동안 작별 인사를 주고받았다. 제프는 한참 후에야 마지막 인사를 건넸고, 계단을 내려갔고, 집으로 돌아갔다.

두 사람은 다음 일요일에 소풍을 가기로 다시 약속했다. 처음에 이 약속이 취소되었던 건 제인 하든이 한 말 때문이었지만, 멜란차 허버트는 제인 하든이 무슨 말을 했는지 여전히 모르고 있었다.

제프는 이제 하루도 빼놓지 않고 멜란차를 만났다. 하지만 멜란차를 두 번 다시 보지 않겠다고 결심까지 했던 이유를 그녀에게 아직 솔직히 털어놓지 못해서 마음 한구석이 찜찜했다. 멜란차에게 말해야 한다는 건 제프도 잘 알고 있었다. 멜란차에게 솔직하게 털어놓아야 두 사람 관계에 진정한 평화가 깃들 수 있었다.

그날 두 사람은 함께 거닐며 무척 행복한 하루를 보냈다. 함께 먹을 음식도 따로 챙겨왔다. 화창한 들판에 앉아 있어도 행복했고, 숲속을 함께 돌아다녀도 행복했다. 제프는 이렇게 노는 게 정말 즐거웠다. 자라나는 모든 것을 보는 게 즐거웠다. 땅과 나무의 다채로운 색깔들이 좋았다. 축축한 땅속과 풀밭에서 찾아낸 밝은 색깔의 생소한 벌레들도 좋았다. 바닥에 누워 벌레들을 찾아다니는 것마저 재미있었다. 움직이는 것들도 좋았고, 움직이지 않는 것들도 좋았다. 색깔이 있고, 아름답고, 이 세상에 실재하는 모든 것이 좋았다.

제프는 일요일에 멜란차와 함께 이렇게 산책할 수 있다는 게 무척 좋았다. 마음속에 담아두었던 골치 아픈 문제까지 거의 잊을 정도였다. 멜란차 허버트와 함께 있어서 행복했다. 멜란차는 제프가 뭘 하든 흥미를 보이며 재미있어했다. 제프가 발견한 무언가를 이야기하면 열심히 들어주었고, 제프가 기뻐하면 같이 기뻐했다. 지금 제프와 함께 누리고 있는 것 외에 다른 걸 바라지도 않았다. 두 사람은 처음으로 오랫동안 함께 산책하면서 분주하고 행복한 하루를 보냈다.

한참을 돌아다니고 지친 두 사람은 바닥에 앉았다. 제프는 몸을 쭉 뻗고 멜란차 옆에 누웠다. 제프는 말없이 가만히 앉아 있다가 멜란차의 손에 입을 맞추며 낮게 속삭였다. "당신은 정말 좋은 사람이에요, 멜란차." 멜란차는 마음속 깊은 곳에서 감정이 일었지만 아무 말 하지 않았다. 제프는 한참 동안 가만히 누워서 위를 올려다보았다. 눈에 보이는 잎사귀들을 셌다. 흘러가는 모든 구름을 눈으로 좇았다. 저 높이 날아가는 새들을 바라보았다. 그러는 동안 일주일 전 제인 하든에게 들은 얘기를 멜란차에게 말해야 한다고 생각하고 있었다. 얘기해야 하는 건 분명했다. 하지만 쉽지 않았다. 제프 캠벨이 제인 하든의 이야기를 머릿속에서 지우려면 멜란차에게 얘기하는 수밖에 없었다. 멜란차를 제대로 이해하려면 그녀를 이해하기 위해 얼마나 몸부림쳤는지 말하는 수밖에 없었다. 멜란차에게 말해야만 이 난관을 극복할 수 있었고, 멜란차가 도와주어야만 그녀를 의심하지 않을 수 있었다.

제프는 한참 동안 말없이 허공을 바라보며 누워 있었다. 그 어느 때보다 멜란차가 가깝게 느껴졌다. 제프는 멜란차를 향해 몸을 살짝 돌리고 그녀의 두 손을 움켜잡았다. 그렇게 해서라도 용기를 얻고 싶었다. 그리고 천천히 이야기를 시작했다. 결코 쉽지 않은 이야기였기 때문에 아주 천천히 시작해야 했다.

"멜란차," 제프는 천천히 입을 열었다. "멜란차, 제가 지난주에 자취를 감추고 당신에게 연락하지 않은 이유를 말해야 할 것 같아요. 제인 하든이 아파서 진찰하러 갔었어요. 제인이 당신 이야기를 정말 많이 들려줬죠. 내가 당신과 잘 아는 사이라는 걸 몰랐으니까요. 나는 제인에게 그만하라고 할 수 없었어요. 대신 제인이 얘기하는 동안 가만히 듣고만 있었죠. 이야기를 듣는 것도 그리 쉬운 일은 아니었어요. 제인이 한 얘기는 모두 사실이었으니까요. 당신이 예전에 자유분방한 삶을 살았다는 걸 알게 됐고, 내가 싫어하는 흑인들처럼 재미를 추구하며 살았다는 것도 알게 됐죠. 제인 하든이 얘기해줄 때까지는 당신이 그렇게 나쁜 사람이었다는 걸 몰랐어요. 그래서 얘기를 듣고 나니 마음이 편치 않았죠. 내가 당신에게 그저 숱한 남자

중 하나일지도 모른다는 생각을 하니 견디기 힘들었어요. 당신을 믿지 못한 건 내 잘못이에요, 멜란차. 하지만 그 일로 저도 힘들 만큼 힘들었어요. 당신이 솔직한 모습을 원해서 솔직히 말하는 거예요."

멜란차는 제프 캠벨의 손에서 손을 빼냈다. 그리고 가만히 앉아 있었다. 분노와 경멸이 멜란차의 얼굴에 어른거렸다.

"당신이 이기적이지 않았다면 굳이 제게 그런 말을 하지 않았을 텐데 말이에요."

제프는 아무 말도 하지 않았다. 대답하기 전에 잠시 기다렸다. 할 말이 없어서 머뭇거린 건 아니었다. 멜란차의 말에는 얼마든지 대답할 수 있었다. 그가 머뭇거린 건 멜란차를 감싸고 있는 분위기 때문이었다. 그 분위기에 대해서는 제프도 대답할 수 없었다. 제프는 다시 정신을 차리고 천천히 마음을 다지면서 답변을 시작했다.

"그렇지 않아요." 제프가 말했다. "나도 제인 하든의 입을 막고 당신에게 달려가서 날 만나기 전에 어떻게 살았는지 직접 얘기해달라고 하고 싶었어요. 나도 그러고 싶었다고요. 당신이라는 사람을, 당신이 살아온 방식을, 당신이 지혜를 사용하기 위해 쏟은 노력과 당신이 가르침을 받기 위해 사용한 방법들을 나도 알 권리가 있어요. 나는 그게 당연하다고 생각해요. 당신이라는 사람에 대해 알 권리가 나한테도 분명히 있다고요. 나도 제인 하든이 떠들게 내버려 두고 싶지 않았어요. 당신한테 직접 듣고 싶었다고요. 아니, 어쩌면 당신한테서 직접 그런 얘기를 들으며 상처받고 싶지 않았던 것 같아요. 어쩌면 당신이 상처받는 게 싫었던 건지도 모르고요. 당신 입으로 직접 그런 얘길 하는 건 힘든 일이니까요. 모르겠어요. 당신을 보호하려고 한 것도 아니고, 나를 보호하려고 한 것도 아닌 거 같아요. 당신에게 직접 들으려 하지 않고 제인 하든이 하는 얘기를 듣고 있던 내가 비겁한 놈인지도 몰라요. 하지만 단 하나 분명한 건, 나도 당신에 대해 알 권리가 있다는 거예요. 그럴 자격이 있다고 생각해요. 아주 충분히 있다고요." 멜란차가 거슬리는 소리를 내며 웃었다. "그런 걱정은 전혀 할 필요 없었는데 말이에요, 제프 캠벨. 당신이 내게 직접 물어봤다면 아무도 상처받지 않았을 거예요. 나는 아무 말도 하지 않았을 테니까요." "나는 그렇게 생각하지 않아요, 멜란차." 제프 캠벨이 말했다. "당신은 분명 내게 말해줬을 거예요. 당신도 내게 말해야 한다고 생각했을 거고. 내가 잘못한 건 제인 하든이 얘기하게 내버려 둔 것뿐이에요. 제인의 말을 듣고 알게 된 건 내 잘못이 아니라고요. 당신은 나한테 분명 모두 얘기해줬을 거예요, 멜란차."

제프는 입을 다물었다. 어느 한쪽도 순순히 물러서지 않았다. 이 싸움은 쉽게 끝나지 않을 것 같았다. 두 사람의 사고방식은 완전히 상반되었기 때문에 결코 쉽게 해결될 수 없었다.

결국 멜란차가 제프의 손을 잡고 그에게 몸을 기울여 입을 맞췄다. "나는 당신이 정말 좋아요, 제프 캠벨." 멜란차가 낮게 속삭였다.

그리고 한동안은 제프 캠벨과 멜란차 허버트 사이에 별다른 문제가 일어나지 않았다. 두 사람은 무척 자주 만났고, 오랜 시간을 함께 보냈다. 단둘이 함께하는 시간 자체가 큰 즐거움이었다.

어느덧 여름이 되었다. 두 사람은 따뜻한 햇살을 받으며 산책을 즐겼다. 여름에는 흑인들이 별로 아프지 않았기 때문에, 제프 캠벨은 산책에 더 많은 시간을 할애할 수 있었다. 여름이 되면 세상은 달콤한 침묵으로 가득했다. 온갖 소음도 가득하긴 마찬가지였지만, 두 사람의 귀에는 달콤한 침묵만이 감돌았다. 두 사람은 따뜻한 날들을 함께 즐길 수 있어서 무척 행복했다.

제프 캠벨과 멜란차 허버트는 여전히 많은 대화를 나눴다. 요즘 두 사람의 대화는 진짜 연인들의 대화 같았다. 제프는 자기 생각을 예전처럼 많이 늘어놓지 않았다. 혼자 있던 세상에서 벗어나 멜란차와 함께하는 세상을 볼 수 있게 된 것 같았다. 멜란차와 얼마나 많은 시간을 함께했는지 새삼 깨달으며 더 이상 예전처럼 생각할 필요가 없다는 결론을 내렸다.

제프는 멜란차와 이야기를 나누며 순수한 즐거움을 느꼈다. 멜란차와 함께 산책하기에 참으로 따뜻한 날들이었다. 가끔은 모든 걸 잊을 정도로 강렬한 감정에 휩쓸렸다. 가슴이 항상 기쁨으로 가득했다. 예전에는 어떻게 그런 생각만 하며 살 수 있었는지 이해되지 않을 정도였다. 멜란차는 이런 제프를 보면 행복했다. 제프를 보고 있으면 항상 생각에 푹 빠져 있던 자신의 예전 모습이 떠올라서 웃음이 나기도 했다. 멜란차는 마냥 행복해 보이는 제프를 놀리기도 했다. 멜란차의 사랑은 순수하고 강렬한 사랑이었다. 제프가 그토록 원했던 바로 그런 사랑이었다.

제프도 멜란차의 사랑을 기꺼이 받아들였다. 멜란차의 사랑에 사랑을 느꼈고, 사랑을 주고받을 수 있다는 사실에 더할 나위 없는 행복을 느꼈다. 사랑은 제프의 마음을 가득 채웠다. 그러면 제프는 가득 찬 사랑을 다시 멜란차에게 쏟아부었다. 감미롭고 상냥했다. 기쁨이 끊이지 않았다. 제프의 사랑은 오빠처럼 부드러운 사랑이었다.

멜란차도 이런 제프를 몹시 사랑했다. 제프 캠벨은 예전에 만났던 남자들처럼 추잡한 짓을 할 사람이 아니었다. 두 사람은 길고 따뜻한 여름날에 완전히 새로운 이 기분에 푹 빠져서 서로 사랑하고 또 사랑했다. 제프와 멜란차는 늘 함께했다. 제프는 멜란차에게, 멜란차는 제프에게 너무나 소중한 존재였다. 여름날 저녁이 되면 두 사람은 함께 길거리를 거닐었다. 거리를 가득 채운 시끄러운 소음과 오르간을 연주하는 소리, 춤추는 소리, 사람과 개와 말의 몸에서 미지근하게 풍기는 냄새. 흑인들의 여름은 퀴퀴하고 찌릿하고 꾀죄죄했다. 뜨거운 열기 때문에 습기까지 가득했다. 하지만 여름은 언제나 즐거웠다.

제프는 날마다 진짜 사랑에 조금씩 다가가고 있었다. 멜란차는 날마다 아낌없이 제프에게 사랑을 쏟아부었다. 두 사람은 날마다 생생하고 진실한 이 감정을 함께 나눴다. 날이 갈수록 상대가 느끼는 감정이 어떤 것인지 더욱 잘 느낄 수 있었다. 제프는 점점 깊이 생각하지 않고 행동할 수 있게 되었다. 멜란차는 생생하고 진실한 감정을 제프에게 끊임없이 불어넣어 주었다.

어느 날, 두 사람은 즐거운 시간을 보내고 있었다. 새로운 감정을 함께 나누기 시작한 이래 이렇게까지 즐거웠던 적도 없었던 것 같았다. 그들은 종일 따뜻한 공기를 만끽하며 이리저리 산책을 즐기다가 눈부시게 밝은 초록색 세상 한가운데 누워 휴식을 취했다.

그들에게 지금 무슨 일이 일어난 걸까? 멜란차는 대체 무슨 짓을 저지른 걸까? 어쩌자고 두 사람의 사랑을 추잡하게 만들어버린 것인가? 멜란차가 무슨 생각으로 그런 행동을 했는지 모르겠지만, 제프는 제인 하든이 멜란차에 대해 했던 말들을 떠올리고 말았다. 제프는 지금 무슨 일이 일어난 건지 이해하지 못하고 있었다. 세상은 온통 푸르고 따뜻하며 사랑스러웠다. 그런데 멜란차의 행동 때문에 모든 게 다 추잡해지고 말았다. 멜란차는 대체 제프와 뭘 하려고 했던 걸까? 제프는 자신을 비롯한 흑인들이 올바르게 살기 위해서 어떻게 해야 하는지 고민하던 사람이었다. 그런데 멜란차 허버트가 모든 걸 다 망가뜨리려 하고 있었다.

순간 제프 캠벨은 멜란차 허버트가 왠지 자신에게 다른 무언가를 원한다는 느낌을 받았다. 자신에게 이해를 갈구하던 이들이 무엇을 필요로 했던 것인지 알 것도 같았다. 제프는 역겨워졌다. 멜란차 때문이 아니라 자기 자신 때문이었다. 아니, 정확히는 자신 때문이 아니라 자신의 속마음 때문이었고, 세상 사람들이 모두 그런 걸 원한다는 사실 때문이 아니라 그들의 속마음 때문이었다. 자신의 속마음을 알 수 없어서 역겨움을 느꼈다. 대체 무엇 때문에 진정한 깨달음을 얻으려고 했던 건가. 예전처럼 올바른 삶을 살려면, 자신을 비롯한 흑인들이 재미만 추구하지 않고 안정적인 삶을 살려면 어떻게 해야 하는지 고민해봤지만 아무것도 생각나지 않았다. 그래서 제프는 역겨움을 느꼈다. 멜란차에 대한 의심이 또다시 머리를 가득 메웠다. 제프는 멜란차를 떠밀었다.

제프도 자기가 왜 이렇게 민감한 반응을 보이는 건지 이해되지 않았다. 멜란차가 자신을 감추지 않고 솔직한 모습을 드러냈는데도 원하는 게 뭔지 여전히 알 수 없었다. 조금 전까지는 알고 있다고 생각했었다. 그런데 이런 일이 벌어졌다. 멜란차가 그의 내면에 있던 강렬한 무언가를 일깨운 것이다. 제프가 유일하게 아는 건 아무것도 모른다는 사실뿐이었다. 멜란차가 원하는 게 뭔지 영영 알 수 없을 것 같았다. 그를 사로잡은 이 느낌이 뭔지도 영원히 알 수 없을 것 같았다. 모든 것이 뒤죽박죽 엉망이 되어버렸다. 멜란차가 함께 있어주었으면 하는 바람이 간절했다. 하지만 멜란차를 저 멀리 밀쳐내고 싶은 생각도 간절했다. 멜란차는 대체 제프에게 뭘 원하는 걸까? 제프 캠벨은 멜란차에게 뭘 바라고 있었던 걸까? "분명 알고 있다고 생각했는데……." 제프는 속으로 신음을 내뱉었다. "내가 원하는 게 뭔지 분명히 알고 있다고 생각했는데. 이제 멜란차를 믿을 수 있다고 생각했는데. 정말 그렇게 확신하고 있었는데. 지금까지 그렇게 많은 시간을 멜란차와 함께했는데 어떻게……! 멜란차의 본모습을 전혀 모르고 있었다는 사실 말고는 아는 게 아무것도 없잖아. 하나님, 저를 도와주세요, 저를 지켜주세요!" 제프는 한숨을 삼키며 푸른 잔디밭에 얼굴을 파묻었다. 옆에 있던 멜란차는 아무 말도 하지 않았다.

제프는 고개를 돌려 멜란차를 보았다. 가만히 누워 있던 멜란차의 얼굴 위로 씁쓸한 액체가 길게 흘러내리고 있었다. 제프는 갑자기 미안해졌다. 너무 미안해서 어쩔 줄 몰랐다. 멜란차에게 상처를 주고 나면 미안하다는 생각밖에 들지 않았다. "당신을 괴롭히려고 그런 건 아니었어요, 멜란차." 제프는 아주 부드럽게 말을 건넸다. "당신을 괴롭히려고 일부러 그런 게 아니었어요. 제가 당신한테 왜 이런 짓을 하는 건지 저도 정말 모르겠어요. 당신한테 상처를 주고 싶지 않았는데 말이에요. 일부러 당신을 괴롭히려고 그런 게 아니에요.

너무 순식간에 일어난 일이라 제가 무슨 짓을 한 건지 저도 모르고 있었어요. 힘들게 해서 정말 미안해요." "있잖아요, 제프." 멜란차가 고통에 잠긴 목소리로 말했다. "당신은 우리 둘이 함께 있는 모습을 다른 사람이 보면 안 된다고 생각하는 것 같아요. 계속 그런 느낌이 드는 걸 보면 당신은 분명 그렇게 생각하는 것 같아요. 그러니 그런 행동을 자주 하면서도 전혀 모르는 거겠죠. 당신이 제게 그렇게 행동하는 걸 이해한다 해도 당신은 계속 그럴 거고요, 제프 캠벨. 제 말이 틀린가요? 괴롭힌다는 건 저를 전혀 믿지 못한다는 얘기잖아요. 제 말이 틀리냐고요! 내가 전혀 모르는 사람이라도 되는 것처럼 전혀 믿지 못하는 거냐고 묻는다면 당신은 아니라고 대답할 수 있어요? 당신은 지금까지 저를 믿은 적이 한 번도 없었던 거죠? 그런 거 아니에요?" "그래요, 멜란차." 제프가 천천히 대답했다. "이번에는 정말 당신을 용서하지 못할 것 같아요, 제프 캠벨." 멜란차는 단호했다. 제프도 잠시 말을 멈추고 생각에 잠겼다. "제가 생각해도 당신은 앞으로 저를 용서하지 못할 것 같아요, 멜란차." 제프는 슬픈 목소리로 대답했다.

두 사람은 한참 동안 말없이 풀밭에 누워서 각자 자기 생각에 몰두했다. 그때 제프가 다시 말을 시작했다. "당신은 제가 하는 얘기를 별로 듣고 싶지 않을 거예요. 하지만 저는 언제나 이런 식으로 살았어요. 저는 원래 이런 사람이라고요. 당신과 알고 지낸 지 얼마 되지 않았을 때 제가 했던 얘기를 당신도 기억하고 있을 거예요. 두 가지 방식의 사랑 외에 다른 사랑은 알지 못한다는 얘기였죠. 하나는 화목한 가정에서 느끼는 사랑이고, 다른 하나는 동물들처럼 항상 붙어 다니는 그런 사랑이었어요. 저는 흑인들이 동물들처럼 몰려다니는 그런 모습이 정말 싫었어요. 저는 원래 이런 사람이었어요, 멜란차. 하지만 지금은 진짜 감정이 뭔지 알아요. 당신이 제게 가르쳐줬으니까요. 제가 얘기한 적 있었죠. 마치 새로운 종교를 얻은 느낌이라고요. 진짜 사랑이 뭔지 알 것 같은 느낌이에요. 진짜 사랑은 다양하고 새로운 세상의 모든 것을 함께 공유하는 거예요. 예전의 제가 금기시했던 삶이죠. 단지 기쁨과 행복을 위해서 늘 함께 붙어 다니는 그런 거 말이에요. 당신 덕분에 저는 눈을 떴어요. 예전 같았으면 그렇게 다양한 방식의 사랑이 있다는 걸 전혀 몰랐겠죠. 진정한 사랑을 위해 함께하는 그런 거 말이에요. 당신이 가르쳐줬던 것들이 뭔지 알 것 같은 순간들이 가끔씩 찾아와요. 그런 순간 저는 새로운 종교를 찾은 사람처럼 당신을 사랑하고 있죠. 그런데 그 순간은 순식간에 지나가버려요. 그리고 당신에 대해서 아무것도 모른다는 생각이 갑자기 저를 사로잡아버리죠. 당신과 함께하는 시간이 너무 행복해서 흑인들의 올바른 삶의 방식에 대한 고민도 완전히 잊어버렸고요. 그래서 당신이 정말 악한 사람일지도 모른다는 생각을 한 거죠. 신나는 일만 찾아다니는 게 너무 불안해서 그런 생각을 한 건지도 몰라요. 예전의 저는 그런 삶을 정말 혐오했으니까요. 그래서 결국 당신을 괴롭히고 말았어요, 멜란차. 저도 제 자신을 어떻게 할 수가 없었어요. 언제나 올바른 사람이 되고 싶었으니까요. 제가 간절히 원하는 건 그거 하나뿐이거든요. 올바른 사람이 되어 올바른 삶을 사는 거 말이에요. 예전의 제가 옳은 건지, 진정한 종교를 찾아 새로운 삶을 경험하고 있는 제가 옳은 건지 모르겠어요. 어떤 삶이 옳다고 생각하고 살아야 하는 건지 정말 모르겠어요. 그래서 당신이 정말 좋으면서도 당신한테 너무 미안해져요. 자꾸 당신을 힘들게 하고, 당신을 괴롭혀서 상처를 주니까요. 당신이 저를 올바른 길로 안내해주면 안 될까요? 당신이 도와주면 제가 어떻게 행동해야 할지 제대로 알 수 있을 것 같아요. 어떻게 해야 하는지 알면 당신 앞에서 비겁하게 굴지 않을 수 있을 것 같고요. 제가 어떻게 해야 하는지 알게 되면 저는 그렇게 할 거예요. 진심이에요, 멜란차. 제가 진정 올바른 길을 찾을 수 있게 당신이 도와주면 안 될까요? 진심으로 간절히 부탁해요."

"안 돼요, 제프. 그 문제에서는 당신을 도울 수 없어요. 제가 할 수 있는 건 당신이 좋은 사람이라고 계속 믿는 것뿐이에요. 당신이 아무리 제게 상처를 줘도 당신을 향한 제 믿음은 흔들린 적이 없어요. 당신이 그렇게 저를 괴롭히고 못된 행동을 했는데도 말이에요."

"당신은 정말 친절한 사람이에요, 멜란차." 한참 동안 부드럽게 침묵을 지키던 제프가 말했다. "저는 당신을 괴롭히기만 했는데 당신은 저한테 정말 친절하네요. 앞으로도 계속 그렇게 나를 사랑해줄 건가요? 변함없이?" "변함없이 당신을 사랑할게요. 걱정하지 말아요. 지금도 이렇게 당신 곁에 있잖아요. 제프, 당신은 왜 그렇게 바보 같은 말만 하는 거예요?" "당신 말이 맞아요, 멜란차." 제프가 대답했다. "저는 언제나 당신을 사랑할 거예요. 당신도 잘 알고 있겠죠. 당신이 모른다면 언제든 증명해 보일 수 있어요. 영원히, 그리고 변함없이 당신을 사랑해요." 두 사람은 사랑을 속삭이며 한참 동안 풀밭에 누워 있었다. 제프도 다시 행복한 기분으로 이 시간을 즐겼다.

"당신이 가르쳐주는 대로 열심히 배우고 있으니 나도 참 착한 학생 아닌가요?" 제프 캠벨이 웃으며 말했다. "내가 모범생이 아니라고 말하지는 말아요. 날마다 열심히 당신을 만나러 가잖아요. 단 한 번도 땡땡이친 적 없다고요. 제가 성실한 학생이 아니라고 말하지는 말아요. 선생님처럼 되고 싶어서 항상 열심히 공부하고 있단 말이에요. 그러니 제가 훌륭한 학생이 아니라는 말은 하지 말아요." "하지만 정말 훌륭한 학생은 아닌 것 같은데요, 제프 캠벨. 저처럼 학생들에게 좋은 것만 가르쳐주고 싶어 하는 훌륭하고 끈기 있는 선생이라면 그렇게 생각하지 않겠어요? 당신은 맨날 저를 괴롭히는데 제가 항상 당신을 용서하는 게 옳은 행동이라고 생각하지는 않아요. 인내심을 발휘하면서 당신을 가르치느라 고생하고 있으니 말이에요." "하지만 앞으로도 계속 나를 용서해줄 거죠? 그렇죠?" "앞으로도 계속 당신을 용서할게요. 당신을 영원히 용서하며 살게 될까 봐 걱정이에요. 당신은 계속 나를 괴롭힐 테고, 나는 계속 너그럽게 당신을 용서하겠죠." "오! 이런!" 제프 캠벨은 웃으면서 소리를 질렀다. "당신을 맨날 괴롭히지는 않을게요. 약속해요. 그러면 당신은 늘 저를 용서하고 진심으로 저를 사랑해줄 거죠, 멜란차?" "그럼요, 당연하죠, 제프. 약속할게요. 내 말 믿어도 좋아요. 늘 당신을 용서하고 진심으로 사랑할 거예요. 앞으로도 계속." "정말 그랬으면 좋겠어요." "나도 마찬가지예요, 제프. 당신도 이제 진정한 사랑이 뭔지 알게 될 거예요. 제가 당신에게 보여줄 테니까요. 잊으면 안 돼요. 제가 지금 한 말의 의미를 당신도 분명히 알게 될 거예요." "알았어요, 멜란차." 제프가 낮게 속삭였다. 그렇게 말하는 그의 모습은 정말 행복해 보였다. 두 사람은 후텁지근한 남부의 햇살이 실어 나르는 뜨거운 공기 아래 누워 한참 동안 휴식을 취했다.

그 후 꽤 오랫동안 제프 캠벨과 멜란차 허버트 사이에는 아무 문제가 없는 듯 보였다. 하지만 어느 순간 제프는 원하는 걸 솔직히 말할 수 없다는 사실을 깨달았고, 멜란차가 원하는 게 뭔지 당당히 물을 수 없다는 것도 깨달았다.

멜란차는 오랫동안 즐거운 시간을 보내느라 지쳐 있을 때 제프가 어떻게 살아야 하는지 한참 설명을 늘어놓으면 머릿속이 마비되는 느낌과 함께 끔찍한 기분에 사로잡혔다. 두 사람이 강렬한 사랑을 느낄 때면 제프는 이상한 기분에 사로잡혀서 어쩔 줄 몰라 했고, 그런 제프의 감정이 멜란차에게 옮아가면 멜란차는 안 좋은 기분에 사로잡혀 두 사람이 무얼 하고 있었는지조차 다 잊고 싶을 정도였다. 그리고 제프도 또다시 멜란차에게 세상을 제대로 이해하고 싶은 욕망에 대해 늘어놓으면, 멜란차에게 고민을 털어놓으면, 멜란차가 상상도 못할 정도로 큰 상처를 받을지 모른다는 생각이 서서히 들기 시작했다.

제프는 멜란차가 더 이상 견디지 못할 거라는 느낌이 들기 시작했다. 멜란차는 너무나 고통받고 있었기 때문에 제프가 스스로 해결 방법을 알아낼 때까지 기다릴 여력이 없었다. 멜란차와 함께 있는 동안에는 자기 마음속에서 끊임없이 벌어지고 있는 올바른 삶에 대한 이 투쟁을 잠시 멈춰야 할 것 같았다. 제프 캠벨은 자신을 비롯한 흑인들이 올바르게 살기 위해서 어떻게 해야 하는지 아직도 모르고 있었다. 제프는 날마다 조금씩 깨달음에 가까워지고 있었지만,

멜란차는 그와 함께 있을 때 너무나 고통스러워 보였다. 멜란차는 진정한 사랑에 어떻게 도달할 수 있을지 모르겠다고 하는 제프를 더 이상 감당하지 못할 것 같았다.

이제는 제프가 서둘러야 할 차례였다. 멜란차가 기다려주기만 바랄 수는 없었다. 솔직한 게 능사도 아니었고, 진정한 깨달음을 얻을 때까지 마냥 노력만 할 수도 없는 노릇이었다. 제프도 멜란차 허버트의 고통을 매순간 느끼고 있었기 때문에 더 이상 외면할 수 없었다.

하지만 제프는 지금 자신의 상황도 제대로 보지 못하는 처지였다. 멜란차와 함께 있을 때면 이따금 뜨겁게 달아오르는 게 느껴졌다. 하지만 제프가 감정을 솔직히 드러낼 때면 멜란차는 어째서인지 그의 말을 전혀 듣지 않는 것 같았다. 그저 머리가 마비된 사람처럼 멍하니 제프의 얼굴만 바라보았다. 그러면 제프는 솔직한 마음을 접어두고, 멜란차가 원하는 걸 내주기 위해 서둘러야 했다.

이런 상황이 진심으로 좋다고 할 수는 없었다. 마음이 흔들리는 멜란차는 느리게 따라오는 제프를 더 이상 기다려줄 수 없는 상황이었다. 제프도 멜란차에게 속도를 맞추는 동안 감정을 솔직히 표현할 수 없었다. 제프는 항상 실제 느끼는 것보다 감정을 과장해서 표현해야 했다. 멜란차가 조바심을 냈기 때문에, 멜란차에게 맞추기 위해 감정을 거짓으로 꾸며내고 있었다. 하지만 느린 감정을 솔직히 드러내서 멜란차에게 고통을 안겨주고 싶지도 않았다.

이런 식으로 관계를 지속하는 건 제프에게 너무나 가혹한 일이었다. 감정을 있는 그대로 솔직히 보여주지 못한다면 제프의 마음도 흔들릴 게 뻔했다. 하지만 멜란차를 보고 있으면 이렇게 착한 여자를 고통받게 해서는 안 된다는 생각에 서두를 수밖에 없었고, 그러다 보면 제프의 마음도 약해졌다. 멜란차와 있을 때면 제프는 그녀가 가엽기만 했다. 멜란차와 있을 때면 마음 한구석이 답답했고, 멜란차와 있을 때면 자기 자신이 아득히 먼 곳에 있는 것만 같았다.

제프 캠벨은 자기가 무슨 생각을 하는지도 모르고 있었다. 아는 거라고는 멜란차와 함께 있으면 마음이 편하지 않다는 것뿐이었다. 그리고 멜란차와 함께 있을 때 마음이 편하지 않은 이유는 세상을 제대로 이해하지 못해서가 아니라 멜란차에게 감정을 솔직하게 드러낼 수 없었기 때문이었다. 제프도 멜란차가 느끼는 고통을 함께 느끼고 있었다. 이제야 순수하고 선한 마음으로 멜란차를 좋아하게 됐지만 너무나 빠르게 움직이는 그녀의 마음을 따라잡기엔 역부족이었다. 이런 마음을 멜란차에게 보여줄 기회가 영영 없을 것만 같았다.

제프 캠벨에게는 이 모든 상황이 갈수록 힘들어지기만 했다. 이렇게 버티는 자신이 대견하기도 했다. 멜란차에게 상처 주지 않으려고 정말 부드럽고 세심하게 행동했다. 그렇게 하지 않으면 멜란차가 몹시 슬퍼할 게 뻔했다. 자기 마음을 솔직하게 표현하지 못하는 이런 상황이 너무 싫어서 멜란차와 떨어져 혼자만의 시간을 가지며 마음을 가다듬고 싶은 생각이 간절했다. 하지만 멜란차와 거리를 두면 그녀가 상처받을 것 같아서 걱정되었다. 제프는 멜란차와 함께 있을 땐 늘 마음이 편하지 않았다. 멜란차를 떠올리기만 해도 마음이 편하지 않았다. 이제야 순수하고 선한 마음으로 멜란차를 좋아하게 되었는데, 순수하고 선한 마음을 멜란차에게 그대로 드러내 보일 수 없는 상황이었다.

멜란차를 위해 할 수 있는 일이 이제 없는 것 같았다. 멜란차를 어떻게 대해야 하는지, 어떻게 생각해야 하는지, 아무리 생각해도 답이 나오지 않았다. 멜란차는 제프를 지나치게 다그쳤고, 제프는 멜란차에게 상처 주고 싶지 않았다. 하지만 멜란차가 원하는 대로 무작정 따라가자니 힘에 부쳤다.

제프 캠벨은 멜란차와 함께하는 날들이 더 이상 즐겁지 않았다. 멜란차에 대해 깊이 생각하지 않으려고 했다. 제프는 진짜 문제가 뭔지 전혀 모르고 있었다.

하지만 이런 고민을 잠깐이나마 완전히 잊을 때도 있었다. 멜란차는 제프와 달콤하고 뜨거운 사랑을 주고받을 때 무척 행복해했다. 그런 멜란차를 보면 제프도 진정한 사랑을 찾았다는 기쁨에 하늘 높이 날아오를 것 같은 기분을 느꼈다. 가슴이 벅차올라서 말로 표현할 수 없을 정도였다. 제프는 이제 깊은 감정이 뭔지 제대로 느끼고 있었다.

제프는 여전히 마음의 속도를 높이기 위해서 채찍질을 할 수밖에 없었다. 제프는 비로소 순수하고 선한 마음으로 멜란차를 좋아하고 있었다. 하지만 멜란차의 사랑을 의심하기도 했다. 제프는 늘 궁금했다. 그래서 가끔은 멜란차에게 진심으로 자기를 사랑하느냐고 묻기도 했다. 자기 안에서 꿈틀대는 이 묘한 감정이 느껴지는지 묻기도 했다. 멜란차를 정말 못 믿어서 그런 질문을 하는 것은 아니었다. 멜란차는 제프의 질문에 이렇게 대답했다. "그럼요, 제프. 물론이죠. 당신도 알잖아요. 늘 사랑하죠." 하지만 제프는 멜란차의 사랑에 계속 의문을 품었다.

제프는 이제 깊은 감정이 뭔지 제대로 느끼고 있었다. 하지만 멜란차의 사랑이 정말 진실한 것인지 알 방법은 없었다.

제프는 내내 불확실한 상태에 빠져 있었다. 앞으로 어떻게 해야 할지 생각만 해도 마음이 불안했다. 두 사람 관계를 망치고 싶지도 않았고, 곤란한 문제에 휘말리고 싶지도 않았다. 제프는 멜란차의 마음속을 들여다보고 싶었다. 멜란차의 마음속에 있는 그 사랑이 진짜 사랑이라면 그녀에게 상처를 주지 않기 위해서 거리를 두어야 한다고 생각하고 있었기 때문에, 계속 멜란차의 마음을 확인해야 했다.

멜란차를 만나러 가야 할 때 다른 일이 생기면 차라리 마음 편했다. 멜란차와 줄곧 떨어져 있는 것도 정말 싫었지만, 함께 시간을 보내는 것도 마냥 즐겁지만은 않았다. 사이좋은 친구처럼 이야기를 주고받을 때조차도 마음이 편하지가 않았다. 멜란차에게 마음을 솔직히 드러낼 수 없다는 건 잘 알고 있었다. 멜란차에게 마음을 솔직히 털어놓고 싶은 생각이 없다면 함께 있어도 행복할 수 없었다. 날이 갈수록 멜란차와 시간을 보내는 일이 점점 힘겨워졌다. 괜히 속내를 드러냈다가 다툼이 일어날 수도 있었기 때문에 조심해야 했다.

그러던 어느 날 저녁이었다. 제프가 멜란차의 집에 가기로 약속한 날이었다. 이미 늦은 시간이었지만 제프는 집을 나서기 전에 뜸을 들이며 망설였다. 아무래도 오늘 밤 멜란차에게 상처 줄 일이 생길 것 같았다. 멜란차와 말다툼이 벌어질 것 같았다. 이런 기분으로는 멜란차를 만나러 가고 싶지 않았다.

제프가 멜란차의 집에 들어갔을 때 그녀는 화난 얼굴로 앉아 있었다. 제프는 모자와 외투를 벗고 난로 옆에 멜란차와 나란히 앉았다.

"당신이 더 늦게 왔으면 앞으로 당신하고는 만나지도 않고 말도 하지 않을 작정이었어요. 아무리 정중하게 사과한다고 해도 말이에요." "그럼 사과할게요, 멜란차." 제프는 웃음을 터트리더니 경멸이 섞인 투로 말했다. "사과한다고요, 멜란차. 이렇게 당신에게 사과하는 게 부끄러울 일은 아니죠. 제가 신경 쓰이는 건 당신한테 잘못을 저지르는 거니까요." "말은 참 쉽게 하시네요, 제프. 제 앞에서 그렇게 용감한 척하는 게 자랑할 일은 아닐 텐데요." "글쎄요, 딱히 그렇지만도 않을걸요. 당신한테 진심을 솔직히 드러낼 용기는 있으니까요." "아, 그래요, 제프. 그건 저도 잘 알고 있어요. 그런데 진짜 용기라는 건 당당히 고개를 들고 다니면서 주변에서 뭐라고 하든 아랑곳하지 않고, 아무리 어려운 상황에 처하더라도 포기하지 않는 거예요. 그런 게 진짜 용기라고요. 당신이 아는지 모르겠지만." "네, 맞아요. 그런 용기라면 저도 잘 알고 있죠. 어떤 흑인들은 항상 그렇게 용감하더라고요. 당신이나 제인 하든 같은 여자들도 그렇고요. 당신은 전혀 상관도 없는 일에 뛰어들었다가 상처를 받지만 불평 한마디 없이 견뎌냈다며 자랑스러워하잖아요. 당신 같은 사람들은 온갖 고난과 고통에도 정말 대단한 용기를 보여주죠. 그런데 여러 환자를 보다 보니 알게 됐어요. 그런 용기가 결국 모든 문제의 원인이라는 걸 말이에요. 어떤 사람들은 용기가 있어도 그게 고귀한 거라는 걸 몰라서 용기가 있어도 결국 지독하게 상처받을 때까지 그냥 마음속에 품고만 있으려 해요. 마치 집에서는 아내와 아이들이 쫄쫄 굶고 있는데 밖에 나가서 가진 돈을 당당히 다 써버리는 것과 같다고 할까요. 집에서 굶고 있는 아내와 아이들은 용감하다는 칭찬도 듣지 못해요. 고통 속에서 살고 싶지 않지만, 입 다물고 묵묵히 견디는 수밖에 없어요. 제가 봤을 땐 이런 식으로 용감한 삶을 사는 흑인들이 있더란 말이죠. 결국 아무 상관도 없는 일에 뛰어들어 자신이 자초한 고통에 빠져 허우적거리면서, 불평 한마디 하지 않는 용감한 자신을 봐달라고 난리법석을 피우는 사람들 말이에요. 용기가 없기 때문에 불평하지 않는 거라는 말이 아니에요. 불평하지 않는다고 자랑할 정도로 힘든 일을 겪어보지 않은 것 같다는 생각이 드는 것뿐이에요. 어디 신나는 일이 없나 기웃거리지 않고 규칙적인 생활을 하기만 해도 용감하게 살고 있다고 할 수 있어요. 아무 상관도 없는 일을 자랑스러워하는 게 용감하다고 할 수 있을지 모르겠지만요, 멜란차. 이런 말을 하는 게 저는 부끄럽지 않아요. 여기저기 돌아다니며 문제를 일으키는 그런 용기는 전혀 필요하지 않다고 말하는 게 부끄럽지 않다는 말이에요." "맞아요, 당신은 그런 사람이에요. 당신은 세상을 제대로 이해하지 못하니까요. 세상을 늘 그런 식으로 보는 사람이죠. 당신은 절대 이해하지 못할 거예요. 새롭고 신나는 삶을 추구하더라도 어떻게 하느냐에 따라 결과가 달라질 수 있다는 걸 말이에요." "정말 심각한 문제가 생길 게 뻔한데, 그런 일이 일어나지 않을 거라고 생각할 수는 없어요. 위험, 용기, 불평하지 않는 삶 같은 건 굉장히 그럴싸하게 들리긴 하죠. 그런데 두 사람이 싸운다고 쳐요. 더 힘 센 사람이 약한 사람 위에 올라타서 주먹을 날리겠죠. 하지만 밑에 깔려서 맞는 사람은 그런 상황이 결코 마음에 들지 않을 거예요. 제가 이해하기로는 그래요. 그런데 두 사람이 아무 상관도 없는 일에 끼어들어서 그렇게 싸우고 있는 거라면 어느 쪽이든 똑같아요. 어떤 상황을 들이밀어도 저는 이렇게밖에 생각 못 하겠어요." "그건 당신이 아주 단순한 문제가 아니면 아무것도 이해하지 못 하는 사람이라서 그런 거겠죠. 당신은 모든 사람을 당신 생각에 끼워 맞추려고 하니까요. 그런데 용기를 발휘하는 방식은 사람마다 다른 법이에요, 제프 캠벨." "그럴지도 모르죠, 멜란차. 당신 말이 맞을지도 몰라요. 저는 보이는 대로 솔직히 얘기한 것뿐이에요. 당신이 아무 상관도 없는 곳을 기웃거리다가 당당히 고개를 들고 서서 '난 용감한 사람이야. 아무것도 나를 해칠 수 없어'라고 말한다면, 정말 아무것도 당신을 해칠 수 없을지도 몰라요. 하지만 저는 그런 사람을 본 적이 없어요. 당신은 다르다고 말할 수 없다고요. 그래도 언제나 당신에게 배울 의향은 있어요. 누군가 벽돌을 던져서 당신이 크게 다치더라도 당신은 불평할 수 없겠죠. 제가 봤을 땐 세상이 그런 식으로 돌아가지 않는다는 얘기를 하고 싶었을 뿐이에요."

두 사람은 말없이 난로 옆에 앉아 있었다. 상대에게 일말의 애정도 남지 않은 듯 보였다.

"제가 궁금한 건요……." 길게 이어지던 냉랭한 침묵을 깨고 마침내 입을 연 멜란차는 마치 꿈속에 있는 사람 같았다. "제가 궁금한 건 그거예요. 왜 제가 좋아하는 사람 중에는 존경하고 싶다는 생각이 들 정도로 훌륭한 사람이 없는 건지 모르겠어요."

제프는 멜란차를 바라보았다. 이내 자리에서 일어나 방 안을 이리저리 서성거렸다. 다시 자리로 돌아왔을 때 그의 표정은 딱딱하게 굳어 있었고 낯빛도 어두워 보였다. 그리고 여전히 말이 없었다.

"오, 제프. 왜 그렇게 심각한 얼굴을 하고 있어요? 진심으로 그렇게 생각한 건 아니에요. 그냥 해본 말이라고요. 대단히 의미가 있는 말은 아니었어요. 그냥 사는 게 어쩌면 늘 이리 똑같은가 싶어서 그런 거예요."

제프 캠벨은 어두운 표정으로 가만히 앉아만 있을 뿐, 아무 말도 하지 않았다.

"머리가 아파서 너무 힘든데 오늘은 당신이 좀 봐주면 안 될까요? 온종일 일하느라 너무 피곤했단 말이에요. 왜 이렇게 제대로 되는 일이 없고 다 말썽인지 모르겠어요. 아무도 저를 도와주지 않는 세상에서 사는 기분이라고요. 그러니 오늘 밤만이라도 친절한 모습을 보여줘요. 제가 하는 말 한마디 한마디에 그렇게 화내지 말고요."

"당신이 그런 말을 해서 화난 건 아니에요. 당신이 한 말의 의미를 되짚어보고 있었던 것뿐이에요." "당신도 늘 그렇게 말했잖아요. 당신은 저를 사랑할 자격이 없다고 말이에요. 당신 입으로 늘 그렇게 말했어요. 당신은 좋은 사람도 아니고 이해심이 넓은 사람도 아니라고요." "그래요, 그렇게 말했죠. 저는 제가 느낀 대로 말한 거예요. 저는 그렇게 말할 수 있어요. 그렇게 느낄 수 있고요. 그렇게 믿을 수도 있죠. 그건 제 권리니까요. 하지만 당신은 아니에요. 당신이 그렇게 느끼는 건 옳지 않아요. 당신이 그렇게 느낀다면 우리 사랑이 엉터리라는 얘기밖에 안 돼요. 저는 그런 건 견딜 수 없다고요."

두 사람은 말없이 한참 동안 난롯가에 앉아 있었다. 분위기는 여전히 냉랭했지만 누구도 그 분위기를 누그러뜨리려 하지 않았다. 멜란차는 몹시 불안해져서 몸을 가만두지 못했다. 제프는 여전히 심각하고 어두운 얼굴로 입을 꾹 다문 채 골똘히 생각에만 빠져 있었다.

"제가 한 말은 그냥 다 잊으면 안 될까요? 정말 너무 피곤해서 그래요. 안 그래도 머리 아픈데 이런 일로 골치 썩고 싶지 않아요."

제프가 몸을 움직이며 말했다. "알았어요, 멜란차. 머리가 아프면 안 되죠. 자꾸 생각해봐야 기분만 상할 테고요." 제프는 멜란차를 진찰했다. 머리가 아프다는 말이 사실이라고 믿었기 때문에 제프는 의사다운 모습을 보이려고 노력했다. "이제 됐어요. 곧 괜찮아질 거예요. 잠깐 누워 있어요. 저는 난로 옆에 앉아 책 읽으면서 당신을 지켜볼게요. 여기 있을 테니까 필요한 거 있으면 말해요." 제프는 친절한 의사처럼 상냥하고 부드러운 말투로 말했다. 멜란차는 제프가 곁에서 돌봐준다는 사실이 무척 좋았다. 멜란차는 곧 잠들었다. 제프는 멜란차가 완전히 잠들 때까지 기다렸다가 난로 옆으로 다시 자리를 옮겼다.

제프는 다시 생각해보려고 했다. 생각을 말끔하게 정리할 수 없었다. 머릿속이 온통 무겁고 흐리기만 했다. 아무리 노력해도 제대로 이해되는 게 하나도 없었다. 결국 다 잊고 싶은 생각에 자리를 옮겨서 책 한 권을 꺼내 들었다. 책 읽는 건 언제나 즐거웠다. 제프는 금세 책에 빠져들었고, 아무것도 이해되지 않는 이런 상황에서 잠시나마 벗어날 수 있었다.

제프는 잠시 책에 완전히 몰두해 있었고, 멜란차는 잠들어 있었다. 그때, 멜란차가 비명을 지르며 잠에서 깨어났다. "오오, 제프. 당신이 영영 떠나버린 줄 알았어요. 다시는 저를 버리고 떠나지 말아요. 오오, 제프. 언제나 곁에서 이렇게 지켜줘요."

그때부터였다. 제프 캠벨은 그때부터 줄곧 마음속에 무거운 돌덩이 하나가 들어 있는 것 같았다. 돌덩이를 내던져버리면 마음이 편할 것 같았지만 그건 불가능했다. 대신 돌덩이의 존재를 의식하지 않으려고 애썼고, 돌덩이의 존재를 멜란차에게 들키지 않으려고 노력했지만, 돌덩이는 이미 무겁게 마음을 짓누르고 있었다. 제프 캠벨은 늘 심각하고 어두운 얼굴로 입을 꽉 다물고 있었다. 가끔은 멜란차 옆에 앉아서 한참 동안 말없이 가만히 있을 때도 있었다.

"그날 밤 내가 한 말 때문에 그래요? 아직도 나를 용서하지 않은 거예요?" 어느 날 늦은 저녁이었다. 한참 동안 말없이 앉아 있던 멜란차가 제프에게 물었다. "그건 용서의 문제가 아니에요, 멜란차. 당신이 나를 어떻게 생각하는지가 문제죠. 이 두 가지는 전혀 다른 문제예요. 당신은 제가 당신한테 사랑받을 자격이 없는 사람이라고 말했는데, 당신 말이 진심이 아니라고 믿을 만한 근거가 저한테는 없으니까요."

"당신 같은 사람은 정말 처음이에요, 제프. 당신은 모든 사람의 감정을 명확히 줄로 그어놔야 직성이 풀리는 사람인가 보군요. 왜 제가 한 말의 의도까지 당신한테 일일이 설명해야 하는지, 그 이유를 모르겠어요. 저한테는 아무 관심도 없었던 거죠? 그날 밤 제가 그렇게 힘들어했는데, 무슨 의도로 그런 말을 한 건지만 묻고 있으니 말이에요. 저도 제가 무슨 말을 하고 있는지 모르겠네요." "그러면 그런 말을 하지 말아야죠. 당신이 말하면 저는 들어야 하니까요. 당신은 그럴 의도가 없었다고 말하겠지만, 어쨌든 말했잖아요." "오, 제프. 언제까지 계속 그렇게 질문을 해대면서 저를 괴롭힐 작정인가요? 왜 이렇게 바보 같은 말만 하는 거예요? 나는 당신한테 무슨 말을 했는지도 기억나지 않는단 말이에요. 머리가 아파서 항상 반은 죽어 있는 기분이라고요. 심장은 늘 요동을 치고, 머리가 너무 아파서 곧 죽을지도 모른다는 생각마저 들어요. 너무 우울해서 약 먹고 죽고 싶단 생각까지 해요. 안 그래도 걱정할 일이 태산 같은데, 당신은 나한테 와서 그런 말을 한 의도가 뭐냐고 묻고 있는 거예요? 나도 몰라요, 제프. 이럴 때 보면 당신은 나한테 야박하게 굴 권리라도 있는 사람 같아요." "당신은 그렇게 말할 자격 없어요, 멜란차 허버트." 제프가 어두운 얼굴을 잔뜩 찌푸리며 벌컥 화를 냈다. "당신이 상처받고 고통받은 사람이라고 해서 그걸 무기처럼 사용할 권리는 없어요. 당신의 상처와 고통을 무기로 내세워서 내 마음에도 없는 행동을 강요할 수는 없다고요. 당신은 고통을 드러내 보일 권리가 없어요." "그게 대체 무슨 말이에요, 제프 캠벨?" "제가 말한 그대로예요, 멜란차. 당신은 우리 두 사람의 관계가 나 혼자만의 책임인 것처럼 행동하고 있다는 말이에요. 당신이 상처를 받았다는 이유로 이 모든 게 내 책임인 것처럼 행동하고 있다고요. 나는 겁쟁이가 아니에요. 나는 내 문제를 다른 사람한테 떠넘기지 않아요. 누가 시켜서 한 일이 아니니까요. 나는 그런 사람이에요, 멜란차. 당신도 명심해요. 나한테 문제가 있다면 내가 책임질 거예요. 하지만 당신이 사랑에 빠진 건 오로지 나 때문만이 아니고, 당신이 그렇게 고통을 느끼는 것도 오로지 나 때문만은 아니라고요." "정말 그렇게 생각해요? 나는 당신 하고 싶은 대로 해도 된다고 허락한 적 없어요. 당신이 억지로 나를 사랑하게 만들지도 않았고요. 나는 그저 가만히 앉아서 당신의 사랑을 참고 견뎠죠. 하지만 단 한 번도 당신을 원했던 적은 없었어요, 제프 캠벨."

제프는 멜란차를 빤히 쳐다보았다. "당신은 우리 관계를 그렇게 생각하고 있었다는 말이네요. 그렇다면 저는 더 이상 할 말이 없어요." 제프는 어처구니가 없어서 웃음이 나오려고 했다. 모자와 외투를 챙겨서 영원히 떠나버리고 싶었다.

멜란차는 엎드려서 고개를 파묻었다. 머리부터 발끝까지 온몸이 부들부들 떨렸다. 제프는 멈춰 서서 슬픈 눈으로 멜란차를 바라보았다. 멜란차가 이러고 있는 모습을 보니 발걸음이 쉽게 떨어지지 않았다.

"저는 아마 미쳐버릴 거예요. 그건 분명히 알겠어요." 힘없이 무너진 멜란차가 비참한 신음을 내뱉으며 말했다.

제프가 다시 돌아와 멜란차를 감싸 안았다. 제프의 행동은 더없이 친절했지만, 두 사람 모두 더 이상 예전 같을 수 없다는 걸 어렴풋이 느끼고 있었다.

이때부터 제프는 깊은 고뇌에 빠졌다.

그날 밤 멜란차가 그에게 한 말이 사실일까? 이 모든 게 제프의 책임이라는 그 말이 정말 사실일까? 정말 제프 한 사람의 잘못 때문에 상황이 지경에 이른 것일까? 깨어 있을 때나 잠을 잘 때나 이런 고민이 제프의 머릿속에서 떠나지 않았다.

뭘 어떻게 느껴야 하는지도 알 수 없는 상황이었다. 마음속에서 자신을 괴롭히고 있는 이 문제를 해결하고 싶었지만 어디서부터 손을 대야 할지 몰라 막막했다. 온통 뒤죽박죽이었다. 절박한 마음으로 발버둥쳤지만, 한쪽 구석에서 솟구치는 분노를 억누를 수가 없었다. 멜란차가 그날 밤 했던 말이 틀렸을지도 모른다. 하지만 제프가 잘못 생각하고 있어서 이해하지 못하는 것인지도 모른다. 그러다 멜란차의 사랑에서 느낄 수 있었던 그윽한 달콤함이 그를 강하게 사로잡았다. 이 모든 걸 항상 뒤늦게 받아들이는 자신이 싫었다.

그날 밤 멜란차가 제프에게 했던 말이 옳지 않다는 건 제프도 잘 알고 있었다. 하지만 멜란차가 그에게 깊은 감정을 보여준 건 사실이었고, 그가 다른 사람의 감정을 받아들이는 데 너무나 서툴고 느린 것 또한 사실이었다. 멜란차의 말이 옳다고 할 수는 없었다. 하지만 제프도 자신에 대한 의구심을 쉽게 떨칠 수 없었다. 마음이 이렇게 느리게 움직이는 사람이 대체 뭘 알겠는가? 생각만으로 삶의 해답을 얻으려고 하는 사람이 대체 뭘 알겠는가? 진짜 사랑이 뭔지 몰라서 그렇게 오랫동안 멜란차에게 배워야 했던 사람이 대체 뭘 알겠느냐는 말이다. 제프는 이런 생각을 하며 고뇌에 잠겨 있었다.

멜란차는 이제 제프와 함께 있을 때면 자기 방식대로 했다. 더 이상 그를 사랑하지 않는다는 걸 보여주고 싶었고, 그렇게 해서 제프가 자신을 정말 사랑하게 만들 수 있다는 걸 알고 있었다. 하지만 제프는 무슨 일이 일어나고 있는 건지 전혀 모르고 있었다.

멜란차의 모든 행동은 이런 생각을 바탕으로 하고 있었다. 이제 질문은 제프의 몫이었다. 다음에는 언제 만날 수 있을지 제프가 먼저 물어야 했다. 멜란차는 언제나 인내심을 가지고 제프에게 친절하게 대했고, 상냥하게 사랑을 표현했다. 어떤 질문이나 요구에도 멜란차는 친절하게 응답했다. 하지만 제프에게서 행복을 얻고 싶은 마음이 없는 사람 같았다. 멜란차는 이런 식으로, 제프 캠벨을 만족시키기만 하면 된다는 식으로, 제프에게 친절을 베풀었다. 이제 제프는 멜란차의 친절을 구걸하는 입장이 되었다. 멜란차는 기꺼이 친절을 베풀었다. 멜란차의 입장에서는 그렇게 해야 할 필요가 없었지만 제프에게는 멜란차의 친절이 필요했다. 제프는 갈수록 이런 상황을 견디기가 쉽지 않았다.

제프는 이따금 모든 걸 다 내팽개치고 싶은 충동이 들었다. 다 때려치고 싶었고 화를 내고 싶었다. 하지만 멜란차는 계속해서 참을성 있게 기다렸다.

제프는 멜란차의 사랑을 끊임없이 의심했다. 멜란차의 사랑 자체를 의심하는 건 아니었다. 그렇게 생각했다면 멜란차를 사랑하는 게 아예 불가능했을 것이다. 하지만 뭔가 잘못된 건 분명했다. 제프에게 문제가 있는 것이 아니라 두 사람의 사랑에 문제가 있었다. 제프 캠벨은 멜란차의 사랑을 어떻게 받아들여야 할지 난감했다. 멜란차의 사랑이 진실한지 확인하려면 그녀의 마음속으로 들어가야 했는데 그건 불가능한 일이었다. 두 사람의 관계는 분명 잘못된 방향으로 흐르고 있었다. 예전에는 멜란차가 가르쳐준 방식대로 세상을 이해할 수 있었지만, 앞으로도 그럴 수 있을 거라는 예감이 들지 않았다.

멜란차에게는 너무나 다양한 사람이 들어 있었다. 제프는 이런 멜란차 앞에서 완전히 무기력했고, 지금 자기 앞에 있는 그녀가 대체 누구인지 알아낼 방법이 없었다. 가끔 멜란차에게 자신을 정말 사랑하는지 물으면, 멜란차는 항상 이렇게 대답할 뿐이었다. "그럼요, 제프. 당연하죠. 당신도 잘 알잖아요." 하지만 멜란차의 마음이 강렬하고 달콤한 사랑으로 가득 차 있는 것 같지는 않았다. 그저 친절하고 참을성 있게 기다리는 사람의 마음만 느껴질 뿐이었다.

제프는 혼란스러웠다. 이 느낌이 맞는 거라면 멜란차와 더 이상 함께할 수 없었다. 멜란차가 제프와 함께하고 싶어서 그를 사랑하는 게 아니라, 단지 제프가 멜란차의 사랑을 원하기 때문에 그를 사랑하는 거라고 생각하면 너무 끔찍했다. 이런 식의 사랑은 납득할 수 없었다.

"제프, 대체 왜 그렇게 이상하게 구는 거예요? 전혀 자신 없는 사람 같아요. 오늘따라 왜 그렇게 바보처럼 구는지 모르겠어요." "저도 자신 없을 때가 있는데, 그런 생각 안 해봤나 보네요. 당신이 저를 잘 몰라서 그런 거겠죠. 저는 원래 이런 사람이에요, 멜란차. 당신이 나를 사랑한다면, 당신이 뭘 하든, 누굴 만나든 저는 상관하지 않아요. 당신이 나를 사랑하지 않는다면, 앞으로 당신이 뭘 하든, 누굴 만나든 더 상관없겠죠. 하지만 당신이 나를 사랑하지 않는다면 저한테 친절한 모습을 보이려고 애쓸 필요 없어요. 내가 당신한테 원하는 건 친절이 아니에요. 당신이 나를 사랑하지 않아도 견딜 수 있어요. 하지만 당신이 나를 사랑해서가 아니라 친절을 베푸는 차원에서 잘해주는 거라면 그런 건 원하지 않아요. 멜란차 당신이 나를 사랑하지 않는다면 우리 두 사람은 여기서 그만 끝내야 해요. 더 이상 뜨거운 감정을 주고받거나 함께 시간을 보내지 말아야 한다고요. 당신을 생각하고 있는 동안에는 다른 사람을 생각한 적 없어요. 정말이에요, 멜란차. 당신이 저를 사랑하지 않는다면 저는 머리 아파하며 고민할 필요가 없어요. 그러니 나를 사랑하지 않는다면 그렇다고 말해줘요. 그러면 어떻게 해서든 당신을 귀찮게 하는 일은 없을 거예요. 제 걱정은 할 필요 없어요. 당신이 느끼는 대로 솔직히 말해주기만 하면 돼요. 당신이 뭐라고 말하든 저는 잘 견딜 수 있어요. 정말이에요, 멜란차. 이유도 묻지 않을게요. 아무것도 묻지 않을게요. 제게는 사랑도 삶의 일부일 뿐이에요. 당신이 저를 사랑하지 않는다면 우리 사이에는 아무것도 남지 않겠죠. 이게 저의 진실하고 솔직한 심정이에요. 당신에게는 늘 진실하고 솔직했어요. 멜란차, 저를 사랑하나요? 멜란차, 제발요, 제발 솔직하게 얘기해줘요. 정말 나를 사랑하나요?"

"제프, 당신 정말 바보네요. 당연히 당신을 사랑하죠. 한순간도 당신을 사랑하지 않은 적이 없어요. 내가 당신한테 어떻게 하는지 잘 알잖아요. 당신은 정말 바보예요. 저를 그렇게 오래 알고 지냈으면서도 그걸 몰라요? 오늘은 정말 피곤하네요. 저 좀 괴롭히지 말아요. 그래요, 당신을 사랑해요. 대체 몇 번을 물어보는 거예요? 당신은 정말 바보예요. 그래도 당신을 사랑한다고요. 이제 저를 가만히 내버려 두지 않으면 정말 화낼지도 몰라요. 사랑해요. 사랑한다고요. 당신이 내 사랑을 받을 자격이 있는지는 모르겠지만 사랑해요. 잠들 때까지 계속 말할게요. 사랑해요. 그러니까 이제 제발 그만 좀 물어봐요. 제프 캠벨, 당신은 정말 덩치만 컸지 어린애나 다름없네요. 사랑해요, 이 바보 같은 남자 같으니. 당신을 사랑해요. 여기까지예요. 오늘 밤에는 더 이상 말하지 않을래요. 이제 충분히 들었죠?"

그렇다. 제프 캠벨도 들었다. 그리고 멜란차의 말을 믿으려고 했다. 멜란차의 말을 못 믿는 것은 아니었지만, 그녀가 얘기하는 방식에는 문제가 있었다. 제프는 멜란차 때문에 당혹스러웠다. 멜란차에게 문제가 있는 것 같았다. 멜란차는 어딘가 고장 난 사람처럼 이상하게 행동하면서 제프를 더욱 심하게 괴롭혔고, 그가 한때 멜란차와 함께 누렸던 기쁨까지 갈가리 찢어놓았다.

제프는 멜란차가 여전히 자기를 사랑하긴 하는지 궁금했다. 자기 때문에 이 관계가 시작된 거라는 멜란차의 말이 정말 사실인지 궁금했다. 두 사람 사이에 있었던 문제들과 지금도 해결되지 않은 문제의 원인이 모두 제프에게 있다는 멜란차의 말이 정말 사실일까? 멜란차의 말이 사실이라면, 제프가 그동안 완전히 짐승처럼 행동했다는 말밖엔 되지 않았다. 멜란차의 말이 사실이라면, 그녀는 그동안 제프 때문에 엄청난 고통을 겪으면서도 계속 참았다는 게 된다. 하지만 사실은 그렇지 않았다. 멜란차가 그렇게 참고 견딘 건 자기 자신을 위해서였다. 제프의 행복을 위해서가 아니었다. 제프는 오랫동안 생각했지만 사실을 왜곡하지는 않았다. 멜란차와 꽤 오랜 시간을 함께하며 있었던 일들을 모두 정확히 기억하고 있었다. 분명 제프는 멜란차가 생각하는 것처럼 한심한 겁쟁이는 아니었다. 하지만 생각이 거기까지 이르자 제프의 고뇌는 오히려 더 심해졌다.

어느 날 밤, 제프 캠벨은 침대에 누워 또다시 생각에 잠겼다. 매일 밤 생각에 몰두하느라 잠도 제대로 못 자고 있었다. 제프는 갑자기 자리에서 일어나 앉았다. 갑자기 머리가 맑아지는 것 같았다. 제프는 주먹으로 베개를 세게 내리쳤다. 그리고 큰 소리로 외쳤다. "나는 멜란차가 말한 그런 짐승이 아니야. 그동안 내가 잘못 생각하고 있었어. 시작은 공평했어. 이 관계는 어느 한 사람을 위해서가 아니라 두 사람 모두를 위해서 시작한 거야. 우리 둘 다 원했던 거라고. 멜란차 허버트의 마음도 내 마음과 달랐다고 할 수는 없어. 멜란차도 나만큼 간절히 원했으니까. 문제가 있어도 기꺼이 참을 수 있다고 생각할 정도였으니까. 나한테 잘못이 있다면 우리가 함께 시작했다는 걸 잊고 있었던 것뿐이야. 멜란차의 사랑이 진실하고 참된 사랑인지 내가 알 수는 없어. 확인할 방법도 없고. 하지만 멜란차에게 함께해달라고 강요하지 않았다는 건 나도 분명히 알고 있는 사실이야. 멜란차의 문제는 멜란차가 직접 해결해야 해. 내 문제는 내가 직접 해결하듯이. 누구든 자기 문제는 직접 해결할 줄 알아야 해. 내가 멜란차를 억지로 끌어들여서 곤란한 상황에 빠트렸다는 건 멜란차가 제대로 기억을 못 하는 거야. 하나님께 맹세코, 나는 겁쟁이처럼 행동한 적도 없고, 멜란차에게 짐승처럼 굴지도 않았어. 나는 내가 느낀 대로 정직하게 행동한 거야. 우리 두 사람에게 중요한 건 이것뿐이야. 자기 문제는 자기가 직접 맞서야 한다는 거 말이야. 이번만큼은 내 말이 맞아." 제프는 다시 자리에 누웠다. 드디어 마음이 평온해졌다. 잠이 드는 순간 오랫동안 그를 괴롭혔던 의구심이 모두 사라졌다.

"있잖아요, 멜란차." 다시 멜란차와 길게 이야기할 기회가 생겼을 때, 제프 캠벨이 이야기를 시작했다. "당신이 가끔 하는 얘기 말이에요. 상처받았지만 절대 불평하지 않는다는 그런 얘기요. 그 얘기를 좀 생각해봤거든요. 불평하지 않는다는 게 무슨 뜻인지 저는 잘 이해되지 않더라고요. 누군가에게 맞았을 때 불평이 입에서 튀어나오는 걸 참고 견디는 게 용기라는 생각은 들지 않거든요. 하지만 싸움에서 다치는 바람에 병을 얻고, 그래서 오랫동안 앓아눕게 된다면 수 년 동안 치료를 받느라 힘들 테고, 그걸 옆에서 지켜보는 가족들도 힘들어하겠죠. 그 정도로 참고 견디면서 불평하지 않는다면 용감하다고 할 수 있지 않을까 싶어요." "대체 무슨 뜻으로 하는 말인가요?" "제 말은, 불평하지 않는다는 건 아프다는 사실조차 드러내지 않을 정도로 강인하다는 의미예요. 힘든 일이 많아서 머리가 아픈데 다른 사람한테 머리가 아프다고 말해버리면 그건 절대 용감한 행동이 아니라는 거죠. '아아, 당신 때문에 너무 아프잖아요. 저를 아프게 하지 말아요'라고 말하는 것보다 오히려 못할 수도 있다는 말이에요. 제가 보기엔 그래요. 자기가 아프다고 생각하는 사람들은 많지만 그냥 참고 견디잖아요. 대부분의 사람들이 참고 견디는 것처럼 말이에요. 사실 세상 사람들이 거의 그렇죠. 그러고 싶은 사람은 없겠지만 말이에요. 그런데 일단 참고 견뎠다는 이유로 자기가 아프다고 생각하는 사람은 없어요."

"이제 당신이 무슨 얘기를 하는 건지 알겠어요, 제프 캠벨. 나한테 잔인한 짓거리를 계속하고 싶은데 내가 아무것도 참고 견디지 않아서 지금 이렇게 투덜거리는 거군요. 당신도 알고 있는지 모르겠지만 당신은 원래 그런 사람이었어요. 내가 항상 당신을 용서하고 있었으니 당신이 제대로 알고 있을 리가 없겠죠." "조금 전까지는 그냥 한 말이었는데, 다시 제대로 얘기해야겠네요. 멜란차 당신은 그럴 자격이 전혀 없는데도 당신한테 어떤 권리가 있다고 생각하는 것 같아요. '난 정말 용감해서, 아무것도 날 해칠 수 없어'라고 말하죠. 그런데 당신은 항상 어떻게든 다치고 말아요. 그리고 세상 사람들이 모두 볼 수 있게 상처를 자랑하죠. '난 정말 용감해서 아무것도 날 해칠 수 없었어. 그런데 저 남자는 그럴 권리가 없는데도 날 아프게 했지. 내가 얼마나 고통스러운지 봐. 이렇게 고통스러운데도 내가 불평하는 걸 본 사람은 없을 거야. 누구든 고통스러워하는 나를 보면 그런 생각이 들겠지. 상처를 치료해주기 위해서가 아니라면 저렇게 고통스러워하는 사람에게는 손도 댈 수 없을 거라고 말이야.' 그 상처라는 게 얼마나 대단한 건지 나는 잘 모르겠어요, 멜란차. 일상적인 불평과 별로 다를 게 없는 것 같아서 말이죠." "그렇지 않아요, 제프 캠벨. 제가 아무리 얘기해도 당신이 이해할 것 같지 않지만요." "당신도 마찬가지예요, 멜란차. 고통을 느낄 자격이 있는 사람은 당신뿐이라고 생각할 테니까요." "글쎄요. 제가 고통을 견딜 줄 아는 유일한 사람은 아니겠죠. 제가 정말 제대로 사랑할 수 있는 사람을 만나게 된다면 기쁘겠지만, 아무래도 이 세상에서는 그런 사람을 찾을 수 없을 것 같군요." "그런 사람을 영영 찾지 못한다면 그건 당신 사고방식 때문이겠죠. 당신과 오랜 세월을 함께하면서 당신의 사랑을 견딜 수 있는 사람이 얼마나 있겠어요? 게다가 당신은 그렇게 충실한 사람도 못 되잖아요. 본모습을 드러내려 하지 않죠. 별다른 느낌을 얻지 못하면, 금세 흥미를 잃어버리는 사람이니까요. 당신은 그런 사람이에요. 당신이 뭘 했는지, 어떤 사람과 감정을 나눴는지 제대로 기억하지도 못해요. 당신이 지금까지 뭘 하고 살았는지, 지금 당신한테 무슨 일이 일어나고 있는지 절대 제대로 기억하지 못할 거고요." "말은 참 쉽게 하네요, 제프 캠벨. 그래요, 당신은 제대로 기억한다는 건가요? 집에 가서 모든 일을 천천히 다시 떠올려볼 때까지는 아무것도 기억하지 못하는 사람이? 나는 당신처럼 그런 식으로 생각하는 사람이 아니에요, 제프 캠벨. 나는 무슨 일이 있었는지 정확히 기억하고 있을 때만 정확히 기억한다고 말하는 사람이니까요. 내가 정확히 기억하는 게 있다면 당신이란 사람은 무슨 일이 생기면 마음이 바뀌어서 그냥 집으로 돌아가버리고, 혼자 이런저런 생각을 하다가 참 쉽게 모든 걸 용서하고 만족을 느낀다는 거예요. 하지만 나는 그런 식으로 기억하지 않아요, 제프 캠벨. 나는 다른 사람들을 괴롭히지 않고도 기억할 수 있으니까요. 당신은 기어이 사람들을 괴롭히겠지만 말이죠. 인간이 이렇게까지 저열할 수 있을 거라고 상상도 하지 못했어요. 당신 정말 대단한 사람이에요! 이제 당신을 경멸할 수 있을 것 같아요. 그 여름날이 떠오르네요. 당신이 그 잘난 기억을 떠올리는 바람에 나를 멀리 밀어냈던 그날 말이에요. 매 순간 진짜 감정을 느낄 수 있다면, 그게 저한테는 진짜 기억이에요. 하지만 당신은 그런 식으로는 뭐가 옳고 그른지 전혀 알 수 없겠죠. 항상 당신을 참고 견딘 사람은 바로 나였어요. 당신이 집에 돌아가서 기억을 떠올리는 동안 여기 남아 고통스러워한 사람도 바로 나였고요. 당신은 진짜 감정을 느끼기 위해서 뭘 해야 하는지도 전혀 몰라요. 우리 두 사람에게 있었던 일을 정확히 기억하는 사람은 바로 나라고요. 당신은 아마 모르겠지만 그게 바로 우리 두 사람의 진실이에요, 제프 캠벨." "이렇게 들으니 당신 정말 겸손한 사람이군요. 정말이에요, 멜란차." 제프 캠벨이 웃으며 말했다. "제가 잘난 척이 심한 편이라고 생각한 적이 있었어요. 지금까지 만나본 사람들 중에서는 제가 제법 똑똑하고 잘난 편이었거든요. 그런데 지금 당신 이야기를 들어보니 저야말로 더 겸손한 사람이었네요." "겸손이라니!" 멜란차는 화가 나서 말했다. "겸손이라고요? 당신 입에서 그 단어가 나오는 걸 듣고 있자니 정말 기분이 이상하네요. 그것도 웃으면서 그런 말을 하다니 말이에요." "그건 당신이 어떻게 생각하느냐에 따라 얼마든지 달라질 수 있으니까요." 제프 캠벨이 말했다. "제가 겸손하다는 생각을 해본 적은 한 번도 없었어요, 멜란차. 그런데 당신 얘기를 듣다 보니 제가 정말 겸손하다는 걸 알게 됐을 뿐이에요. 저와 똑같지는 않지만 저처럼 성실하게 사는 사람들이 세상에는 참 많거든요. 당신 얘기를 제가 제대로 이해했는지 모르겠지만 당신은 그렇게 생각하지 않는 것 같아서 말이죠." "그렇다면 저도 겸손해질 수 있겠군요, 제프 캠벨." 멜란차가 말했다. "믿고 존경할 수 있는 사람을 만날 수만 있었다면 저도 알 수 있었을 텐데 말이에요." "그렇지 않을걸요, 멜란차. 그런 식으로 생각한다면 당신은 절대 알 수 없을 거예요. 당신은 당신 감정만 기억하고 다른 건 전혀 기억하지 못할 테니까요. 그리고 다른 사람의 감정도 이해하지 못하겠죠. 그 사람들이 당신처럼 불평해대지 않는다면 말이에요. 당신은 아무래도 당신이 기대하는 그런 훌륭한 사람을 만나기 힘들 것 같아요."

"그렇지 않아요, 제프 캠벨. 당신이 말한 것처럼 그렇게 되지는 않을 거예요. 나는 내가 원하는 게 뭔지 항상 알고 있거든요. 나는 가지고 싶은 걸 가질 때까지 기다리고, 내버리고, 다시 찾아가서 실수였다고 말하는 그런 짓은 하지 않아요. 내가 원하지도 않은 걸 간절히 갖고 싶어 하는 그런 사람이 아니라고요. 내가 뭘 원하는지 정확히 알고 있기 때문에 다른 사람들은 내가 어떻게 느끼는지 제대로 이해하지 못하는 것 같지만 말이에요. 제가 하고 싶은 말은, 저는 당신처럼 생각하는 사람이 아니라는 거예요. 당신은 뭘 원하는지도 모르면서 주변 사람들만 괴롭히고 있어요. 우리 두 사람의 가장 큰 차이점은 바로 이거예요. 제프 캠벨."

"당신 마음대로 생각해요, 멜란차 허버트." 제프 캠벨은 소리를 버럭 지르며 자리에서 일어났다. 멜란차를 두 번 다시 보지 않겠다고 다짐했지만, 두 팔을 뻗어 멜란차를 꼭 끌어안았다.

"당신 정말 구제불능에 바보로군요, 제프 캠벨." 멜란차는 다정하게 속삭였다.

"그래요, 맞아요." 대답하는 제프의 목소리에는 쓸쓸함이 배어 있었다. "저는 누구한테든 오랫동안 화를 내지 못하는 사람이에요. 어릴 때부터 그랬어요. 울음을 터트린 적은 제법 있었지만, 화가 난 상태로 오래 버티지 못하는 사람이에요. 다른 사람들하고는 다르죠. 그러니 화를 내봐야 아무 소용없어요, 멜란차. 당신한테도 마찬가지고요. 하지만 당신 말이 옳다고 생각한다는 건 아니에요. 제가 화를 내지 않는다고 해서 당신 말이 옳다고 생각하는 건 아니라는 뜻이에요. 멜란차, 내 사랑. 진심이에요. 당신처럼 생각하는 건 옳지 않아요. 그건 분명해요. 하지만 당신 사고방식으로는 내 말을 이해할 수 없겠죠. 잘 자요, 멜란차. 당신은 내겐 영원히 소중한 사랑이에요." 두 사람은 한동안 다정하게 서로를 바라보았다. 잠시 후 제프 캠벨은 집으로 돌아갔다.

멜란차는 또다시 길거리를 배회하기 시작했다. 매일 나가지는 않았지만, 이따금 다른 사람을 만나고 싶은 생각이 들었다. 멜란차 허버트는 제법 괜찮은 흑인 여자 몇 명과 어울려 다녔다. 혼자 돌아다니고 싶은 생각은 없었다.

제프 캠벨은 멜란차가 길에 나가 돌아다니는 걸 몰랐다. 최근에는 멜란차를 자주 못 만나고 있었다.

제프는 멜란차가 시간이 되는지 먼저 확인하고 나서야 만나러 갔다. 어쩌다 보니 이렇게 되어 있었다. 제프가 언제 시간이 되는지 물으면 멜란차는 잠깐 생각을 하다가 이렇게 말하곤 했다. "확인해볼게요, 제프. 내일이라고 했죠? 당신도 알다시피 제가 요즘 일이 많아서요. 이번 주에는 아무래도 시간이 안 될 것 같아요. 저도 가능하면 빨리 당신을 보고 싶죠. 그동안은 일을 안 했으니까 당신이 만나자고 하면 언제든 만났지만, 이제는 일을 좀 더 해야 하거든요. 제프, 아무래도 이번 주는 힘들 것 같아요. 할 일이 많아서요." "괜찮아요, 멜란차." 제프는 이렇게 대답하긴 했지만 속으로는 화가 치밀었다. "그럼 당신이 좋다고 하는 날 올게요." "당신 때문에 다른 친구들까지 안 보고 살 수는 없으니 이해해줘요. 우리는 다음 주 화요일에 만나는 걸로 해요. 화요일에는 별로 바쁘지 않을 것 같아요." 제프 캠벨은 자리에서 일어나 밖으로 나왔다. 속상하기도 했고 화도 났다. 자존심이 강한 제프 캠벨은 자기 처지가 거지보다 나을 것 없다는 생각이 들어서 견디기 쉽지 않았다. 하지만 멜란차가 정해준 날이 오면 제프는 멜란차를 만나러 갔다. 아직도 제프는 멜란차가 원하는 게 뭔지 이해할 수 없었다. 멜란차가 사랑한다고 말하면, 멜란차가 자신을 사랑하나 보다 생각했다. 멜란차가 언제나 변함없이 사랑한다고 말하면, 멜란차가 할 일이 많아서 상당히 바쁜가 보다 생각했다.

멜란차가 무슨 일 때문에 그렇게 바쁜지 제프는 몰랐지만, 멜란차에게 묻고 싶지는 않았다. 질문해도 진지하게 대답할 멜란차 허버트가 아니었다. 간단하게라도 대답해줄 것 같지 않았다. 상황이 이러니 멜란차에게 중요한 게 뭔지 제프가 알 수 없는 노릇이었다. 제프 캠벨은 현실적인 문제에 간섭할 권리가 없다고 생각했다. 그래서 두 사람 모두 현실적인 문제로 질문하는 법이 없었다. 상대방의 인생에 참견할 권리가 전혀 없다고 생각했다. 특히 요즘 들어 그런 생각이 더 강하게 들었다. 제프는 멜란차가 무슨 일을 하는지 알 권리가 없었다. 제프에게 질문할 권리가 조금이라도 있다면 그건 멜란차의 사랑에 대한 질문뿐이었다.

제프는 자신이 견딜 수 있는 고통의 한계를 매일 새로 쓰고 있었다. 이따금 혼자 있을 때면 가슴이 너무 아파서 두 눈에 눈물이 어릿어릿했다. 그 고통의 잠재력을 알아버린 지금, 제프는 한때 멜란차에게 느꼈던 깊은 경외심도 더 이상 느낄 수 없었다. 적어도 이렇게 아프다는 걸 느낄 수는 있어서 고통 자체는 그럭저럭 견딜 수 있었다. 한때 제프가 멜란차를 아프게 했던 것처럼 제프도 고통에 시달리고 있었다. 하지만 고통을 느낄 수 있다고 해서 고통스럽다고 큰 소리로 울부짖을 수는 없었다.

마음에 뜨거운 열정을 담을 줄 모르는 연약한 사람들은 고통을 더 심하게 느끼기도 한다. 무엇이 이렇게 고통을 불러온 건지 알지 못할 때 그 통증은 더욱 심해진다. 그래서 고통을 잘 아는 사람의 도움이 간절히 필요한 법이고, 그래서 고통을 느낄 줄 아는 사람을 보면 깊은 존경을 느끼기도 한다. 하지만 진짜 고통을 느끼게 되면 두려움은 이내 사라지고 경외심도 잊게 된다. 그러면 그는 더 이상 연약한 사람이라고 할 수 없다. 고통을 견딜 수 있으면 고통은 더 이상 고통이 아니다. 늘 고통을 느끼며 견디는 게 그리 즐거운 일이라고 할 수는 없지만, 고통을 견딜 줄 안다고 해서 현명한 사람이 됐다고 할 수도 없다.

항상 고통이 끊이지 않는 열정적인 사람들은 언제나 날카로운 감정에 시달리는 탓에 고통에 빠졌을 땐 마음이 오히려 누그러지고, 결과적으로는 고통을 겪는 것이 도움이 되기도 한다. 그런데 원래 마음이 연약하고 열정이 뭔지도 모른 채 한가롭게 살아온 사람들은 같은 고통을 겪더라도 더 힘들 수밖에 없다. 예전에는 고통을 겪는 사람들을 보며 경외심을 느꼈지만, 이제는 더 이상 그럴 수 없기 때문이다. 이제 그들도 다른 사람들처럼 고통을 느끼는 방법을 알기에, 더 이상 고통을 겪는 사람들에게 두려움과 존경을 느낄 수 없게 된다.

요즘 제프 캠벨의 마음이 이랬다. 이제 제프도 진짜 고통이 뭔지 생생히 느낄 수 있었고, 그러다 보니 멜란차의 심정이 이해가 됐다. 제프 캠벨은 여전히 멜란차 허버트를 사랑했다. 아직도 멜란차에 대한 믿음이 어느 정도는 남아 있었다. 다시 예전처럼 멜란차와 함께할 수 있는 날이 올 거라는 희망을 품고 있었다. 하지만 날이 갈수록 이런 희망도 조금씩 꺾였다. 두 사람은 아직도 많은 시간을 함께 보냈지만, 상대를 전적으로 신뢰하지는 않았다. 예전에 제프는 멜란차와 함께하는 동안 그녀의 속마음은 알 수 없었지만, 그래도 멜란차에 대한 믿음이 흔들리지 않았었다. 지금은 전보다 멜란차를 더 잘 안다고 생각했지만, 전적으로 그녀를 믿을 수 있을 것 같지는 않았다. 제프는 멜란차에게 절대 솔직할 수 없었다. 멜란차가 자신의 곁을 지킬 거라고 믿긴 했지만 멜란차의 마음까지 확신할 수는 없었다.

제프가 자기를 사랑하느냐고 물었을 때, 멜란차 허버트는 결국 화를 냈다. "저는 지금까지 누구에게도 기회를 한 번 이상 준 적이 없었어요. 그런데 당신에게는 이미 기회를 백 번이나 준 것 같군요." "당신이 나를 정말 사랑한다면 백만 번도 줄 수 있는 것 아닌가요?" 제프는 거칠게 화를 냈다. "당신은 그럴 자격이 없는 것 같은데요, 제프 캠벨." "그건 자격의 문제가 아니라 사랑의 문제예요. 당신이 정말 나를 사랑한다면 그걸 '기회'라고 표현하지도 않겠지요." "제프, 당신 정말 똑똑한 사람이군요." "그 얘기가 아니잖아요, 멜란차. 제가 자신 없어서 이러는 것도 아니고요. 당신이 저한테 하는 행동을 얘기하는 거예요." "아, 네, 그렇죠. 자신 없는 사람들이 꼭 당신처럼 얘기하더라고요. 그런데 당신이 질투를 느낄 만한 근거가 있긴 했나요? 이제 이런 얘기 정말 지긋지긋하네요."

제프 캠벨은 더 이상 멜란차에게 자신을 사랑하느냐고 묻지 않았다. 두 사람의 관계는 점점 악화되었다. 제프는 멜란차와 있을 때도 거의 말을 하지 않았다. 멜란차에게 솔직하고 싶은 마음이 사라져버리니 하고 싶은 말도 별로 없었다.

이제 두 사람이 함께 있을 때 주로 이야기하는 사람은 멜란차였다. 멜란차는 가끔 다른 여자들을 부르기도 했다. 제프 캠벨에게는 항상 친절했지만, 제프와 단둘이 있고 싶어 하진 않는 것 같았다. 멜란차는 친한 친구를 대하듯 제프를 대했고, 친한 친구에게 말하듯 제프에게 말했다. 하지만 제프를 자주 만나고 싶어 하는 것 같지는 않았다.

날이 갈수록 제프 캠벨은 힘들어지기만 했다. 제프는 이제 정말 진심으로 멜란차를 사랑하게 되었지만, 멜란차에게는 제프가 더 이상 필요하지 않은 것 같았다. 이런 멜란차의 마음을 제프도 분명히 느낄 수 있었다.

멜란차가 다시 길거리를 돌아다니기 시작한 걸 제프는 아직 모르고 있었다. 아직은 멜란차를 전혀 의심하지 않았다. 하지만 멜란차가 자신을 진심으로 사랑하지 않는다는 건 알고 있었다.

그래도 이제 의구심에 시달리지는 않았다. 제프는 진심으로 멜란차를 사랑하고 있었다. 하지만 멜란차가 새로운 종교처럼 느껴지진 않았다. 더 이상 멜란차를 원할 수도 없었다. 여전히 멜란차를 몹시 사랑했고, 그래서 정말 고통스러웠지만, 그녀를 믿지도 못하면서 원할 수는 없었다.

날이 갈수록 멜란차는 제프에게서 조금씩 멀어졌다. 함께 있을 때나 말할 때는 평소처럼 기분이 좋아 보였지만, 제프는 그런 멜란차의 모습에서 전혀 위안을 느낄 수 없었다.

멜란차는 여러 친구와 어울려 다니기 시작했다. 제프 캠벨은 그 무리에 끼고 싶지 않았다. 멜란차는 이제 제프와 단둘이 있을 시간을 내기가 더 힘들었고, 그에게도 늘 그렇게 얘기했다. 가끔은 약속에 늦기도 했다. 그럴 때면 제프는 인내심을 가지고 멜란차를 기다렸다. 제프는 기억할 줄 아는 사람이었고, 자기가 참는 수밖에 없다는 사실도 아주 잘 알고 있었기 때문이다.

멜란차는 이제 제프를 피하기까지 했다. 한 번은 제프와 만나기로 해놓고 약속 장소에 나타나지 않았다.

제프는 화가 머리끝까지 치밀었다. 이제 멜란차를 원한다는 건 더 이상 불가능했다. 멜란차를 믿는 것도 불가능했다.

멜란차가 왜 약속 장소에 나타나지 않은 건지는 제프도 몰랐다. 멜란차 허버트가 요즘 다시 길거리를 돌아다닌다는 얘기가 살짝 들리긴 했다. 제프 캠벨은 아직도 제인 하든을 가끔 만났다. 제인 하든은 늘 의사가 필요했기 때문에, 제프는 그녀의 집에 가끔씩 들렀다. 제인 하든은 멜란차의 소식을 잘 알고 있었다. 하지만 제프 캠벨은 제인 하든에게 멜란차에 대해 말하지 않았다. 어쨌든 멜란차에게 의리를 지키고 싶었다. 제인 하든에게 멜란차와 사랑하는 사이라고 말하진 않았지만, 그녀가 멜란차 이야기를 하는 건 듣고 싶지 않았다. 그래도 멜란차 이야기는 어떻게든 제프의 귀에 들어왔고, 멜란차가 요즘 로즈 존슨과 함께 남자들을 만나러 다닌다는 사실도 알게 되었다.

제프 캠벨은 멜란차를 의심하고 싶지 않았지만, 예전처럼 그녀를 간절히 바라지는 않았다. 멜란차 허버트도 제프를 예전처럼 사랑하지 않았다. 제프도 알고 있었다. 멜란차의 사랑이 이루 말할 수 없을 만큼 대단하던 시절이 있었다. 제프로서는 그 사랑을 어렴풋이 겨우 짐작할 수 있을 뿐이었다. 그런데 이제는 멜란차 허버트의 사랑을 이해할 수 있을 것 같았다. 멜란차가 자기를 사랑하지 않아서 속상하지는 않았다. 자기 혼자 대단한 착각에 빠져 있었다는 사실이 속상할 뿐이었다. 그리고 이 세상에 진짜 존재한다고 믿었던 그 무언가를, 세상을 아름다움으로 가득 채웠던 그 무언가를 잃었다는 생각에 속상했다. 이제 그에게 새로운 종교 같은 건 없었다. 새로운 종교가 얼마나 훌륭하고 아름다운지 알기도 전에 그것을 잃고 말았다.

제프 캠벨은 화가 났다. 아직도 멜란차가 솔직하길 기대하는 자신에게 화가 났다. 멜란차에게 사랑받지 못하는 건 참을 수 있어도 속는 건 참을 수 없었다.

멜란차를 만나지 못하고 그냥 집으로 돌아간 날, 제프 캠벨은 너무 속상했다. 너무 화가 나서 더 속상했다.

제프 캠벨은 마음을 가라앉힐 수가 없었다. 이제 마음을 단단히 먹고, 이 사랑을 가슴에서 떼어내야 했다. 그나마 다행인 건 제프가 이제 지혜에 눈을 떴다는 것이다. 멜란차 허버트는 분명 제프를 진심으로 사랑한 적이 한 번도 없었다. 멜란차 허버트는 존경받을 자격이 전혀 없는 사람이었다. 그걸 깨달은 것 역시 제프에게는 고통이었지만, 멜란차가 절대 대단한 사람이 아니라는 건 점점 분명해지고 있었다.

제프는 멜란차에게 전갈이 오지 않을까 싶어서 기다렸다. 하지만 소식이 전혀 없었다.

결국 제프가 먼저 멜란차에게 편지를 썼다. "사랑하는 멜란차에게, 우리가 만나기로 약속한 날 당신은 나타나지 않았지만, 당신이 아프지 않았다는 건 나도 잘 알고 있어요. 당신은 왜 나오지 못했는지 얘기하지 않았죠. 예전 같았다면 절대 그러지 않았을 당신인데 말이에요. 제인 하든이 그날 당신을 봤다고 하더군요. 당신이 요즘 자주 어울리는 친구들과 함께 지나가는 걸 봤다고요. 오해하지는 말아요. 저는 그저 당신이 가르쳐준 걸 제 방식대로 느리게 배우면서 당신을 사랑하는 것뿐이니까요. 당신이 저를 생각하는 마음이 진지하지 않다는 건 저도 알고 있어요. 지금은 당신이 저의 새로운 종교라고 생각하지 않아요. 이제 그런 식으로는 당신을 사랑하지 않아요. 당신도 저와 다른 사람들처럼 평범하다는 걸 알게 됐거든요. 당신을 붙잡을 수 있는 남자는 없을 거예요. 그 어떤 남자도 당신을 신뢰할 수 없을 테니까요. 당신이 자초한 일인데도 당신은 기억하지 못할 거예요. 그래서 결코 솔직해질 수도 없겠죠. 그러니 당신도 저를 이해해줘요. 제가 당신을 사랑할 줄 몰라서 이러는 게 아니니까요. 저는 정말 당신을 사랑해요. 당신도 제 마음 잘 알 거예요. 당신은 저를 믿어도 돼요. 저는 솔직히 말할 수 있어요. 제 감정만큼은 당신보다 제가 잘 알고 있으니까요. 이제 당신이 저 때문에 힘들어하지 않았으면 좋겠어요. 당신 덕분에 저는 세상을 보는 눈을 떴어요. 당신이 아니었다면 절대 몰랐겠죠. 제가 아직 제 감정을 잘 몰랐을 때, 당신이 제게 보여주었던 친절과 인내심도 고마워요. 고마운 일이 많지만 제대로 보답을 못 한 것 같아요. 저도 잘 알고 있어요. 그래도 두 사람이 함께하면서 서로에게 친절한 마음과 진실한 사랑을 나눌 수 있다는 건 언제나 좋은 경험이었어요. 한 사람은 주기만 하고 다른 사람은 받기만 하는 관계에서는 느낄 수 없는 감정이겠죠. 지금 제가 무슨 말을 하는 건지 잘 이해되지 않겠지만, 그건 별로 중요하지 않아요. 저는 제 마음을 아주 잘 알고 있으니까요.

잘 있어요, 멜란차. 저는 더 이상 당신을 믿지 못할 것 같아요. 당신은 누구를 만나든 대등한 감정으로 대하지 않으니까요. 그리고 당신 방식으로는 아무것도 제대로 기억할 수 없을 거예요. 당신을 믿을 방법은 여러 가지겠죠. 당신의 다정했던 마음도 진짜라고 생각해요. 하지만 당신이 저를 사랑할 때만 가능한 이야기예요. 당신은 절대 대등한 감정으로 저를 대하지 않을 것이고, 그렇게는 저도 더 이상 견딜 수가 없군요. 당신이 원한다면 영원히 친구로 남을게요. 하지만 우리가 더 이상 이야기 나눌 일은 없을 거예요."

제프 캠벨은 생각에 생각을 거듭했지만, 상황을 다르게 볼 수 있는 여지가 전혀 없었다. 결국 제프는 이 편지를 멜란차에게 보냈다.

제프 캠벨로서는 이제 모든 게 끝난 셈이었다. 이제 멜란차의 마음을 알 방법이 전혀 없었다. 어쩌면 멜란차도 진심으로 제프를 사랑했을 것이다. 멜란차를 더 이상 볼 수 없다는 게 제프에게 얼마나 큰 아픔일지 그녀가 알고 있다면 한 줄이라도 답장을 써 보낼 것이다. 하지만 어리석은 생각이었다. 멜란차는 답장을 하지 않았다. 두 사람의 관계는 이걸로 모두 끝이었다. 제프는 끝나서 차라리 다행이라고 생각했다.

여러 날 동안 제프는 그저 안도하며 지냈다. 마음을 단단히 걸어 잠그고 조용히 지냈다. 마음이 차분해졌다. 모든 게 깊숙이 가라앉은 마음속은 안정과 고요로 가득했다. 더 이상 마음이 어지럽지 않았다. 제프 캠벨은 아무것도 생각할 수 없었고, 아무것도 느낄 수 없었다. 주변에서 선하고 아름다운 것을 찾아볼 수 없었다. 그의 마음을 가득 채운 고요함은 따분하면서도 달콤했다. 제프는 이 따분한 고요를 사랑하게 된 것 같았다. 멜란차 허버트를 만난 이후로 이렇게 자유로운 기분은 처음이었다. 제프는 아직 완전한 휴식을 찾지 못했다. 그의 마음을 오랫동안 지배했던 그 감정을 아직 완전히 물리치지는 못했다. 그동안 겪은 일을 아름답고 선하게 볼 수 있는 눈이 아직 그에게는 없었다. 머리끝부터 발끝까지 무기력하기 그지없었지만, 그에게는 휴식 같은 순간이었다. 마음속에서 여러 생각이 더 이상 치고받지 않는다는 사실이 무엇보다 좋았다.

제프는 매일을 그렇게 보냈다. 조용히 지내면서 다시 일에 몰두했다. 주변에서 아름다움을 찾으려고 하지도 않았다. 마음은 항상 따분하고 무거웠지만, 예전에 옳다고 믿었던 삶으로 다시 돌아와 규칙적인 생활과 조용한 삶에서 아름다움을 찾는 지금에 만족하고 있었다. 자신을 비롯해 흑인들이 따라야 한다고 생각했던 삶의 방식을 따르고 있었다. 한때 그의 마음을 가득 채웠던 기쁨은 이제 사라지고 없었지만 적어도 일은 할 수 있었다. 지금 당장은 아름다움이 눈에 보이지 않지만 아름다움을 믿던 예전의 자신으로 언젠가 다시 돌아갈지도 모르는 일이었다.

그래서 제프는 열심히 일했고, 매일 저녁이면 집에서 시간을 보냈다. 다시 손에 책을 잡았고, 말을 많이 하지 않았다. 아무 감정도 없는 사람 같았다.

그러던 어느 날 정말 다 잊은 것 같은 기분이 들었다. 조만간 예전처럼 규칙적이고 조용한 삶으로 되돌아가서 행복하게 살 수 있을 것 같다는 생각이 들었다.

제프 캠벨은 누구에게도 속마음을 얘기하지 않았다. 제프 캠벨은 이야기하는 걸 좋아하는 사람이었지만, 결코 속마음을 드러내지는 않았다. 머릿속에 있는 생각을 드러내긴 해도 마음속의 감정을 드러내지는 않았다. 제프 캠벨은 감정을 숨길 줄 안다는 게 뿌듯했다. 그리고 자기가 느꼈던 감정을 다시 떠올리면서 얼굴을 붉혔다. 제프가 감정을 솔직히 털어놓을 수 있었던 사람은 멜란차 허버트가 유일했다.

그랬기 때문에 제프 캠벨은 지치고 무거운 마음으로 따분하고 조용한 생활을 이어갔다. 이제 아무 감정도 느끼지 못하는 사람이 된 것 같았다. 가끔, 예전에 느꼈던 감정을 떠올릴 때면 부끄러움에 몸을 부르르 떨기도 했다. 그러다 갑자기 모든 게 현실로 돌아오면 가슴에 날카로운 통증이 느껴졌다.

어느 날, 캠벨 박사는 죽음을 앞둔 어느 환자의 집에서 오랫동안 환자의 곁을 지키고 있었다. 환자가 잠이 들었을 때, 캠벨 박사는 창가로 자리를 옮겨 창밖을 잠시 내다보았다. 남부에 봄이 찾아오기 시작하는 시기였다. 나뭇가지에는 새싹이 지그재그로 움을 트며 올라오고 있었다. 습기를 적당히 머금은 공기가 부드럽고 상냥하게 새싹을 맞이했다. 촉촉하고 기름진 흙에서는 봄의 향기가 물씬 풍겼다. 새들은 날카롭게 지저귀며 주변을 맴돌았다. 온화한 바람이 새싹들을 채근했다. 새싹과 지렁이와 흑인 아이들이, 이 세상의 모든 어린 생명이 물기를 가득 머금은 남부의 봄 햇살 속으로 매 순간 걸음을 내디뎠다.

제프 캠벨은 예전에 알았던 즐거움이 조금 되살아나는 것 같았다. 그의 마음을 가득 채우고 있던 무기력한 고요에 균열이 생기기 시작했다. 제프는 창밖으로 몸을 내밀고 봄의 기운을 깊이 들이마셨다. 그때 가슴을 찌르는 듯한 느낌과 함께 심장이 멈추는 것 같았다. 저 앞에 지나가는 사람이 멜란차 허버트인가? 이렇게 갑자기 제프의 가슴을 찌르는 저 사람이 멜란차 허버트인가, 아니면 그냥 다른 여자인가? 아니, 그건 어차피 중요하지 않았다. 멜란차가 이 세상에, 그것도 멀지 않은 곳에 있다는 건 제프도 잘 알고 있는 사실이었다. 멜란차 허버트는 줄곧 제프와 같은 마을에서 살고 있었지만, 어쩐지 그는 멜란차의 존재를 의식하지 못하고 있었다. 멜란차를 그렇게 마음에서 몰아내다니 제프는 정말 바보가 아닌가. 멜란차가 정말 자신을 사랑하지 않는다고 믿었던 걸까? 멜란차는 제프 때문에 고통스러워하고 있을지 모른다. 제프를 다시 만난다면 멜란차도 기뻐할지 모른다. 제프가 한 짓에 정말 의미가 있긴 했던 걸까? 멜란차를 그렇게 내팽개치다니 대체 이런 바보가 어디 있단 말인가? 멜란차 허버트도 아직 제프를 원하고 있을까? 그에게 솔직하게 말해줄까? 멜란차는 정말 그를 사랑했을까? 그 때문에 아파하고 있지는 않을까? 아! 아! 아! 씁쓸한 액체가 또 한 번 눈에서 왈칵 쏟아졌다.

따뜻하고 촉촉한 봄날이 마음을 휘젓던 그날, 제프는 온종일 열심히 생각하다가, 주먹으로 가슴을 내리치다가, 방 안을 서성거리다가, 혼자 큰 소리로 중얼거리다가, 다시 입을 꾹 다물고 침묵에 빠졌다가, 무언가를 확신했다가 이내 다시 의심에 빠졌고, 뭐라도 느껴보고 싶어서 발버둥 치다가 결국엔 완전히 지쳐 쓰러지고 말았다. 제프는 밖에 나가서 걸었다. 머릿속에 가득한 생각들을 떨쳐버리고 싶은 마음에 무작정 달리기도 했다. 손톱을 너무 심하게 물어뜯어서 피가 나기도 했다. 감각이 살아 있는지 확인하려고 머리카락을 쥐어 뜯기도 했다. 어떻게 해야 할지 몰라 막막했다. 결국 늦은 밤 제프는 멜란차 허버트에게 편지를 썼다. 혹시 고쳐 쓰고 싶은 생각이 들까 봐 다시 읽어보지도 않고 급하게 보내버렸다.

"오늘 그런 생각이 강하게 들었어요. 어쩌면 제가 잘못 알고 있었던 건지도 모르겠다고 말이에요. 어쩌면 당신은 저와 함께하고 싶은 마음이 간절했을 수도 있겠죠. 저는 또 다시 당신을 아프게 했을 거고요. 이제 두 번 다시 당신한테 잘못을 저지르지 말아야겠다는 생각밖에는 들지 않아요. 오늘 제가 느낀 이런 기분을 당신도 느끼고 있다면 알려줘요. 당신을 만나러 갈게요. 하지만 저와 같은 기분을 느끼는 게 아니라면, 더 이상 말할 필요 없어요. 더 이상 당신한테 잘못을 저지르고 싶지 않으니까요. 당신을 괴롭히고 싶지 않아요. 제가 틀렸다고 생각하면 견딜 수가 없어요. 당신이 두 번 다시 나를 보고 싶어 하지 않는다고 생각하면 견딜 수가 없다고요. 그러니 내게 솔직하게 말해줘요. 제가 당신을 보러 가도 되는지 말이에요." "그럼요." 멜란차에게서 답장이 왔다. "오늘 밤 집에서 기다릴게요, 제프."

제프 캠벨은 그날 저녁 늦게 멜란차 허버트를 만나러 갔다. 멜란차의 집에 가까워질수록 자기가 정말 그녀와 함께하고 싶은 건지 확신이 들지 않았다. 멜란차에게 바라는 게 뭔지 아직도 모르는 것 같았다. 멜란차와 이 문제를 이야기할 수 없다는 건 분명했다. 제프는 멜란차 허버트에게 무슨 말을 하고 싶어서 이러는 걸까? 제프 캠벨이 멜란차에게 할 수 있는 이야기가 뭐란 말인가? 이제 멜란차를 믿을 수 없다는 건 제프도 잘 알고 있었다. 멜란차의 마음도 아주 잘 알고 있었다. 그래도 멜란차를 아예 만나지 못한다고 생각하면 끔찍했다.

제프 캠벨은 멜란차의 집으로 들어갔다. 멜란차에게 입을 맞추고 포옹을 나눈 뒤, 멜란차와 거리를 두고 가만히 서서 그녀를 바라보았다. "제프, 당신!" "그래요, 멜란차!" "제프, 당신 대체 나한테 왜 그런 거예요?" "당신도 잘 알잖아요. 당신은 나를 사랑하지도 않고, 그저 친절한 마음으로 제게 잘해준 것뿐이니까요. 게다가 그날 약속을 어겼으면서 왜 못 나온 건지 설명해주지도 않았잖아요!" "내가 당신을 사랑한다는 걸 정말 몰라서 그래요?" "그래요, 멜란차. 나는 정말 모르겠어요. 알았다면 당신을 그렇게 귀찮게 하지도 않았겠죠." "제프, 언제나 당신을 사랑했어요. 그걸 왜 모르는 거예요!" "정말이에요?" "정말이고 말고요. 당신도 잘 알잖아요." "그럼 대체 왜 그런 거예요?" "오, 제프. 또 나를 괴롭힐 작정이군요. 그날 어딜 좀 급하게 가야 했어요. 당신에게 비밀로 하려던 건 아니었는데, 당신이 보낸 편지를 받고 멀쩡한 정신으로 버틸 수가 없었어요. 아마 잠깐 기절했던 것 같아요. 당신이 두 번 다시 나를 만나지 않겠다고 하는데 제가 뭘 어쩌겠어요?" "이제 와서 이런 얘기해봤자 소용없겠지만, 당신이 나 때문에 그렇게 힘들었다니 정말 죽고 싶은 기분이에요. 정말 내게 아무 말도 하지 않을 작정이었어요?" "그럼 어쩌겠어요? 당신한테 그런 편지를 받았는데 어떡하라고요? 당신 마음이 어떨지 짐작할 수 있었지만, 당신에게 말할 수 없었어요." "제가 너무 치사하게 구는 것 같지만, 당신이 저를 진심으로 사랑한다고 확신할 수 있었다면 당신한테 절대 그런 짓을 하지 않았을 거예요. 멜란차, 당신과 나는 절대 같은 방식으로 감정을 공유할 수 없어요. 당신을 사랑하는 마음은 진심이지만 말이에요." "당신은 제 말을 못 믿겠지만, 저도 당신을 사랑해요." "그래요. 당신이 아무리 그렇게 말해도 저는 당신을 믿을 수 없을 거예요. 이게 어떻게 가능한지 모르겠지만, 저도 당신을 믿어요. 하지만 당신이 나를 사랑한다는 사실은 믿을 수 없어요. 당신은 늘 나를 믿었다는 것도 알고 있지만, 어째서인지 마음이 놓이지 않아요. 이렇게밖에 표현 못 하는 나를 이해해줘요." "당신이 그렇게까지 말한다면 제가 할 수 있는 일은 더 이상 없을 것 같군요. 늘 당신을 믿었어요. 당신은 내가 아는 사람 중에 가장 훌륭한 남자고요. 그 생각만큼은 앞으로도 변함없을 거예요." "그럼 당신이 나를 믿는다는 것과 내가 당신을 사랑한다는 건 분명한 사실이네요. 가만히 생각해보면, 우리는 그저 함께하는 것보다는 더 나은 결과에 도달했어야 해요. 당신도 그렇게 생각할 거예요. 당신이 정말 나를 사랑했을지도 모르죠. 멜란차, 정말 솔직하게 말해봐요. 저도 분명히 알고 싶어요. 당신 정말 나를 사랑해요?" "왜 이렇게 바보같이 굴어요? 당신을 사랑한다고요. 그게 아니라면 왜 계속 당신을 용서하겠어요? 당신을 사랑하지 않았으면 당신이 나를 이렇게 괴롭히게 내버려두지도 않았을 거라고요. 그러니까 두 번 다시 그런 말 입 밖에 내지 말아요. 안 그러면 당신한테 못된 짓을 저지를지도 몰라요. 당신을 아프게 할지도 모른다고요. 나 좀 그만 괴롭혀요. 내가 당신을 얼마나 간절히 원하는지 당신도 알잖아요. 그러니까 나한테 좀 잘하라고요!"

제프 캠벨은 더 이상 아무 말도 할 수 없었다. 이제 와서 무슨 말을 더 한단 말인가? 무슨 말을 한들 두 사람 기분이 조금이라도 나아질까? 제프 캠벨은 이제 깊은 사랑이 뭔지 잘 알고 있었다. 마음으로 생생히 느낄 수 있었다. 멜란차는 굳건히 믿음을 지키는 방법을 터득한 것 같았다. 제프도 느낄 수 있을 정도였다. 하지만 멜란차가 제프를 사랑하는 건 아니었다. 그건 더 확실히 느낄 수 있었다. 멜란차가 제프를 사랑하지 않는다는 사실은 영원히 변하지 않을 것 같았고, 두 사람 사이에 단단히 자리 잡아서 영원히 사라지지 않을 것 같았다. 결국 이 대화도 두 사람에게는 아무 의미가 없었다.

제프 캠벨은 멜란차에게 더 이상 아픈 상처가 아니었다. 제프는 멜란차에게 별다른 말을 하지 않았다. 가끔씩 멜란차를 만날 땐 더없이 다정한 사람처럼 행동했다. 더 이상 멜란차를 괴롭히지 않았다. 이제 멜란차와 사랑을 나눌 기회는 없었다. 멜란차를 만나러 가면 항상 다른 친구들이 그녀와 함께 있었다.

멜란차 허버트가 교회에 다니기 시작했을 때, 제프 캠벨과의 관계는 흐지부지되어가고 있었다. 멜란차는 그 교회에서 로즈를 처음 만났다. 로즈는 나중에 샘 존슨과 정식으로 결혼식을 올렸다. 로즈는 잘생긴 흑인 여자였고, 어릴 땐 백인들에게 친자식 대우를 받으며 자랐다. 백인들의 집에서 나온 후에는 흑인들과 함께 살았는데, 그 당시에는 한 흑인 여자의 집에서 지내고 있었다. 그 여자는 '미스' 허버트와 그녀의 흑인 남편과 딸 멜란차를 잘 알고 있었다.

로즈는 멜란차 허버트를 금방 좋아하게 되었고, 멜란차도 할 수만 있다면 거의 항상 로즈와 붙어 다니고 싶었다. 멜란차 허버트는 로즈가 좋아할 만한 일은 뭐든지 다 했다. 로즈도 자기에게 잘해주는 착한 사람들과 함께 다니는 걸 좋아했다. 로즈는 상식이 풍부했지만 게으른 여자였다. 로즈는 멜란차 허버트가 무척 마음에 들었다. 멜란차는 정말 상냥한 여자였다. 하지만 로즈도 멜란차 때문에 속상할 때가 있었다. 멜란차는 착하고 섬세하고 똑똑한 여자였지만 우울해했고, 골치 아픈 문제에 잘 휘말렸다. 그래서 문제를 끊임없이 달고 사는 멜란차에게 잔소리를 퍼붓기도 했다. 로즈는 꽤나 직설적이고 단순한 사람이지만, 자기에게 유리한 쪽으로는 머리를 제법 잘 썼다.

하지만 착하고 섬세하고 똑똑하고 매력 넘치는 멜란차 허버트 같은 여자가, 그것도 백인 피까지 약간 섞인 여자가, 대체 왜 게으르고 멍청하고 평범하고 이기적인 흑인 여자에게 비위를 맞춰주고 잔소리까지 듣는 것인지는 알 수 없었다. 이것이 멜란차 허버트의 기이한 부분이었다.

어쨌든 봄이 되자 멜란차는 로즈와 함께 길거리를 돌아다니기 시작했다. 로즈는 밖에 나갔을 때 어떻게 처신해야 하는지 아주 잘 알고 있었다. 자기는 백인들 밑에서 자랐기 때문에 평범한 흑인 여자들과는 전혀 다르다고 생각했다. 그래서 만나는 남자가 생기면 반드시 그 남자와 약혼을 했다. 로즈는 항상 처신을 똑바로 해야 한다고 강조했다. 그래서 길거리에 나갔을 때 어떻게 처신해야 하는지 늘 똑같은 잔소리를 늘어놨지만, 멜란차에게는 모든 게 복잡했고 아무런 확신이 들지 않았다.

로즈는 제프 캠벨과 멜란차 허버트의 관계를 거의 모르고 있었다.

멜란차가 캠벨 박사와 함께 어울리던 시절에는 그녀를 잘 알지 못했다.

제프 캠벨은 멜란차와 함께 있는 로즈를 본 적 있었지만, 로즈가 마음에 들지 않았다. 로즈와 마주치지 않으려고 가능한 한 피해 다녔다. 로즈는 캠벨 박사에게 관심이 별로 없었다. 멜란차도 캠벨 박사 이야기를 거의 하지 않았다. 캠벨은 이제 멜란차에게 별로 의미 없는 사람이었다.

로즈는 멜란차의 옛날 친구인 제인 하든을 본 적 있었지만, 제인 하든이 마음에 들지 않았다. 제인도 로즈가 평범하고 멍청하고 퉁명스러운 흑인 여자라며 비난했다. 제인은 멜란차가 대체 저런 흑인 여자를 뭘 보고 참아주는 건지 정말 이해가 되지 않았다. 그래서 멜란차도 보고 싶지 않았다. 멜란차는 마음이 착한 사람이었지만, 그 착한 마음을 써먹으려고 하지 않았다. 멜란차는 제인 하든에게 항상 친절했지만, 제인 하든은 두 번 다시 멜란차를 보고 싶지 않았다. 로즈도 잘난 척 심하고 입이 거칠고 성질도 못돼먹은 데다가, 술버릇까지 나쁜 제인 하든이 끔찍이 싫었다. 멜란차가 대체 저런 여자를 뭘 보고 참아주는 건지 정말 이해되지 않았지만, 멜란차는 모든 사람에게 친절한 여자였고, 어떤 사람에게든 모두 똑같이 친절했다.

로즈는 멜란차에 대해서 아는 게 별로 없었다. 제프 캠벨이나 제인 하든과의 관계도 잘 몰랐다. 로즈가 아는 거라곤 멜란차의 부모님과 어린 시절 얘기가 전부였다. 로즈는 언제나 기쁜 마음으로 가여운 멜란차에게 친절을 베풀었다. 과거에 어머니와 아버지 때문에 끔찍한 시기를 보냈던 멜란차는 이제 혼자였고, 그녀를 도와줄 만한 사람도 주변에 없었다. "네 아버지라는 인간이 너한테 정말 끔찍이 못되게 굴었잖아, 멜란차. 생각만 해도 정말 화난다. 아주 본때를 보여줬어야 하는데, 안 그러니?"

로즈는 신앙이든 도덕이든 분노든 항상 단순하고 얄팍한 사람이었다. 로즈의 그런 성격이 멜란차에겐 큰 위안이 되었다. 로즈는 이기적이고 멍청하고 게을렀지만 나름 품위 있게 행동했다. 옳고 그름을 분간할 줄도 알았고, 자기가 뭘 원하는지도 분명히 알고 있었다. 그리고 자기 친구인 멜란차 허버트가 정말 똑똑한 사람이라는 사실에 자부심을 느꼈다. 멜란차가 얼마나 힘들게 사는지도 잘 알고 있었기 때문에, 괜한 문제에 휘말리지 않게 하려고 잔소리도 열심히 퍼부었다. 하지만 멜란차 허버트가 가끔 예상치 못한 방법으로 사고를 쳐도 로즈는 화내지 않았다.

그래서 로즈와 멜란차는 날마다 붙어 다녔고, 제프 캠벨은 멜란차를 단둘이 만날 기회가 거의 없었다.

한 번은 제프가 환자를 보러 다른 마을에 가게 되었다. "월요일에 집에 돌아올 거니까 월요일 저녁에 당신을 만나러 갈게요, 멜란차. 그날은 당신 집에서 단둘이 만났으면 좋겠어요." "알았어요, 제프. 그렇게 할게요!"

하지만 월요일에 제프가 집에 돌아왔을 땐 멜란차가 보낸 쪽지가 놓여 있었다. "제프, 내일모레, 그러니까 수요일에 보는 게 어때요?" 멜란차는 월요일 저녁에 나가야 한다며 무척 미안해했다. 정말 미안하다면서 제프가 화내지 않길 바란다고도 했다.

제프는 화가 나서 욕을 내뱉었다. 그러다 갑자기 웃음을 터트리며 한숨을 내쉬었다. "가여운 멜란차, 정말 솔직할 줄 모르는 사람이야. 하지만 그게 무슨 상관있겠어. 내가 멜란차를 사랑한다는 건 분명하고, 계속 사랑할 수 있다면 그걸로 만족해."

제프 캠벨은 수요일 밤에 멜란차를 보러 갔다. 멜란차를 보자 품에 안고 입을 맞췄다. "월요일에 보자고 약속해놓고 어겨서 정말 미안해요. 하지만 이쩔 수 없었어요. 날짜를 옮길 수가 없었거든요." 제프는 멜란차를 가만히 바라보더니 웃으며 말했다. "제가 그 말을 믿길 바라는 거겠죠. 알았어요, 당신이 원한다면 믿을게요. 오늘 밤에는 당신이 늘 원하던 대로 당신에게 친절한 사람이 될게요. 당신도 나를 보고 싶었지만 어쩔 수 없었다는 그 말도 믿고요." "오, 이런. 제프!" 멜란차가 말했다. "제가 그러는 게 아니었어요. 제가 잘못했어요. 이런 말을 하는 것조차 저한테는 절대 쉬운 일이 아니지만, 제 행동에는 변명의 여지가 없네요. 이번에는 제가 정말 당신한테 못되게 굴었어요. 이런 말하는 건 정말 힘들지만, 그렇게 약속을 취소한 건 잘못된 거였어요. 지금까지 저한테 못되게 굴고 사사건건 트집 잡으며 저를 괴롭힌 사람은 당신이지만, 어쩌다 보니 이번에는 제가 당신에게 그런 행동을 하고 말았네요. 못된 사람 같으니. 제가 다른 사람한테 이런 말을 하는 건 처음이에요. 제가 잘못했어요, 제프!" "알았어요, 멜란차. 그럼 당신을 용서할게요. 저는 당신이 잘못했다고 말하는 걸 처음으로 들은 사람이니까요." 제프는 웃으며 멜란차에게 입을 맞췄다. 멜란차도 웃으며 제프에게 사랑으로 화답했다. 이 순간만큼은 두 사람도 무척 행복했다.

하지만 이 행복도 잠깐이었다. 두 사람은 곧 침묵에 빠졌고, 슬픔은 점점 커졌다. 멜란차와 제프는 예전처럼 말없이 가만히 앉아 있기만 했다.

"제가 당신을 얼마나 사랑하는데요, 제프!" 멜란차는 꿈속을 헤매는 사람처럼 말했다. "알아요, 멜란차." "정말이에요, 제프. 하지만 당신이 생각하는 방식과는 다른 방식으로 사랑하는 거예요. 그리고 당신에 대한 믿음도 변함없어요. 당신을 사랑해요. 진심으로요. 당신이 생각하는 방식의 사랑이 아닐 뿐이에요. 제 마음속에는 더 이상 뜨거운 열정이 남아 있지 않아요. 당신이 제 열정을 모두 없애버렸으니까요. 지금은 제 방식대로 당신을 사랑하고 있다는 것만 알아줘요. 당신도 잘 알죠? 당신이 이해해줄 거라고 생각해요. 제가 지금 하는 말은 너무 신경 쓰지 말아요."

제프 캠벨은 가슴이 너무 아파서 죽을 것만 같았다. 이제야 비로소 뜨거운 사랑이 뭔지 알게 된 것 같았다. 하지만 멜란차의 말이 옳았다. 제프는 멜란차의 사랑을 받을 자격이 없었다. "알았어요, 멜란차. 당신 말대로 할게요. 당신이 원하는 게 있다면 저는 뭐든지 줄 거예요. 당신이 뭘 원하든 당신에게 줄게요. 가슴이 아프지 않다는 말은 하지 않겠어요. 이렇게 될 줄 몰랐다는 말도 하지 않을 거고요." 가슴 깊은 곳에서부터 쓰디쓴 눈물이 솟구쳐 오르는 것 같았다. 목이 메서 아무 말도 할 수가 없었다. 제프는 무너지지 않으려고 이를 악물었다.

"잘 있어요, 멜란차." 제프는 무척 차분했다. "잘 가요, 제프. 당신 마음 아프게 하려던 건 아니었어요. 사랑해요, 제프. 언제나 당신을 사랑할게요." "나도 알아요, 멜란차. 이제 나도 알아요. 제게는 아무 의미 없겠지만. 당신도 이게 최선이었겠죠. 각자 느끼는 방식은 다르니까요. 정말 괜찮아요, 멜란차. 정말이에요. 잘 자요. 이제 저는 가야겠어요. 잘 있어요. 그렇게 걱정하는 얼굴로 보지 말아요. 또 보러 올게요." 제프는 휘청거리며 계단을 내려와 걸음을 서둘렀다.

멜란차에게서 멀어질수록 고통을 견디기가 더욱 힘들어졌다. 제프는 신음했다. 너무 아팠다. 이 고통을 이겨내지 못할 것 같았다. 눈물이 흘렀다. 심장이 요동쳤다. 가슴이 너무 쓰라리고 아파서 너덜너덜해진 것 같았다.

이제야 멜란차를 사랑한다는 게 어떤 건지 알 것 같았다. 이제야 제대로 이해할 수 있을 것 같았다. 이제야 멜란차에게 어떻게 해야할지 알 것 같았다. 앞으로 제프는 멜란차에게 영원히 좋은 사람으로 남을 작정이었다.

시간이 천천히 흘렀다. 제프는 가슴이 아플 수 있어서, 멜란차에게 영원히 좋은 사람으로 남을 수 있어서 다행이라는 생각이 들었다. 멜란차는 더 이상 제프를 참고 견딜 필요가 없었다. 차라리 제프 자신이 직접 견디는 게 나았다. 제프는 강인한 사람이 되었다. 고통을 이만큼 겪고 나니 마음이 평온했다. 제프는 이제 알 수 있었다. 뜨거운 사랑이 뭔지 이제 알게 되었다. 그리고 가슴에 뜨거운 사랑을 품게 해준 멜란차에게 영원히 좋은 사람으로 남을 작정이었다. 제프도 곧 괜찮아질 것이다. 멜란차에게 고통을 견디는 방법을 가르쳐달라고 하면서 도움을 요청할 수는 없었다. 날이 갈수록 제프는 좀 더 단단한 사람이 되어가는 기분이 들었다. 이게 진짜 자신의 모습인 것 같았다. 정말 그런 것 같았다. 진정한 지혜를 깨달은 것이다. 이제

가슴이 아파도 괴롭지는 않았다. 고통을 견딜 수 있을 만큼 강한 사람이 되었다는 걸 온몸으로 느낄 수 있었다.

제프 캠벨은 다시 멜란차를 보러 갈 수 있게 되었다. 제프는 멜란차에게 차분하고 다정한 모습으로 대했다. 날이 갈수록 멜란차 허버트의 마음이 더 잘 이해되었다. 제프가 원하는 방식으로 멜란차가 자신을 사랑하지 않으리라는 것도 알고 있었다. 멜란차는 기억할 수조차 없을 것이다.

제프는 멜란차에게 만나는 남자가 있다는 걸 알게 됐다. 멜란차는 어쩌면 이 남자와 잘해보려는 건지도 몰랐다. 제프 캠벨은 멜란차 허버트가 마음을 줬을지도 모르는 이 남자를 본 적은 없었다. 그저 그런 남자가 있다는 사실만 알고 있었다. 게다가 멜란차가 최근에는 항상 로즈하고만 어울려 다녔기 때문에 제프가 알아낼 방법이 더욱 없었다.

제프 캠벨은 멜란차에게 침착하게 말했다. 더 이상 멜란차를 만나러 오지 않겠다는 이야기였다. 어쩌다 보게 된다면 무척 반갑기야 하겠지만 이제 어디서든 그녀를 만나는 일은 없을 거라고 했다. 물론 멜란차가 그녀의 방식대로 자신을 깊이 사랑할 거라는 건 제프도 알고 있었고, 멜란차도 잘 알고 있었다. "그래요, 제프. 당신을 향한 제 믿음은 변함없을 거예요. 분명히 그럴 거예요." 제프 캠벨은 더 이상 멜란차를 책망할 수 없었다. 제프가 사랑에 눈을 떴다는 걸 멜란차도 알 수 있었다. "알았어요, 제프. 잘 알겠어요." 멜란차는 앞으로도 계속 제프를 믿을 수 있을 것 같았다. 제프에게 멜란차는 더 이상 종교 같은 존재가 아니었지만, 제프는 멜란차의 상냥한 마음을 잊을 수 없었기 때문에 계속해서 신의를 지키고 싶었다. 멜란차가 다른 남자를 진심으로 사랑할 거라 생각하지 않았지만, 그녀가 기억하지 못하리라는 건 제프도 잊지 말아야 했다. 멜란차가 도움을 필요로 하면, 그녀를 위해 할 수 있는 일은 모두 다 할 생각이었다. 멜란차가 가르쳐준 것들을 절대 잊지 말아야 했다. 멜란차가 가르쳐주지 않았다면 영영 몰랐을 테니 말이다. 하지만 멜란차를 계속 만나고 싶은 마음은 절대 없었다. 멜란차가 원한다면 오빠 같은 존재로 남고 싶었다. 영원히 좋은 친구로 남아도 괜찮을 것 같았다. 두 번 다시 멜란차를 만날 수 없다고 생각하면 너무 속상했지만, 이제 두 사람 모두 상대의 마음을 잘 알게 된 것만으로도 충분했다. "잘 가요, 제프. 내게 잘해줘서 고마웠어요." "잘 있어요, 멜란차. 난 언제나 당신 편이라는 거 잊지 말아요." "그럼요, 저도 잘 알아요. 잘 알고 말고요." "이제 정말 당신을 떠나야 할 때가 됐어요. 이제 정말 떠나네요." 제프는 발걸음을 옮겼다. 이번에는 뒤돌아보지 않았다. 그리고 멜란차의 곁에서 완전히 떠나버렸다.

다시 강인한 사람이 되었다고 생각하니 기분은 제법 괜찮았다. 이제 다시 조용하고 규칙적인 삶을 살 수 있을 것 같았고, 자신을 비롯한 흑인들이 마땅히 따라야 하는 방식대로 살 수 있을 것 같았다. 제프는 한동안 다른 마을에 가서 일을 했다. 정말 열심히 일했지만 그래도 슬픈 건 어쩔 수 없었다. 이따금 눈물이 왈칵 쏟아지기도 했다. 그럴 땐 더 열심히 일했다. 그러다 보니 차츰 주변을 둘러싸고 있는 아름다움이 눈에 들어오기 시작했다. 제프는 올바른 삶을 살았고, 진짜 사랑을 가슴에 품게 되었다. 제프에게는 무척 잘된 일이었다.

제프 캠벨은 멜란차 허버트의 상냥한 마음을 절대 잊을 수 없었고, 언제나 다정한 마음으로 그녀를 대했지만, 그 이상 가까워질 수는 없었다. 제프 캠벨이 가까이 다가가려고 하면, 멜란차는 뒷걸음질 쳤다. 그래도 제프는 멜란차를 잊지 못할 것이다. 멜란차의 상냥한 마음을 절대 잊지 못할 것이다. 제프는 멜란차 허버트가 보여주었던 아름다움의 의미를 마음속 깊이 간직하고 있었다. 그리고 그 아름다움은 제프를 비롯한 흑인들이 열심히 살아가는 데 도움을 줄 수 있을 것이다.

이제 제프 캠벨과 완전히 끝난 멜란차 허버트는 로즈와 함께 마음껏 돌아다니며 새로운 남자들을 만나기 시작했다.

멜란차 허버트는 항상 로즈와 붙어 다녔다. 로즈는 절대 쉽게 흥분하는 성격이 아니었다. 그리고 멜란차에게 골치 아픈 문제에 휘말리지 않으려면 항상 똑바로 처신해야 한다고 잔소리를 늘어놓았다. 하지만 멜란차 허버트는 어김없이 사고를 쳤고, 늘 신나는 일을 찾아다녔다.

멜란차는 언제라도 골치 아픈 문제에 휘말릴 것만 같았다. 하지만 일부러 잘못된 길로 빠지고 싶었던 건 아니었다. 멜란차 허버트는 평온하고 고요한 삶을 원했지만, 새롭고 신나는 일들이 항상 그녀를 찾아왔다.

로즈는 멜란차에게 이런 얘기를 하곤 했다. "멜란차, 너한테 이 얘기는 꼭 해야겠어. 그런 남자랑 어울려 다니는 건 옳지 않아. 차라리 흑인 남자들이랑 어울려 다니라고. 내 말 알겠니? 나처럼 흑인 남자를 만나란 말이야. 백인 남자들은 정말 나쁜 놈들이야. 진짜라고. 그러니 내 말 똑바로 잘 들어. 날 키워준 백인들은 착한 사람들이었어. 그래서 딱 보면 안단 말이야. 백인 남자가 흑인 여자에게 점잖게 행동하는 이유가 뭐겠어? 그런 남자랑 같이 어울려서 좋을 거 하나도 없어. 내가 너한테 이런 소리를 괜히 하겠니? 너는 나처럼 백인들 밑에서 자라지 않았기 때문에 남자들하고 있을 때 어떻게 처신해야 하는지 잘 모르는 것 같아. 네가 신세 망치는 꼴은 절대 보고 싶지 않아. 그러니 내 말 좀 들어, 멜란차. 내가 너보다 잘 안다고. 백인 남자들이랑 절대 어울리지 말라는 얘기가 아니야. 물론 흑인 여자가 백인 남자와 어울리는 게 절대 좋다는 생각은 들지 않지만. 백인 남자하고 아예 어울리지 말라는 얘기가 아니라니까. 하지만 행실 바른 흑인 여자라면 그런 짓은 절대 하지 않을 거라고 생각해. 하지만 멜란차, 네가 그동안 어울려 다녔던 그런 남자들은 절대 안 돼. 내 말 좀 들어. 정신 바짝 차리고 들으라니까. 내가 정말 잘 알아서 하는 얘기야. 너는 백인 남자들을 다루는 방법을 모른다니까. 그런 남자들은 품위 있는 여자와 어울려 다닐 땐 어떻게 해야 하는지 몰라. 그러니까 내가 하는 말 좀 잘 들어, 멜란차."

그리고 멜란차 허버트는 언제든 곤란한 상황에 빠질 수 있는 새로운 방법들을 알게 됐다. 하지만 로즈가 백인 남자들과는 어울려 다니려고 하지 않았기 때문에 멜란차도 별로 관심을 두지 않았고, 그래서 아주 곤란한 상황으로까지 이어지지는 않았다. 그냥 함께 다니는 게 전부였다. 이 남자들은 말에 대해 아는 게 많았다. 같이 다니면서 무모한 기분을 느껴보는 것도 제법 괜찮았다. 그래도 멜란차 허버트는 이제 밖에 나가면 로즈와 함께 다니거나, 그게 아니면 괜찮은 흑인 여자들이나 흑인 남자들과 주로 어울렸다.

여름이 되자 흑인들은 햇살이 쏟아지고 꽃들이 만개한 야외로 몰려 나왔다. 거리에서나 들판에서나 기쁨을 만끽하는 젊은이들의 얼굴은 모두 환하게 빛났다. 검은 피부는 뜨거운 열기에 빛을 내며 번들거렸고, 흑인들은 어디서든 크게 웃음을 터뜨리며 자유를 즐겼다.

멜란차 허버트는 로즈를 비롯한 다른 친구들과 함께하는 이 삶도 꽤 괜찮다고 생각했다. 로즈가 늘 잔소리를 하는 것도 아니었다.

로즈는 물론 예외였지만 다른 흑인들은 멜란차 허버트에게 그리 의미 있는 존재가 아니었다. 그래도 그들은 멜란차를 좋아했다. 멜란차가 열심히 사는 모습을 보는 것도 좋아했다. 멜란차는 항상 용기가 넘쳐서 사람이 할 수 있는 일이라면 겁내며 물러서는 법이 없었다. 그리고 주변 사람들이 부탁을 하면 늘 상냥하고 친절하게 도와주었다.

즐거운 날들이었다. 뜨거운 햇살이 남부의 흑인 마을 위로 가득 퍼졌고, 사람들은 농담을 주고받으며 웃음을 아끼지 않았다. "멜란차 좀 봐. 저기 뛰어가네. 새가 날아가는 것 같지 않아? 이봐, 멜란차! 내가 가서 잡을 테니까 기다려! 날아가지 못하게 꼬리에 소금을 발라놔야지." 남자는 이렇게 말하면서 멜란차를 잡으려고 했지만, 땅바닥에 된통 구르고 말았다. 남자는 아파서 데굴데굴 구르면서도 입을 크게 벌리고 깔깔 웃어댔다. 로즈는 멜란차가 백인 남자들과 나돌아 다닐 게 아니라 이렇게 흑인 남자들을 만나서 약혼도 하고, 다정하고 따뜻한 깜둥이들만의 시간을 보냈으면 했다. 멜란차와 어울리는 백인 남자는 품위 있는 여자를 어떻게 대해야 하는지 전혀 모르는 족속이었다.

로즈는 멜란차를 알면 알수록 멜란차가 더 좋아졌다. 멜란차에게 잔소리를 퍼부어야 할 때도 있었지만, 그래서 멜란차가 더 좋았다. 멜란차는 언제나 로즈의 말에 열심히 귀 기울였고, 로즈가 좋아할 만한 일이라면 뭐든지 했다. 하지만 이따금 지나치게 우울해하면서 누구든 자신을 좀 죽여줬으면 좋겠다고 말할 때면 로즈도 속이 상했다.

멜란차는 로즈가 자신을 구원해줄 수도 있다는 희망을 품고 그녀에게 매달렸다. 이기적이면서도 품위를 지킬 줄 아는 로즈의 모습에서 강한 힘을 느꼈다. 로즈는 단호하고 단순하고 확실해서 좋았다. 멜란차는 로즈에게 매달렸고, 그녀에게 잔소리 듣는 것도 좋았다. 항상 로즈와 함께 있고 싶었다. 로즈와 함께 있으면 안전한 기분이 들었다. 로즈도 자신의 방식대로 멜란차의 사랑을 받아들였다. 하지만 멜란차가 로즈에게 완전한 영향력을 행사할 수는 없었다. 멜란차는 로즈 앞에서 자신을 낮추었다. 로즈가 원하는 것이라면 뭐든 할 준비가 되어 있었다. 로즈에게 이렇게 붙어 다녀도 로즈가 싫어하지 않았으면 했다. 로즈는 단순하고 퉁명스럽고 이기적인 흑인 여자였지만, 단호하고 강인한 여자이기도 했다. 그리고 항상 행실을 단정히 하고 적당한 수준을 유지하며 살아야 한다는 나름의 철칙을 지켰다. 자신이 원하는 게 뭔지, 원하는 대로 살려면 어떻게 해야 하는지도 정확히 알고 있었다. 괜히 골치 아픈 문제에 휘말려서 쩔쩔매는 일도 없었다. 그리하여 섬세하고 똑똑하고 매력적이며 백인의 피가 섞인 멜란차 허버트는 입이 거칠고 퉁명스럽고 유치한 데다 평범하지만 품위가 뭔지 아는 흑인 로즈를 몹시 사랑한 나머지 그녀를 위해서라면 체면을 차리지 않고 뭐든지 다 했다. 그런데 도덕관념 따위 없이, 계획 없이, 되는 대로 게으르게 살아온 이 로즈도 괜찮은 남자를 만나 결혼한 마당에, 백인 피가 섞인 매력적인 외모를 지닌 데다가 사회적으로 좋은 지위를 누리고 싶은 열망도 강한 멜란차는 결혼할 수 있을 것 같지 않았다. 늘 갈팡질팡하면서도 하고 싶은 게 많은 멜란차는 자기 인생을 곰곰이 생각할 때면 절망에 사로잡혔다. 이렇게 우울한 인생을 어떻게 계속 살아갈 수 있을까 싶어 막막했다. 가끔은 그냥 확 자살해버리고 싶다는 생각도 했다. 아무래도 자살하는 게 가장 좋은 방법인 것 같았다.

로즈는 흑인 중에서 제법 점잖고 착한 남자와 결혼식을 올릴 예정이었다. 예비 신랑은 연안 항해선에서 갑판 선원으로 일하는 샘 존슨이라는 남자였다. 사람도 믿음직했고, 돈도 꽤 괜찮게 버는 편이었다.

로즈는 교회에서 샘 존슨을 처음 만났다. 멜란차 허버트를 만났던 바로 그 교회였다. 로즈는 처음부터 샘이 마음에 들었다. 그가 착하고 성실한 사람이며, 돈도 괜찮게 번다는 사실은 이미 알고 있었다. 샘과 정식으로 결혼하면 안정적으로 살 수 있으니 꽤 괜찮을 것 같았다.

샘 존슨도 로즈가 무척 마음에 들었고, 로즈가 원하는 거라면 뭐든지 할 마음이 있었다. 샘은 키 크고 어깨가 떡 벌어진 흑인 노동자였으며, 예의 바르고 진지하고 솔직하고 상냥하고 단순한 남자이기도 했다. 결혼하고 보니 샘과 로즈도 꽤 잘 맞는 한 쌍이었다. 로즈는 게을렀지만 지저분하지는 않았고, 샘은 꼼꼼했지만 까다롭게 굴지 않았다. 샘은 상냥하고 성실하고 부지런하면서도 단순한 노동자였고, 로즈는 상식적이고 올바른 삶을 추구하는 여자였다. 규칙적인 생활을 하면서 흥청망청하지 않았고, 돈이 필요할 경우를 대비해 열심히 저축했다.

로즈와 샘 존슨이 정식으로 결혼식을 올리긴 했지만, 서로 알고 지낸 기간이 그리 길지는 않았다. 샘은 가끔씩 교회의 젊은이들을 데리고 교외로 나들이를 가긴 했지만, 로즈와, 그리고 멜란차 허버트도 함께 시간을 보낼 때가 많았다. 멜란차 허버트에게는 별로 관심이 없었다. 샘은 로즈 같은 여자가 좋았다. 수수께끼 같은 멜란차는 그다지 매력적이지 않았다. 온종일 힘들게 일하고 집에 돌아왔을 때 그 집은 아늑하고 화목한 곳이어야 했다. 그리고 자기를 꼭 닮은 아기까지 있으면 금상첨화였다. 로즈가 결혼하고 싶다고 했을 때 샘 존슨은 만반의 준비가 되어 있었다. 그래서 샘 존슨과 로즈는 날을 잡아 성대한 결혼식을 올리고 부부가 되었다. 두 사람은 함께 살 자그마한 붉은 벽돌집을 예쁘게 꾸몄다. 그리고 샘은 다시 갑판 선원이 되어 연안 항해선으로 돌아갔다.

로즈는 샘에게 멜란차처럼 착한 사람이 너무나 고통스럽게 사는 게 안타깝다는 얘기를 자주 하곤 했다. 샘 존슨은 멜란차 허버트에게 전혀 관심이 없었지만 로즈가 원하는 일이라면 뭐든지 할 의향이 있었고, 원래도 온화하고 상냥한 사람이었기 때문에 로즈의 친구인 멜란차에게도 친절하게 대했다. 샘이 자기를 좋아하지 않는다는 건 멜란차도 잘 알고 있었다. 그래서 이 부부와 함께 있을 땐 말없이 가만히 앉아서 로즈가 하는 이야기를 듣기만 했다. 너무나 착한 멜란차는 로즈가 필요하다고 하면 언제든 로즈를 도와주었고, 그녀가 원하는 건 뭐든지 다 했다. 그리고 샘이 무슨 말을 하면 열심히 귀 기울여 들었다. 멜란차는 샘 존슨이 좋았다. 멜란차는 착하고 상냥하고 사려 깊은 사람들이 언제나 좋았고, 언제나 그런 사람들과 함께 지내고 싶었다. 멜란차는 언제나 자신에게 부드럽게 대해주는 사람들이 좋았고, 사람들이 자신에게 그렇게 대해주길 원했다. 멜란차는 언제나 안정된 삶을 꿈꿨다. 언제나 평온하고 조용한 삶을 원했다. 하지만 멜란차는 언제나 골치 아픈 문제에 휘말렸다. 멜란차는 로즈와 함께하고 싶었고, 그녀를 믿고 싶었다. 그리고 로즈가 자기를 필요로 하길 간절히 원했다. 이제 멜란차에게는 로즈밖에 남지 않았기 때문에 이 평범하고 통명스럽고 멍청하고 유치하기까지 한 흑인 여자 앞에서는 체면이고 뭐고 다 버린 채 하인처럼 시중을 들었다. 로즈에게 잔소리를 들어도 아무렇지 않았다.

로즈는 항상 가여운 멜란차에게 잘해줘야 한다며 샘에게 당부했다. "당신도 알잖아요, 샘." 로즈는 늘 이렇게 말했다. "불쌍한 멜란차한테 좀 잘해줘요. 정말 힘들게 사는 애라니까요. 아버지라는 작자 때문에 얼마나 고생했는지 몰라요. 내가 말했잖아요. 그 지독한 흑인 남자가 멜란차한테 정말 못되게 굴었다고요. 자기 딸에게 눈곱만큼도 관심이 없었어요. 걔네 어머니가 정말 힘들게 돌아가셨을 때도 아주 나 몰라라 했다니까요. 멜란차 어머니는 정말 신앙심이 깊은 분이셨는데, 멜란차가 아주 어릴 때 어머니가 아버지한테 이렇게 말하는 걸 들었다지 뭐예요. 하나님이 남동생 대신 멜란차를 데려갔어야 했다고 말이에요. 걔 남동생이 어릴 때 열병으로 죽었거든요. 그런 얘기를 들었으니 얼마나 슬펐을까. 어머니가 그렇게 얘기하는 걸 듣고 정말 가슴이 아팠대요. 그 상처는 영영 낫지 않을 거예요. 멜란차는 평생 어머니한테 마음을 열지 못했지만 저는 멜란차가 나쁘다고 말 못 하겠어요. 그래도 걔가 정말 착한 딸이었거든요. 걔네 어머니가 그렇게 아파서 고생하다가 힘들게 돌아가실 때까지 멜란차가 얼마나 열심히 돌봤는지 몰라요. 주변에 도와줄 사람 하나 없었는데 혼자서 그걸 다 했다니까요. 도와주는 사람 하나 없이 혼자서 그걸 다 했다고요. 그 끔찍한 흑인은 말로만 아버지였지, 한번 와서 들여다보지도 않았어요. 그래도 멜란차는 참 한결 같은 애예요. 누구한테든 그렇게 친절하고 착하다니까요. 고마워할 줄 아는 인간은 하나도 없지만 말이에요. 그렇게 팔자 사나운 사람은 본 적이 없어요. 운이 안 좋은 사람이야 많지만 불쌍한 멜란차처럼 하는 일마다 다 그 모양인 사람은 없을 거예요. 멜란차는 그래도 괜찮은가 봐요. 불평도 안 해요. 불평하는 걸 들어본 적이 없거든요. 그런 얘기는 아예 하질 않으니까요. 그러니 당신이라도 멜란차한테 좀 잘해줘요. 당신은 내 남편이잖아요. 그런 인간이 아버지라니 정말 끔찍하지 뭐예요. 짐승만도 못한 인간이었어요. 멜란차는 자존심이 강해서 남한테 아버지 때문에 속상하단 얘기는 절대 하지 않았지만요. 자기는 그러면서 다른 사람들한테는 어찌나 그렇게 상냥하고 친절한지. 인간이 어떻게 그렇게 끔찍할 수 있는지 모르겠어요. 전에도 얘기했잖아요. 멜란차가 팔이 부러져서 아파 죽는다고 하는데도 의사를 안 불러줬다니까요. 아버지란 인간이 그렇게 생겨먹어서 딸을 지독하게 괴롭혔는데도 멜란차는 남들에게 그런 얘기를 일절 하지 않았어요. 멜란차가 그런 애예요, 샘. 멜란차가 얼마나 고생했는지 당신은 모를 거예요. 당신은 제 남편이니까, 당신이라도 멜란차한테 좀 잘해 줘요."

그렇다. 로즈와 샘 존슨은 정식으로 결혼한 부부였다. 로즈는 집에 친구들을 불러놓고 남편을 얻는 게 얼마나 좋은 일인지 자랑했다.

로즈는 멜란차에게 자기 부부네 집에 들어와 살라고 하지는 않았다. 멜란차는 거의 온종일 로즈와 함께 시간을 보냈지만, 아무래도 그녀가 결혼 전과 같을 수는 없었다.

로즈 존슨은 멜란차에게 자기 부부네 집에 들어와 함께 살 생각이 있는지 물어보지도 않았다. 멜란차가 매일 같이 와서 집안일을 거들어주는 것도 좋았고, 멜란차와 종일 함께 지내는 것도 좋았지만, 워낙 이기적이고 약삭빠른 인간이어서 멜란차에게 함께 살자는 말은 절대 하지 않았다.

로즈는 계산이 빨랐고 처신을 잘했다. 자기에게 필요한 게 뭔지 정확히 알고 있었다. 로즈는 멜란차가 필요했다. 멜란차의 도움을 계속 받고 싶었다. 날쌔고 착한 멜란차가 굼뜨고 게으르고 이기적인 자신을 계속 거들어줬으면 했다. 결국 멜란차에게 바라는 건 많았지만 같이 살고 싶지는 않았던 것이다.

샘은 멜란차와 함께 살지 않으려는 이유가 뭔지 로즈에게 묻지 않았다. 늘 그렇듯 로즈가 하라는 대로 멜란차가 오면 친절하게 대하는 게 전부였다.

멜란차는 절대 먼저 로즈에게 함께 살고 싶다고 말할 사람이 아니었다. 로즈가 같이 살자고 할 수도 있다는 생각조차 해본 적이 없었고, 물어본다고 해도 같이 살고 싶어 할 사람이 아니었다. 하지만 로즈와 함께 있으면 안전하다고 느낄 수 있었기 때문에 그런 이유로 같이 살고 싶다는 생각을 했을지도 모른다. 멜란차 허버트는 그 어느 때보다도 안전한 삶을 원했지만, 로즈는 멜란차에게 절대 그런 삶을 내줄 수 없었다. 로즈에게는 항상 행실을 단정히 하고 적당한 수준을 유지하며 살아야 한다는 나름의 철칙이 있었다. 게다가 로즈는 자기가 원하는 게 뭔지 항상 확실히 해두는 성격이었다. 자기에게 가장 좋은 게 뭔지 늘 알고 있었고, 원하는 건 언제든 손에 넣었다.

그래서 로즈는 멜란차의 도움을 사양하지 않았고, 가만히 앉아 빈둥거리며 결혼 생활을 자랑하거나 불만을 늘어놨다. 그리고 멜란차에게 이런저런 일을 시키면서 어떻게 해야 하는지 잔소리를 늘어놓기도 했다. 멜란차는 언제나 로즈가 원하는 대로 했다. "뭐 하러 귀찮게 그래. 그냥 둬, 멜란차. 내가 해도 되고, 나중에 샘이 집에 오면 해달라고 해도 돼. 정 그러면 그것 좀 들어줄래? 멜란차, 넌 정말 착하다니까. 집에 갈 때 상점에 들러서 쌀 좀 사다 줘. 내일 올 때 가지고 오면 돼. 잊지 말고. 정말 너밖에 없다니까." 그러면 멜란차는 로즈를 위해 일을 더 하다가 밤이 늦어서야 흑인 여자와 함께 살고 있는 그 집으로 돌아갔다.

멜란차가 거의 대부분의 시간을 로즈 존슨의 집에서 보내긴 했지만 매일 갈 수는 없었다. 로즈에게만 의지할 수는 없었다. 로즈에게는 샘이 있었고, 그 집에는 멜란차의 자리가 없었다.

멜란차 허버트는 자신이 늘 원하던 것을 찾을 수 있을지 궁금했다. 다시 나가서 찾아야 한다는 생각이 들었다. 로즈 존슨은 이제 더 이상 멜란차를 도울 수 없었다.

멜란차 허버트는 또다시 길거리를 배회하기 시작했다. 그리고 로즈가 절대 허락하지 않을 남자들과 어울려 다녔다.

하루는 평소에 다니지 않던 길로 돌아다니느라 조금 정신이 없었다. 긴 여름이 끝나가는 날의 늦은 오후라 그런지 공기가 상쾌했다. 멜란차는 자유를 만끽하며 신나게 길을 걷고 있었다. 방금 전 헤어진 백인 남자에게 받은 꽃다발을 한 손에 들고 있었다. 그때 젊고 멋진 물라토 남자가 옆을 지나가면서 손에 들고 있던 꽃다발을 낚아채 갔다. "이렇게 예쁜 꽃다발을 주시다니, 정말 상냥한 아가씨군요." 남자가 말했다.

"그쪽이 들고 있으니 더 잘 어울리네요." 멜란차가 말했다. "어떤 남자에게 받은 걸 또 다른 남자가 가져가다니, 아주 당연하다는 듯 말이에요." "그럼 도로 가져가요. 저는 가지기 싫어졌어요." 멜란차 허버트는 웃으며 꽃을 받아 들었다. "이 꽃다발을 정말 갖고 싶었던 건 아닐 것 같은데요. 어쨌든 돌려줘서 고마워요. 예의 바른 분을 보면 항상 기분이 좋거든요." 남자가 웃으며 말했다. "정말 못 당하겠네요. 그나저나 당신 정말 예쁜데요. 정말 예뻐요. 예의 바른 남자가 좋다고요? 그럼 제가 당신을 사랑할게요. 어때요? 정말 예의 바른지 확인하고 싶지 않아요?" "오늘 저녁에는 시간이 없으니 감사하다는 인사만 드릴게요. 지금은 정말 바빠서 시간이 안 나지만, 다음에 다시 만나면 좋겠네요." 남자는 멜란차가 못 가게 잡으려고 했지만, 그녀가 웃으며 재빨리 피하는 바람에 손도 닿지 않았다. 멜란차가 가장 가까운 골목으로 잽싸게 숨어서 남자는 뒤쫓아 갈 수도 없었다.

며칠 동안 멜란차는 이 물라토를 보지 못했다. 그러던 어느 날, 멜란차는 어떤 백인 남자와 함께 있다가 그를 다시 만났다. 백인 남자가 멈춰 서서 그에게 말을 걸었다. 멜란차는 나중에 백인 남자와 헤어지고 나서 다시 그를 찾아갔다. 멜란차는 그 남자 옆에 서서 말을 건넸다. 멜란차 허버트는 이 남자가 좋아지기 시작했다.

젬 리처즈. 멜란차가 알게 된 이 새로운 남자는 말과 경마에 박식한 멋진 젊은이였다. 경마에 돈을 걸었다가 운이 좋으면 큰돈을 따기도 했다. 물론 운이 나빠서 한 푼도 못 건질 때도 있었지만.

젬 리처즈는 정직한 남자였다. 돈을 딸 수 있을 것 같은 예감이 들 때, 정말로 돈을 땄다. 그리고 돈을 따서 빌렸던 돈을 갚았다.

젬 리처즈를 아는 남자들은 그의 말이라면 무조건 믿었다. 그래서 젬 리처즈가 돈을 몽땅 잃으면 다른 남자들은 서슴없이 그에게 돈을 빌려주었다. 젬 리처즈가 곧 다시 돈을 딸 거라고 믿고 있었다. 그리고 젬 리처즈는 어김없이 돈을 따서 빌렸던 돈을 다 갚았다.

멜란차는 언제나 말을 사랑했다. 그리고 말을 잘 아는 젬도 좋았다. 젬 리처즈는 다소 무모한 남자였다. 그리고 이길 줄 아는 남자였다. 멜란차 허버트는 언제나 이길 줄 아는 사람이 좋았다.

멜란차 허버트는 갈수록 젬 리처즈가 좋아졌다. 두 사람의 관계는 금방 뜨거워졌다.

젬은 멜란차보다 투지가 넘치는 사람이었다. 세상의 지혜를 잘 알고 있었고, 이미 모든 걸 깨달은 남자였다.

젬 리처즈는 멜란차 허버트를 재촉했다. 멜란차에게 기다릴 시간을 주지 않았다. 멜란차는 젬과 항상 붙어 다니기 시작했다. 이보다 더 좋을 수는 없었다. 젬 리처즈는 멜란차가 원하는 모든 걸 가진 남자였다. 멜란차가 원했던 딱 그런 남자였다.

멜란차가 로즈 존슨을 만나는 횟수는 점점 줄어들었다. 로즈는 멜란차가 사는 방식이 딱히 마음에 들지는 않았다. 젬 리처즈는 그럭저럭 괜찮았지만, 남자들과 있을 때 어떻게 처신해야 하는지 전혀 모르는 멜란차가 문제였다. 로즈는 샘에게 멜란차가 너무 서두르고 있어서 걱정스럽다는 얘기를 자주 했다. 그리고 다른 사람들을 만나면 샘에게 했던 얘기를 그대로 또 했다. 하지만 로즈는 이제 멜란차에게 별 의미 없는 존재였다. 멜란차 허버트는 젬 리처즈만 있으면 충분했다.

젬 리처즈와 멜란차 허버트의 관계는 점점 더 뜨거워졌다. 젬 리처즈는 멜란차에게 결혼하고 싶다는 얘기를 꺼냈다. 멜란차를 향한 젬의 사랑은 나날이 깊어졌고, 그녀에게 젬은 이 세상 전부나 다름없었다. 그래서 젬은 백인들이 하는 것처럼 두 사람이 약혼했다는 징표로 멜란차에게 반지를 주었고, 머지않아 결혼식을 올리기로 약속했다. 이렇게 자신을 생각해주는 젬을 보며 멜란차는 무한한 행복을 느꼈다.

멜란차는 젬과 함께 경마장에 가는 것도 무척 즐거웠다. 젬은 요즘 경마에서 돈을 제법 잘 따고 있어서 멋진 마차를 타고 다녔다. 젬과 함께 마차에 앉아 있는 멜란차의 모습도 꽤 근사했다.

멜란차는 젬 리처즈 같은 남자가 자기를 좋아한다는 사실이 뿌듯했다. 자기 마음을 너무나 잘 알아주는 젬이 좋았다. 멜란차는 젬을 사랑했고, 젬이 자기를 원하는 이 상황도 사랑했다. 젬이 자기와 결혼하고 싶어 한다는 사실도 사랑했다. 젬 리처즈는 점잖고 올곧은 남자여서 주변의 남자들도 항상 젬을 우러러보았고 신뢰했다. 멜란차에게는 그녀를 만족시킬 수 있는 남자가 필요했다.

멜란차는 너무 행복한 나머지 바보가 되어가고 있었다. 좋은 말도 여러 필 가지고 있는 데다가 세상에 무서울 게 없는 용감한 젬 리처즈 같은 남자가 자기와 약혼을 했고, 약혼 선물로 이 반지를 주었다며 아무에게나 자랑하고 다녔다.

멜란차는 로즈 존슨 앞에서도 기쁨을 감추지 않았다. 멜란차는 최근 들어 로즈 존슨의 집에 다시 드나들고 있었다.

멜란차는 사랑에 눈이 멀어 바보가 되어가고 있었다. 그리고 자랑을 들어줄 사람이 필요해서 로즈 존슨의 집을 자주 찾았다.

멜란차는 젬 리처즈에게 완전히 빠져 있었다. 사랑에 완전히 미치고 눈이 멀어서 바보가 되어가고 있었다.

로즈는 멜란차가 하는 짓이 영 마음에 들지 않았다. "아녜요, 샘. 멜란차가 젬 리처즈랑 약혼하지 말았어야 한다는 얘기가 아니에요. 젬 리처즈도 그럭저럭 괜찮은 남자이고요. 세상에서 자기가 제일 똑똑한 줄 알고, 세상이 다 자기 거라고 생각하는 인간이긴 하지만 그 정도면 나쁘지 않아요. 멜란차한테 반지를 준 걸 보면 결혼하고 싶다는 말도 진심인 것 같아요. 그런데 멜란차가 하는 짓이 영 마음에 들지 않는단 말이에요. 약혼을 해서 좋은 건 알겠지만 그렇게 촐랑거리면 안 되는 거예요. 품위 있는 여자는 절대 그러지 않는단 말이에요. 그런 여자를 좋아할 남자는 없다고요. 제가 아는 남자들은 그래요, 샘. 남자들이 어떤지는 저도 잘 아니까요. 백인 남자가 어떤지도 잘 알고, 흑인 남자가 어떤지도 잘 알아요. 제가 백인들 밑에서 자랐잖아요. 어쨌든 남자들은 그런 여자를 좋아하지 않아요. 자기 여자를 지극히 사랑한다면 그러고 다녀도 참을 수 있겠죠. 하지만 약혼밖에 하지 않았는데 그러고 다니면 정말 안 되는 거예요. 정식으로 결혼한 사이라면 남자가 괜찮다고 할 수 있겠지만 말이에요. 제가 언제 틀린 말 한 적 있어요? 저도 다 아니까 하는 말이에요. 젬 리처즈 같은 남자는 절대 결혼할 족속이 아니에요. 멜란차가 계속 그런 식으로 행동하면 절대 결혼하지 않을 거라고요. 반지를 줬어도 아무 의미 없어요. 반지 말고 다른 걸 줬어도 마찬가지고요. 여자가 멜란차처럼 저렇게 바보같이 촐랑거리면 아무것도 소용없는 법이에요. 멜란차한테 좋지 않은 일이 생기는 건 저도 싫어요. 하지만 멜란차가 계속 저러고 다니는 건 정말 마음에 들지 않아요, 샘. 하지만 멜란차한테는 아무 말도 하지 않을 거예요. 요즘에는 멜란차가 오면 얘기를 가만히 듣고만 있어요. 곰곰이 생각해봤는데 멜란차에게는 이제 아무 말도 하지 않으려고요. 멜란차도 젬 리처즈와 약혼할 때까지 저한테 아무 얘기 안 했어요. 하여간 정말 마음에 안 든다니까요. 젬 리처즈를 만나기 시작했을 땐 우리 집에 오지도 않았잖아요. 이제 멜란차에게 아무 얘기도 안 할 거예요. 저하고는 상관도 없는 일이에요. 더 이상 하고 싶은 말도 없어요. 멜란차가 떠들면 가만히 듣기만 할 거예요. 싫다니까요, 샘. 멜란차한테 아무 말도 하고 싶지 않다고요. 이제 자기가 알아서 해야죠. 저도 멜란차가 안 좋은 일에 휘말리는 건 보고 싶지 않지만, 멜란차가 그렇게 나오는데 제가 이래라저래라 해서 뭐하겠어요? 젬 리처즈가 어떻게 나올지 두고 보라고요. 제 말이 틀리지 않을 거예요. 척 보면 다 안다니까요."

멜란차 허버트는 또 다시 골치 아픈 일에 휘말릴 거라고는 생각하지 못했다. 멜란차는 사랑에 눈이 멀어 바보가 되어가고 있었다.

젬 리처즈는 경마가 잘 풀리지 않아 애를 먹고 있었다. 멜란차도 젬과 함께 있을 때면 무언가 문제가 있다는 느낌을 받았다. 젬이 하는 일이 잘 안 풀리고 있다는 건 알았지만, 그 문제가 두 사람 관계에 영향을 미칠 거라고 생각하지는 않았다.

한 번은 멜란차가 젬에게 이런 얘기를 했었다. 젬이 교도소에 가거나 거지가 된다고 해도 자기는 언제나 함께할 거라고. 멜란차는 또 다시 말했다. "당신도 알죠? 당신한테 무슨 일이 생기든 내 마음은 변하지 않을 거예요. 어디 한번 확인해봐요. 그렇게 걱정하지 말고 과감하게 밀어붙여보라고요. 제가 당신을 사랑하는 것처럼 당신도 절 사랑한다는 거 다 알아요. 제가 당신과 함께하길 바란다면, 저는 더 이상 바랄 게 없어요. 당신이 저와 결혼하겠다고 말 한마디만 하면, 저는 언제든 당신과 결혼할 거예요. 다른 건 아무것도 중요하지 않아요. 돈도 필요 없어요. 그렇게 걱정하는 얼굴로 보지 말아요."

멜란차 허버트는 사랑에 완전히 미쳐서 바보가 되어가고 있었다. 멜란차는 젬 리처즈에게 끊임없이 사랑을 표현했지만, 젬은 경마가 잘 안 풀리고 있던 터라 멜란차의 사랑이 부담스럽게 느껴졌다. 일이 이렇게 안 풀리는 상황에서 누구와도 결혼하고 싶지 않았다. 이런 상황에서 결혼할 남자는 없었다. 하지만 멜란차는 사랑에 미쳐서 완전히 바보가 되어버렸고, 말없이 모든 걸 젬에게 맡기고 기다렸다. 젬 리처즈는 곤란한 상황에 처했을 때 함께 어려움을 헤쳐 나가줄 여자는 필요하지 않았다. 이런 시기에 젬 리처즈 같은 남자에게 필요한 건 사랑이 아니었다.

하지만 멜란차에게 간절히 필요한 건 사랑이었다. 멜란차는 언제나 이런 사랑을 꿈꿔왔지만, 사랑을 지키기 위해 어떻게 해야 하는지 전혀 모르고 있었다. 젬 리처즈에게 문제가 있다는 게 이제 멜란차의 눈에도 확실히 보였다. 하지만 젬에게 물어볼 용기는 없었다. 젬은 물건들을 내다 팔고 돈을 끌어다 줄 사람을 찾느라 정신없이 바빴다.

얼마 안 있으면 로즈 존슨의 아기가 태어날 예정이었다. 멜란차에게는 차라리 잘된 일이었다. 아기가 태어날 날이 가까워지면 로즈가 멜란차의 집에 와서 함께 지내기로 전부터 두 사람 사이에 약속이 되어 있었다. 멜란차가 늙은 흑인 여자와 함께 사는 그 집은 병원에서 가까워 의사의 도움을 받기가 수월했고, 그 집에 있으면 멜란차가 온종일 곁에서 로즈를 돌봐줄 수 있었다.

멜란차는 로즈 존슨에게 더없이 다정했다. 보통 여자가 할 수 있는 일이라면 뭐든지 다 했다. 옆에서 수발을 들다가 로즈가 투정을 부려도 꾹 참고 비위를 맞춰주었다. 하지만 겁만 많고, 철은 하나도 없으며, 퉁명스럽기까지 한 흑인 로즈는 불평을 늘어놓으며 난리법석을 떨었고, 사람들이 싫어할 짓만 골라 하면서 멍청한 짐승처럼 굴었다.

멜란차는 로즈를 돌보면서 가끔씩 젬 리처즈도 만났다. 젬 리처즈를 만나러 갈 땐 마음을 단단히 먹었다. 멜란차는 결코 강인하고 긍정적인 사람이 아니었지만 모든 걸 걸고 싸워야 하는 상황에 처했을 때 바보 같은 짓을 저지르고 싶지는 않았다.

멜란차 허버트는 요즘 다시 로즈 존슨과 가깝게 지내고 있었다. 멜란차가 로즈 존슨에게 고민을 얘기하면, 그녀는 예전처럼 조언을 해주기도 했다.

멜란차는 로즈에게 젬 리처즈와 나눴던 대화를 들려주기도 했다. 요즘 들어 젬 리처즈와 말이 잘 통하지 않았다. 멜란차는 젬 리처즈가 원하는 게 뭔지 궁금했다. 멜란차가 결혼해서 좋은 친구처럼 지내고 싶다고 하면 젬은 별로 좋아하지 않았다. 멜란차가 "좋아요. 그럼 이제 당신이 준 반지는 끼고 다니지 않을래요. 결혼할 사이도 아닌데 계속 만날 필요 없어요"라고 말해도 좋아하지 않긴 마찬가지였다. 젬 리처즈는 대체 뭘 원하는 걸까?

멜란차는 젬이 준 반지를 손가락에서 뺐다. 그리고 반지를 항상 느낄 수 있게 끈에 묶어서 목에 걸고 다녔다. 정말 딱하기 그지없었다. 하지만 젬 리처즈와 함께 있으면 멜란차도 마음을 단단히 먹었기 때문에, 그는 전혀 눈치채지 못했다. 젬 리처즈는 반지를 끼고 다니지 않는 멜란차를 보면서 굉장히 섭섭해했다가, 또 무척 안도하기도 했다. 멜란차는 젬 리처즈가 원하는 게 뭔지 영원히 알 수 없을 것 같았다.

젬에게 다른 여자가 있는 건 아니었다. 그래서 언젠가는 젬이 다시 뜨거운 사랑을 가지고 자신에게 돌아올 거라 믿었다. 젬이 다시 돌아오면 둘만의 세상을 만들어갈 수 있었다. 다른 사람이면 몰라도 젬 리처즈는 그렇게 해줄 것 같았다. 젬 리처즈는 멜란차 허버트보다 더 과감한 사람이었다. 싸워서 이기는 방법도 더 잘 알고 있었다. 하지만 멜란차는 젬이 싸워서 이길 때까지 말없이 기다리기가 힘들었다.

젬 리처즈는 아직도 일이 잘 풀리지 않고 있었다. 이렇게 오랫동안 운이 나빴던 적은 한 번도 없었다. 젬은 다른 지역에 가서 운을 시험해봐야겠다는 얘기를 하기 시작했다. 하지만 멜란차에게 함께 가자는 말은 하지 않았다.

어떤 날은 멜란차도 젬의 말을 순순히 믿었지만, 어떤 날은 그의 말을 도저히 믿을 수가 없어서 속이 뒤집힐 지경이었다. 젬은 멜란차에게 대체 뭘 원하는 걸까? 다른 여자가 없는 건 확실했다. 그건 멜란차도 확실히 알고 있었다. 멜란차가 젬에게 다가갈 수 없다고, 젬이 그녀를 원하지 않기 때문에 다가갈 수 없다고 말하면, 젬은 태도를 확 바꿔서 자기에게는 멜란차가 필요하다고, 그녀가 곁에 함께 있길 원한다고 말했다. 하지만 멜란차와 어서 결혼하고 싶다는 말은 하지 않았다. 젬은 이렇게 어려운 상황에서는 누구하고든 결혼할 수 없다는 말을 자주 했다. 그리고 이 곤란한 상황이 언제 끝날지는 젬도 모른다고 했다. 멜란차는 그래도 반지를 포기하고 싶지 않았다. 젬이 이렇게까지 사랑한 여자는 자기가 처음이라는 걸 알고 있었다. 그래서 다시 한동안 반지를 끼고 다녔지만, 문제가 해결되긴커녕 자꾸 심각해지기만 했다. 결국 멜란차는 젬이 준 반지를 절대 끼지 않겠다고 말하고, 다시 반지를 끈에 묶어서 목에 걸고 다녔다.

이렇게 하면 멜란차는 항상 반지가 거기 있다는 걸 느낄 수 있었지만, 남들에게 들킬 염려는 없었다.

가여운 멜란차는 사랑에 미쳐서 바보가 되어버린 게 분명했다.

멜란차에게는 이제 그 어느 때보다도 로즈 존슨이 필요했다. 로즈는 멜란차에게 조언 몇 마디는 해줄 수 있었지만 큰 도움이 되지는 않았다. 이제 누가 조언을 하든 소용없었다. 멜란차가 젬 리처즈와의 관계를 되돌리기에는 때가 이미 너무 늦어버렸다. 이 사실을 로즈도 알고 있었고, 멜란차도 알고 있었다. 하지만 그걸 믿느니 차라리 죽는 게 나을 것 같았다.

멜란차에게 유일한 위안은 로즈였다. 완전히 지쳐 쓰러질 때까지 로즈의 시중을 들다 보면 그나마 마음이 조금 편해졌다. 멜란차는 로즈가 원하는 건 뭐든지 다 했다. 샘 존슨이 멜란차를 대하는 태도도 한결 상냥하고 부드러워졌다. 멜란차가 로즈에게 워낙 잘했기 때문에, 샘도 로즈 곁에서 로즈를 도와주고 위로해주는 그녀가 고맙게 느껴졌다.

로즈는 무척 힘들게 아기를 낳았고, 멜란차는 보통 여자가 할 수 있는 일이라면 뭐든지 다 했다.

아기는 건강하게 태어났지만 오래 살지는 못했다. 로즈 존슨은 이기적인 데다가 조심성까지 없어서, 멜란차가 다른 일 때문에 어쩔 수 없이 며칠 집을 비운 동안 아기는 죽고 말았다. 로즈 존슨은 아기를 예뻐했지만 어쩌다 그 존재를 잠시 잊어버렸고, 그 사이 아기가 죽은 것이다. 로즈와 샘은 너무 속상했지만, 브리지포인트의 흑인 사회에서 갓 태어난 아기가 죽는 일은 흔했기 때문에 아기의 죽음을 마음에 오래 담아 두지는 않았다. 로즈는 어느 정도 몸이 회복되자 샘과 함께 자기 집으로 돌아갔다. 샘 존슨은 아내가 힘든 일을 겪는 동안 곁에서 잘 챙겨준 멜란차에게 무척 상냥하고 부드럽게 대했다.

멜란차 허버트와 젬 리처즈의 관계는 전혀 나아질 기미가 보이지 않았다. 젬은 이제 멜란차를 자주 보려고 하지도 않았다. 멜란차와 함께 있을 땐 더없이 친절하긴 했다. 하지만 경마에서 영 소득이 없었기 때문에 걱정이 많았다. 돈을 벌기 시작한 이래 이렇게 오랫동안 일이 풀리지 않은 건 이번이 처음이었다. 젬 리처즈는 멜란차에게 여전히 상냥하긴 했지만 결혼 문제까지 신경 쓸 여력이 없었다. 멜란차는 젬과 더 이상 싸우고 싶지 않았다. 젬이 골치 아픈 문제를 해결하려고 애쓰고 있다는 게 멜란차의 눈에도 빤히 보였기 때문에 이런 취급을 받는다고 해서 불평할 수도 없었다.

이따금 젬과 멜란차는 오랫동안 마음을 터놓고 얘기하긴 했지만 서로 의견이 일치하지 않는다는 사실만 확인할 뿐이었다. 멜란차는 젬과 의견이 다르다고 해서 젬과 싸우고 싶지 않았다. 지금 돌아가는 상황이 마음에 안 든다고 해서 젬을 비난할 수도 없는 노릇이었다. 젬은 멜란차에게 친절했다. 그리고 하는 일이 잘 안 풀려서 힘들다고 멜란차에게 솔직히 얘기했다. 멜란차는 젬의 마음이 예전 같지 않다는 걸 눈치챘지만, 젬의 마음속에 들어가서 확인할 방법은 없었다.

멜란차 허버트와 젬 리처즈의 사이는 이제 전혀 회복될 기미가 보이지 않았다. 멜란차는 로즈 존슨과 보내는 시간이 늘었다. 로즈는 멜란차가 집에 와서 집안일을 거들어준다고 하면 언제나 환영이었다. 멜란차에게 불평을 늘어놓는 것도, 잔소리를 퍼붓는 것도 즐거웠다. 골치 아픈 일에 휘말리지 않고 잘 살려면 어떻게 해야 하는지 연설을 늘어놓는 것도 즐거웠다. 샘 존슨은 요즘 들어 유난히 멜란차에게 친절하고 상냥했다. 멜란차의 처지가 딱하다고 생각하고 있었다.

젬 리치즈는 멜란차를 절망으로 몰아넣기 시작했다. 젬이 더 이상 만나고 싶어 하지 않는다는 걸 멜란차가 확신할 수 있을 정도로 심한 말을 할 때도 있었다. 멜란차는 우울한 생각에서 벗어날 수 없었다. 로즈를 만나면 차라리 죽고 싶다고, 죽는 게 가장 좋은 방법인 것 같다는 말도 자주 했다.

로즈 존슨은 그 말이 전혀 이해되지 않았다. "왜 그런 말을 하는지 모르겠어, 멜란차. 우울하다고 해서 자살을 하다니. 나는 우울해도 자살 같은 건 절대 하지 않을 거야. 우울해서 다른 사람을 죽이면 몰라도 절대 자살은 안 한다고. 만에 하나 내가 자살을 한다면 그건 실수야. 아, 실수로 자살하면 정말 슬프겠다. 기분이 그렇다고 해서 그렇게 바보 같은 소리를 하면 안 돼. 네가 그렇게 바보 같은 소리를 하니까 꼭 문제가 생기는 거야. 내 말이 맞다니까? 내가 너랑 알고 지내는 동안 그렇게 좋은 얘기를 많이 해줬는데 대체 뭘 들은 거니? 너처럼 그렇게 말하고 행동하는 건 절대 안 될 일이야. 그런데 너는 꼭 그러더라니까. 그건 내 말이 맞아. 내가 잘 안다고. 어쩜 그렇게 말을 해줘도 배울 생각을 안 해? 내가 널 돕겠다고 이렇게 애쓰는데 너는 어쩜 늘 그 모양이니? 아무하고나 어울리고 말이야. 내 말도 이렇게 안 듣는데 누구 말인들 듣겠어. 네가 계속 그렇게 나오면 나도 너한테 아무 말도 하지 않을 거야. 너한테 이런 얘길 하는 게 나도 마냥 좋지만은 않다고. 너하고 결혼하고 싶어서 안달 났다는 젬 리처즈하고도 결국 그렇게 됐잖니. 그럴 줄 알았다니까. 샘한테 맨날 그렇게 얘기했거든. 젬 리처즈와 그렇게 된 건 나도 정말 유감이지만, 그 남자하고 약혼했을 때 나한테 와서 얘기했어야 해. 그럼 내가 봐줬을 거 아냐? 결국 또 이렇게 문제가 생겼잖아. 그럴 줄 알았다니까. 네가 이런 일을 겪는 게 당연하다는 얘기가 아니야. 하지만 네가 처신을 잘했으면 이런 일도 없었을 거야. 그리고 우울해서 죽고 싶다는 얘길 자꾸 하는데 정신이 똑바로 박힌 여자라면 절대 그런 생각은 하지 않아."

로즈의 말이 멜란차에게 먹히는 것 같긴 했지만, 로즈도 마음이 편치는 않았다. 어쨌든 로즈는 멜란차에게 도움이 될 수 없었다. 멜란차 허버트는 앞으로 어떻게 해야 할지 전혀 모르고 있었다. 멜란차는 젬 리처즈와 함께 있고 싶었지만, 젬은 멜란차를 원하지 않는 것 같았다. 이런 상황에서 멜란차가 뭘 할 수 있단 말인가. 로즈에게 말한 것처럼 자살하는 게 나을지도 몰랐다. 멜란차가 할 수 있는 건 이제 그것밖에 없었다.

샘 존슨은 더 부드럽고 친절하게 멜란차를 대했다. 가여운 멜란차. 저 여자는 다른 사람들을 위해서라면 힘든 일도 마다하지 않는 착하고 상냥한 사람인데, 늘 평화롭고 조용한 삶을 원하는 사람인데, 또 다시 곤란한 상황에 처하고 말았다. 샘은 요즘 들어 로즈에게 이런 얘길 자주 했다.

"멜란차한테 그렇게 안 좋은 일이 생겼다고 해서 멜란차를 나쁘게 얘기하고 싶지는 않아요, 샘. 하지만 멜란차도 잘한 게 없잖아요. 늘 똑같은 실수를 반복하니까요. 젬 리처즈하고도 그렇고요. 그 남자는 마음이 떠난 게 분명한데, 멜란차는 똑바로 보질 못하고 있어요. 멜란차가 그 남자한테 그렇게 매달리는 것도 정말 마음에 안 들고요. 게다가 멜란차는 솔직하게 말할 때가 없어요. 자기 생각을 솔직히 말하지 않는다니까요? 멜란차한테 처신 똑바로 하라는 얘기는 저도 더 이상 하고 싶지가 않아요. 그 애는 맨날 '알았어, 로즈. 네가 말한 대로 할게' 이래놓고 절대로 그렇게 하는 법이 없어요. 멜란차가 상냥하고 착하긴 해요. 저도 멜란차가 다른 사람 도울줄 모르는 인정머리 없는 여자애라고 말하려는 건 아니에요. 그런데 어떻게 보면 옳고 그른 게 뭔지 모르는 사람인 것 같기도 하고, 또 어떻게 보면 거짓말만 달고 사는 사람 같기도 해요. 게다가 요즘 멜란차가 이상한 짓을 하고 다닌다는 얘기도 들었어요. 멜란차를 아는 여자들이 있거든요. 멜란차가 밖에 나가서 어떻게 하고 다니는지 얘기해주더라고요. 저한테 멜란차의 행실에 대해서 어쩌구저쩌구 얘길 해대는데, 아무래도 멜란차가 이러다가 신세 망칠 것 같아서 걱정이에요, 샘. 안 그래도 우울해서 죽고 싶다는 얘길 자주 하는데 어쩌면 좋아요. 정신이 똑바로 박힌 여자라면 그런 생각은 절대 안 할 텐데 말이에요. 당신도 잘 알잖아요. 제가 언제 틀린 말 한 적 있어요? 당신도 조심해요, 샘. 내 말 잘 들으라니까요. 당신도 조심해야 해요. 멜란차를 계속 보다 보니 속이 음흉한 애 같아요. 그러니까 당신도 조심해요. 내가 한 말 잊지 말고요. 저는 틀린 말 하지 않는다니까요."

처음에는 샘도 멜란차 편을 들어주려고 했다. 샘은 요즘 멜란차를 보면 친절하고 부드럽게 대했다. 멜란차는 샘과 있을 땐 말을 거의 하지 않았다. 대신 샘이 무슨 말을 하면 조용히 경청했고, 그가 뭘 부탁하면 항상 나긋나긋하게 들어주었다. 샘은 이런 멜란차가 좋았다. 하지만 다른 사람과 말씨름하고 싶지는 않았다. 멜란차는 로즈가 제일 잘 알 테니 샘은 더 이상 그녀 일에 참견하고 싶지 않았다. 멜란차의 수수께끼 같은 성격도 그다지 마음에 들지 않았다. 그저 샘에게 늘 나긋나긋하고 로즈가 원하는 건 뭐든 다 해주는 그런 멜란차가 좋을 뿐이었다. 멜란차는 샘에게 절대 중요한 존재가 될 수 없었다. 샘이 원하는 건 아늑한 집에서 식구들과 함께 살면서 낮에는 일터에 나가 열심히 일하고, 저녁에는 지친 몸을 이끌고 집에 돌아와 저녁을 먹는 규칙적이고 안정적인 삶이었다. 그리고 어서 빨리 아이를 낳아 좋은 아버지 노릇도 해보고 싶었다. 그래도 샘에게는 멜란차의 처지가 참 딱해 보였다. 정말 착하고 상냥한 여자인데 젬 리처즈라는 나쁜 인간을 만나서 그런 수모까지 겪고 참 안된 일이었다. 그렇게 난잡한 남자를 좋아하는 여자들은 꼭 끝이 좋지 않았다. 멜란차가 로즈의 친구이긴 했지만, 여자에게 잘할 줄도 모르고 믿음직스럽지도 못한 남자에게 빠져서 고생하는 여자들의 문제에는 샘도 별로 신경 쓰고 싶지 않았다.

샘은 로즈 앞에서 멜란차 이야기는 일절 하지 않았다. 멜란차를 보면 항상 친절하게 대했지만, 얼마 전부터 그녀는 자주 오지 않았다. 그러더니 최근에는 아예 발길을 끊은 것 같았다. 샘은 로즈에게 아무것도 묻지 않았다.

멜란차 허버트는 이제 로즈 존슨의 집에 전처럼 자주 들르지 않았다. 이제 로즈에게는 멜란차가 별로 필요하지 않은 것 같았다. 로즈는 멜란차에게 집안일을 맡기려고 하지도 않았다. 멜란차는 로즈의 말에 늘 고분고분하게 대답했고, 그녀가 필요한 게 있으면 뭐든지 나서서 다 해주었다. 그런데 어느 날 로즈는 자기가 직접 하는 게 더 나을 것 같다며 거절했다. 멜란차는 로즈의 집에 몇 시간이고 머무르면서 로즈를 거들어주고 싶었지만, 로즈는 멜란차에게 더 이상 거들어줄 사람이 필요 없으니 집에 돌아가라고 했다. 로즈는 이제 정신이 좀 드는 것 같다고 했다. 꼭 아기를 잃어서 그런 건 아니라고 했다. 샘도 일을 마치고 집에 돌아오면 로즈가 혼자 집에 있는 게, 단둘이 저녁 식사하는 게 좋다고 말하기도 했다. 여름에는 증기선에 승객이 많아서 샘이 무척 피곤해하기 때문에 집에서는 조용히 식사하고 싶어 한다고, 그러니 집에 괜히 사람들이 드나들어서 그를 피곤하게 하지 않았으면 좋겠다고 했다.

로즈는 점점 멜란차가 자기네 집에 오지 않길 바라는 사람처럼 행동했고, 이제 멜란차를 만나고 싶어 하지도 않는 것 같았다. 멜란차는 로즈에게 대체 왜 그러는 거냐고 물을 생각도 하지 못했다. 멜란차는 로즈가 언제나 그 자리에서 자기를 구원해주길 바라고 있었다. 멜란차는 로즈를 붙잡고 싶은 마음이 간절했지만, 로즈는 단호하기 그지없었다. 멜란차는 로즈에게 다시는 자기를 만나지 않을 거냐고 묻는 것조차도 겁이 나서 물을 수 없었다.

늘 부드럽게 대해주던 샘도 더 이상 만날 수 없었다. 어쩌다가 로즈의 집에 가면 로즈는 샘이 집에 오기 전에 멜란차를 집에 돌려보내려고 서둘렀다. 하루는 로즈가 친절하게도 멜란차에게 일을 좀 시켜줘서 멜란차가 조금 늦게까지 로즈의 집에 남아 있다가 집에 돌아가려고 막 나섰는데, 마침 귀가 중이던 샘과 마주쳤다. 그때 샘은 멜란차에게 상냥하게 인사말을 건넸다.

다음 날, 로즈 존슨은 멜란차를 집에 들여보내주지 않았다. 로즈는 계단 위에 버티고 서서 멜란차에게 자기 생각을 늘어놓기 시작했다.

"멜란차, 너는 이제 우리 집에 오면 안 될 것 같아. 나까지 널 힘들게 하고 싶지 않아. 네가 우리 집에 와서 일을 거들어주지 않아도 난 괜찮을 것 같아. 요즘 샘 돈벌이가 괜찮아서 매일 집안일을 해줄 여자애를 고용할 수 있거든. 그러니 이제 네가 우리 집에 오지 않았으면 좋겠어." "대체 왜, 내가 뭘 잘못했다고 그래? 나한테 이렇게까지 하는 이유가 뭔지 모르겠어." "내가 너를 어떻게 대하든 네가 불평할 자격은 없는 것 같은데. 무한한 인내심을 가지고 너를 기다려준 사람은 나밖에 없을 테니까. 지금 너에 대해 정말 안 좋은 이야기가 나돌고 있는 거 아니? 사람들이 네가 밖에 나가서 어떻게 하고 다니는지 다 얘기해줬어. 내가 너한테 그렇게 잘해줬는데, 너는 한 번도 솔직했던 적이 없잖아! 나도 네가 행복하길 바라는 사람이야. 네가 품위 있고 올바르게 행동할 줄 아는 여자였으면 정말 좋았을 텐데 말이다. 사람들이 너에 대해 그런 얘기를 하는 것도 듣고 싶지 않아. 멜란차, 나는 이제 너를 못 믿겠어. 정말 미안하지만 더 이상 너를 보고 싶지 않아. 나도 이러지 않고 싶지만 다른 방법이 없구나. 이제 너한테 할 말 없어." "하지만, 로즈. 나는 정말 모르겠어. 내가 뭘 어쨌다고 나한테 이러는 거야? 사람들이 나에 대해 나쁜 말을 하고 다닌다고 해도 중요한 건 그게 아니잖아. 그 사람들이 그냥 거짓말하는 걸 수도 있잖아. 그 사람들이 거짓말한 걸 거야. 맹세코 네게 부끄러울 만한 짓을 한 적 없어. 나한테 대체 왜 이래, 로즈? 샘은 그렇게 생각하지 않을 거야. 로즈, 네가 원하는 거라면 뭐든지 다 했잖아, 로즈." "여기 이렇게 서서 더 얘기해봤자 아무 소용없어, 멜란차 허버트. 난 더 이상 할 말 없으니까. 샘은 여자에 대해 아무것도 몰라. 일이 이렇게 돼서 나도 정말 유감이지만, 네가 그렇게 나쁜 짓을 하고 다니고 사람들도 안 좋은 말만 하니까 나도 별수 없어. 여기 이렇게 서서 아무리 아니라고 해봤자 소용없어. 내가 그렇다면 그런 거니까, 멜란차 허버트. 너는 절대 정숙한 여자가 되지 못할 거야. 나는 나름대로 최선을 다했지만, 분별력이 없는 사람한테 그런 얘기 백날 하면 뭐하겠어. 들으려고 하지도 않는데 시간 낭비일 뿐이지. 게다가 너는 솔직한 게 뭔지도 모르는 애야. 나도 네가 불행한 건 원하지 않지만, 우리 집에 계속 오는 것도 원하지 않아. 내가 그렇게 얘기했는데도 너는 처신을 똑바로 하고 다닐 생각이 전혀 없는 것 같아. 그래서 샘과 나는 네가 앞으로 우리 집에 드나들지 않았으면 좋겠어, 멜란차 허버트. 그러니 이제 돌아가. 어쨌든 네가 불행하지 않길 바란다."

로즈 존슨은 집 안으로 들어가 문을 닫았다. 멜란차는 정신 나간 사람처럼 멍하니 서 있었다. 이 충격을 어떻게 감당해야 할지 알 수 없었다. 충격이 너무 커서 곧 죽을 것 같은 기분이었다. 멜란차는 천천히 걸음을 옮기기 시작했다. 충격이 너무 커서 뒤돌아볼 기력조차 없었다.

멜란차 허버트는 가슴이 너무 시리고 아팠다. 로즈가 자길 믿어주었으면 했다. 멜란차는 언제나 로즈 곁에 머물고 싶었다. 안전하다는 기분을 느낄 수 있게 해줄 사람이 필요했다. 그런데 로즈는 멜란차를 내쳤다. 멜란차에게 가장 필요한 사람은 로즈였다. 다른 사람은 별로 중요하지 않았다. 로즈는 언제나 단호하고 단순명료한 사람이었다. 멜란차에게 딱 맞는 사람이었다. 그런데 그런 로즈가 멜란차를 내쳤다. 멜란차는 이제 모든 걸 잃었다. 눈앞의 세상이 미친 듯이 빙글빙글 돌면서 춤을 췄다. 멜란차는 세상에서 나가떨어질 것 같은 기분이었다.

혼자 남겨진 멜란차 허버트는 금세 나약해졌다. 혼자서는 전혀 안전하다고 느낄 수 없었다. 로즈 존슨이 그녀 인생에서 멜란차를 밀어냈기 때문에, 멜란차는 로즈에게 가까이 다가갈 수 없었다. 멜란차 허버트는 자기에게 남은 건 아무것도 없다는 사실을, 그 무엇도 그녀를 도울 수 없다는 사실을 잘 알고 있었다.

멜란차는 그날 밤 젬 리처즈를 만나러 갔다. 늘 만나던 곳에서 만나기로 했었다. 젬 리처즈는 잠시 딴 데 정신이 팔린 사람처럼 굴더니, 조만간 다른 지역에 가서 경마를 하며 운을 시험해볼 계획이라고 했다. 멜란차는 몸이 떨리기 시작했다. 이제 젬마저도 그녀를 버리고 떠나려고 했다. 젬 리처즈는 자기 얘기만 계속 늘어놨다. 여기서는 계속 운이 없었으니, 다른 지역에 가서 손실을 메꿀 수 있을지 알아봐야 한다고 했다.

젬은 갑자기 말을 멈추고 멜란차를 똑바로 쳐다보았다.

"솔직히 말해봐요, 멜란차. 더 이상 나한테는 미련이 없는 거죠?" 젬이 말했다.

"왜 그렇게 묻는 거예요, 젬 리처즈?" 멜란차가 말했다.

"왜 그렇게 묻는 거냐고요? 세상에. 내가 이제 당신한테는 전혀 관심이 없으니까 그렇죠. 그래서 물어보는 거라고요."

멜란차는 이 말에 영원히 대답할 수 없을 것 같았다. 젬 리처즈는 잠시 기다리다가 멜란차를 두고 가버렸다.

멜란차 허비트는 두 번 다시 젬 리처즈를 보지 못했다. 로즈 존슨도 두 번 다시 보지 못했다. 멜란차는 로즈를 볼 수 없다는 사실에 너무 괴로웠다. 로즈 존슨은 그만큼 멜란차의 마음속에 깊이 자리 잡고 있었다.

"요즘은 멜란차 허버트하고 안 만나." 로즈는 멜란차의 소식을 묻는 사람들에게 이렇게 말했다. "멜란차는 이제 우리 집에 오지 않거든. 멜란차가 남자들이랑 방탕하게 어울려 다녀서 내가 어쩔 수 없이 싫은 소리를 좀 했어. 멜란차 허버트는 정말 가망이 없는 애야. 나도 그렇지만 샘도 멜란차를 보고 싶지 않다고 하더라고. 내가 아무리 얘길 해도 들어먹질 않잖아. 조심하지 않고 계속 그러고 다니다가는 큰일 날 거라고 그렇게 경고했지만 자기가 싫다는데 어떡하겠어? 이제 멜란차가 우리 집에 오는 것도 싫다니까. 자기 하고 싶은 대로 하겠다는 여자를 막을 생각은 나도 없어. 하지만 멜란차가 그러고 다니는 건 더 못 봐주겠어. 멜란차는 그렇게 엉망으로 살다가 우울해지면 자살해버릴지도 몰라. 할 수 있는 게 그것밖에 없다고 맨날 자기 입으로 얘기했거든. 개도 참 불쌍하긴 해. 흔해빠진 깜둥이는 아니잖아. 그런데 그러면 뭐 하냐고. 내가 그렇게 얘기했는데 결국 아무 소용없었잖아. 옳고 그른 게 뭔지 전혀 모르는 애야. 멜란차한테 안 좋은 일이 더 이상 생기지 않았으면 좋겠어. 안 그러면 머지않아 자살해버릴지도 모르니까. 할 수 있는 게 그것밖에 없다는데 안 그러고 배겨? 그렇게 우울하게 사는 사람도 아마 없을 거야."

멜란차 허버트는 자살해버리는 게 가장 좋을지도 모른다고 생각하긴 했지만, 우울하다고 해서 자살하지는 않았다. 멜란차는 절대 자살한 것이 아니었다. 그저 열이 심해서 병원에 갔고, 병원에서 치료를 잘 받은 후에 잘 회복했다.

몸이 회복된 후에는 일자리를 얻어 일하기 시작했고 규칙적으로 살려고 노력했다. 그런데 또 다시 몸이 아팠다. 기침이 심했고 땀도 많이 났다. 몸이 너무 약해져서 일도 더 이상 할 수 없었다.

멜란차는 다시 병원에 갔다. 의사는 멜란차가 폐결핵에 걸려서 살 날이 별로 남지 않았다고 했다. 멜란차는 가난한 폐결핵 환자들을 위한 쉼터로 보내졌고, 그곳에서 생을 마감했다.

상냥한 레나

레나*는 성실하고 친절하고 상냥한 독일 사람이었다. 하녀 일을 한 지는 사 년이 되었고, 자기 일을 무척 좋아했다.

사 년 전에 친척을 따라 독일을 떠나서 브리지포인트로 왔고, 그 후로 쭉 이곳에서만 살았다.

레나는 지금 사는 이 집이 참 좋았다. 여주인은 상냥했고, 까다롭지도 않았다. 아이들도 마찬가지였다. 이 집 식구들은 레나를 무척 좋아했다.

요리사가 레나에게 잔소리를 엄청 퍼붓기는 했지만, 독일인답게 끈기가 있는 레나는 마음에 크게 담아두지 않았다. 마음씨 착한 요리사가 쉬지 않고 잔소리를 퍼붓는 건 다 레나 잘되라고 그런 거였으니까.

* 스타인이 볼티모어에서 지낼 때 하녀로 일했던 레나 레벤더의 이름에서 따왔지만, 이름 외에는 아무 연관성이 없다.

아침 일찍 방마다 문을 두드리며 식구들을 부르는 레나의 목소리
는 부드럽게 달래는 것 같으면서도 호소력 있게 잠을 깨웠다. 마치
여름의 뜨거운 한낮에 불어오는 감미로운 산들바람 같았다. 레나는
매일 아침 복도에 한참을 서서 독일인답게 태연한 자세로 아이들을
깨웠다. 레나는 문 앞에 한참 동안 서서 아이들의 이름을 불렀다. 아
직 잠에서 깨어나지 못한 아이들이 미련을 못 버리고 최후의 단잠에
빠져드는 동안, 레나는 차분한 목소리로 아이들을 부르고 또 불렀
다. 레나가 그렇게 아이들을 깨우는 동안 어른들은 재빨리 잠자리에
서 일어났다.

레나는 아침 내내 열심히 집안일을 하다가, 화창한 오후가 되면
여주인의 두 살배기 딸을 데리고 공원으로 나갔다.

햇살 좋은 오후에는 레나 같은 여자들이 아이들을 데리고 공원에
나와 빈둥거렸다. 이 여자들은 순진한 레나를 좋아했다. 특히 레나
를 놀리며 장난치는 걸 좋아했다. 약삭빠른 여자들이 알아들을 수
없는 이상한 말로 레나를 놀리면, 레나는 그런 말을 알아들을 수 없
었기 때문에 금방 시무룩해지고 의기소침해졌다.

늘 두세 명의 여자들이 작심해서 레나를 골렸지만, 레나는 그래도
괜찮았다. 이게 레나의 삶이었으니까.

두 살 먹은 아기가 넘어져서 울음을 터트리면 레나는 아기를 달랬
다. 아기가 모자를 떨어뜨리면 레나는 모자를 주워서 잘 챙겼다. 아
기가 심통을 부리며 장난감을 내던지면, 레나는 장난감을 주지 않겠
다고 엄포를 놓고 아기가 다시 달라고 할 때까지 돌려주지 않았다.

레나는 이렇게 평화로운 삶을 살았다. 인생이 휴가라고 할 수 있

을 만큼 평화롭고 한가로운 인생이었다. 여자들이 레나를 자꾸 놀리긴 했지만, 언제나 느긋한 레나는 그런 장난에도 별로 동요하지 않았다.

레나는 건강한 갈색 피부를 지닌 여자였다. 금발 중에 가끔 그렇게 갈색 피부를 지닌 사람들이 있었다. 노란색이나 붉은색이 섞인 갈색은 아니었고, 더운 나라 사람들처럼 초콜릿색 같은 갈색도 아니었다. 맑고 선명한 갈색이 밝은 피부 아래 고르게 빛나고 있었다. 개암나무 열매의 담갈색으로 만든 것 같은 소박하고 평범한 빛깔이었다. 숱이 많지 않고 곧게 뻗은 머리카락도 갈색이었다. 어렸을 때 담황색이었던 머리카락이 나이 들면서 점차 짙어진 것이었다.

레나는 가슴이 납작하고 허리가 꼿꼿했다. 소녀티가 완전히 가시지 않은 몸매였다. 자기 일을 묵묵히, 열심히 하는 여자답게 어깨가 앞으로 살짝 굽어 있긴 했지만, 그 외에는 고된 노동의 흔적을 별로 찾아볼 수 없었다.

레나는 항상 차분했지만 가끔 묘한 분위기를 풍겼다. 세상 물정에 어둡고 미련했지만, 흙으로 빚은 듯 부드럽고 납작한 갈색 얼굴에는 이따금 선명하게 반짝이는 순수한 무언가가 있었다. 레나의 눈썹은 굉장히 두꺼웠다. 짙은 검은색이라 더 돋보였다. 개암나무 열매 같은 담황색의 두 눈동자는 단순하고 평범했다. 흙먼지 속에서도 열심히 일하는 성실한 독일 여자의 눈동자였다.

그렇다. 레나는 이렇게 평화로운 삶을 살았다. 여자들이 레나를 자꾸 놀리긴 했지만, 언제나 느긋한 레나는 그런 장난에도 별로 동요하지 않았다.

"너 손가락에 뭐가 묻었는데?" 메리가 물었다. 메리는 레나가 공원에서 함께 어울리는 여자 중 한 명으로 성격 좋고 눈치 빠르고 똑똑한 아일랜드 사람이었다.

레나는 방금 아기가 옆에 떨어뜨린 화려한 종이 손풍금을 집어 들었다. 레나가 건강한 갈색 손가락으로 어색하게 손풍금을 잡아당기자 슬프게 끼익하는 소리가 새어 나왔다.

"이게 뭐지? 물감인가?" 레나는 이렇게 물으며 손가락을 빨았다.

"그거 독약 아니야?" 메리가 말했다. "네가 방금 먹은 그거 말이야."

레나는 손가락에 묻은 초록색 물감을 입에 넣고 쭉 빨다가, 다시 손가락을 빼고 가만히 쳐다보았다. 메리가 무슨 말을 하는 건지 도무지 이해되지 않았다.

"독약 맞지, 넬리? 레나가 방금 빨아 먹은 거 말이야." 메리가 말했다. "진짜야, 레나. 그거 진짜 독약이야. 장난치는 거 아니고 진짜라고."

레나는 조금 불안해졌다. 물감이 묻은 손가락을 다시 멍하니 바라보았다. 자기가 이걸 정말 빨아 먹은 건지 헷갈리기 시작했다.

손가락 끝에 묻은 건 아직 완전히 마르지 않은 상태였다. 레나는 치마 안쪽에 손가락을 한참 문질러 닦았다. 그러는 동안에도 손가락을 가만히 바라보았다. 자기가 먹은 게 진짜 독약인지 궁금했다.

"레나가 독약을 먹다니, 정말 안됐다. 그렇지, 넬리?" 메리가 말했다.

넬리는 미소만 지을 뿐, 아무 대답도 하지 않았다. 넬리는 까무잡잡한 피부에 마른 체형이라 이탈리아 사람 같았다. 검은 머리카락을 크게 말아서 머리 위로 올리고 다녔는데 얼굴에 무척 잘 어울렸다.

넬리는 항상 미소만 지을 뿐, 말을 많이 하지는 않았다. 가끔은 레나가 당황할 정도로 레나를 빤히 바라보았다.

세 사람은 따뜻한 햇볕을 받으며 한참을 그렇게 앉아 있었다. 레나는 이따금 손가락을 바라보며 자기가 먹은 게 진짜 독약인지 궁금해하다 손가락을 더 세게 문질러 닦았다.

메리가 레나를 보고 웃으며 놀리자, 넬리는 미소를 지으며 기묘한 표정으로 레나를 쳐다보았다.

바람이 쌀쌀해지자 세 여자는 이리저리 돌아다니는 아기들을 챙겨서 아기 엄마들에게 데리고 갔다. 레나는 자기가 먹은 초록색 액체가 정말 독약인지 아닌지 영영 알 수 없게 되었다.

레나는 사 년 동안 하녀로 일하면서, 매주 일요일이면 사 년 전 자기를 브리지포인트로 데리고 와준 고모의 집에서 시간을 보냈다.

사 년 전에 레나를 브리지포인트로 데리고 온 이 고모라는 사람은 야심이 크고 성격 좋은 독일 여자였다. 남편은 시내에서 식료품 잡화점을 운영했는데 제법 장사가 잘됐다. 레나의 고모, 헤이든 부인에게는 거의 다 큰 딸 둘과 말 안 듣고 뻐딱한 어린 아들이 하나 있었다.

헤이든 부인은 키가 작고 딴딴한 체형의 독일 여자였다. 걸을 땐 두 발로 땅을 세게 내디뎠다. 헤이든 부인은 작지만 아주 다부졌다. 얼굴도 단단해 보였다. 머리카락은 한때 금발이었지만 지금은 붉은 기가 도는 짙은 색깔이었다. 두 뺨은 혈색 좋게 반짝거렸고, 두 겹으로 접히는 턱은 짧은 사각기둥 같은 목 위로 올라온 옷깃 속에 감추고 다녔다.

이제 열넷, 열다섯이 된 두 딸은 헤이든 부인 옆에 있으면 아직 형태를 갖추지 않은 살덩어리처럼 보였다.

금발에 엄청나게 뚱뚱한 큰딸 머틸다는 느리고 단순한 아이였다. 작은딸 버사도 제 언니만큼 키가 크고 몸집도 컸지만 아주 뚱뚱하지는 않았고, 까무잡잡한 얼굴에 머리는 약삭빠른 아이였다.

헤이든 부인은 두 딸을 아주 엄격하게 가르쳤다. 특히 옷차림을 엄격하게 가르쳤다. 두 딸은 항상 옷을 잘 갖춰 입었다. 독일인 집안의 자매들답게 늘 똑같은 모자와 드레스를 착용했다. 어머니는 딸들에게 빨간 옷을 자주 입혔다. 딸들이 가지고 있는 가장 좋은 드레스도 질 좋고 두꺼운 옷감에 반짝이는 검은색 수술로 장식한 빨간 드레스였다. 자매는 붉은색의 빳빳한 펠트 모자를 썼다. 모자에는 검은색 벨벳 리본과 새 한 마리가 장식으로 달려 있었다. 어머니는 점잖은 기혼 여성답게 검은 옷을 입고 머리에 보닛을 썼다. 그리고 항상 덩치 큰 두 딸 사이에 끼어 앉아 단호하게 정면을 응시했다.

하지만 이렇게 훌륭한 독일인 어머니에게도 결점이 하나 있었다. 아들을 너무 버릇없고 말 안 듣는 삐딱한 아이로 키워버린 것이다.

헤이든 부인의 남편은 점잖고 조용한 독일 사람이라 집안일에 거의 참견하지 않았다. 그래도 아들이 사람 구실은 하게끔 못된 버릇을 뜯어고치고 싶었지만, 아내 때문에 아들에게 손을 댈 수 없었다. 결국 아들은 사고뭉치가 되고 말았다.

딸들이 이제 거의 다 컸기 때문에 조카 레나를 어서 결혼시키는 게 헤이든 부인에게는 무엇보다도 시급한 문제였다.

헤이든 부인은 사 년 전 딸들을 데리고 부모님을 만나러 독일에 갔었다. 딸들은 이 여행을 별로 내켜 하지 않았지만, 헤이든 부인에게는 무척 보람찬 여행이었다.

헤이든 부인은 인심이 후한 여자라 부모는 물론이고 인사하러 온 사촌들까지 극진히 대접했다. 사촌들은 중간계층의 농부들이었다. 소작농은 아니었기 때문에 시내에 살면서 나름 허세도 부렸다. 그래도 미국에서 태어난 헤이든 부인의 딸들에게는 다 똑같이 가난하고 냄새나는 사람들로 보였다.

헤이든 부인은 고향에 오니 참 좋았다. 일단 친근한 분위기가 좋았고, 자신이 남부럽지 않게 풍족하게 사는 것 같아서 좋았다. 왠지 중요한 사람이 된 것 같은 기분이 들었다. 친척들이 찾아와서 하는 이야기를 열심히 들어주고, 좋은 방법이 생각나면 조언도 아끼지 않았다. 지금 상황을 정리하고 앞으로 닥칠 일들을 예견하면서 과거의 어떤 부분이 잘못된 건지 꼼꼼하게 짚어주었다.

다만 두 딸이 조부모에게 버릇없이 구는 게 문제였다. 친척들에게도 못되게 굴긴 마찬가지였다. 아무리 말을 해도 딸들이 조부모에게 입을 맞추려고 하지 않아서 매일 같이 잔소리를 퍼부어야 했다. 하지만 헤이든 부인도 이곳에서 할 일이 너무 많았기 때문에 고집불통인 딸들을 앉혀 놓고 제대로 야단칠 시간은 없었다.

미국에서 태어난 두 소녀의 눈에는 흙먼지 풍기면서 일만 하는 독일 사촌들이 추하고 더럽게만 보였다. 이탈리아 노동자나 흑인 노동자들만큼이나 천해 보이는 사람들에게 아무렇지 않게 손을 대는 엄마가 이해되지 않았다. 여기 여자들은 옷도 너무 웃기게 입는 데다가 행동도 거칠고 이상했다.

두 소녀는 자기들끼리 꼭 붙어 다니면서 영어로 대화를 주고받았다. 이곳 사람들 때문에 정말 짜증 나고, 엄마가 이 사람들과 어울리지 않았으면 좋겠다는 말만 되풀이했다. 독일어도 어느 정도 할 수 있었지만, 독일어를 쓰고 싶은 생각이 전혀 들지 않았다.

헤이든 부인은 큰오빠 가족에게 특히 신경을 많이 썼다. 이 집에는 아이들이 여덟이나 있었는데, 그중에 딸이 다섯이었다.

큰오빠네 딸 하나를 브리지포인트로 데리고 가서 자리 잡게 도와주면 참 좋을 것 같았다. 친척들도 좋은 생각이라고 했고, 한 명을 보내야 한다면 레나가 가야 한다고 했다.

레나는 여덟 남매 중 둘째 딸이었다. 나이는 열일곱이었다. 집에서 그리 중요한 딸은 아니었다. 레나는 항상 몽상에 빠져서 현실 밖을 떠돌았다. 하루도 거르지 않고 열심히 일하긴 했지만, 아무리 재미있는 일이 있어도 현실로 돌아오고 싶은 생각은 좀처럼 들지 않았다.

레나의 나이도 헤이든 부인의 계획에 딱 들어맞았다. 일단 일자리를 구해서 돈 좀 벌게 하다가, 나이가 웬만큼 차면 괜찮은 남편감을 찾아주는 게 계획이었다. 레나는 얌전하고 온순한 아이라 제멋대로 돌아다니면서 말썽을 피울 것 같지도 않았다. 그리고 엄격하고 지혜로운 헤이든 부인은 레나가 어딘가 묘한 분위기를 풍긴다는 걸 감지할 수 있었다.

레나도 헤이든 부인을 따라 미국에 가고 싶었다. 독일에서 사는 게 그리 좋진 않았기 때문이다. 일은 힘들어도 그럭저럭 버틸 수 있었지만, 거친 분위기는 견디기 힘들었다. 그곳 사람들은 점잖게 행동할 줄 몰랐고, 남자들은 기분이 좋으면 유독 난폭하게 굴면서 레나의 손을 잡고 짓궂은 장난을 걸었다. 물론 술에 안 취했을 땐 좋은 사람들이었지만, 레나는 이런 장난이 너무 불쾌하고 무서웠다.

레나도 뭐가 싫은 건지는 정확히 알지 못했다. 자기가 늘 몽상에 빠져서 현실 밖을 떠돈다는 사실도 몰랐다. 브리지포인트에서의 삶이 다를 수 있다는 생각도 하지 않았다. 헤이든 부인은 레나를 데리고 나가서 평소에 입지 않았던 옷들을 사 주고, 미국으로 떠나는 증기선에 함께 올랐다. 레나는 자기에게 무슨 일이 일어날지 전혀 모르고 있었다.

헤이든 부인은 두 딸과 레나를 데리고 이등칸에 탔다. 두 딸은 어머니가 레나를 데리고 온 게 너무 못마땅했다. 깜둥이보다도 나을 게 없는 저런 사촌을 데리고 다녀야 한다는 게 너무 짜증 났다. 증기선에 탄 사람들이 창피하게 자꾸 레나를 쳐다봤다. 두 소녀는 어머니에게 이런 이야기를 해보려고 했지만, 어머니는 말할 틈도 주지 않았다. 그렇다고 노골적으로 의사를 표현할 용기는 없었다. 그저 둘이 합심해 레나를 열심히 싫어하는 게 그들이 할 수 있는 전부였다. 레나가 브리지포인트에 못 가게 막을 방법은 없었다.

레나는 여행 내내 심하게 앓았다. 배에서 내리기 전에 죽을 것 같았다. 너무 아픈 나머지 배에 탄 걸 후회할 기력도 없었다. 아무것도 먹지 못했고, 신음할 기운조차 없었다. 겁에 질려서 멍하니 누워 있기만 했다. 아무래도 곧 죽을 것 같았다. 계속 이 상태로 있을 수도 없었지만, 이 상태를 벗어날 수도 없었다. 레나는 창백한 얼굴로 구석 자리에 처박혀서 *끙끙* 앓기만 했다. 너무 무서웠다. 아무래도 곧 죽을 것 같았다.

앓아누워서 꼼짝 못 하는 사촌 레나와 함께 항해를 하는 건 머틸다 헤이든과 버사 헤이든에게는 별로 문제가 되지 않았다. 하지만 항해 마지막 날에는 배에서 사귄 친구들에게 레나의 존재를 설명해야 했다.

헤이든 부인은 매일 레나에게 내려가 몸에 좋은 음식이라면 무엇이든 먹였다. 레나가 몸을 못 가누면 머리를 받쳐주었고, 레나의 곁에 머물면서 기꺼이 보살폈다.

가여운 레나는 버틸 기운이 없었다. 병을 이겨낼 방법도 몰랐지만, 굴복하고 포기하는 방법도 몰랐다. 고통에 빠져 있느라 미약한 존재감마저 상실했다. 레나는 너무 무서웠다. 레나는 원래 차분하고 끈기 있는 사람이었지만, 아무리 애를 써도 마음을 추스를 수 없었고 아무 의욕도 없었다.

지칠 대로 지친 가여운 레나는 모든 것이 두려웠다. 아무래도 곧 죽을 것만 같았다.

하지만 배에서 내리고 얼마 되지 않아 레나는 아팠던 기억을 모두 잊었다. 헤이든 부인은 레나에게 괜찮은 집을 소개해주었다. 이 집의 여주인은 상냥했고, 까다롭지도 않았다. 아이들도 마찬가지였다. 레나는 영어도 조금씩 배우기 시작했다. 모든 게 순조롭고 만족스러웠다.

레나는 일요일이면 헤이든 부인의 집에서 시간을 보냈다. 레나는 늘 나란히 앉아 그녀에게 질문을 던지고 놀리기도 하고 가슴속에 은은한 자극을 일으키는 그 여자들과 일요일에도 함께 시간을 보내고 싶었지만, 예상을 벗어날 줄 모르고 기다릴 줄만 아는 독일인다운 성격의 레나는 단지 그러고 싶다는 이유로 예상에서 벗어난 무언가를 해보겠다는 생각이 들지 않았다. 헤이든 부인이 이 주에 한 번은 일요일에 집에 들르라고 했기 때문에 레나는 시키는 대로 했다.

그 집에서 레나에게 조금이라도 신경을 쓰는 사람은 헤이든 부인뿐이었다. 헤이든 씨는 레나에게 관심이 없었다. 아내의 조카라서 레나에게 잘해주긴 했지만, 그녀는 어딘가 좀 모자라고 둔한 아이 같았다. 시간이 지나면 사고를 치고 도움을 청할 게 분명했다. 독일에 있다가 브리지포인트로 건너온 가난한 친척들은 꼭 사고를 치고 도움을 청했다.

헤이든 집안의 막내아들은 레나에게도 몹시 못되게 굴었다. 이 아이를 감당할 수 있는 사람은 없었다. 엄마가 아들의 버릇을 너무 심하게 망쳐놓은 탓이었다. 헤이든 부인의 두 딸도 레나를 좋아하지 않긴 마찬가지였다. 시간이 꽤 흘렀는데도 그랬다. 레나도 헤이든 부인의 두 딸을 별로 좋아하지 않았다. 다만 자기가 그들을 좋아하지 않는다는 걸 모를 뿐이었다. 공원에서 늘 자기를 비웃고 놀리는 약삭빠른 여자들과 어울려 놀 때만 즐거웠다. 다만 자기가 그들을 좋아한다는 걸 모를 뿐이었다.

뚱뚱하고 무식한 금발의 머틸다 헤이든은 깜둥이보다 나을 것 없는 이런 레나를 '사촌 레나'라고 불러야 하는 게 몹시 못마땅했다. 금발의 머틸다는 나이에 비해 몸집이 굉장히 컸고, 늘 무기력했으며 행동이 굼뜬 데다 뚱뚱하고 멍청하기까지 했다. 이제는 나이를 웬만큼 먹어 여자가 되어가고 있었지만 말할 땐 발음이 분명치 않았고, 생각하는 것도 멍청하고 단순 무식했다. 자기 식구들에게도 샘을 내고 다른 여자애들에게도 시샘을 부렸다. 좋은 옷과 새 모자가 있다는 사실과 음악을 배우러 다닌다는 걸 굉장히 뿌듯해했다. 그런데 하찮은 하녀 따위가 사촌이라니 몹시 못마땅했다. 머틸다는 레나가 살았던 더러운 집도 똑똑히 기억하고 있었다. 정말이지 견딜 수가 없는 집이었다. 어머니가 그곳에서 젖소 냄새 풍기는 사람들에게 그 렇게 친절하게 굴면서 자기에게는 잔소리를 퍼붓는 바람에 엄청 화 가 나기도 했다.

어머니가 레나를 파티에 초대했을 때도 머틸다는 너무 화가 났다. 헤이든 부인이 레나에게 괜찮은 남편감을 찾아주려고 아들이 있는 독일 엄마들 앞에서 레나 얘기를 늘어놓을 때도 마찬가지였다. 이런 일들이 뚱뚱하고 멍청한 금발의 머틸다를 무척 화나게 했다. 가끔은 너무 화가 난 나머지 질투로 불타오른 분노를 두 눈에서 뿜어내며, 분명치 않은 발음과 느릿느릿한 말투로, 저렇게 천박한 레나를 어머 니가 그렇게 예뻐하시는 이유가 뭔지 모르겠다며 대들기까지 했다. 그러면 어머니는 네 사촌 레나는 가난하지 않냐며, 가난한 사람들에 게는 친절하게 대해줘야 한다며 머틸다를 꾸짖었다.

머틸다 헤이든은 인간관계가 가난해지는 것을 원치 않았다. 그래 서 친구들에게 레나의 험담을 늘어놨고, 친구들은 파티에서 레나에 게 절대 말을 걸지 않았다. 하지만 언제나 마음이 느긋하고 예상을 빗나가지 않은 레나는 자기가 무시당하는 줄도 모르고 있었다. 머 틸다는 친구들과 길거리나 공원을 산책하다가 레나와 마주치면, 콧 방귀를 뀌면서 마지못해 레나를 향해 고개를 끄덕였다. 친구들에게 는 자기 엄마가 레나 같은 사람들을 돌봐야 한다는 게 너무 어처구 니없고, 독일에 있는 레나의 가족들은 돼지우리 같은 집에서 살고 있다며 또다시 험담을 늘어놨다.

까무잡잡한 피부에 몸집이 크지만 뚱뚱하진 않은 작은딸 버사 헤이든은 눈치도 빠르고 행동도 민첩해서 아버지의 사랑을 독차지했다. 그리고 언니와 마찬가지로 레나를 싫어했다. 레나는 너무 미련하고 멍청했다. 아일랜드 여자와 이탈리아 여자가 그렇게 비웃고 놀리는데도 그냥 내버려 뒀다. 모두 레나만 보면 놀려먹느라 바빴다. 그런데 레나는 화내는 법도 없었고, 심지어 사람들이 자기를 끔찍하게 놀리는 것조차 눈치 못 채는 것 같았다.

버사 헤이든은 멍청한 사람들이 싫었다. 버사의 아버지가 보기에도 레나는 너무 멍청한 아이였다. 그래서 레나가 한 주 걸러 한 번 일요일에 집을 방문해도 딸이나 아버지나 레나에게는 전혀 관심이 없었다.

레나는 헤이든 가족이 자기를 어떻게 생각하는지 전혀 모르고 있었다. 그저 일요일 오후가 되면 고모 집으로 향했다. 헤이든 부인이 그렇게 해야 한다고 일러두었기 때문이었다. 레나는 월급을 받으면 쓰지 않고 그대로 저축했다. 헤이든 부인이 그렇게 해야 한다고 일러두었기 때문이었다. 돈을 써야겠다는 생각조차 하지 않았다. 게다가 허구한 날 레나에게 잔소리를 퍼붓는 마음씨 좋은 독일인 요리사도 레나가 매달 월급을 받는 즉시 은행에 가서 돈을 저축할 수 있게 거들어주었다. 월급을 은행에 넣기 직전에 갑자기 나타나 돈을 빌려달라는 사람이 있었기 때문이다. 헤이든 부인의 막내아들이 가끔 그렇게 돈을 빌려 갔다. 레나와 공원에서 함께 어울리는 여자들도 가끔 돈을 빌려 갔다. 그래서 허구한 날 레나에게 잔소리를 퍼붓

는 독일인 요리사가 돈을 자주 빌려주지 말라며 레나에게 주의를
주었다. 그런데도 레나가 또다시 돈을 빌려주면 정말 호되게 레나를
야단치고, 몇 달 동안은 레나가 월급에 손도 못 대게 했다. 그리고
월급날에 레나 대신 은행에 가서 월급을 저축해주었다.

레나는 돈을 다른 데 쓸 생각조차 하지 않았기 때문에 월급을 항
상 저축할 수 있었다. 그리고 일요일이 되면 고모 집으로 향했다. 고
모가 시킨 일 외에 다른 것도 할 수 있다는 사실을 전혀 몰랐기 때
문이다.

헤이든 부인은 시간이 지날수록 독일에서 레나를 데려오길 잘했
다는 생각이 들었다. 헤이든 부인이 계획한 대로 완벽하게 일이 진행
되고 있었으니 그러는 것도 당연했다. 레나는 착한 아이였고, 고집
을 부리는 일도 없었다. 영어도 열심히 배우는 중이었고, 월급도 착
실히 모으고 있었다. 이제 레나에게 괜찮은 남편감만 구해주면 완벽
했다.

헤이든 부인은 사 년 동안 주변 독일 사람 중에 레나의 남편감으
로 적당한 사람이 있는지 열심히 찾아다녔다. 그리고 이제 제법 괜
찮은 자리를 찾은 것 같았다.

헤이든 부인이 레나의 남편감으로 점찍은 남자는 젊은 독일계 미
국인으로 아버지와 함께 양복점을 운영하는 사람이었다. 남자도 무
척 착했고, 식구들도 모두 알뜰했다. 헤이든 부인이 보기에 이 집이
야말로 레나에게 딱인 것 같았다. 이 젊은 양복장이도 아버지와 어
머니가 시키는 일 아니면 절대로 하지 않는 사람이었다.

레나 마인츠와 결혼할 허먼 크레더의 부모는 굉장히 검소하고 신

중한 사람들이었다. 허먼은 이 부부의 유일한 자식이었고, 부모님 말씀에 거역한 적이 없었다. 허먼은 이제 스물여덟 살이었지만, 부모님은 아직도 허먼에게 잔소리와 훈계를 늘어놓았다. 부모님은 아들이 결혼하길 바라고 있었다.

허먼 크레더는 결혼하고 싶은 마음이 별로 없었다. 허먼은 예의 바른 청년이긴 했지만 소심한 면도 있었다. 좀 뚱할 때도 있었다. 그래도 부모님 말씀이라면 절대 거스르지 않았고, 일도 열심히 했다. 토요일 밤이나 일요일에는 친구들과 어울려 놀았다. 하지만 나가서 노는 걸 좋아하는 건 아니었다. 그저 친구들과 어울리는 게 좋았다. 남자들끼리 놀 때가 좋았다. 여자들이 끼는 건 정말 싫었다. 허먼은 어머니 말씀을 절대 거스르지 않았지만, 그래도 결혼하고 싶은 마음은 별로 없었다.

헤이든 부인과 크레더 부부는 결혼 이야기를 자주 나눴다. 세 사람 모두 이 계획이 무척 마음에 들었다. 레나는 헤이든 부인이 시키는 일이라면 뭐든 할 아이였고, 허먼도 부모님 말씀을 절대 거스르지 않는 아들이었다. 레나나 허먼이나 알뜰히 저축했고 열심히 일도 했다. 자기 하고 싶은 대로 하겠다고 고집부리는 일도 없었다.

크레더 부부에게 저축한 돈이 많다는 건 누구나 다 아는 사실이었다. 크레더 부부는 성실하고 부지런한 독일 사람들이었기에, 헤이든 부인 생각에 이 사람들과 함께한다면 레나에게 문제가 생길 일은 없을 것 같았다. 헤이든 씨는 레나의 결혼에 전혀 참견하지 않았다. 늙은 크레더가 돈도 많고 괜찮은 집도 여러 채 있다는 건 잘 알고 있었지만, 관심은 없었다. 단순하고 멍청한 레나가 사고를 쳐서 도와줘야 할 일이 생기지만 않는다면, 아내가 레나를 데리고 뭘 하든 신경 쓰지 않았다.

레나는 결혼하고 싶은 마음이 별로 없었다. 지금처럼 일하면서 사는 게 좋았다. 허먼 크레더에 대해서도 별생각 없었다. 허먼은 좋은 사람 같았고, 말수가 굉장히 적었다. 두 사람은 서로 거의 대화를 나누지 않았다. 하여간 지금은 레나도 결혼하고 싶은 마음이 별로 없었다.

헤이든 부인은 레나만 보면 자꾸 결혼 얘기를 꺼냈다. 하지만 레나는 아무 대답도 하지 않았다. 헤이든 부인은 허먼 크레더가 마음에 들지 않아서 레나가 저러는 건지 궁금했다. 아무리 레나라도 여자애가 결혼에 아무 감흥이 없을 수 있는 건지 이해되지 않았다.

헤이든 부인은 레나만 보면 허먼 이야기를 했다. 가끔은 레나에게 불같이 화를 내기도 했다. 결혼 계획을 이렇게 완벽하게 세워놓은 상태에서 레나가 갑자기 고집을 부리면 어쩌나 싶어 걱정이 됐다.

"그렇게 멍청하게 서 있지만 말고, 대답을 좀 해봐라." 어느 일요일이었다. 헤이든 부인은 레나에게 허먼 크레더와의 결혼 이야기를 한참 늘어놓다가 레나의 의견을 물었다.

"네, 고모." 레나의 대답이었다. 헤이든 부인은 멍청한 레나 때문에 화가 폭발하고 말았다. "허먼 크레더가 마음에 안 들어서 그러냐고 묻는데, 생각을 좀 하고 대답해야 하지 않겠니? 내 말은 한마디도 못 들은 사람처럼 아무 말도 없이 거기 그렇게 멍청하게 서 있기만 하면 어쩌자는 거니? 너 같은 애는 정말 처음 본다. 아무 말 없이 그렇게 멍청하게 서 있으니 차라리 소리를 버럭 지르는 게 낫겠어. 내가 너한테 이렇게까지 신경 쓰고, 좋은 남편감까지 찾아줬잖니. 이제 좋은 집에서 편히 살게 될 텐데 대체 뭐가 문제니? 대답해봐라. 허먼 크레더가 싫어서 그러니? 허먼은 괜찮은 젊은이야. 너한텐 과분하다고. 아무 말 없이 그렇게 멍청히 있지 말아라. 가난한 처지에 이렇게 좋은 혼처를 구하는 것도 쉽지 않단 말이다."

"저는 고모가 시키시는 대로 할 거예요. 그 사람 좋아요. 저한테 말은 거의 안 하지만 좋은 사람 같아요. 저는 무조건 고모가 시키는 대로 할게요."

"그러면 왜 대체 그렇게 가만히 서서 내가 묻는 말에 대답하지 않은 거니?"

"고모가 하신 말씀을 못 들었거든요. 무슨 말을 하라고 하신 줄 몰랐어요. 그렇게 하는 게 저한테 좋은 거라면 뭐든지 고모 말씀대로 할 거예요. 고모가 원하신다면 허먼 크레더와 결혼할게요."

이렇게 해서 레나 마인츠의 결혼이 성사되었다.

늙은 크레더 부인은 허먼과 상의하지 않았다. 아들과 이런 문제를 얘기할 필요가 없다고 생각했다. 열심히 일하고, 돈을 절약할 줄 알며, 제 맘대로 나대지 않는 레나 마인츠와 결혼하라고 말한 게 전부였다. 허먼 크레더는 어머니 말씀에 평소처럼 조금 구시렁대다 말았다.

크레더 부인과 헤이든 부인은 결혼 날짜를 정하고 결혼식 준비를 시작했다. 결혼식에 참석할 만한 사람은 하나도 빠짐없이 초대했다.

이제 석 달 후에 레나 마인츠와 허먼 크레더의 결혼식이 열릴 예정이었다.

헤이든 부인은 레나의 혼수 준비를 거들었다. 바느질을 엄청나게 많이 해야 했는데, 레나는 바느질에 소질이 없었다. 헤이든 부인은 바느질도 제대로 못한다고 레나를 야단쳤지만, 나중에는 친절하게도 바느질을 거들어줄 여자까지 고용했다. 레나는 아직 상냥한 안주인의 집에서 지내고 있었지만, 매일 저녁과 일요일에는 고모와 함께 바느질을 했다.

헤이든 부인은 레나에게 좋은 옷도 여러 벌 사 주었다. 레나는 새옷이 무척 마음에 들었다. 새 모자는 더 좋았다. 헤이든 부인이 모자를 예쁘게 잘 만드는 상인에게 맡겨서 만든 것들이었다.

레나는 요즘 들어 부쩍 불안하긴 했지만, 결혼을 깊이 생각하지 않았다. 사실 결혼이 뭔지도 잘 몰랐다. 뭔지 모르는 게 그저 하루하루 다가오고 있을 뿐이었다.

레나는 상냥한 안주인과 허구한 날 잔소리를 퍼붓는 친절한 요리사가 있는 그 집이 좋았다. 매일 공원에 함께 앉아 어울리던 여자들도 좋았다. 결혼하는 게 좋은 건지 생각해보지 않았다. 그저 고모가 말씀하시는 대로, 고모가 원하시는 대로만 했다. 하지만 크레더 부부와 허먼을 보면 늘 불안했다. 마음이 들뜬 레나는 새 모자가 마음에 들었으며, 사람들에게 계속 놀림을 받았다. 결혼식 날짜는 하루하루 다가오고 있었지만, 레나는 자기에게 곧 일어날 이 일을 전혀 모르고 있었다.

허먼 크레더는 결혼이 어떤 건지 레나보다는 조금 더 알고 있었다. 하지만 여자들을 만나는 것도 좋아하지 않았고, 여자가 늘 자기 주변에 있는 것도 좋아하지 않았다. 그래도 부모님 말씀을 거역한 적은 없었고, 부모님은 허먼이 결혼하길 바라고 계셨다.

허먼은 좀 뚱한 데가 있었다. 그래도 예의 바른 젊은이였고, 말수가 많지 않았다. 남자들과 어울려 다니는 건 좋아했지만, 여자들이 끼는 건 굉장히 싫어했다. 남자들은 결혼을 앞둔 허먼을 놀려댔다. 놀림당하는 건 아무렇지 않았지만, 결혼하는 것도 싫고 여자가 늘 주변에 있는 것도 싫었다.

결혼식 삼 일 전이었다. 허먼은 일요일까지 쉬다 오겠다면서 시골로 떠났다. 결혼식은 화요일 오후로 예정되어 있었다. 하지만 일요일이 되었는데도 허먼은 돌아오지 않았고, 아무 소식도 들리지 않았다.

늙은 크레더 부부는 별로 걱정하지 않았다. 허먼이 부모 말을 어긴 적 없었으니 시간 맞춰 결혼식장에 나타날 거라고 믿었다. 하지만 월요일 밤에도 허먼은 나타나지 않았다. 결국 노부부는 헤이든 부인을 찾아가 사실대로 얘기했다.

헤이든 부인은 정말이지 어처구니가 없었다. 모든 걸 완벽히 준비하느라 정말 고생도 많이 했다. 그런데 얼간이 같은 허먼이 그런 식으로 사라지다니 믿을 수 없었다. 앞으로 무슨 일이 일어날지 짐작도 되지 않았다. 레나도 여기 있고, 모든 게 완벽히 준비되어 있었다. 그런데 허먼이 언제 나타날지 알 수 없어서 결혼식을 미뤄야 하는 상황이 오고 말았다.

헤이든 부인은 정말이지 어처구니가 없었다. 그런데 늙은 크레더 부부에게도 할 말이 별로 없었다. 레나를 허먼에게 시집보내고 싶은 마음이 간절했기 때문에 노부부의 기분을 상하게 하고 싶지 않았다.

결국 결혼식을 일주일 연기하기로 했다. 늙은 크레더 씨는 뉴욕에 가서 허먼을 찾아보기로 했다. 결혼한 누이가 뉴욕에 살고 있었기 때문에 뉴욕에 갔을 가능성이 높았다.

헤이든 부인은 결혼식에 초대했던 사람들에게 일주일 더 기다려 달라는 편지를 보냈다. 그리고 다음 날인 화요일 아침, 헤이든 부인은 레나를 집으로 불렀다.

가여운 레나를 보자마자 헤이든 부인은 화가 치밀어서 레나에게 잔소리를 퍼부었다. 이게 다 레나가 너무 멍청해서 생긴 일이었다. 허먼은 어딘가로 사라져버렸고, 아무도 그의 행방을 알지 못했다. 이게 다 레나가 너무 멍청하고 어리석어서 생긴 일이었다. 헤이든 부인은 레나에게 친엄마처럼 잘해주었다. 그런데 레나는 멍청하게 서서 사람들이 묻는 말에 아무 대답도 하지 않고 있었다. 허먼도 멍청하긴 마찬가지여서, 아버지가 그를 찾으러 뉴욕까지 가야 했다. 부모라고 해서 자식에게 잘해줄 필요가 없다는 생각이 들었다. 잘해줘봤지 자식들은 고마워할 줄도 몰랐고, 신경 쓰지도 않았다. 그런데도 부모는 자식들이 잘되길 바라는 마음으로 이것저것 해주었다. 헤이든 부인은 레나가 행복하길 바라는 마음에 좋은 남편감도 찾아주었다. 레나는 헤이든 부인이 재미로 이런 일을 한 거라고 생각하는 것일까? 레나는 고마워할 줄도 몰랐고, 제멋대로 하려고만 했다. 가여운 헤이든 부인은 앞으로 누구를 위해서든 발 벗고 나서지 않겠다고 결심했다. 이제 다들 자기 일은 알아서 처리하라고 하고, 문제가 생겨도 신경 쓰지 않겠다고 했다. 다른 사람 인생에 간섭하지 않는 게 최선이었다. 괜히 간섭했다가 자기만 곤란해지고 말았다. 게다가 남편도 아내가 이러고 다니는 걸 별로 좋아하지 않았다. 남편은 항상 아내가 너무 착해빠져서 큰일이며, 아내에게 고마워하는 사람은 아무도 없다고 불평했다. 그리고 레나는 멍청하게 서서 사람들이 묻는 말에 아무 대답도 하지 않고 있었다. 레나는 공원에 함께 앉아 어울리던 멍청한 여자들을 너무 좋아해서 그들에게는 이야기도 많이 했다. 그들이 레나를 위해 한 일이라고는 레나의 돈을 뺏어간게 전부였는데도 그랬다. 레나를 위해 그렇게 힘들게 일하고 레나를 친자식처럼 챙겨준 고모는 바로 여기 있는데, 레나는 아무 말 없이 멍청하게 서서 고모를 위로할 생각도 하지 않았다. 고모가 원하는 건 아무것도 할 생각이 없는 것 같았다. "거기 그렇게 서서 울어봤자 아무 소용없어. 이제 와서 허먼한테 신경 써서 어쩌겠다는 거니? 이럴 거면 진작 신경을 좀 쓰지 그랬어? 거기 그렇게 서서 울면 안 되지. 정말 실망스럽다. 다른 사람 뒤치다꺼리해주고 고맙다는 말도 못 들었으니 또 남편에게 잔소리 듣게 생겼구나. 이제야 네가 좀 미안한 생각이 드는가 보다. 그나마 다행이지. 어쨌든 이런 일이 생겼으니 내가 할 수 있는 일은 다 해볼 거다. 너처럼 배은망덕한 애한테는 과분한 배려지만 문제는 해결해야 하니까. 너도 좀 깨닫는 게 있어야 할 텐데. 어서 집에 돌아가서 옷이랑 모자 잘 챙겨놔라. 오늘 아침에는 입을 일 없겠지만, 너는 일일이 말해줘야 알아듣는 애니까. 정말 살면서 너처럼 멍청한 애는 처음 본다."

헤이든 부인이 말을 끝마치고 나서도 가여운 레나는 예쁜 꽃장식이 달린 모자를 쓰고 우두커니 서 있었다. 그리고 눈물을 흘렸다. 자기가 뭘 했는지 모르면서도 눈물을 흘렸다. 오늘 결혼식은 취소되었고, 결혼하기로 한 남자가 결혼식 당일에 도망간 건 여자에게 수치스러운 일이라는 것 정도만 알 뿐이었다.

레나는 혼자 집으로 돌아갔다. 전차에 오르자 또다시 눈물이 쏟아졌다.

텅 빈 전차에 홀로 앉은 가여운 레나는 목 놓아 울기 시작했다. 울다가 머리를 유리창에 부딪쳐서 새 모자가 망가질 뻔하기도 했다. 울면서도 모자를 망가뜨리면 안 된다는 고모 말씀이 떠올랐다.

차장은 친절한 남자라서 울고 있는 레나를 보고 몹시 안타까워했다. "너무 슬퍼하지 말아요. 남자는 또 만날 수 있어요. 이렇게 착한 아가씨가 또 어디 있다고 그래요." 차장은 레나의 기분을 달래주려고 이렇게 말했다. "하지만 머틸다 고모는 제가 결혼 못할 거래요." 딱한 레나가 눈물을 훌쩍이며 말했다. "그럼 정말 큰일이네요." 차장이 말했다. "농담으로 한 말이에요. 남자가 도망갔다는 말이 믿기지 않네요. 그 남자는 정말 얼간이예요. 당신처럼 좋은 여자를 두고 도망갔다면 그리 현명한 남자는 아닌 거니까 너무 상심하지 말아요. 고민이 있으면 뭐든 나한테 얘기해요. 내가 도와줄게요." 전차에 다른 승객은 없었다. 차장은 옆에 앉아서 레나를 위로한다며 한 팔로 그녀의 어깨를 감쌌다. 레나는 급하게 머리를 굴렸다. 가만히 있으면 또 고모에게 호되게 야단맞을 것 같았다. 레나는 한쪽 구석으로 옮겨 앉았다. 차장이 웃으며 말했다. "겁먹을 거 없어요. 나 그런 사람 아니에요. 그냥 기운 좀 내라고 그런 거예요. 아가씨는 정말 착한 사람이니까 분명 괜찮은 남자 만날 거예요. 다른 사람 말에 속지 말고요. 겁주려는 거 아니니까 걱정 말아요."

차장은 다시 승강장으로 내려가 승객들이 전차에 오르는 걸 거들어주었다. 레나가 가만히 전차 안에 앉아 있는 동안, 차장이 잠깐 씩 돌아와서 레나를 달래주었다. 레나를 버리고 도망갈 정도로 분별 력도 없는 남자 때문에 그렇게 속상해하지 말라며 위로했다. 나중에 분명 더 괜찮은 남자를 만날 테니까 걱정할 필요 없다고도 했다.

차장은 방금 전차에 오른 승객에게도 인사를 건넸다. 옷을 아주 멋지게 차려입은 노인이었다. 잠시 후에는 말끔한 노동자와 멋진 숙녀가 차례로 올라탔다. 차장은 다른 승객들에게 레나의 딱한 처지를 설명하면서 딱한 여자에게 못된 짓을 하는 남자들이 있다니 너무 심하다고 했다. 전차에 탄 사람들은 모두 불쌍한 레나를 위로했다. 노동자는 레나를 격려해주었고, 노신사는 레나를 날카로운 눈으로 쳐다보더니 착한 아가씨 같은데 또다시 그런 일 당하지 않게 조심하라고 충고했다. 멋진 숙녀는 레나 옆에 나란히 앉았다. 너무 가까이 붙지 않으려고 몸을 움츠리긴 했지만 레나는 기분이 좋았다.

전차에서 내릴 땐 기분이 조금 나아졌다. 차장은 전차에서 내리는 걸 거들어주며 레나에게 말했다. "좋게 생각해요. 그런 남자는 없는 게 나아요. 알아서 사라져줬으니 다행인 거죠. 정말 괜찮은 남자를 만날 수 있을 거예요. 아가씨는 정말 착하고 예쁜 사람이니까 그런 일 있었다고 너무 상심하지 말아요." 차장은 고개를 가로저으며 다시 전차에 올라타더니 다른 승객들과 잡담을 나눴다.

날마다 레나에게 잔소리를 퍼붓던 독일인 요리사는 그 이야기를 듣는 순간 불같이 화를 냈다. 헤이든 부인은 다른 사람들을 위해서 엄청 대단한 일이라도 한 것처럼 말하지만, 레나를 그렇게 열심히 챙겼다고 말하긴 어려웠다. 마음씨 좋은 독일인 요리사가 보기에는 헤이든 부인이 그렇게 믿음직하지 않았다. 다른 사람들을 위해 희생했다고 말하는 사람들을 보면 사실 그렇게 대단한 희생을 한 것도 아니었다. 헤이든 부인이 나쁜 사람이라는 건 아니다. 헤이든 부인은 정말 괜찮은 독일인이었다. 그리고 자기 조카인 레나가 정말 잘되길 바랐을 것이다. 그것만큼은 요리사도 잘 알고 있었다. 레나에게도 그렇게 말했었다. 심지어 요리사는 헤이든 부인을 좋아했고 존경했다. 헤이든 부인은 자기 앞에서도 늘 예의를 갖췄었다. 레나는 남자가 말을 걸면 피하기만 하고 대꾸도 잘 안 하는 아이인데, 헤이든 부인은 그런 레나를 결혼시키려고 최선을 다했다. 가끔 자기 자랑이 과해서 그렇지 좋은 여자인 건 분명했다. 어쩌면 헤이든 부인도 이번 일을 겪으면서 사람들을 자기 뜻대로 좌지우지하는 게 쉽지만은 않다는 걸 깨달았을 것이다. 요리사는 이제 헤이든 부인이 불쌍했다. 그렇게 애를 썼는데 보람은 전혀 없고, 실망과 걱정만 남았으니 말이다. 레나를 그렇게 열심히 챙겨줄 사람은 또 없을 것이다. 레나가 이제 울음을 그치고, 들어가서 옷을 갈아입는 게 나을 것 같았다. 저렇게 울어봤자 아무 소용없지 않겠나. 레나가 고모 말 잘 듣고 묵묵히 기다리면 고모가 알아서 다 해결해줄 텐데 말이다. "네가 여기서 며칠 더 지낼 거라고 올드리치 부인께 말씀드릴게. 올드리치 부인은 너를 아끼시니까 그래도 된다고 하실 거야. 그 멍청한 허먼 크레더 얘기도 죄다 말씀드려야겠다. 그렇게 멍청한 짓을 저지르는 인간은 도저히 참아줄 수가 없구나. 레나, 이제 그만 울고 옷 갈아입어야지. 좋은 옷 다 망가지겠다. 나중에 또 필요할지도 모르니 잘 챙겨둬라. 옷 갈아입고 내려오면 설거지 좀 거들고. 그러면 기분이 좀 나아질 거다. 시키는 대로 하면 내 말이 무슨 말인지 알 거야. 계속 그렇게 울면 정말 혼난다."

레나는 눈물 때문에 목이 막혀서 아직 말이 잘 나오지도 않았고 기분은 여전히 비참했다. 그래도 요리사가 시키는 대로 했다.

공원에서 레나와 함께 어울리던 여자들도 그런 일을 겪고 크게 낙심한 레나를 보자 모두 안타까워했다. 아일랜드 출신의 메리는 화를 자주 냈다. 그리고 레나의 고모인 머틸다 얘기를 할 때면 늘 화를 냈다. 레나의 고모는 자기가 엄청 대단한 사람이라고 착각하는 경향이 있었고, 그 딸들도 멍청한 주제에 거만하기 그지없었다. 메리는 일확천금을 준다고 해도 못생기고 성질 더러운 머틸다 헤이든처럼 멍청한 뚱땡이로 살지는 않겠다고 했다. 그 집 식구들은 레나가 더러운 오물이라도 되는 것처럼 레나를 함부로 대하는데, 레나가 계속 그 집에 드나드는 게 이해되지 않았다. 레나는 주변 사람들을 자기편으로 끌어들일 생각 같은 건 전혀 하지 않았다. 그래서 레나에게는 늘 곤란한 일이 생겼다. 게다가 레나는 너무 멍청해서 그 얼간이가 도망친 걸 아쉬워하고 있었다. 허먼은 아무 생각 없이 부모가 하는 말에 아기처럼 '네, 네'거릴 줄이나 알았지, 여자 얼굴도 똑바로 못 쳐다보는 얼간이였다. 그런데 잔뜩 겁을 먹고 결혼식 직전에 줄행랑을 친 것이다. 이건 수치였다. 레나가 겪은 일은 정말 수치스러운 일이었다! 그런 남자와 결혼하는 건 둘째 치고, 함께 있는 것만으로도 여자에겐 수치스러운 일이었다. 그런데 불쌍한 레나는 자기가 얼마나 중요한 사람인지 표현할 줄도 모르는 바보 아닌가. 그 얼간이가 레나를 두고 도망간 건 수치였다. 메리는 할 수만 있다면 그 얼간이를 직접 찾아가서 증명해 보이고 싶었다. 허먼 크레더 같은 멍청이를 열다섯 명 데리고 와도 레나가 더 아까웠다. 메리는 얼마든지 장담할 수 있었다. 멍청한 허먼 크레더와 인색하고 지저분한 크레더 부부가 그렇게 떨어져 나간 게 오히려 속 시원했다. 그런데도 레나가 눈물을 그치지 않는다면 레나를 정말 싫어하게 될 것 같았다.

가여운 레나도 메리가 무슨 뜻으로 그런 말을 하는지 잘 알고 있었다. 메리는 처음부터 늘 그렇게 얘기했었다. 그래도 레나는 여전히 비참했다. 남자가 자기를 버리고 그렇게 도망가버렸는데 정신이 멀쩡한 독일 여자라면 수치를 느끼는 게 당연했다. 고모 말씀이 옳았다. 허먼이 레나에게 그런 식으로 행동한 건 레나 주변 사람들에게도 수치스러운 일이었다. 메리와 넬리를 비롯해 공원에서 함께 어울리는 다른 여자들도 레나에게 굉장히 친절하게 대해주었지만, 그런다고 해서 문제가 해결되는 것도 아니었다. 레나가 그렇게 버림받은 건 수치스러운 일이었다. 어느 집안이었어도 마찬가지였다. 레나가 버림받았다는 건 변함없는 사실이었다.

하루하루가 느리게 흘러갔다. 며칠 동안 레나는 머틸다 고모를 보지 못했다. 그리고 일요일이 되자 어떤 남자아이가 고모의 전갈을 전하고 갔다. 고모 집에 들르라는 내용이었다. 앞으로 일어날 일을 생각하니 너무 긴장해서 심장이 빠르게 뛰기 시작했다. 레나는 최대한 서둘러서 머틸다 고모의 집으로 갔다.

헤이든 부인은 레나를 보자마자 고모를 한참 기다리게 했다며 레나를 야단쳤다. 그리고 어떻게 일주일 내내 고모를 보러 오지 않을 수 있냐고, 고모를 도와야 할 일이 있을 것 같지 않았냐고, 고모가 심부름꾼 아이까지 보냈어야 하는 거냐고 잔소리를 늘어놨다. 레나가 멍청하긴 해도 고모가 자기에게 정말로 화가 나서 그러는 게 아니라는 것쯤은 알 수 있었다. 고모는 레나가 잘못해서 이런 일이 일어난 건 아니라고 했다. 이제 모든 게 순조롭게 진행될 거라고도 말씀하셨다. 헤이든 부인은 레나 대신 이 난리를 수습하느라 완전히 지쳤다고 했다. 그런데 레나는 고모를 보러 올 생각도 하지 않고, 고모를 도울 일이 있을지 궁금해하지도 않았다고 했다. 하지만 레나가 아닌 다른 사람을 위해서도 이 정도 수고는 기꺼이 할 수 있기 때문에 굳이 신경 쓰지 않는다고 했다. 고모는 레나를 대신해서 상황을 수습하느라 모든 수고를 아끼지 않았기 때문에 이제는 완전히 지쳤다고 했다. 그러니 레나도 고모에게 감사한 마음을 조금은 가져야 하지 않겠냐고 했다. "레나, 화요일에 결혼식을 올릴 거니까 준비해라. 알겠니?" 헤이든 부인이 레나에게 말했다. "화요일 아침에 우리 집에 와라. 내가 알아서 다 수습했으니까. 내가 새로 사 준 드레스랑 꽃장식 달린 모자도 쓰고, 올 때 더러워지지 않게 조심해야 해. 너는 조심성도 없고, 생각도 없는 애니까. 가끔 보면 머리가 전혀 없는 사람처럼 행동한단 말이야. 이제 집에 돌아가서 올드리치 부인께 화요일에 떠난다고 말씀드려라. 내가 조심하라고 한 말 잊으면 안 된다. 레나, 넌 착한 애니까 시키는 대로 해야 해. 화요일에 허먼 크레더와 결혼하는 거야." 레나가 들은 허먼 크레더의 소식은 이게 전부였다. 레나는 뭘 더 알아야 한다는 사실조차 잊었다. 화요일이면 레나는 진짜로 결혼식을 올린다. 머틸다 고모도 레나에게 착한 아이라고 했으니 이제 레나가 수치스러워할 일은 없었다.

레나는 평소처럼 또다시 몽상에 빠져 현실 밖을 떠돌았다. 레나의 삶은 언제나 이랬다. 결혼식을 올리기로 한 날, 신랑에게 버림받는 바람에 감정이 지나치게 동요했던 지난 며칠을 제외하면 말이다. 그 며칠 동안 레나는 계속 긴장 상태에 있었다. 하지만 결혼한다는 게 무슨 의미인지 깊이 생각해보지는 않았다.

허먼 크레더는 결혼에 불만이 많았다. 허먼은 차분한 사람이지만 가끔 뚱한 데가 있었다. 그리고 더 이상 결혼을 피할 수 없다는 걸 알고 있었다. 이제 꼼짝없이 등 떠밀린 채 결혼해야 한다는 걸 알고 있었다. 레나 마인츠가 싫은 건 아니었다. 허먼에게는 다른 여자나 레나나 별 차이 없었다. 어쩌면 레나가 다른 여자들보다는 조금 나을지도 몰랐다. 레나도 무척 조용한 사람이지만 곁에 항상 여자가 함께 있다는 게 마음에 들지 않았다. 허먼은 부모님이 시키는 일이라면 군말 없이 따랐다. 아버지가 허먼을 찾으러 뉴욕까지 오셨었다. 허먼은 결혼한 누이의 집에 머무르고 있었다.

아버지는 한참 동안 허먼을 달랬다. 그리고 계속해서 불평을 늘어놓았다. 아버지는 늘 허먼 때문에 걱정이 많았지만 인내심을 가지고 기다렸다고 했다. 아버지는 허먼이 어머니의 바람대로 하려면 어떻게 하는 게 가장 좋은 방법일지 고민했다고 했다. 하지만 허먼은 단한 번도 아버지 말씀에 대답하지 않았다.

늙은 크레더 씨는 쉬지 않고 얘기했다. 그는 허먼이 다른 마음을 먹는다고 해서 상황이 달라지진 않는다고 했다. 약속은 무슨 일이 있어도 지켜야 하는 것이었다. 늙은 크레더 씨에게 이것 말고 다른 방법은 없었다. 한 여자와 결혼하겠다고 네 입으로 말했고, 여자는 결혼 준비를 마쳤다고 했다. 이것도 사업 거래와 마찬가지로 허먼이 약속한 일이기 때문에 반드시 지켜야 한다고 했다. 허먼같이 착한 아들이 약속을 지키려면 결혼하는 것 외에 다른 방법은 없다고도 말했다. 레나 마인츠라는 아가씨도 정말 착한 여자 같다고 했다. 그러니 허먼은 아들을 찾겠다고 뉴욕까지 온 아비를 이렇게 고생시키면 안 되는 거였다. 그 많은 돈을 길에서 낭비하게 하면 안 되는 것이었다. 게다가 이러고 있느라 두 사람 모두 일도 못 하고 있지 않냐는 것이었다. 허먼이 한 시간 동안 가만히 서서 결혼식을 잘 치르기만 하면 다 끝날 일이었다. 결혼식만 마치고 집에 돌아가면 평소와 전혀 다를 게 없다고 했다.

허먼의 아버지는 계속해서 얘기했다. 허먼의 어머니는 아들이 항상 시키기 전에 알아서 하는 아이라고 자랑스러워했는데, 그 아들이 이제 와서 변덕을 부리고 자기가 얼마나 황소고집인지 동네방네 자랑하고 싶어 해서 몹시 속상해하며, 아들을 찾으러 다니느라 돈까지 많이 썼다는 얘기였다. "네가 이런 짓을 해서 엄마가 얼마나 속상해하고 계시는지 너는 모를 거다, 허먼." 늙은 크레더 씨는 아들에게 말했다. "네 엄마는 네가 왜 이렇게까지 배은망덕한 행동을 했는지 모르겠다고 하더라. 네가 고집을 부려서 엄마가 무척 속상해하신다. 엄마가 정말 괜찮은 아가씨를 구했지 않니. 레나 마인츠 말이다. 얌전한 데다 꼬박꼬박 저축할 줄도 알고, 다른 여자들처럼 제멋대로 하겠다고 고집부리지도 않는 착한 아가씨 아니냐. 네가 기분 좋게 결혼식을 올릴 수 있게 하려고 엄마가 그 고생을 했는데, 이렇게 고집을 부리면 되겠니? 너도 다른 젊은이들과 다를 게 없구나. 너밖에 모르고, 네가 하고 싶은 것만 하려고 하니 말이다. 엄마는 너한테 좋은 게 뭔지, 네 앞날에 좋은 게 뭔지, 그런 생각만 하고 있는데. 엄마가 자기 좋자고 며느리를 들여서 널 귀찮게 한다고 생각하니? 엄마는 항상 네 생각만 하신다. 엄마는 네가 좋은 여자를 만나 결혼하는 모습을 보면 정말 행복할 것 같다고 말하는 사람이다. 엄마가 너를 위해서 만반의 준비를 다 해놨으니 네가 귀찮을 일은 전혀 없을 거다. 엄마가 원하는 대로만 하면 된다. '네, 결혼하겠습니다' 이렇게 말만 하면 되는 거라고. 그런데 도망까지 치면서 고집을 부리고, 너 하나 때문에 사람들이 얼마나 고생하는지 아니? 돈까지 써가면서 이래야 하겠니? 널 찾겠다고 돈을 써가며 여기까지 왔단 말이다. 이제 나랑 집에 가자, 허먼. 그리고 결혼식을 올리는 거다. 네 엄마한테 돈 문제에 대해서는 네게 아무 말도 하지 말라고 일러두마." 아버지는 달래는 투로 말했다. "애야, 이제 집에 가서 결혼식을 올리자. 너는 그냥 한 시간 동안 가만히 서 있기만 하면 된다. 그러면 더 이상 귀찮은 일은 없을 거다. 허먼! 애야! 내일 이 아비랑 집으로 돌아가서 결혼하는 거다."

결혼한 허먼의 누이는 동생을 무척이나 아꼈다. 동생이 원하는 게 있다면 그게 뭐든 도와주고 싶었다. 동생은 정말 착한 아이라서 부모님 말씀을 거역하는 법이 없었다. 그런 동생이 좋기도 했지만, 동생이 자기 뜻대로 살았으면 하는 바람도 있었다.

하지만 남동생이 아내를 맞는다고 생각하니 재미있었다. 허먼이 결혼하면 좋을 것 같았다. 결혼하면 허먼에게 득이 되는 일이 훨씬 많을 것이다. 누이는 허먼이 도망친 얘기를 들었을 때 웃음을 터트렸다. 누이는 아버지가 오실 때까지 허먼이 왜 자기를 보러 뉴욕에 온 건지 모르고 있었다. 그래서 허먼이 도망친 얘기를 들었을 때 크게 웃으면서, 여자와 항상 함께 있는 게 싫다는 이유로 도망친 동생을 놀려댔다.

결혼한 허먼의 누이는 동생을 무척이나 아꼈다. 그래서 동생이 여자와 함께 어울리는 걸 싫어하지 않았으면 했다. 허먼은 착한 아이니까 결혼하면 좋은 일이 훨씬 많을 것 같았다. 그리고 탄탄한 기반을 마련해서 자립할 수도 있을 것 같았다. 허먼의 누이는 계속 남동생을 놀리면서도 안심시키려고 애를 썼다. "내 동생처럼 멋진 남자가 여자를 무서워하다니 말이 된다고 생각하니? 여자들이 너 같은 남자를 얼마나 좋아하는데. 네가 여자를 보고 달아나지 않는다면 말이다. 허먼, 결혼하면 너한테도 정말 좋을 거야. 네 마음대로 부려먹을 수 있는 사람이 생기잖니. 결혼하면 너한테도 정말 좋을 거야. 지금은 내키지 않아도 일단 결혼해보면 알게 된다니까. 그러니 아버지와 집에 돌아가서 레나라는 아가씨와 결혼하렴. 시도해보기 전에는 알 수 없는 거란다. 겁낼 거 없어, 허먼. 너 정도면 어느 여자한테든 충분히 좋은 신랑감이라고. 너 같은 남자를 남편으로 맞아서 늘 함께하는 여자는 정말 행복할 거야. 아버지와 집에 돌아가서 내 말이 맞는지 확인해보라니까. 여자를 버리고 그렇게 도망치다니, 너도 참 재미있는 애구나. 네가 영영 떠난 줄 알고 그 여자는 엄청나게 울고 있을 거야. 레나한테 그러면 안 되지. 이제 아버지와 집에 돌아가서 결혼식을 올리도록 해. 내 남동생이 결혼할 배짱도 없는 남자라니 너무 부끄럽다. 여자가 그렇게 목을 매는데 말이야. 나하고 같이 지내는 건 좋아했잖니. 여자와 늘 같이 지내는 게 왜 싫다는 건지 이해가 안 되는구나. 내게 너는 좋은 동생이니까, 레나에게도 좋은 남편이 될 수 있을 거야. 조금만 같이 있다 보면 한참 전부터 늘 같이 지냈던 것 같은 기분이 들 거야. 바보 겁쟁이처럼 굴지 마, 허먼. 그러면 정말 제대로 비웃어줄 테니까. 네가 행복하길 바란다는 건 너도 잘 알겠지. 그러니 집에 돌아가서 레나라는 아가씨와 결혼하도록 해. 레나는 정말 착하고 예쁘고 참하고 얌전한 아가씨니까 레나와 함께하면 내 동생도 행복할 거야. 아버지, 허먼한테 잔소리 그만하세요. 허먼은 내일 아버지와 함께 돌아갈 거예요. 허먼도 정말 결혼하고 싶어 해요. 가서 행복한 모습을 보여주면 다들 즐거워할 거예요. 정말로 이렇게 하는 거다, 허먼. 내가 하는 말 잘 들었지?" 누이는 남동생을 놀리면서도 잘 달래주었고, 아버지도 어머니가 허먼에 대해 했던 말을 계속 반복하면서 달래보았지만, 허먼은 전혀 대꾸하지 않았다. 누이는 허먼의 짐을 챙겨주었고, 동생을 보면 즐거워져서 입을 맞췄다. 그러다 웃음을 터트리며 또다시 입을 맞췄다. 아버지는 나가서 기차표를 사 오셨고, 일요일이 끝나갈 무렵 허먼을 데리고 브리지포인트로 돌아갔다.

크레더 부인은 허먼에게 아무 말 안 하고 가만히 있자니 너무 힘들었다. 하지만 딸이 이미 편지로 허먼이 한 짓에 대해서 아무 말도 하지 말라고 단단히 일러둔 참이었다. 남편도 허먼을 데리고 집으로 돌아왔을 때 이렇게 얘기했었다. "우리 집에 왔어요, 여보. 허먼도 왔고요. 오는 길에 사람들한테 어찌나 시달렸는지 정말 피곤하네요." 그리고 아내에게 낮은 목소리로 말했다. "허먼에게 잘해줘요. 우리를 일부러 골탕 먹이려고 그런 건 아니니까요." 그래서 늙은 크레더 부인은 속이 끓었지만 아무 말 하지 않고 그대로 가슴에 담아두었다. 대신 딱딱하게 인사말만 건넸다. "오늘이라도 이렇게 집에 돌아와줘서 정말 기쁘구나, 아들아." 그리고 다시 헤이든 부인을 만나 계획을 세웠다.

허먼은 다시 예전의 모습으로 돌아왔다. 뚱한 데가 있긴 했지만, 아주 착하고 조용하고 부모님이 시키는 일은 무엇이든지 할 준비가 되어 있는 아들의 모습이었다. 화요일 아침이 되자 허먼은 새 옷을 차려입었다. 그리고 한 시간만 서 있으면 결혼식이 끝난다는 생각을 하며 부모님과 함께 결혼식장으로 향했다. 레나도 새 드레스와 꽃 장식이 달린 모자로 치장하고 결혼식장에 와 있었다. 레나는 곧 결혼한다는 사실 때문에 잔뜩 긴장해 있었다. 헤이든 부인이 모든 걸 다 준비한 상태였다. 하객들도 모두 자기 자리에 앉아 있었다. 그리고 허먼 크레더와 레나 마인츠는 결혼식을 올렸다.

결혼식이 끝나자 다들 크레더네 집으로 갔다. 레나와 허먼, 늙은 크레더 부부가 이제 한집에서 다 함께 살게 된 것이다. 그 집에서 오랜 세월 동안 크레더 씨는 양복을 만들었고, 아들 허먼은 항상 곁에서 아버지를 도왔다.

아일랜드에서 온 메리는 어떻게 레나가 허먼 크레더나 인색하고 지저분한 크레더 부부와 한집에서 살 수 있는지 이해가 되지 않았다. 아일랜드 사람이 보기에 늙은 크레더 부부는 정말 인색하고 지저분한 사람들이었다. 그들의 더러움은 아일랜드에서 온 메리도 얼마든지 용서하고 사랑할 수 있는, 솔직하고 무모하고 호전적이며 진흙 범벅에 온통 누덕누덕하고 토탄 냄새를 풍기는 그런 더러움이 아니었다. 그것은 독일인 특유의 더러움이었다. 그들은 돈을 끔찍이 아꼈고, 옷을 아껴 입느라 다 늘어지고 냄새나는 옷만 입었고, 비누를 아끼느라 머리가 떡이 져도 내버려 두었고, 옷이 더러워져도 그냥 내버려 두었다. 남의 시선을 신경 쓰지 않아서가 아니라 그게 돈을 덜 쓰는 방법이었기 때문이다. 그들은 냄새나는 좁은 집에서 답답하게 살았는데, 그렇게 하면 난방비가 덜 들었다. 크레더 부부는 가난하게 살았고, 돈을 저축하느라 가난하게 살았지만, 돈이 있다는 사실조차 잊으려고 가난하게 살았다. 크레더 부부는 늘 쉬지 않고 일했다. 단지 천성이 그래서 그러기도 했고, 일하면 돈이 생기니까 그러기도 했다. 그러나 무엇보다도 시간이 생기면 돈을 쓰게 될까 봐 쉬지 않고 일을 했다.

여기가 이제 레나가 살 집이었다. 레나에게는 이 집이 아일랜드에서 온 메리가 말한 것처럼 심해 보이지는 않았다. 늘 몽상에 빠져서 현실 밖을 떠돌긴 했지만, 레나도 결국엔 돈을 아끼는 독일인이었기 때문이다. 레나는 신중하게 행동했고 열심히 돈을 저축했다. 그것 말고는 할 줄 아는 게 없었다. 자기 돈을 따로 관리할 생각은 전혀 하지 않았다. 돈을 어떻게 쓸 건지 생각해본 적도 없었다.

레나 마인츠는 허먼 크레더의 아내가 되기 전에는 항상 옷을 깨끗하게 입었고 몸가짐을 단정히 했다. 무슨 생각이 있다거나 그래야 할 필요성을 느껴서 그런 건 아니었고, 독일의 시골 마을에서 살 때 식구들이 그렇게 생활했기 때문이었다. 게다가 머틸다 고모와 늘 잔소리를 퍼붓던 독일인 요리사도 옷을 깨끗하게 입고 자주 씻으라고 늘 야단을 쳤었다. 레나가 늙은 크레더 부부를 별로 좋아하지는 않았지만(좋아하지 않는다는 사실조차 모르긴 했어도), 레나도 정말 옷을 깨끗하게 입고 자주 씻어야 한다고 생각한 건 아니었기 때문에 크레더 부부의 인색하고 더러운 생활 습관에 별로 거부감이 없었다.

허먼 크레더는 노부부보다 깨끗했다. 어릴 때부터 깨끗한 걸 좋아하는 성격이었다. 그래도 어머니와 아버지에게 이미 오랫동안 익숙해져 있던 탓에 부모님이 지저분하다는 생각은 들지 않았다. 허먼도 열심히 돈을 저축했다. 가끔 저녁 시간에 밖에 나가 친구들과 어울리느라 맥주를 조금 사 마시긴 했지만, 그것 말고 다른 데에는 돈 쓸 생각을 해본 적도 없었다. 맥주 사 마실 돈은 아버지가 늘 따로 챙겨 주셨기 때문에 허먼은 그 돈만 썼다. 그래서 사실 허먼에게는 돈이 한 푼도 없었다. 늘 아버지 밑에서 일했지만, 월급을 받은 적은 없었다.

이렇게 네 사람이 크레더네 집에서 한 가족으로 살게 되었다. 얼마 되지 않아 레나가 보기에도 이 집이 약간 어수선하고 지저분한 것 같았다. 생기도 별로 느껴지지 않았다. 레나가 원하는 게 뭔지 신경 쓰는 사람은 아무도 없었다. 레나 자신도 모르긴 마찬가지였지만.

네 식구가 함께 살면서 레나가 유일하게 겪는 어려움이라면 늙은 크레더 부인의 잔소리였다. 레나도 야단맞는 덴 익숙한 사람이었지만, 늙은 크레더 부인이 야단치는 방식은 레나가 지금까지 겪은 것과 상당히 달랐다.

허먼은 결혼하고 보니 레나가 꽤 마음에 들었다. 레나에게 관심은 별로 없었지만, 레나가 곁에 있어도 크게 거슬리지는 않았다. 다만 레나가 부주의하게 행동하거나 음식이나 돈을 제대로 아끼지 않아서 어머니가 거칠게 욕을 퍼부을 때가 있었는데, 그때만큼은 허먼도 견디기 힘들었다.

허먼 크레더는 부모님이 시키는 일이라면 거역하는 법이 없었지만, 부모님을 진심으로 사랑하지는 않았다. 그저 다투는 게 싫어서 부모님 말씀을 따랐을 뿐이었다. 날마다 일터에 나가 같은 일을 하면서 지낼 수 있다면 그걸로 충분했다. 하지만 싫은 소리를 듣거나 다른 사람이 야단맞는 소리를 듣는 건 싫었다. 그런데 결혼을 하고 나니 예상했던 대로 문제가 생기고 말았다. 어머니가 야단치는 소리를 자주 들어야 하는 것이었다. 레나 때문에 어머니 잔소리를 듣고 있어야 했다. 레나는 야단맞을 때면 겁을 잔뜩 먹어서 더 멍청해 보였다. 허먼은 자기 어머니를 아주 잘 알고 있었다. 음식을 아주 조금만 먹고 종일 열심히 일하면 문제될 게 없었다. 그리고 어머니가 야단칠 때 하는 말을 귀 기울여 듣지 않으면 그만이었다. 허먼은 여태껏 늘 그렇게 살아왔다. 부모님이 어리석게도 아들을 결혼시키려고 여자를 데리고 와서 늘 옆에 붙여두기 전까지는 별문제가 없었다. 그런데 이제 이 여자에게 어머니가 야단칠 때 겁먹지 않고 귀를 닫는 방법과 음식을 적게 먹고 아끼는 방법을 가르쳐야 하는 상황이 된 것이다.

어떻게 레나에게 이런 것까지 이해시켜야 할지 뾰족한 수가 떠오르지 않았다. 레나를 돕겠다고 어머니에게 따지면 오히려 레나가 더 힘들어질 수도 있으니 그럴 수도 없었다. 그렇다고 자기가 나서서 레나를 위로하고 싶은 생각도 들지 않았다. 어머니가 아무리 심하게 야단을 쳐도 마음 단단히 먹고 어머니 말을 귀 담아 듣지 말라고 말할 수는 없었다. 이런 일로 집이 종일 시끄러우니 마음이 편치 않았다. 아들이 되어서 어머니에게 시끄럽게 하지 말고 조용히 좀 계시라고 하면서 맞서는 게 말이 되는 일인가 하는 생각이 들었다. 게다가 뭐든지 자기 마음대로 하려고만 하는 사람에게 어떻게 맞서야 하는지도 몰랐다. 허먼은 지금까지 살면서 다른 사람에게 맞서면서까지 하고 싶은 일이 전혀 없었다. 허먼은 조용하고 규칙적인 삶을 살고 싶었다. 말을 많이 해야 하는 건 싫었다. 그리고 다른 사람들처럼 매일 똑같은 일만 하며 살고 싶었다. 그런데 어머니 때문에 레나 같은 여자와 결혼까지 하고, 매일 어머니가 레나를 야단치는 소리를 들으면서 이 고생을 해야 하니 하루도 마음 편할 날이 없었다.

헤이든 부인은 레나가 결혼한 후에는 레나를 자주 만나지 못했다. 조카에게 관심이 식은 건 아니었다. 레나가 헤이든 부인의 집에 자주 올 수도 없었다. 이제 레나도 결혼한 몸이니 어찌 보면 당연한 일이었다. 게다가 헤이든 부인도 두 딸 때문에 눈코 뜰 새 없이 바빴다. 딸들에게도 좋은 남편감을 찾아주려면 준비할 게 많았기 때문이다. 남편은 요즘 들어 부쩍 아들 걱정을 많이 했다. 헤이든 부인이 막내아들 버릇을 완전히 망쳐놓아서, 더 키워봐야 아무짝에도 쓸모없는 집안의 수치가 될 거라고 했다. 그래서 이런저런 문제로 헤이든 부인도 근심이 많았고 레나를 자주 만나지도 못하는 상황이었지만, 레나를 살뜰히 챙기고 싶은 마음은 여전했다. 크레더 부인에게 부탁해서 레나를 만나거나, 크레더 부인이 헤이든 부인을 만나러 올 때 레나를 보기는 했지만 자주 있는 일은 아니었다. 레나를 만나도 크레더 부인이 항상 함께 있으니 레나를 야단칠 수 없었다. 이제 레나를 야단치는 건 크레더 부인의 몫이기 때문에, 고모의 입장에서는 레나에게 좋은 말만 해주어야 했다. 가끔 레나를 볼 때면 레나가 슬픈 표정을 하고 있거나 다른 데 정신이 팔린 것 같아서 걱정이 됐다. 하지만 헤이든 부인도 늘 바빠서 레나가 왜 그러는지 알아볼 시간은 없었다.

레나는 공원에 앉아 함께 어울리던 여자들을 결혼 후에는 전혀 만나지 못했다. 어떻게 해야 만날 수 있는지도 몰랐다. 그렇다고 레나가 여자들을 찾으러 다니거나 함께 어울리던 시절을 떠올리며 추억에 잠기는 성격도 아니었다. 그들 중 레나를 만나려고 크레더네 집까지 찾아오는 사람은 없었다. 아일랜드에서 온 메리마저도 레나를 만날 생각이 없었다. 여자들은 오래지 않아 레나를 기억에서 지웠고, 레나도 그들을 잊었다. 서로 전혀 몰랐던 사이처럼 기억에서 지워버렸다.

결혼 전부터 알고 지내던 사람 중에 레나가 뭘 좋아하는지, 레나에게 뭐가 필요한지 궁금해하는 사람은 딱 한 명이었다. 레나가 꾸준히 만나고 있는 사람도 이 사람뿐이었다. 친절한 독일인 요리사였다. 이제 요리사는 레나가 자기 관리를 안 하고, 단정하지 않은 몰골로 돌아다닌다고 잔소리했다. "아기 낳을 날이 머지않았다는 건 나도 알지만 그러고 다녀야겠니? 그 꼴로 부엌에 앉아 있는 널 보니 내가 다 부끄럽구나. 이 너절한 꼬락서니 좀 봐라. 예전의 레나는 어디 간 거니. 너 같은 애는 정말 처음 본다. 허먼이 네게 그렇게 잘한다며? 너도 네 입으로 그렇게 말했잖니. 너한테 잘해줄 이유가 없는

데도 허먼이 잘해준다고 말이다. 어쩜 그렇게 다른 사람 생각은 안하니? 지금 네 꼴을 봐라. 주변에 잔소리해주는 사람 하나 없는 것처럼 너저분한 꼴을 하고 있구나. 대체 왜 관리도 안 하고 그런 몰골로 다니는지 이해가 되지 않는다. 그렇게 추한 꼴로 앉아 있는 널보니 내가 다 부끄러워. 매일 그렇게 너저분한 몰골을 하고 세상 근심 다 짊어진 것처럼 운다고 해서 저절로 해결되는 일은 하나도 없어. 네가 허먼 크레더와 결혼하는 게 나는 영 내키지 않았어. 그 늙은 여편네하고 매일 같이 지내는 게 좀 고생이겠니? 그 아버지라는 늙은이는 어떻고? 그 인간도 무시무시한 구두쇠라니까. 겉으로는 인자한 척해도 속은 그 여편네하고 다를 게 없는 인간이야. 나도 다안다, 레나. 그 사람들이 먹을 것도 충분히 주지 않는 거지? 어쩜 그리 딱하니. 그래도 이렇게 너저분한 꼴로 다니면 안 돼. 그건 변명이되지 않아. 내가 너처럼 이러고 다니는 거 본 적 있니? 가끔 두통이너무 심해서 일도 못 할 정도로 고생하긴 하지만 요리가 제대로 나오지 않은 적은 없단다. 그러면서도 늘 품위를 유지하고 있잖니. 뭐든 제대로 할 줄 아는 독일 여자라면 늘 품위를 지킬 줄 알아야 해. 내가 하는 말 새겨듣고, 뭘 좀 먹으렴. 너 주려고 준비해놓은 음식들이야. 잘 씻고 몸단장도 잘해라. 이제 곧 아기도 태어나지 않겠니? 아기가 태어나면 내가 네 고모한테 잘 말해서 너희 세 식구끼리 살수 있는 집을 알아봐달라고 할게. 그러면 너도 좀 살 만해질 게다. 내가 하는 말 잘 들으렴. 앞으로 다시는 이런 몰골로 돌아다니지 말고 울지도 말아라. 그렇게 앉아서 울고 있을 이유가 뭐니? 다른 고생에 비하면 네 고생은 고생도 아니다. 내 말 듣고 있니? 이제 집에 가서 내가 시킨 대로만 하렴. 나도 도울 일이 있으면 도울 테니. 그리고 네 고모에게 늙은 크레더 부인한테 부탁해보라고 할게. 아기 낳을 때까지만이라도 너 좀 내버려 두라고 말이야. 그러니 너무 겁먹지 말고 멍청하게 굴지도 말아라. 좋은 남편도 얻고 다른 좋은 일도 많은데 네가 그러는 건 보고 싶지 않아. 오히려 감사해야 할 일 아니니? 이제 집에 돌아가서 내가 시킨 대로 해라. 내가 도울 수 있는 일이 뭔지 알아봐야겠다."

"맞아요, 올드리치 부인." 마음씨 착한 독일인 요리사는 레나가 돌아간 뒤 안주인과 이야기를 나눴다. "결혼하고 싶어서 안달복달하던 여자들이 꼭 그러더라고요. 정말 좋은 걸 손에 쥐고도 모른다니까요. 간절히 원하던 게 막상 손에 들어와도 그걸 몰라요. 레나 좀 보세요. 아까 여기 앉아서 넋 나간 사람처럼 한참 울길래 제가 야단 좀 쳤어요. 그래도 가엾더라고요. 결혼을 했는데도 행복해 보이지 않으니. 얼굴이 어찌나 창백하고 슬퍼 보였는지 몰라요. 그 꼴을 보고 가슴이 어찌나 아프던지……. 레나가 얼마나 착한 아이였는데요. 요즘 애들은 일 좀 시키려면 얼마나 힘든지 몰라요. 그런데 레나는 요즘 애들 같지 않게 정말 제 말을 잘 들었어요. 일도 정말 잘했고요. 늙은 크레더 부인과 만날 같이 지내야 하니 얼마나 힘들겠어요. 그 시어머니라는 여자 말이에요, 정말 못된 여편네라니까요. 어떻게 어른이 돼가지고 젊은 애를 그렇게 괴롭히려고만 하는지 모르겠어요. 참고 기다려주기도 해야죠. 레나가 허먼하고 따로 나와서 살았으면 허먼도 그러지 않았을 텐데 말이에요. 허먼은 자기 엄마 말이라면 무조건 따르거든요. 배짱이라곤 쥐똥만큼도 없는 인간이에요. 상황이 이러니 저 불쌍한 레나를 어떻게 도울 수 있을지 모르겠어요. 고모라는 여자는, 헤이든 부인 말이에요, 레나 잘되라고 그런 거였지만, 허먼이 레나를 버리고 뉴욕으로 도망쳤을 때 다시 데려오지 않았다면 레나한테 더 좋았을지도 몰라요. 요즘 레나 몰골이 말이 아니에요. 살고 싶은 마음이 전혀 없는 사람처럼 축 늘어져서는 거지꼴로 돌아다니더라고요. 제가 레나한테 잘 씻고 다녀라, 단정하게 하고 다녀라 가르치느라 그 고생을 했는데 아무 소용없게 돼버렸어요. 그런 여자애들은 결혼해봤자 좋을 게 하나도 없다니까요. 좋은 곳에서 지낼 수만 있다면 제대로 된 직업을 구해서 사는 게 더 나을 수도 있어요. 레나가 정말 불행해 보여요. 불쌍한 레나를 도울 방법이 좀 있었으면 좋겠어요. 늙은 크레더 부인은 정말 고약한 여편네예요. 조만간 헤이든 부인하고 얘기 좀 해봐야겠어요. 불쌍한 레나를 도울 방법이 있는지 알아봐야죠, 올드리치 부인."

불쌍한 레나는 정말 힘든 나날을 보내고 있었다. 허먼은 변함없이 레나에게 잘해주었고, 가끔은 레나를 꾸짖는 어머니를 말리기도 했다. "레나가 요즘 몸이 별로 좋지 않아요. 어머니. 레나 좀 그냥 내버려 두세요. 레나한테 시킬 일이 있으시면 제게 말씀하세요. 그럼 제가 레나한테 얘기할게요. 어머니가 시키신 대로 잘할 거예요. 그러니 제발 레나 좀 내버려 두시고, 몸이 괜찮아질 때까지 기다려주세요." 허먼은 용기를 내서 어머니에게 맞섰다. 허먼이 보기에도 레나가 배 속에 아이를 품고 있는 상황에서는 어머니의 끔찍한 잔소리를 더 이상 견디지 못할 것 같았다.

허먼은 새로운 기분을 느끼고 있었다. 이 새로운 기분 덕분에 어머니에게 맞설 기운이 생기는 것 같았다. 무언가를 간절히 원하게 되다니, 이건 정말 새로운 기분이었다. 허먼이 간절히 원하는 건 아버지가 되는 것이었다. 레나가 건강한 아들을 낳아주길 기대하고 있었다. 허먼은 살면서 단 한 번도 부모님 말씀을 거역한 적 없었지만, 부모님을 사랑한 적도 없었다. 허먼은 레나에게 늘 상냥한 남편이었고, 끔찍한 잔소리로 레나를 괴롭히지 못하게 어머니를 말리기까지 했지만, 단 한 번도 레나를 사랑한 적은 없었다. 하지만 한 아기의 아버지가 된다는 생각이 허먼의 가슴에 깊게 박혔다. 역경 속에서 아기를 구해내기 위해서라면 어머니에게 맞설 각오가 되어 있었다. 아버지가 허먼을 돕지 않고 어머니를 계속 저대로 내버려 둔다면 아버지에게도 맞설 생각이었다.

허먼은 이 문제를 상의하기 위해 헤이든 부인을 찾아가기도 했다. 그리고 여러 번 상의한 끝에 아기가 태어날 때까지는 부모님과 함께 지내며 크레더 부인이 너무 심하게 레나를 야단치지 않게 허먼이 적절히 간섭하다가, 레나가 아기를 낳고 기운을 좀 차리면 부모님 댁 옆에 집을 따로 얻어 나가 사는 것으로 결론을 내렸다. 부모님 댁 옆에 집을 얻어 나가면 계속 아버지 일도 거들면서, 먹고 자는 문제로 어머니에게 간섭당할 일도 없고, 어머니가 야단치는 소리를 들을 염려도 없었다.

시간은 그렇게 흘러갔다. 매일이 똑같았다. 다만 좀 느리게 흐르는 것 같았다. 가여운 레나는 출산의 기쁨 같은 건 전혀 느끼지 못했다. 배를 타고 브리지포인트로 오면서 심하게 아팠을 때처럼 겁이 났다. 조금이라도 통증이 올 때마다 끔찍하게 무서웠다. 모든 게 정지한 것 같았고, 모든 생명이 빠져나간 것 같았다. 아무래도 곧 죽을 것 같았다. 레나는 너무 연약했다. 이런 고난에서는 살아남을 수 없을 것 같았다. 레나는 꼼짝하지 않고 앉아 두려움에 떨었다. 넋이 빠져나간 것 같았다. 생명이 빠져나간 것 같았다. 아무래도 곧 죽을 것 같았다.

그리고 잠시 후, 레나는 아기를 낳았다. 예쁘고 건강한 사내아이였다. 허먼은 아기가 태어나자 굉장히 기뻐했다. 레나가 조금 기운을 차렸을 때, 허먼은 부모님 댁 옆에 집을 얻었다. 이제 세 식구는 자기들의 방식대로 먹고 자고 생활할 수 있었다. 그런데도 레나는 기분이 별로 나아진 것 같지 않았다. 아기가 배 속에 있을 때와 똑같아 보였다. 여전히 너저분한 옷차림으로 축 늘어져서는 몸을 질질 끌고 다녔다. 생기가 전혀 느껴지지 않았다. 마치 아무 감정 없는 사람처럼 행동했다. 집안일은 늘 하던 대로 꼬박꼬박 열심히 했다. 하지만 영혼이 빠져나간 사람 같았다. 허먼은 여전히 레나에게 친절하고 상냥했다. 집안일도 기꺼이 거들어주었다. 자기가 할 줄 아는 선에서는 레나를 열심히 도왔다. 집안일이나 아기 돌보는 일이나 적극적으로 나섰다. 레나도 자기가 해야 할 일은 꾸준히 했다. 그저 습관처럼 살고 있었지만, 옷차림은 여전히 너저분하고 더러웠으며 넋 나간 사람처럼 생기가 전혀 없었다. 결혼한 후로는 이런 식으로 존재하는 게 더 이상 의미 없는 일처럼 여겨졌다.

헤이든 부인은 이제 레나를 만나지 않았다. 자기 집 일만으로도 걱정이 차고 넘쳤다. 두 딸의 결혼도 준비해야 했고, 아들은 전보다 더 말을 안 들었다. 그래도 레나만큼은 성공한 것 같았다. 허먼 크레더는 정말 괜찮은 남자였다. 자기 딸들도 그런 남편을 얻으면 참 좋을 것 같았다. 허먼 크레더는 갈등의 원인이었던 부모님 댁에서 나와 따로 집을 마련해 살고 있다. 헤이든 부인은 조카 레나에게 만큼은 정말 할 만큼 했다는 생각이 들었다. 이제 레나에게는 안 가봐도 괜찮을 것 같았다. 자기가 걱정하지 않아도 레나가 알아서 잘할 수 있을 터였다.

허구한 날 레나에게 잔소리를 퍼붓던 마음씨 좋은 독일인 요리사는 여전히 엄마 같은 마음으로 가여운 레나를 돕고 싶어 했다. 요즘은 레나에게 잔소리를 해도 소용없었다. 옆에서 누가 뭐라고 해도 전혀 듣는 것 같지 않았다. 허먼은 자기가 할 수 있는 일이라면 무엇이든 마다하지 않았다. 집에 있을 땐 항상 아기를 돌보았다. 아기 돌보는 걸 무척 좋아했다. 레나는 꼭 필요한 일이 아니면 아기를 데리고 나가는 일도 없었고, 아무것도 하지 않았다.

마음씨 좋은 요리사는 이따금 레나를 집으로 불렀다. 그러면 레나는 아기와 함께 주방에 우두커니 앉아 마음씨 좋은 요리사가 요리하는 모습을 보았다. 요리사는 요리하면서도 레나에게 잔소리를 했다. 이제 걱정할 일도 없는데 대체 왜 계속 너저분한 몰골로 돌아다니는 것이며, 왜 그렇게 넋 나간 사람처럼 앉아 있는 거냐고 꾸짖었다. 호강에 겨워서 저런다고 했다. 이따금 레나가 잠에서 깨어난 사람 같은 표정을 지을 때가 있었다. 그럴 땐 예전의 침착하고 상냥하고 느긋한 레나가 돌아온 것 같았다. 하지만 지금은 독일인 요리사가 잔소리를 퍼부어도 전혀 듣지 않는 것 같았다. 올드리치 부인이 상냥하게 말을 걸 때는 다시 생기가 돌았다. 예전에 이 집에서 일하던 시절로 돌아간 것 같았다. 하지만 지금은 시간에 몸을 맡긴 채되는 대로 살았다. 옷차림에도 신경 쓰지 않았다. 생기라고는 전혀없이 그저 살아지는 대로 살았다.

머지않아 레나는 아기를 둘이나 더 낳았다. 둘째, 셋째 아기를 낳을 때는 별로 겁나지 않았다. 진통도 잘 못 느끼는 것 같았고, 무슨일이 일어나든 아무런 감정을 못 느끼는 것 같았다.

레나의 세 아기는 아주 정말 예뻤고, 허먼은 아기들을 살뜰히 돌보았다. 단 한 순간도 아내 레나를 사랑한 적은 없었지만, 아기들만큼은 진심으로 사랑했다. 허먼은 아이들에게는 훌륭한 아버지였다. 아기를 안을 땐 부드럽게 살살 그러안았다. 아기를 어르는 방법도익혔다. 일하지 않는 시간에는 항상 아기들과 함께 시간을 보냈다. 아기들과 항상 같은 방에서 지내려고 작업실도 자기 집으로 옮겼다.

레나는 시간이 흐를수록 점점 생기를 잃었지만, 허먼은 레나에게전혀 신경 쓰지 않았다. 대부분의 시간을 아이들하고만 보냈다. 아이들을 먹이고 씻기는 일을 도맡아 했다. 아침에는 직접 아이들 옷을입혔고, 올바른 생활 습관을 가르쳤다. 밤이 되면 아이들을 재웠고, 한시도 아이들과 함께하지 않는 시간이 없었다. 그러다 네 번째 아기가 생겼다. 레나는 아기를 낳으려고 가까운 병원에 갔다. 아기가 쉽게 나오지 않고 말썽을 부렸다. 마침내 세상에 나왔을 땐, 엄마처럼생기가 전혀 없었다. 아기가 나오는 동안 레나는 통증이 더 심해졌고 얼굴도 더 창백해졌다. 그리고 아기가 마침내 세상에 나왔을 때레나는 세상을 떠났고, 어쩌다 이렇게 된 건지 아무도 알지 못했다.

허구한 날 레나에게 잔소리를 퍼부었고 마지막 날까지 레나를 도우려고 했던 마음씨 좋은 독일인 요리사만이 레나를 그리워했다. 이 집에서 함께 일할 땐 레나도 정말 예쁜 아가씨였다. 목소리도 어찌 나 부드럽고 상냥했는지 모른다. 정말 착한 아이라서 말썽을 부린 적도 없었다. 레나 대신 들어왔던 여자애들은 하나같이 말썽을 부렸 었다. 마음씨 좋은 요리사는 올드리치 부인과 이야기를 나눌 때면 이따금 레나 얘기를 했다. 이제 레나는 기억 속에만 존재하는 사람 이 되었다.

허먼 크레더는 현재의 삶에 만족을 느끼며 세 아이와 함께 아주 행복하고, 아주 평화롭고, 아주 조용한 나날을 보냈다. 허먼은 더 이 상 여자와는 살고 싶지 않았다. 허먼은 아버지 일을 다 거들고 나면, 자기 집으로 돌아와서 또 일을 했다. 허먼은 늘 혼자 지냈다. 아이들 이 일을 거들어줄 수 있을 정도로 자랄 때까지는 일도 혼자서만 했 다. 허먼 크레더는 현재의 삶에 아주 만족스러워하면서 단조롭고 평 화로운 나날을 보냈다. 어제도, 오늘도, 하루하루가 똑같았다. 착하 고 예쁜 세 아이가 있으니 더 바랄 것이 없었다.

Q. E. D.*

피비	친절한 목동이여, 이 젊은이에게 사랑이 뭔지 얘기 좀 해 줘요.
실비어스	사랑이란 한숨과 눈물로 만들어진 것이죠.
	피비에 대한 제 마음이 바로 그런 거예요.
피비	나는 가니메데에게 그래요.
올란도	나는 로잘린드에게 그렇소.
로잘린드	나도 여자가 아닌 사람에게는 그래요.
실비어스	그리고 사랑이란 믿음과 봉사로 이루어진 것이랍니다.
	피비에 대한 제 마음이 바로 그런 거예요.
피비	나는 가니메데에게 그래요.
올란도	나는 로잘린드에게 그렇소.
로잘린드	나도 여자가 아닌 사람에게는 그래요.
실비어스	그리고 사랑이란 환상 그 자체예요.

열정과 소망 그 자체이기도 하고,

경배, 의무, 공경 그 자체이기도 하죠.

모든 겸손과 인내와 초조를 의미하기도 하고,

모든 순결과 시련과 상벌을 의미하기도 합니다.

피비에 대한 제 마음이 바로 그런 거예요.

피비	나는 가니메데에게 그래요.
올란도	나는 로잘린드에게 그렇소.
로잘린드	나도 여자가 아닌 사람에게는 그래요.
피비	그렇다면 당신은 왜 나의 사랑을 비난하는 거죠?
실비어스	그렇다면 당신은 왜 나의 사랑을 비난하는 건데요?
올란도	그렇다면 당신은 왜 나의 사랑을 비난하는 거요?
로잘린드	'왜 나의 사랑을 비난하는 거요?'라는 말은 누구에게 하는 건가요?
올란도	여기에는 없고, 듣지도 못할 그녀에게.
로잘린드	그런 말은 이제 제발 그만하세요. 달을 보고 짖는 아일랜드 늑대의 울음소리 같단 말이에요.

《뜻대로 하세요》 5막 2장*

---

* 윌리엄 셰익스피어의 5대 희극 중 하나이다. 이 장면은 본 작품과 다면적이고 아이러니한 관계성을 드러내는데, 특히 반복과 순환적 구조가 이야기 속의 삼각관계를 떠올리게끔 한다.

1장

아델

아델**은 지난 몇 달 동안 볼티모어에서 겪은 일들 때문에 지칠 대로 지쳐서 증기선에 혼자 타지 않은 걸 후회하고 있었다. 다른 승객들을 목각 인형 정도로 생각하는 건 어렵지 않았다. 그냥 여기저기 돌아다니는 흔한 인형이라고 생각하는 것이다. 너무 흔해빠져서 있는지도 모를 그런 인형 말이다. 그리고 이 두 사람과는 잘 모르는 사이였기 때문에 오히려 편할 것 같았다. 시간이 어느 정도 흐르면, 새롭고 낯선 모습을 보면서 신선하고 묘한 흥분을 느낄 수 있을 것 같기도 했다. 아는 게 별로 없어도 위험할 건 없다. 이미 알고 있는 것만으로도 충분하다고 생각하면 오히려 더 즐거울 수 있다.

"그래, 맞아." 아델은 한 친구에게 이렇게 대꾸했다. 배가 출항하는

---

*   'Quod erat demonstrandum'의 약자. 라틴어로 '증명 완료'를 뜻하며, 더 이상 증명할 것이 없는 명제를 나타내는 수학기호다.

**   거트루드 스타인 자신을 모델로 한 인물이다.

날 아침이었다. "지금은 나도 혼자 있는 게 좋지만, 걔들도 분명 즐거울 거야. 메이블 니스*는 내가 잘 알지. 특별히 친한 건 아니지만 같이 차도 많이 마셨고, 둘 다 감상적인 편이라 얘기하다 보면 재미있거든. 헬렌 토머스는 몇 번 만난 적 있지만 잘 아는 사이는 아니야. 얘기를 참 재미있게 잘하더라. 좋은 이야기도 많이 알고. 그런데 나랑 잘 맞는 성격은 아닌 것 같아. 친해질 가능성이 전혀 없다고 생각하는 건 아니야. 아, 그런데 정말 따분하지 않니? 새로운 나라를 보고, 새로운 사람들을 만나고, 새로운 경험을 하고 그러는 거 말이야. 익숙한 나라만 보고, 아는 사람들만 만나고, 해본 것만 또 하는 것도 따분하긴 마찬가지지만."

그들은 승선한 지 며칠이 지나자 배에서 편하게 지내는 방법을 터득했다. 하지만 문제가 하나 있었다. 가장 마음에 드는 자리가 하필이면 스크루 바로 위쪽이라 스크루가 물 위로 올라올 때마다 진동이 고스란히 전해졌던 것이다. 파도가 그리 심하지 않아서 그런 일이 빈번하지는 않았으니 그나마 다행이었다.

세 사람 모두 미국 출신으로 부유한 집안의 딸들이었고 대학 교육을 받은 여성들이었다. 이 세 가지 사실을 제외하면 공통점이 전혀 없었다. 세 사람의 외모, 사고방식, 말하는 방식, 대화 주제 같은

---

* '메이블 헤인즈Mabel Haynes'를 모델로 한 인물. 스타인은 의과대학 학생이었던 메이블 헤인즈와 메리 북스테이버의 관계를 알게 되면서 자신의 성적 지향성을 깨달았으나, 이 두 사람과의 불행한 삼각관계는 결국 의학 공부를 포기하는 원인이 되었다.

걸 보면 이들이 각기 다른 지역 출신이고, 다른 혈통을 타고 났으며, 다른 가풍을 물려받았다는 사실을 알 수 있었다. 물론 표면적으로는 다들 미국인이었지만, 한 명씩 따져보면 문화적으로는 각자 다른 배경을 가지고 있었다. 어쨌든 미국인이기 때문에 고유한 문화적 특성이 완전히 드러나지는 않았지만 어딘가 은근슬쩍 남아 있었다.

똑바로 앉아 있는 사람은 헬렌 토머스*였다. 잘생긴 영국 여자의 미국인 버전이라고 할 수 있었다. 헬렌은 자신이 조금은 냉정하고 객관적인 성격이라 칼 같은 면이 있긴 하지만, 다른 사람의 기분을 상하게 할 정도는 아니라고 생각했다. 가슴에 열정은 있지만 감정에 휘둘리지 않고, 일관성 있게 행동하면서 후회 따위는 하지 않는 성격이라고 믿었다. 영국 여자의 면모를 갖춘 이 미국 여자는 과감한 허세 그 자체였다. 자기가 젊다는 사실 하나만으로 자기 인생에 실패 같은 건 없다고 굳게 믿었다. 나약함은 자신에게 해당되지 않는 단어이고, 패배한다는 건 있을 수 없는 일이었다.

메이블 니스는 헬렌의 무릎을 베고 갑판에 누워 있었다. 어딘가 모르게 부자연스러운 자세와 잔뜩 긴장한 키 크고 마른 몸에서 뉴잉글랜드 사람의 특성이 고스란히 드러났다. 미국 여자들은 다소 특이한 데가 있었다. 겉보기엔 요부처럼 보여도 알고 보면 얌전하기 그지없는 여자들이 있는가 하면, 겉보기엔 아무 경험 없을 것 같

---

* '메리 북스테이버Mary Bookstaver'를 모델로 한 인물. 편집자로 일하면서 페미니스트이자 정치 활동가로 활약했던 메리 북스테이버는 '메이'라는 애칭으로 유명했다. 스타인이 볼티모어에서 존스홉킨스 의과대학에 다닐 때 북스테이버를 만나 육체적인 사랑을 알게 되었고, 이때의 경험이 자전적 삼각관계를 다루는 이 작품의 바탕이 되었다.

은 깡마른 처녀라도 그 속에서는 뜨거운 정열의 불덩이가 타고 있을 수 있다. 메이블 니스는 겉보기에 깡마른 처녀였지만 얼굴은 전혀 다른 이야기를 하고 있었다. 얼굴빛은 옅은 황갈색이었고, 관자놀이와 이마에는 살이 별로 없었다. 무겁고 우울한 기운이 입 주변을 떠돌고 있었다. 살 때문에 처진 것은 아니었다. 끊임없이 무언가를 갈망하지만, 어김없이 좌절당하며 아무것도 이루지 못했기 때문에 지친 것뿐이었다. 길고 선이 또렷하지 않은 턱은 도덕성이 결여된 인상을 주었다. 얼굴선이 좀 더 굵고 또렷했다면 더 못돼 보였을 것이다. 이탈리아 르네상스가 저물어가던 시기의 예술작품에서 볼 수 있는 그런 얼굴이었다. 요즘 작품들은 그 시기의 작품들처럼 복잡하고 미묘하게 증오를 드러내면서 교묘하고 능숙하게 독살할 수 있는 그런 본성을 완벽히 표현해내지 못할 것이다. 미국 여자들은 귀족의 품격을 상실했고, 권력도 약했다. 그렇다고 도덕적이라는 명성을 얻은 것도 아니다. 가장 강력했던 본능마저도 제대로 발전시키지 못한 채 도태되어버렸다. 더 이상 치명적이지도 않았고, 도덕성과는 무관하고 애매한 존재가 되어버렸다. 그래도 한때 고귀한 존재였다는 기억은 남아 경멸받아 마땅할 정도의 부도덕한 상태로 추락하지는 않았다.

세 번째 사람은 갑판에 배를 대고 엎드려 있었다. 다른 사람의 눈치를 보지 않고 편안함을 추구하는 모습이 햇살과 나태함이 흐르는 땅을 연상시켰다. 딱딱한 바닥을 사랑으로 부드럽게 녹이는 일에 익숙한 사람처럼, 아무것도 깔지 않은 갑판 바닥에 웅크리고 누워 있었다. 뭉툭하게 튀어나온 부분에 몸을 맞추느라 몇 번 꿈틀거리더니 만족스럽다는 듯 하품을 늘어지게 뱉어내며 중얼거렸다. "햇빛 받으니 참 좋네."

세 사람은 모두 햇빛의 품속에 안겨 잠시 공기를 들이마셨다. 그때 아델이 한 팔로 머리를 받치고 누워서 말을 이어갔다. "물론 내가 논리적인 사람은 아니야. 논리란 순 엉터리거든. 인간은 합리적이고 공정하기만 하면 돼. 메이블, 네 생각은 다르겠지만 어쨌든 그게 사실이야. 이해할 때와 이해하지 못할 때의 차이점을 분명히 알고 있으니 나는 합리적인 사람이야. 이해하지 못할 땐 의견을 드러내지 않으니까 공정한 사람이고."

"그것참 일리 있는 말이네." 헬렌이 갑자기 끼어들었다. "그런데 네가 정말 그런 사람이라는 느낌은 들지 않아. 메이블이 그러더라. 너는 네가 전형적인 중간계급인 줄 안다고 말이야. 그래서 중간계급의 이상을 가장 중요한 가치로 여기지만, 그 이상에 대해 구체적인 생각이나 견해를 가지고 있는 것 같진 않아. 그렇게 말과 행동이 일치하지 않는 사람의 말을 과연 믿을 수 있을지 모르겠어."

"나는 그렇게 모순적인 사람이 아니야." 아델은 헬렌의 말에 반박하려고 몸을 일으켜 앉아 손을 격하게 휘저으며 의견을 피력했다. "그건 네 성격이 배배 꼬여서 그래. 중간계급이 되는 건 저속해지는 거고, 아이들의 엄마가 되는 건 천박해지는 거고, 존경받고 품위 있는 사람이 되고 싶어 하는 건 상식이라는 거잖아. 그거야말로 어리석은 생각이지. 네 말에 따르면 나는 중간계급이 아니야. 나는 저속하고 천박하고 비상식적인 사람이라서 그런 건 믿지도 못할 거고 말이야. 그래서 네 말이 틀렸다는 거야. 너는 정말 중요한 사실을 모르고 있어. 선과 악에는 공통점이 있어. 선이든 악이든 의도하지 않았다면 저속한 거야. 너는 선과 악이 지닌 힘이 다르다고 믿는 거겠지. 물론 선과 악이 세상에서 지니는 가치가 다르니 그 힘도 다를 거야. 하지만 선이든 악이든 뚜렷한 목적이 있어야 하고 방식이 저속하면 안 된다는 걸 너 스스로 납득하지 못하면, 선과 악은 다를 게 없어. 저속한 선을 피하려고 발버둥 치면 도리어 저속한 악에 빠지게 될 거야. 그것참 품위 있겠다, 그렇지? 말을 또 너무 많이 해버렸네. 나는 왜 잠자코 있는 법을 모를까. 내가 이렇다는 걸 너희들이 이미 알고 있어서 다행이야. 그래도 난 대화가 신성한 의례라고 생각해. 독백일 때도 말이야."

"아니야, 계속 얘기해봐." 메이블이 조용히 말했다. "재미있잖아. 속으로는 더 얘기하고 싶은 것 같은데." "그래." 아델이 답했다. "나는 무엇이든 있는 그대로 받아들이는 사람이니까 나한테는 원칙이 없다고 생각하겠지. 하지만 너희들이 잘못 알고 있는 거야. 내가 말하고 싶은 건 고개를 숙이더라도 다시 똑바로 들 수 있는 힘이 있어야 한다는 거야. 하지만 그런 건 각자 자기 인생을 살면서 깨달아야 하는 거니까. 나는 햇빛이나 즐길래." 그리고 한동안 침묵이 흘렀다.

세 사람은 따뜻한 햇살을 받으며 푸른 바다에서 가장 밝게 빛나는 부분을 가만히 바라보았다. 따스하고 부드러운 손길처럼 바람이 얼굴을 감싸주었다. 마침내 메이블이 신음을 내뱉으며 일어나 앉았다. "이건 아니야." 메이블이 말했다. "편안하다고 생각하려고 했는데 도저히 안 되겠어. 조금도 편안하지가 않아. 스크루 삐걱거리는 소리도 도저히 못 견디겠어. 내 자리로 돌아갈래." 메이블이 헬렌에게 같이 가자고 공손히 제안하자 헬렌은 정중히 거절했다. 그리고 진심으로 제안하는 것도 아니고, 진심으로 거절하는 것도 아닐 때 흔히 등장하는 장황한 토론과 설명이 뒤따랐다. 결국 아델은 참지 못하고 두 사람의 대화를 끊었다. "여자로 태어나지 않았다면 하나님께 매일 절이라도 했을 텐데." 이 말과 동시에 메이블은 급하게 숄을 챙겨서 아래층으로 내려갔다.

갑판에 남은 두 사람은 말없이 편안하게 앉아 있었다. 이 침묵은 어쩐지 두 사람이 함께 있다는 사실을 미묘하게 강조하는 것 같았다. 아델이나 헬렌이나 이런 분위기를 예상하지 못한 건 마찬가지여서 상대도 자기와 같은 기분을 느끼고 있는지 궁금했다. 아델이 팔꿈치에 머리를 괴었다. 침묵이 또 한 차례 지나간 후, 아델은 헬렌을 향해 시선을 돌리지 않고 아주 부드럽게 이야기를 시작했다.

"사람들은 바다가 정말 광대하다고 말하지만 내가 바다를 보며 느끼는 건 그게 다가 아니야." 아델이 말했다. "나는 바다가 너무 짜증 나. 세상에서 가장 한정된 공간이거든. 바다 안에 한 바퀴 돌 수 있는 방이 있다면 그건 엄청나게 큰 방이겠지. 바다 위에 떠 있다 보면 뒤집어 놓은 하얀 접시 아래 들어가 있는 기분이야. 경계가 아주 분명하지. 지식의 한계란 감옥과 같아서 밖으로 도망치는 건 불가능해. 바다를 보면 갇혀 있다는 생각에 답답해지지 않아?" 아델은 고개를 들어 헬렌을 보았다. 헬렌은 아델을 말없이 바라보고 있었지만, 아델의 말을 들은 것 같진 않았다. 잠시 후 헬렌은 아무 일 없었다는 듯 아까 하던 이야기를 이어갔다. "얘기해봐. 무슨 의도로 자기 자신을 중간계급이라고 말하는 거야? 너를 오래 알고 지낸 건 아니지만, 네가 합리적이고 공정한 사람이라는 말은 맞는 것 같아. 하지만 다른 사람을 이해한다거나 자기 자신을 이해하는 일 같은 건 중간계급이라면 절대 하지 않을 행동이잖아." "나 자신이 중간계급이라고 주장한 적 없어. 사실도 아니고." 아델이 환하게 웃었다. "사도들이 했던 경험을 나도 한 것 같아. 중간계급의 이상과 가치를 설파하면서도 중간계급에게 거부당했으니까. 하지만 그건 상관없어. 다정하고 점잖고 정직하고 만족할 줄 아는 사람이 되어야 한다는 얘기나 무질서를 피하고 고요함을 추구하라는 중간계급의 이상이 나한테 매력적이라는 이야기를 하고 싶은 거야. 간단히 말하면 가정은 화목해야 하고, 사업은 정직하게 해야 한다는 그런 거 말이야."

"하지만 그렇게 열정을 무시해버리면 온전한 인생이 될 수 없어!"

"단순히 도덕적이어야 한다는 건 아니야. 물론 도덕관념을 무시할 수는 없어. 사람들은 그저 경험을 위해서 인생을 살려고 하는 경향이 있고, 나는 그런 경향에 맞서고 싶다는 거야. 무슨 일을 할 때 끝까지 해내는 걸 목적으로 삼아야 한다고 생각해. 모두가 평등한 교육을 받는 현실에서는 미래 권력이 한정되기 마련이니까, 그런 이유 때문에라도 끝까지 해내는 게 중요하다는 거야. 경험해봤다고 말하고 싶어서 경험하는 건 나한테는 별로 중요하지도 않고 도덕적이지도 않아. 열정이라는 건 말이야." 아델은 점점 열성적으로 말을 이어 갔다. "너도 알겠지만, 열정에 대해서는 나도 아는 게 별로 없어. 나한테는 열정이라는 게 따뜻한 동료애를 뜻하는 걸 수도 있고, 좀 더 복잡하게 생각하면 육체적인 욕구가 될 수도 있어. 이 두 가지 말고 다른 형태의 열정은 나한테는 별로 의미가 없는 것 같아. 육체적인 욕구를 키운다는 건 왠지 좀 무섭게 느껴져. 금욕주의자들이 느낄 만한 공포라고나 할까. 육체적인 욕구를 다른 형태로 표현하는 것도 반대야. 가치 있는 일을 하려면, 상대적으로 가치가 덜한 것도 이상적으로 표현할 수 있는 힘이 있어야 한다고 생각하는데, 난 둘 다 못 할 것 같아."

잠시 후에 헬렌이 입을 열었다. "그래서 너처럼 신중하고 강인한 얼굴을 가진 사람이 짜증 날 정도로 철딱서니 없는 어린아이처럼 굴다가도 금세 바보처럼 만족스러워할 수 있는 거 아니겠어?" 침묵이 또 한 번 흐른 뒤, 아델이 확신 넘치는 말투로 말했다. "유능한 선생을 찾을 수 있다면, 나도 꽤 괜찮은 학생이 될 수 있을 것 같아." 그리고 두 사람은 이 대화를 둘만의 비밀로 남겨 두었다.

무료한 날들이 길게 이어지는 동안 두 사람 사이에 따뜻한 감정이 조금씩 싹텄다. 쌀쌀한 저녁이면 아델은 갑판에 올라가 헬렌 곁에 자리를 잡았고, 헬렌은 몸으로 바람을 막아주었다. 아델이 한 손을 얼굴에 살짝 올리거나 입술 가까이에서 손가락을 팔랑거리며 장난쳐도 그냥 내버려 두었다. 그럴 때마다 아델의 마음속에서는 반항심이 고개를 들었다. 아델이 그렇게 둔한 사람이 아니었다면 포기하거나 거부할 마음을 먹었을지도 모른다. 하지만 지금은 너무 피곤해서 생각하고 싶지도 않았고, 포기든 거부든 아무것도 하고 싶지 않았다. 그래서 일단 흐릿한 상태로 아무 말 없이 가만히 누워 있었다.

세 사람의 관계는 소리 없이 아주 천천히 변하고 있었다. 아무리 세심한 관찰자를 데려다 놓아도 변화를 눈치채기 힘들었을 것이다.

세 사람의 행동은 겉으로 보기에는 예전과 다를 게 없었다. 대화가 길어지면 아델은 생생한 묘사를 곁들여가며 열정적으로 관습과 사람들과 이런저런 일을 자신의 견해와 다양한 이론으로 설명했고, 그럴 때마다 전혀 다른 신념으로 전혀 다른 기대와 환상을 품으며 사는 헬렌과 정면으로 부딪쳤다.

메이블은 두 사람의 대화를 듣는 게 재미있었다. 마치 자기 자신을 위해 무대에 올린 연극을 감상하는 기분이었다. 논객들이 지나치게 열심히 의견을 피력하고 반론을 제기하는 모습은 누가 봐도 과하다 싶었지만, 어쨌든 자신을 위해서 무대에 올린 연극 같았다.

어느 날 오후, 아델은 갑판 의자에 가만히 누워 있었다. 몸이 굉장히 피곤하기도 했고, 최근 들어 일이 잘 풀리지 않은 탓에 마음도 완전히 지쳐 있었다. 고개를 드니 헬렌이 옆에 서서 내려다보고 있었다. 아델은 표정을 가다듬었다. "미안해." 아델이 말했다. "옆에 누가 있는지 몰랐어. 딴 데 정신이 팔려서 멍청한 표정을 짓고 있었네." "널 몰래 보고 있던 사람은 나니까 사과를 하려면 내가 해야지." 헬렌이 정중하게 답했다. 아델은 감정이 전혀 드러나지 않는 차분한 얼굴로 헬렌을 가만히 바라보았다. "네게 이렇게 상냥하고 사려 깊은 면이 있는 줄 몰랐어." 아델이 조용히 말했다. 그러자 헬렌이 대답했다. "나도 네가 나를 그렇게 봐줄 거라고는 생각 못 했어."

두 사람은 감정이 실리지 않은 무미건조한 대화를 주고받았다. 아무런 편견을 담지 않고 단순한 사실만 나열하는 대화였다. 시간이 조금 더 흘렀지만 두 사람 사이에 감정이 실린 단어나 시선, 몸동작 같은 건 오가지 않았고, 상대방이 무슨 생각을 하는지 의식하려고 하지도 않았다.

어느 날 저녁, 어둠 속에 여느 때처럼 누워 있던 아델은 갑자기 어떤 생각에 사로잡혀 팔랑거리던 손가락으로 헬렌의 입술을 지그시 눌렀다. 딱히 의미 있는 행동은 아니었지만, 단순히 충동적인 행동도 아니었다.

다음 날 저녁, 침상에 누워 있던 아델은 갑자기 너무 오랫동안 감정이 무뎌진 상태로 살았다는 생각이 들었다. 처음으로 헬렌의 존재를 의식하게 되자, 그전까지 어떻게 그렇게 무심할 수 있었는지 놀라웠다. 아델은 오랜 시간 생각에 빠졌다. 그러다 스스로 변명도 해보았다. "전혀 이해가 되지 않아." 아델이 말했다. "여러 가지로 해석할 수 있어. 게다가 메이블도 있잖아." 그러다 이내 전혀 다른 생각으로 빠졌다. 그 생각은 서서히 구체적인 형태를 띠기 시작했다. "헬렌도 나처럼 어쩌다 우연히 그런 대화에 휘말린 걸지도 몰라. 아니면 내가 내 발등을 찍을 때까지 얼마나 버틸 수 있을지 궁금해서 흥미를 보였을지도 모르지. 내가 내 발등을 찍을지 안 찍을지 그게 궁금했을 수도 있고. 헬렌이 정말 나한테 마음이 있을 리가 없잖아. 아니면 아예 다른 생각이 있는 걸지도 몰라. ─어쨌든 메이블도 있잖아.─ 그걸 알 방법은 없지만 어쨌든 그건 사실이야. 그게 무슨 차이가 있을까? 헬렌이 정말 나를 좋아해서 그러는 건지, 알 수 없는 다른 이유로 그러는 건지 말이야. 어쨌든 헬렌 말이 맞아. 나는 정말 아무것도 모르고 있었어. 함께 배를 타고 여행한 지 열흘이나 되었는데 아무것도 모르고 있었다니. 헬렌이나 헬렌이 한 말에 대해서 제대로 아는 게 하나도 없어. 뭐 이런 바보가 다 있어." 아델은 참담한 심정이 되어 고개를 절레절레 흔들었다. "이제 내일이 항해 마지막 날인데, 헬렌에 대해 아무것도 모르는 채로 헤어지겠지. 이제야 이렇게 궁금해지다니." 아델은 계속 생각했다. "이제 어떻게 해야 하지? 방법이 전혀 없는 걸까?" 아델은 미소를 지었다. "직접 물어보는 것 말고는 방법이 없어. 직접 물어보지 않고서는 헬렌의 말이 진실인지 거짓인지 알 방법이 없어. 여자에 대해서는 웬만큼 알고 있다고 생각했는데 다 부질없는 생각이었구나." 아델은 당혹감에 길게 한숨을 내쉰 후, 마음을 진정시키고 잠을 청했다.

다음 날 오후, 편하게 앉아 책을 읽는 메이블을 내버려 두고, 아델은 실험에 임하는 마음으로 헬렌과 함께 이리저리 거닐며 경치를 감상했다. 눈부시게 맑은 날이었다. 따뜻한 햇볕과 하늘과 바다의 푸른빛에 기분 좋아진 아델은 갑판 위로 몸을 던졌다. 그리고 헬렌을 잠시 쳐다보다가 웃음을 터뜨렸다. 두 눈이 즐거운 듯 환하게 반짝이고 있었다. "왜 그러는 건데?" 헬렌이 물었다. "아, 아무것도 아니야. 그냥 다 바보 같아서. 너, 나, 메이블 말이야. 정말 바보 같지 않아?" 아델의 얼굴에 헬렌을 놀리는 기색은 전혀 없었다. 그저 정말 재미있어하는 표정이었다.

헬렌은 아무 대꾸도 하지 않았다. 표정도 그대로였다. 그러다 불쑥 이렇게 내뱉었다. "정말 유감스럽다. 네가 가진 거라고는 결국 보잘것없는 열정이 전부잖아. 너는 도덕관념을 상실하는 게 두려워서 웅덩이를 건너는 것보다 조금이라도 더 위험해 보이면 하고 싶지 않은 거야."

아델은 헬렌의 말을 진지하게 받아들였다. 어느덧 얼굴에서 웃음기가 사라졌고, 아델은 골똘히 생각에 잠겼다. "그래, 네 말이 전혀 틀린 건 아니야." 아델이 대꾸했다. "하지만 도덕적으로 올바른 사람은 무모한 행동을 하지 않아. 바다에서 일이 마일 정도 헤엄을 치면 기분이 좋겠지. 하지만 바다 한가운데 혼자 떨어지면 분명 죽을 거야. 이런 생각이 비겁하다고 할 수도 있겠지만, 어차피 영웅이 되고 싶지도 않아. 그래도……." 아델은 덧붙였다. "일부러 비겁해지고 싶다는 건 아니야. 나는 그저……." 아델이 갑자기 말을 멈췄다. 헬렌은 잠시 기다렸다가 곧 다른 곳으로 자리를 옮겼다.

아델은 한참 동안 바다만 바라보았다. "나는 그저……." 혼자 같은 말을 되풀이하다 보니 의미가 점점 또렷해졌다. "나는 그저 궁금했던 거야. 헬렌을 궁금해해봤자 별로 소용없지만. 어젯밤 했던 생각에서 발전한 게 없어. 어쩌면 나는 생각했던 것보다 더 멍청할지도 모르겠다. 헬렌은 내게 아무런 암시도 주지 않았어. 열쇠를 쥐고 있는 건 내가 아니라고. 헬렌이 정말 내게 관심이 있는 건 아닐 거야. 그건 있을 수 없는 일이야." 그리고 아델은 또다시 긴 침묵에 빠졌다.

흐릿했던 생각이 조금씩 형태를 갖춰갔다. "나는 어쩌면 가벼운 감정에 휘둘리고 있는 걸 거야. 그게 아니라면 그 어느 때보다 강한 감정에 이끌리고 있는 거겠지. 이게 그냥 가벼운 감정이라면 지금 당장 끝내야 해. 하지만 전에 느껴본 적 없는 새로운 감정이라면 절대 무시하지 않을 거야. 도덕적으로 옳지 않은 선택이라고 해도 할 수 없어." 이렇게 결론 내린 아델은 흐뭇한 미소를 지었다. "어느 쪽인지 판단하기는 어렵겠지. 어쩌면 스쳐 지나가는 수많은 인연 중 하나일지도 몰라. 그렇다면 어서 끝내고 잊는 게 좋을 거야. 이제 마지막 날이니까 흔들리지 말고 정리해야겠어." 아델은 곧 이런 생각들을 떨치고 한동안 햇빛을 즐기다가 친구들이 있는 곳으로 자리를 옮겼다. 하지만 헬렌의 옆자리에 앉는 순간 또다시 생각이 바뀌었다. 이건 새로운 감정이 맞았다. 도덕관념 같은 건 이제 전혀 중요하지 않았다.

그날 저녁, 길고 지루한 코스 요리를 먹는 동안 헬렌은 말이 거의 없었다. 아델은 식사하는 동안 분위기를 띄워야 한다는 생각에 부담을 느꼈지만 어쨌든 최선을 다했다. 저녁 식사 후에는 세 사람 모두 늘 앉던 자리로 돌아갔다. 배에서 보내는 마지막 밤은 눈부시게 아름다웠다. 그들은 갑판에 누웠다. 하늘에서는 별들이 환하게 빛을 발했고, 스크루가 돌아가면서 와인 빛깔의 바다에 길게 물줄기를 그렸다. 헬렌은 여전히 말이 없었다. 아델은 캘리포니아의 별빛이 다른 지역보다 훨씬 아름답다는 이야기를 한참 늘어놓다가, 예전에 있었던 일들 얘기로 넘어갔다. 그런 일들이 있었을 때 메이블이 무척 재미있어했다는 이야기까지 했다. 이야기하는 동안에도 아델은 헬렌이 정말 자기에게 마음이 있는지 궁금했다.

"아까 오후에 내가 하지 말아야 할 말을 했던 걸까?" 아델은 다시 차근차근 되짚어봤다. "헬렌이 나를 정말 좋아하는 걸까? 그런 거라면 내가 미안해하고 있다는 신호라도 보내야 하는 거 아닐까? 왜 그렇게 경솔하게 말했을까! 부끄러워서 죽을 것 같아. 하지만 헬렌이 나를 좋아하지도 않으면서 그냥 가지고 논 거라면 사과하지는 않을 거야." 아델의 마음은 두 개의 상황 사이에서 이리저리 오가고 있었다. 그러다 헬렌의 손이 아델의 두 눈을 부드럽게 가리는 순간, 아델은 조금 더 편한 쪽으로 마음이 기울었다. 동시에 이기적인 생각도 완전히 자취를 감췄다. 헬렌은 좀처럼 감정을 격렬하게 표현하는 법이 없었지만 아델은 확실히 느꼈다. 이 순간, 두 사람은 처음으로 서로의 마음을 확인했다.

시간이 흐를수록 밤은 점점 차가워졌고, 밤하늘은 더욱 선명하고 아름답게 빛났다. 마침내 메이블이 먼저 자리에서 일어났다. 남은 두 사람은 몸을 더 가까이 붙여 앉았다. 잠시 그렇게 앉아 있던 아델이 물었다. "참고 기다려줘서 고마워. 네가 나를 얼마나 좋아하는지 알고 싶어." "얼마나 좋아하냐면……." 헬렌이 답했다. "네가 알고 있는 것보다 더 너를 좋아하지만 네가 생각하는 것만큼 좋아하지는 않아." 그러더니 다소 무뚝뚝한 말투로 말을 이었다. "아델, 너는 정말 좋은 친구가 될 수 있을 것 같아. 판단을 내려야 할 때는 공정하지만, 일부러 감정을 속이지는 않으니까. 내 친구가 돼줄래?" 아델은 이 제안을 정말 진지하게 곱씹었다. "그저 알고 지내던 사이에서 친구 사이로 발전할 가능성이 있을 땐 눈치채는 게 어렵지 않아. 하지만 그런 가능성이 정말 있는지 없는지 눈치채기 힘든 경우도 있지. 나는 잘 모르겠다." 아델이 말했다. 헬렌이 좀 더 열의를 보이며 대꾸했다. "솔직하게 말해줘서 고마워." "솔직이라……." 아델이 대수롭지 않다는 듯 말했다. "솔직하다는 건 이기적이라는 의미야. 그래, 난 정말 솔직한 사람이야." 아델은 한동안 아무 말 없이 가만히 있다가, 깊은 생각에 반쯤 잠긴 상태로 다시 입을 열었다. "너나 나나 상대방 머릿속에서 무슨 일이 일어나는지 전혀 눈치채지 못하는 것 같아." "그 말은 내가 못됐다는 얘기야?" 헬렌이 물었다. "아, 그런 건 아니야." 아델이 대답했다. "네가 못된 애인지 아닌지는 둘째 치고, 너라는 사람을 전혀 모르겠어. 미안해. 마음 상하게 하려던 건 아니야." 그리고 진지하게 덧붙였다. "그래도 정말 모르겠어."

오랫동안 침묵이 이어졌다. 아델은 주의 깊게 별들을 관찰하고 있었다. 그때 갑자기 두 눈과 입술에 쏟아지는 격렬한 입맞춤을 느꼈다. 아델은 걱정됐다. 자기가 아무렇지 않다는 듯 무심한 반응을 보인 건 아닌가 싶었다. 또다시 침묵이 길게 이어졌다. 헬렌은 여전히 아델을 내려다보고 있었다. "됐어!" 헬렌이 더 이상 참지 못하고 내뱉었다. "어……." 아델은 천천히 입을 열었다. "그냥 생각 좀 하고 있었어." "생각은 그만하고 직접 느끼면 안 돼?" 헬렌은 진지하게 물었다. 아델은 천천히 고개를 저으며 반대의 뜻을 내비쳤다. "생각할 줄 몰랐다면, 나는 감정이 뭔지도 몰랐을 거야. 난 늘 생각을 해. 생각을 멈추는 방법 같은 건 몰라. 생각이라는 건 끊임없이 이어지는 거니까. 가끔은 생각보다 다른 일에 더 열중하기도 하지만, 그래도 생각은 절대 멈춰지지 않거든." "그렇다면 혼자 실컷 생각이나 하게 내버려 둘 걸 그랬어." 헬렌이 단호하게 말했다. "아냐, 가지 마." 아델이 소리쳤다. "분위기를 망치고 싶지 않아." "어째서?" 헬렌이 집요하게 물었다. "그건……." 아델이 머뭇거렸다. "관성 때문이 아닐까."

"정말 가야겠어." 헬렌은 같은 말을 반복했지만, 기분은 한결 누그러진 것 같았다. 말투나 행동에서 퉁명스러움을 느낄 수 없었다. 아델이 몸을 일으켜 앉는 순간, 헬렌은 허리를 숙여 따뜻하게 입을 맞추고 자리를 떠났다.

아델은 멍한 상태로 한참 동안 가만히 앉아 있었다. 결국 아무것도 모르겠다는 듯 머리를 흔들며 혼잣말을 했다. "입맞춤도 관성이었을까." 아델은 아무렇게나 깔아놓은 깔개들 사이에 한참을 더 그렇게 앉아 있다가 여전히 아무것도 모르겠다는 듯 머리를 흔들며 괜히 슬픈 척했다. "별들에 괜한 질문을 던져서 대답도 듣지 못했어. 내겐 너무 어려운 문제야." 아델은 돌연 생각을 멈췄다. 한참 동안 말 없이 상쾌한 밤하늘을 바라보았다. 깔개들을 챙겨 들고 아래층으로 내려가려다가 갑자기 걸음을 멈추고 벤치에 걸터앉았다. "이건 좀……." 아델은 호기심 가득한 목소리로 말했다. "수학이랑 비슷한 것 같아. 문제의 해답이 저절로 보이기 시작하는 그런 거 말이야." 아델은 웃음을 터뜨렸다. "보이고 안 보이고의 문제라면 헬렌도 생각할 게 별로 없지 않을까? 예전에는 한 번도 본 적 없지만 이제 보이기 시작하는 것 같아. 정말 이상한 일이지만 분명히 보이기 시작했어."

아델은 이런 느낌을 지닌 채 여름을 보냈지만, 깊이 파고들지는 못했다. 이 느낌을 생각하고 또 생각했다. 하지만 별다른 결론을 내지 못한 채, 자부심만 가득한 어린애처럼 이런 말만 되풀이했다. "조금은 보였어. 분명 뭔가가 언뜻 보였단 말이야."

아델은 오빠와 함께 저녁마다 탕헤르*의 산비탈에 누워 시간을 보내면서도 계속 같은 생각을 했다. 하얀 옷을 입고 유령 토끼처럼 풀밭에서 앉았다가 일어서길 반복하는 무어인들을 보며 집에 온 것 같은 기분을 느꼈다. 남매는 풀밭에 누워서 오랜 세월 지속된 친밀한 관계가 과연 변할 수 있는지에 대해 뜨겁게 찬성과 반대 의견을 내놓았다. 이야기는 종종 샛길로 빠졌다. 바보 같은 헛소리를 주고받거나 옛날 일들을 생각하며 농담을 지껄이기도 했다. 아델은 가족과 친밀한 우정을 나누는 이 순간이 무척이나 즐거웠다. 배에서 느낀 감정은 지금 이런 감정과는 전혀 비슷하지 않았다. 그건 별로 즐겁지 않은 불완전한 감정의 세계에서 일어나는 일이었다. 어떤 깨달음을 주는 것도 아니었고, 별로 흥미롭지도 않았다. 하지만 인간관계라는 주제를 놓고 막연한 대화를 나누던 아델은 대화가 끝날 무렵 혼자 이렇게 중얼거렸다. "그래도 사람이라면 알아야 하는 거 아닐까. 그게 의무인지도 몰라."

아델은 알람브라궁전의 뜰에 앉아 있었다. 제비들이 벽에 난 구멍 사이로 이리저리 날아다녔고, 부드럽게 얼굴을 스치는 공기에는 도금양과 협죽도의 향기가 가득 배어 있었다. 얼굴과 손바닥 위로 뜨거운 햇볕이 쏟아져 내렸다. 이곳의 풍경을 오감으로 만끽하며, 아델은 몇 번이고 이렇게 중얼거렸다. "아니야, 이게 다가 아니야. 분명 무언가가 더 있어. 전혀 다른 무언가가. 그게 뭔지 아직 확실히 모르

---

* 　모로코의 항구 도시.

겠지만 얼핏 본 건 분명해."

어느 날, 아델은 햇볕이 내리쬐는 한낮에 산비탈에 앉아 적막한 그라나다를 내려다보고 있었다. 스페인 여자아이가 무거운 가방을 들고서 메마른 풀들로 뒤덮인 황갈색 언덕 위로 올라오고 있었다. 여자아이가 좀 더 가까이 다가왔을 때, 두 사람은 서로 미소를 주고받으며 인사말을 건넸다. 아이가 아델의 옆에 앉았다. 중간계급 중에서 모성애 넘치는 여자들을 쉽게 찾아볼 수 있는데, 아델도 그런 여자들처럼 부드러운 품위와 여성으로서의 책임감을 지니고 있었다.

나란히 풀밭에 앉은 두 사람은 친구가 된 기분이었다. 언어가 달라서 말이 통하지는 않았지만 평범한 단어들을 조금씩 주고받았고, 서로의 표정으로 이해할 수 있었다. 두 사람은 한참 동안 그렇게 앉아 있다가 자리에서 일어나 걷기 시작했다. 말하지 않아도 통하는 친구 사이처럼 두 사람은 말없이 헤어졌고, 상대가 시야에서 완전히 사라질 때까지 뒤돌아보고 서서 말없이 작별 인사를 보냈다.

마침내 소녀가 시야에서 완전히 사라지자, 그 생각이 다시 아델의 머릿속을 차지했다. "사소하기 그지없는 이런 경험도 이렇게 완벽한데, 눈을 새롭게 뜨면 더 진정한 기쁨을 맛볼 수 있을까?" 아델은 자문했다. "별로 그럴 것 같지 않아." 그리고 스스로 답했다. "세상을 새롭게 보는 눈이 생긴다고 해도 경험에 깊이가 생기지는 않아. 오히려 성가신 방해물이 되어서 평온한 마음을 어지럽힐지도 몰라. 아, 나 같은 이기주의자가 또 있을까!" 아델은 한탄을 내뱉었다. 그리고 또다시 언덕의 햇살 속에 몸을 던졌다.

시간이 좀 지났을 때, 아델은 바닥에 누워 단테의 《신생》을 다시 읽으며, 단테와 베아트리체의 이야기에 완전히 몰두했다. 그들의 이야기를 다시 읽으니 전에는 못 느꼈던 신성함이 느껴졌다. 작품을 새로운 시각으로 다시 볼 수 있다는 게 참으로 기뻤다. 승리감에 젖은 아델은 이렇게 외쳤다. "이제야 단테가 무슨 말을 하려는 건지 알 수 있을 것 같아. 내가 얼핏 보았던 그 느낌에도 분명 무언가가 있을 거야. 의미 있고 가치 있는 무언가가." 아델은 비로소 얻은 만족감에 가슴이 터질 것 같았다.

2장

메이블 니스

1

메이블 니스의 방은 여러 시간 빈둥거리기에 아주 좋은 장소였다. 메이블은 공간을 분위기 있게 꾸밀 줄 아는 재주가 있었다. 어두운 색의 벽지를 바르고, 평범한 가구와 소품으로 꾸민 이 방은 적당히 수수하다는 말로는 뭔가가 부족했고, 방으로서 완벽하다고 하는 게 더 나을 것이다. 방 안에는 서로 얼굴을 확인하기에 충분하고 주변 소품들을 적당히 가려줄 정도로 빛이 들었다. 그래서인지 이 방에 앉아 있으면 사이가 유독 돈독해지는 기분이 들었다.

프랑스 여자는 옷을 입을 때 특징 하나를 부각시켜 보는 사람들의 시선을 그곳으로 유도한다. 이런 방식을 방에도 똑같이 적용할 수 있다고 믿는 메이블 니스는 자기 방에 들어오는 사람들이 동행의 얼굴을 기분 좋게 바라볼 수 있고 아늑해 보이는 벽난로에 시선이 고정되게끔 방을 꾸몄다.

하지만 이 방이 이렇게 아늑한 분위기를 낼 수 있는 건 무엇보다도 바로 메이블의 성격 덕택이었다. 평범한 방문객들은 메이블이 손님 접대를 정말 잘한다고만 말한다. 하지만 좀 더 관찰력이 좋고 세심한 손님들은 메이블이 완벽한 집주인다운 예의범절을 갖췄다고 말하기보다는 교양 있는 사람답게 점잖고 조심성 있는 태도로 편한 분위기를 만들어준다고 말한다.

메이블에게 선택받은 몇 안 되는 사람들은 이런 설명이 그리 적절하다고 생각하지는 않았다. 하지만 그들도 이 방의 느낌을 명확하게 설명하기 힘든 건 마찬가지였다. 객관적이고 도덕적인 지역사회에 영향을 받은 이탈리아 사람이라면, 이탈리아 사람다운 매력이 있어도 이탈리아 사람이 아니라는 오해를 받기 쉬웠다. 메이블의 조상은 그녀의 성격을 이해하는 데 별다른 단서를 제공하지 않았다. 메이블의 이탈리아 혈통은 오로지 정신적인 영역에서만 존재했다.

튀지 않으면서도 완벽하게 방을 꾸밀 수 있는 능력은 그런 혈통을 물려받은 사람이 현대사회에서 발전시킬 수 있었던 가장 완벽한 자질이었다. 그 외의 것들을 말하자면 온통 실패나 다름없었다. 사회적인 면에서나 개인적인 면에서 모두 실패였다. 메이블의 열정은 그 누구보다도 뜨거웠지만 욕망했던 것들을 손에 넣지는 못했다. 예민하면서도 적당히 무관심한 메이블만의 분위기는 남들에게 인정받는 위치에 있었다면 정말 강력한 매력으로 작용했을 것이다. 하지만 비슷한 사람들이 사는 동네에서는 신비로운 분위기가 통할 수 없었다. 이 사람들은 궁금증이 생기면 해결해야 직성이 풀렸고, 서로 비밀이 없었다. 그러니 남들보다 잘나가기 위해 반드시 필요한 치명적인 매력이 메이블에게는 부족한 셈이었다. 메이블이 도덕적으로 올바르지 않다고 해도, 그녀가 지닌 무기 자체가 너무나 약했기 때문에 강력한 방어물 앞에서는 어김없이 산산조각 나고 말았다.

난해하고 교묘한 방법을 써서 성공하는 사람들은 현대사회에서 결코 오래 버틸 수 없다. 그런 방법으로 성과를 내기 시작할 때쯤이면 그 사실 자체가 묻혀버린다. 효과적으로 권력을 휘두르기 위해서 이런 방법을 사용한다면 분명 위험한 상황으로 이어질 것이다. 현대사회는 너무나 복잡해서 교묘한 술수는 위험부담이 상당히 크다. 이런 세상에서 메이블이 원하는 걸 얻기 위해 동정심을 유발할 수 있을지는 몰라도, 두려움을 유발하는 건 절대 통할 수 없었다.

아델은 메이블에게 선택받은 몇 안 되는 사람 중 하나였다. 편안한 분위기를 좋아하고 끊임없이 여가를 즐기는 사람인 데다, 성격도 활발하고, 인간 세상의 온갖 것을 끊임없이 생생하게 묘사할 줄 아는 재주가 있어서 처음 만나는 사람과도 쉽게 친해졌다. 메이블과 알고 지내다 보면 가끔씩 객관적인 입장을 취해야 할 때가 있었는데 아델에게는 그리 어렵지 않은 일이었다.

"돌아올 때 따분한 건 어쩔 수 없더라. 볼티모어가 그리 재미있는 곳은 아니잖아. 그래도 익숙한 게 좋긴 한지 아주 싫지는 않았어." 아델은 소파 위에 앉아 몸을 쭉 펴며 말했다. "어쩌면 완전히 시시한 동네니까 좀 더 재미있어질 가능성이 더 큰 거 아닐까. 흠, 내 차는 좀 별로인데." 아델은 말을 계속했다. "유난을 떨어서 완벽한 차를 마실 수 있다면 그럴 만한 가치가 있는 거 아니겠어? 그게 귀찮으면 옛날 차나 마시고 살아야겠지. 그나저나 여기가 스페인도 아닌데 이래봤자 무슨 소용인지 모르겠다. 너도 나중에 스페인에 꼭 가봐." 각자의 여행에서 돌아온 두 사람이 오랜만에 만나 근황을 주고받았다. "배에서 내리고 뉴욕에 오래 머물렀어?" 메이블이 궁금했던 질문을 던졌다. "며칠만 있었어." 아델이 대답했다. "헬렌이 편지로 얘기했나 보구나. 기차 타기 전에 헬렌을 만나서 같이 점심 먹었거든." 아델은 헬렌을 만나는 바람에 자기만 곤란해졌다는 생각이 들었다. "헬렌이 기대했던 것보다 마음에 들었나 보지?" 메이블이 넌지시 물었다. "네가 전에 헬렌이 좀 천박하고 퇴폐적인 사람 같다고 말했던 것 같아서 말이야. 재미도 별로 없다고 한 것 같고." 메이블은 말을 이어갔다. "너는 퇴폐적이라면 질색하지 않아?"

아델은 허세를 부리며 대꾸했다. "물론 그렇게 얘기했었지. 지금도 그렇게 생각해. 헬렌이 천박하고 퇴폐적인 구석이 있는 건 사실이야. 그게 딱히 내키지도 않고 말이야. 그런데 가만 보니 재미있는 사람이더라고. 성격이 그렇다는 거야. 말솜씨는 예나 지금이나 재미없더라." 그리고 좀 더 과감하게 대처해보기로 했다. "내가 헬렌에 대해 아는 건 그 애가 자기 부모님을 몹시 싫어하고, 사교계에 관심이 상당히 많다는 것뿐이야. 걔한테 뭐가 더 있나?"

메이블은 헬렌의 부모 이야기를 늘어놓았다. 듣고 있기 거북할 정도였다. 헬렌의 아버지는 사회적으로 성공한 법률가이자 판사이지만, 성격이 지나치게 난폭하고 속도 좁은 사람이라 다른 사람들 기분 상하게 하는 덴 아주 뛰어난 재주가 있다고 했다. 어머니라는 사람도 크게 다르지 않았다. 헬렌의 어머니는 신앙심이 아주 깊은 사람이라 항상 기도를 열심히 한다고 한다. 하지만 헬렌을 위해 기도하는 게 아니라 착하고 얌전한 다른 집 자식들을 위해 기도한다는 것이다.

헬렌은 어릴 때 어머니가 아버지에게 이렇게 말하는 것도 들었다고 한다. "헬렌하고 떨어져 살아도 그다지 슬프지 않을 것 같아요."

메이블은 헬렌의 부모가 어떤 식으로 헬렌의 가슴을 찢어놓았는지, 그리고 원하는 대로 되지 않았을 때 얼마나 화를 냈는지 이야기했다. "그리고 이제는," 메이블은 이야기를 계속했다. "헬렌이 뭘 하든, 어떤 친구를 사귀든, 무슨 일에 관심을 가지든, 일단 반대부터 하고 보는 게 그 사람들 일이야. 토머스 부인은 맨날 남편 편만 들더라. 헬렌이 예쁘고 똑똑해서 사교계에서도 잘나가니 뿌듯하긴 한가 본데, 헬렌은 결혼할 마음이 없을걸. 어머니가 마음에 들어하는 사람하고는 잘 지내고 싶은 마음이 없는 것 같아. 헬렌도 독설을 퍼붓는 재주가 제법 뛰어나서, 이제 걔네 부모님도 헬렌한테 막말을 하진 않더라고."

"헬렌은 마음만 먹으면 못된 짓도 얼마든지 할 수 있을 것 같아." 아델이 웃으며 말했다. "걔네 부모님이 힘들어한다고 해서 헬렌이 마음 약해질 성격은 아닌 것 같은데, 그렇게 독설을 잘하는 딸을 뒀으니 그들도 만만치 않게 고생하겠는걸. 오히려 위로받아야 할지도 몰라. 그건 그렇고, 헬렌은 자기 부모님을 좀 특이하게 부르는 것 같더라. 늘 '토머스 씨', '토머스 부인'이라고 부르는 거 같던데." "맞아, 그랬지." 메이블이 대꾸했다. "남처럼 그렇게 부르더라고."

"정말 독특하네." 아델이 말했다. "우리 고향에서는 부모와 자식이 아무리 심하게 말싸움을 하고 의견이 달라도 남 대하듯 하진 않거든. 같은 피를 나눴다는 것만큼 중요한 건 없으니까. 그래서 헬렌을 더 이해 못 하겠어." "그래, 이제 또 그 이상적인 중간계급 가정에 대해 늘어놓을 차례구나." 메이블이 맞받아쳤다.

메이블은 이제 헬렌의 용기와 대담한 성격을 칭찬했다. "헬렌 부모님은 딸들이 애를 먹일 때나 좀 위험한 일을 할 때 늘 헬렌을 부르더라. 아버지가 엄청난 구두쇠라서 용돈도 정말 쥐꼬리만큼 준대. 헬렌이 마차를 타고 나갔을 때, 마차에 무슨 문제가 생기면 헬렌이 자기 돈으로 해결한다 하더라고. 그럴 때마다 헬렌이 돈 구하느라 얼마나 고생하는지 몰라. 그래도 헬렌은 마음만 먹으면 못 하는 일이 없어. 그러니 걔네 아버지도 참 난감할 거야. 헬렌은 뒤로 물러설 생각 같은 건 하지 않으니까. 일단 마음만 먹으면 무모할 정도로 덤비거든. 아무도 말릴 수가 없어."

"그건 좀 무서운데." 아델이 못 믿겠다는 듯 말했다. "내가 용감한 사람이 아니라서 그런가, 동화책 주인공 같은 이야기는 못 믿겠어. 그런 사람이 현실에 있을 것 같지 않아. 그건 그렇다고 해도, 헬렌이 용감한 건 사실인 것 같아."

메이블은 이제 헬렌의 인내심에 대해 늘어놓기 시작했다. 아무리 아파도 전혀 티내지 않고 꾹 참는다는 것이다. 한번은 헬렌이 건초 더미에서 떨어져 팔이 부러졌다고 한다. 팔이 부러진 채 집에 돌아가니까 아버지는 길길이 화를 내며 한참 동안 치료도 못 받게 했는데, 헬렌은 끝까지 대담하게 아버지에게 맞섰다고 했다. "움찔하지도 않더라고. 엄청 아팠을 텐데, 불평 한마디 안 하더라니까." 메이블이 이야기를 끝냈다. "그래, 정말 그랬을 것 같아." 아델이 생각에 잠긴 채 대꾸했다.

메이블은 헬렌에 대해 끊임없이 이야기했다. 아델은 가만히 앉아서 듣다가 메이블이 자기만큼 헬렌을 잘 아는 사람은 없다고 자랑하는 것 같아서 짜증이 났다. 메이블 입장에서는 충분히 그럴 수 있다고 생각하려 했지만, 그런다고 마음이 편해지지는 않았다.

겨울 동안 아델은 뉴욕을 여러 번 방문했고, 갈 때마다 헬렌을 만나 시간을 보냈다. 뚜렷한 이유는 없었지만, 다른 사람에게는 두 사람이 만난다는 걸 비밀로 했다. 비밀스럽게 만나다 보면 두 사람 사이를 좀 더 깊이 생각해볼 수 있을 것 같았다. 하지만 아델은 혼자 있을 때면 굳이 이 만남을 비밀로 해야 하는지 의문이 들었다. 친구들에게까지 두 사람의 관계를 숨길 필요는 없을 것 같았다.

두 사람은 주로 박물관이나 공원에서 만났다. 같이 점심을 먹거나 길게 뻗은 길을 따라 하염없이 걸을 때도 있었다. 아델은 뉴욕에 갈 때마다 친척이나 다른 친구의 집에 머물렀다. 헬렌이 아델의 친척이나 친구를 만나면 안 되는 이유가 있는 건 아니었다. 그냥 왠지 그러면 안 될 것 같았다. 게다가 따로 상의한 건 아니었지만, 상황이 쓸데없이 복잡해지는 건 싫었기 때문에 아델은 헬렌의 부모님과 마주치는 것만큼은 피하고 싶었다. 그래서 두 사람은 집 없이 여기저기 배회하는 만남을 계속 이어갔다.

아델은 헬렌을 만나면 명상으로 얻은 결론들을 설명하느라 바빴다. 자신의 사고방식을 되돌아보면서 가차 없이 자신을 비판하기도 했다. "헬렌." 아델이 어느 날 말했다. "네가 이렇게 말이 없는 사람이 아니었는데, 요즘은 정말 말이 없는 것 같아. 왜 그러는 거야? 내가 너무 떠들어서 내 얘기 들어주다가 지친 거니? 내 얘기 듣느라 말할 기운도 없어진 거야?" "아니야." 헬렌이 답했다. "말을 너무 많이 하는 사람한테 그만 말하라는 의미로 가만히 노려볼 때도 있지만, 지금은 그런 건 아니야. 편한 사람들하고 있을 땐 말을 잘 안 하게 되더라고. 낯선 사람들하고 있을 때만 말이 많아져." 아델이 웃었다. "나는 완전히 정반대라고 말하고 싶지만, 솔직히 나는 아무 때나 잘 떠드는 것 같아. 주변 상황에 영향을 받진 않거든. 그래도 네 얘기를 좀 더 듣고 싶어." "내 얘기에 별로 관심이 없는 것 같던데. 내가 말할 땐 지루해하잖아. 매번 그랬던 것 같은데. 안 그래?" 헬렌이 부드럽게 덧붙였다. "너는 속마음을 곧이곧대로 다 드러내는 사람이니까." 아델이 미소 지었다. "그래, 네 말이 틀리진 않아. 정말 지루하긴 하거든." 아델도 인정했다. "하지만 네가 듣기에도 재미없는 이야기를 나한테 하니까 그런 거잖아. 너는 보편적인 개념이나 예술적 가치 같은 주제에는 관심도 없어. 그렇다고 악장의 전개나 외과수술에 관심 있는 것도 아니고. 그렇게 관심도 없는 주제로 이야기를 하는데 내가 어떻게 흥미를 느낄 수 있겠어? 재미있게 이야기하려면 말하는 사람이 억지로 말을 쥐어짜서는 안 돼. 나도 억지로 말을 만들어서 이야기해본 적이 있는데 말하는 나도 끔찍하게 지겹더라니까. 아무 의미도 없고 말이야. 자기 이야기를 한다고 해도 현실성이 부족할 수 있으니까. 너는 살면서 한 번도 네가 말하는 내용을 생각해본 적 없는 것 같아. 너의 본모습을 밖으로 끌어내려면 너를 엄청 세게 쳐서 흔들어야 할 거야."

이런 식으로 만나는 건 곧 불가능해졌다. 날씨가 추워져서 돌아다
니기가 쉽지 않았기에 더 이상 이런 식으로 만날 수는 없었지만, 관
계를 비밀로 하자고 했던 약속을 깨고 싶지도 않았다.

어느 날, 점심 식사를 마치고 함께 레스토랑에 남아 있던 두 사람
은 계속 앉아만 있자니 너무 지루했다. 당장이라도 밖으로 나가고
싶었지만, 밖에서는 눈보라가 기분 나쁘게 휘몰아치고 있었다. 어둡
고 음울한 날씨였다. 눈 때문에 길이 온통 질척거렸다. 헬렌은 갑자
기 좋은 생각이 떠올랐다. "제인 페어필드 집에 가자." 헬렌이 말했
다. "네가 모르는 친구이긴 하지만 그건 별로 중요하지 않아. 제인은
특이한 친구라 너를 만나면 재미있어할 거야. 너도 특이한 사람이니
까 제인이 재미있을 거고! 아니라고는 하지 마. 어떻게 생각하든 네
가 특이하고 재미있는 사람인 건 사실이잖아? 네가 특이하고 재미
있는 사람들을 좋아하는 것도 사실이고. 부끄러워해봤자 소용없어.
하나도 안 부끄러운 거 다 아니까. 어서 따라오기나 해." 아델이 웃
으며 동의했다.

뉴욕의 어느 아파트 건물에 들어선 두 사람은 맨 꼭대기 층까지
하염없이 올라갔다. 그 동네에는 볼품없는 온갖 크기의 상자들을
모아다가 거대한 직사각형 모양으로 쌓아 놓고 한가운데 승강기 통
로를 심어놓은 것처럼 생긴 건물들이 무수히 많았고, 이 아파트의
생김새도 다른 건물들과 크게 다르지 않았다. 못과 목재가 겉으로
드러나 보이는 이런 집들은 이상한 분위기를 만들어냈고, 세상의 모

든 덮개와 깔개를 가져다 덮어도 이 공허함을 채우지는 못할 것 같았다.

제인 페어필드는 집에 없었지만, 엘리베이터를 운행하는 소년이 의심하지 않고 안으로 들여보내준 덕에 안에서 기다릴 수 있었다. 두 사람은 창밖으로 시내를 내려다보았다. 눈으로 하얗게 뒤덮인 길이 강까지 길게 이어져 있었고, 음울하고 눅눅한 기운이 그 위를 맴돌았다. 끝없이 길게 쭉 뻗은 고가도로는 그 자체로 장관을 만들어냈다. 고가도로를 따라 한참을 걸어도 끝이 나타나지 않을 것 같았다.

두 사람은 소파에 앉아 십오 분 정도 더 기다려보기로 했다. 그때 아델의 인생에서 처음으로 무언가가 시작되고 있었지만, 아델은 전혀 느끼지 못했다. 열정적인 포옹이 끝났다는 것밖에는.

몇 주가 지난 뒤 아델은 다시 뉴욕을 방문했고, 이번에는 헬렌의 집에서 만나기로 했다. 약속을 잡을 땐 무척 자연스러웠다. 헬렌의 집에 가지 않기로 했던 무언의 약속은 가볍게 무시됐다. 아델은 혼자 이런 생각을 하며 웃었다. "이제껏 헬렌의 집에 가지 않았던 거나 이제야 가기로 한 거나 둘 다 이상하긴 마찬가지야." 아델은 어깨를 으쓱했다. "알라는 위대한 신이지만, 무함마드는 그다지 훌륭한 예언자가 아닌 것 같아. 가끔 예언자 같을 때가 있긴 해도."

다른 친구의 집에 머물러 있던 아델은 약속 시간이 거의 다 되었는데도 여전히 소파에 누워 시간을 끌었다. 예전처럼 당당하고 평온하게 즐기지 못하게 된 것 같았다. 약속을 취소하고 싶은 생각마저 들었다. "조용히 평화롭게 살고 싶은데!" 헬렌의 집 앞에 서서 초인종을 누르면서 아델은 계속 투덜거렸다.

헬렌의 방에 쪽지가 남겨져 있었다. 약속 시간이 한참 지났는데도 아델이 오지 않아 걱정하다가 약속 장소를 박물관으로 잘못 알고 있는 건 아닌가 싶어 박물관에 다녀오겠다는 내용이었다. 혹시라도 늦게 와서 이 쪽지를 보거든 자기를 기다리라고 적혀 있었다. "나도 참 못됐어. 빈둥거리지 말고 제때 올걸." 아델은 진심으로 미안해하다가 곧 마음을 편하게 먹고 자리에 앉아 책을 읽었다.

"정말 미안해." 급하게 방으로 들어온 헬렌에게 아델이 말했다. "그렇게까지 신경 쓸 줄 몰랐어. 너무 꾸물거리다가 늦었을 뿐이야." 두 사람은 자리에 앉았다. 잠시 후 헬렌은 아델 곁으로 다가가 의자 팔걸이에 엉덩이를 걸치고 앉았다. 그리고 두 팔을 뻗어 아델을 품에 안았다. 긴장한 듯 헬렌의 팔에 힘이 들어가 있었다. 헬렌은 대답을 요구하는 눈빛으로 아델의 두 눈을 바라보았다. "나한테 할 말 없어?" 헬렌이 드디어 입을 열었다. "음, 아니. 특별히 할 말은 없는데." 아델은 천천히 답했다. 아델은 친구를 바라보는 눈빛으로 헬렌을 잠시 바라보다가 시선을 다른 곳으로 돌렸다.

"너는 정말 매너가 좋은 사람이구나." 헬렌의 마음속에서 여러 감정이 충돌을 일으켰다. 이런 상태가 왠지 서글펐다. "너는 우리 관계가 수치스럽다고 생각하는 것 같아. 그런데 나는 수치스럽지 않거든. 네가 마음이 넓어서 내가 느껴야 할 수치마저 다 가져간 것 같아." "그런 게 아니야." 아델이 답했다. "뭐가 잘못된 건지는 나도 알아. 나라는 인간이 어딘가에 마음을 붙이려면 정말 지독하게 오랜 시간이 걸려서 그래. 머릿속으로 생각하느라 바빠서 직접 실행에 옮기기가 쉽지 않거든. 이건 분명 내 잘못이야. 네가 오해할 만해. 헛된 기대를 품게 만든 건 나니까." 아델은 다정한 친구의 마음으로 한마디 덧붙였다. "내가 행동은 충동적인데 마음은 느리게 움직이는 사람이라는 걸 네가 아직 몰랐구나."

시간이 어느 정도 흐른 후, 두 사람은 정처 없이 여기저기 돌아다니는 만남을 다시 이어갔지만, 예전과는 분위기가 약간 달랐다. 두 사람 사이에 알 수 없는 긴장감이 흘렀다. 서로의 마음을 이해하고 싶었다. 도덕관념은 점점 흐릿해졌고, 중요하다고 생각했던 가치도 끊임없이 바뀌었다.

헬렌은 비교적 참을성 있게 버텼지만 가끔은 거침없이 비판을 쏟아냈다. 아델은 짜증 내며 두서없이 떠들다가 솔직하다 못해 너무 직설적인 말을 사과라며 툭 건넸다.

시간이 웬만큼 지난 후, 두 사람은 또다시 헬렌의 집에서 만나기로 약속을 잡았다. 그날은 진눈깨비가 섞여 내렸다. 아델은 몸이 으슬으슬 추워서 아무 생각도 떠오르지 않았다. 헬렌에게 형식적인 인사말을 건넨 후, 모자와 외투를 아무렇게나 던지고 자리에 앉아 가만히 난롯불을 바라보았다. "너와 나는 성격이 너무 정반대인 것 같아." 침묵을 지키던 아델이 시선을 다른 곳으로 돌린 채 이야기를 시작했다. "너는 전형적인 앵글로색슨이야. 네가 뭘 원하는지 정확히 알고 있기 때문에 쓸데없는 고민으로 시간을 낭비하지 않고 원하는 걸 곧장 손에 넣으려고 하지. 사람을 칼로 찌르고 싶으면 곧장 그 사람에게 달려가서 칼을 내리꽂는 그런 사람 말이야. 칼에 찔린 사람은 죽음을 오래 기다리지 않아도 될 거야. 나는 칼로 찌르고 싶은 사람이 생기면 끊임없이 고민하고 주저하다가 겨우 상처 하나를 내겠지. 그 사람은 죽을 때까지 오랫동안 고통에 신음하게 될 거야. 그 사람이 피라도 많이 흘리지 않으면, 그렇게 해서라도 죽지 않으면, 나는 그 사람에게 치명상 하나 입히지 못한 셈이 되는 거야. 헬렌 너는 정말 대담하고 열정적인 사람이야. 그런데 감정은 없는 것 같아. 다른 사람을 위해 큰 걸 희생할 수는 있어도, 다정하게 마음을 나눠 주지는 못하는 사람이야.

간절히 원하는 건 손에 넣어야 직성이 풀리는 사람이기도 하지. 나는 그게 이해되지 않아. 나는 원하는 걸 다 가져야겠다고 생각해 본 적 없어. 가질 수 없더라도 이해할 수 있다면 그걸로 충분하니까. 나는 형편없는 겁쟁이라서 그런지 상처받고 싶지 않아. 다른 사람한테 상처를 주고 싶지도 않고. 가만히 앉아서 명상하고, 생각하고, 이야기할 수 있으면 그걸로 충분해. 너는 이해 못 하겠지. 생각하기 전에 먼저 느껴야 한다고 믿는 사람이니까. 내가 너한테 충분히 시간을 쏟지 않는다고 생각하니까. 네 말도 일리가 있어. 그래서 내 딴에는 충분히 시간을 쏟아보려고 엄청나게 노력하고 있다고."

아델은 다시 입을 다물고, 빈정대는 듯한 미소를 지으며 가만히 난롯불만 바라보았다. 침묵은 계속 이어졌고, 아델은 이제 역겨움에 가득 찬 표정을 짓고 있었다. 결국 아델은 지친 듯 한숨을 내쉬고 고개를 가로저으며 자리에서 일어났다. "아냐, 가지 마." 헬렌이 서둘러 붙잡았다. "가려는 게 아냐. 여기 있는 책들 좀 구경하려고." 아델은 방 안을 서성거렸다. 그러다가 헬렌의 옆에 멈추어 서서 가만히 그녀를 내려다보았다. 빈정거리는 얼굴에 언뜻 경멸이 스쳐 지나갔다.

"너 그거 알아?" 아델은 평소처럼 감정이 실리지 않은 말투로 따지듯 물었다. "너라는 사람은 이중인격이 뭔지 완벽하게 보여주는 예 같아. 예전부터 너를 알고 있었지만, 그땐 별로 좋아하지 않았어. 그런데 가끔 내 눈에 네가 정말 멋진 사람 같아 보이더라고. 예전의 너와는 전혀 다른 사람 같았거든. 문제는 그 두 사람 사이에 연관성을 전혀 찾을 수 없다는 거야. 인상이 조금씩 바뀐 것도 아니야. 그런 적 없으니까. 어깨가 들썩일 정도로 잘 웃으면서도, 화가 나면 고약한 말도 서슴지 않고 무서울 정도로 매정해지는 사람이 있어. 그게 네 모습이야. 그런데 정말 깜짝 놀랄 정도로 순수한 마음과 열정을 지닌 사람도 있어. 그것도 네 모습이야. 그럴 땐 말투와 행동도 무척 상냥하고, 인내심도 어찌나 대단한지 저절로 무릎을 꿇게 될 정도라니까. 둘 중 어느 쪽이 네 본모습인지 너무 궁금해. 두 사람은 전혀 같은 사람이라고 할 수 없어. 네가 어떤 사람인지 제대로 알게 된다면 두 모습에서 접점을 찾을 수도 있겠지만, 지금은 이쪽 아니면 저쪽으로 나눌 수밖에 없고, 어느 쪽이 본모습에 가까운 건지도 전혀 모르겠어. 너는 내게 너무 버거운 사람이야." 아델이 어깨를 으쓱거렸다. 두 팔이 힘없이 떨어졌다. 아델은 다시 난롯불 앞에 자리 잡았다. 잠시 후 기운을 차리고 고개를 들었을 때, 격하게 몸을 떨고 있는 헬렌의 모습이 눈에 들어왔다. 고통에 빠져 허우적거리는 생명체를 보는 순간 강렬한 연민에 사로잡혀서, 망설임도 순식간에 사라지고 말았다. 아델은 엄마처럼 다정하게 헬렌을 품에 안았다. 헬렌은 완전히 무너졌다. "나는 네 실험에 맞춰주고 싶었어." 헬렌이 마침내 입을 열었다. "그런데 너는 자비심이라고는 눈곱만큼도 없었지. 내 안의 신경들을 하나도 빠짐없이 무자비하게 끊어놓고는 그 상태로 세상에 전시할 때까지 만족할 줄 몰랐으니까. 그건 너무하잖아. 너무 심하잖아. 네 연구가 아무리 중요해도 실험 대상한테 한숨 돌릴 틈을 줘야 하는 거라고." 마지막 문장을 내뱉을 땐 헬렌도 마음이 어느 정도 진정되었다. "말도 안 돼." 아델은 너무 기가 막혀서 순간 할 말을 잊었다. "네가 어떻게 나올지 궁금해서 일부러 괴롭혔다는 거야? 대체 날 어떻게 생각한 거야? 나는 네가 힘들어한다는 것도 몰랐어. 정말이야, 몰랐다고! 나는 그냥 너무 골똘히 생각에 빠지는 나쁜 버릇이 있을 뿐이야. 네가 나를 진심으로 좋아한다고 생각한 적 한 번도 없어. 내가 아무리 상상력이 풍부해도 그런 상상은 전혀 해본 적 없다고. 내가 그렇게 이유 없이 잔인할 수 있는 사람이라면, 네가 나를 조금이라도 좋아할 수 있었겠어?" "모르겠어." 헬렌이 말했다. "너는 네 마음대로 행동했겠지. 그렇게 해서 조금이라도 재미가 있었다면 말이야. 나는 버틸 수 있을 때까지 최대한 버텼을 거고." "아, 아!" 아델이 신음을 내뱉었다. 문득 헬렌이 너무 가엽다는 생각이 들었다. "네가 그렇게 고통스러워하는 줄은 몰랐어. 내가 너한테 너무 잔인하게 굴었다면 그건 무지해서 그런 거야. 절대 고의가 아니었다고. 그것만은 알아줘." "나도 알아!" 헬렌은 속삭이듯 대답하며 아델의 품에 안겼다. 잠시 후 헬렌이 말을 이었다. "너는 내게 정말 중요한 사람이야. 너는 불치병 같은 자기중심주의에 빠져 있지만, 내가 이렇게 가깝게 느낀 사람은 네가 처음이자 마지막이야. 내

가 존경하는 유일한 사람이 너야." "정말이지……." 아델이 슬픈 목
소리로 말했다. "왜 안 보였는지 알 것 같아. 온 힘을 다해서 노력해
도 괜찮은 사람이 될까 말까 한 사람이 나야. 세상에는 정말 다양한
사람들이 있고, 너는 운이 없었을 뿐이야. 그게 다야. 너는 너 자신을
세상에서 차단하고 있어. 네가 만들어낸 위험한 상상 속에 자신을
가둔 거야. 그 정도 위험은 혼자서도 얼마든 견딜 수 있었겠지만."
아델은 장난스럽게 노래를 부르기 시작했다. 하지만 목소리만큼은
다정했다. "그리고 크와진드*는 정말 강한 사람이었어. 그보다 강한
사람이 없었지. 꼭꼭 숨어 있는 은둔자를 무찌를 수는 없으니까."

2

　겨울 동안 헬렌은 볼티모어에 있는 메이블 니스의 집에 며칠 머물
렀고, 그럴 때마다 아델도 거의 빠짐없이 함께 시간을 보냈다. 겉으
로 보기에 세 사람의 관계는 증기선을 타고 여행했을 때와 다를 것
이 없었다. 하지만 메이블이 둘만 방에 두고 나가는 일은 절대 없었
기 때문에 뭔가 눈치챘다는 걸 알 수 있었다.
　모두 함께 있을 땐 두 사람 사이를 눈치챌 만한 행동을 하지 않기
로 약속했다. 그러다 아델이 유럽으로 떠나야 할 시기가 가까워졌
다. 이번에 떠나면 좀 더 오래 머무르다가 돌아올 계획이었기 때문

＊　헨리 워즈워스 롱펠로우의 《히어와서의 노래》에 등장하는 인물. 주인공 히어와서
　의 가장 친한 친구로 '굉장히 강한 사람'으로 묘사되어 있다.

에 그 약속을 지키기가 좀처럼 쉽지 않았다. 결국 두 사람은 또 한 번 암묵적인 동의하에 이 금기를 깨기로 했다.

출발일을 몇 주 앞둔 어느 날 오후였다. 아델은 평소처럼 메이블과 차를 마시고 있었다. "아직 토머스 씨와 토머스 부인을 만난 적 없지?" 메이블이 느닷없이 물었다. 두 사람만 있을 때 일부러 헬렌 이야기를 피한 건 아니었지만 굳이 이야깃거리로 삼을 필요도 없었다. "응, 그래." 아델이 답했다. "별로 만나고 싶지 않았으니까. 마음에 없는 예의를 차리고 싶지도 않고. 그분들이 나를 좋아하지 않을 게 분명하잖아." "그분들 반응을 신경 쓰고 싶지 않았겠지. 잘 모르는 사이라고 해도 쓸데없이 친절하게 대할 사람들은 아니니까." "헬렌의 집에 갈 때마다 굉장히 불쾌한 경험을 했나 보구나. 너는 그런 일엔 별로 신경 안 쓸 것 같은데 말이야." "가끔은 헬렌이 어떻게 견디나 싶더라고. 평소에는 헬렌도 부모님이 그러든 말든 상관 안 하는데, 나중에 가서는 결국 후회하는 것 같아. 그러니까 차라리 참지 않았으면 좋겠어. 참지 말라고 계속 말하다 보면, 헬렌도 머지않아 속마음을 드러내지 않을까 생각해. 당장은 참을지 몰라도 말이야. 헬렌은 일단 마음먹은 일에는 절대 물러서는 법이 없으니까. 이런 얘기는 너니까 하는 거야. 다른 사람한테는 하지 않아." "나도 알아." 아델이 다소 퉁명스럽게 답했다. "다른 사람한테는 못 하지만 나한테는 할 수 있는 얘기가 또 있어? 있으면 한번 해봐." "너한테 안 한 이야기가 있어. 예전에 있었던 일인데……." 메이블이 이야기를 시작했다. "헬렌이 나를 엄청 좋아했었거든. 나는 그걸 한참 뒤에야 알았어. 대학 다닐 때 둘이 늘 붙어 다녔는데 헬렌이 어쩌다 한 번씩 시골로 떠나면 한참 동안 돌아오질 않는 거야. 그런데 머지않아 그 이유를 알게 된 거지. 너도 알다시피 헬렌은 포기를 모르잖아. 얼마나 대단한데. 요즘 들어 그런 걱정이 들더라고." 메이블이 이야기를 이어갔다. "헬렌이 나 때문에 집을 나올 생각을 하면 어쩌나 하고 말이야. 여름에 헬렌 집에 가서 한 달씩 머무를 때마다 내가 정말 불편해했거든." "그럼 네가 희생정신을 발휘해서 헬렌 집 말고 다른 곳에 머무르면 되잖아. 헬렌은 책임감이 너무 강해서 고생이라면 무조건 떠맡을 테니까 말이야." 아델은 이렇게 말해놓고 자기가 좀 짓궂었다는 생각이 들었지만 기분 나쁘지는 않았다. 메이블은 그 말을 문자 그대로 받아들였다. "정말 그렇게 하는 게 나을까?" 메이블이 물었다. "당연하지." 아델이 답했다. "네가 먼저 그렇게 제안하는 게 낫지 않겠어?" "그럼 한번 생각해볼게." 메이블이 답했다. "네가 다 이해해주니 참 마음 편하다. 너한테는 무슨 얘기든 마음 편하게 얘기할 수 있을 것 같아." "그건 아니야." 아델은 무척 단호하게 말했다. "내가 뭘 이해해서 한 말은 아니야. 나하고는 아무 상관도 없는 일이고. 잘 있어." 아델은 메이블의 집에서 나왔다.

집에 도착하니 탁자 위에 헬렌의 편지가 놓여 있었다. 편지를 열어볼 마음이 들지 않았다. 아델은 편지를 한쪽으로 치웠다. "헬렌이 메이블한테 마음이 있든 말든 나하고는 상관없는 일이야. 있다고 해도 내가 어쩌겠어." 아델은 혼자 이렇게 중얼거렸다. "헬렌이 양심에 따라 행동해야 할 문제야. 내가 메이블한테 마음의 빚이 있는 것도 아니니까." 아델은 이 문제를 더 이상 생각하지 않기로 했다.

하지만 메이블은 아델을 가만히 내버려 두지 않았다. 메이블은 기회가 생기자 놓치지 않고 또다시 아델에게 조언을 구했다. "젠장."
아델이 말했다. "그걸 내가 어떻게 알아? 너희 두 사람 사이에 무슨
일이 있든 내 알 바 아니라고." "정말 그렇게 생각해?" 메이블이 전혀
믿지 못하겠다는 듯 물었다. "그래!" 아델이 단호하게 답했다. 이 이
야기는 이걸로 끝이었다.

아델은 쓸쓸하게 혼잣말을 내뱉었다. "마음 단단히 먹고 머릿속에
서 떨치려고 했는데 그게 안 돼. 헬렌의 속마음이 너무 궁금해. 계속
이렇게 궁금해하느니 헬렌한테 직접 물어보는 게 제일 낫겠지. 그래
도 직접 물어보는 건 너무 싫어. 대체 왜 이러지? 헬렌한테 그런 얘
길 직접 들으면 정말 속상할 테니까. 메이블한테 들으면 상처는 덜
받겠지만, 그건 너무 비열한 행동이야. 헬렌 말이 맞아. 다른 사람을
진지하게 좋아하는 건 정말 쉬운 일이 아니야. 나는 이제 되돌아갈
수 없을 만큼 깊이 들어온 것 같아." 아델은 가만히 미소를 지었다.
"힘들고 성가신 일이 생겨도 후회하지 않을 것 같아. 나 정말 헬렌을
좋아하나 봐." 아델은 깊은 공상에 잠겼다.

아델은 이제 메이블 방에 있을 때면 묘한 분위기를 느꼈다. 메이
블은 직접 묻지는 않았지만 묻고 싶은 게 많은 눈치였다. 단둘이 있
을 땐 아델도 모른 척하고 말았지만, 메이블은 어떻게든 티를 내고
있었다.

아델은 헬렌에게 편지 한 통을 더 받았다. 헬렌은 어째서 답장을
하지 않느냐고, 믿음이 또다시 흔들린 거냐고 물었다. 처음에는 아
델도 할 말이 없었다. 하지만 애매모호하면서도 쓰라린 감정이 뒤섞

인 답장을 보냈다.

메이블과 아델 사이에 팽팽하게 이어져 있던 긴장의 끈도 결국 끊어지고 말았다. "그럼 한번 해봐." 어느 날 저녁, 아델이 불쑥 말했다. 메이블이 상황을 곡해하려 한 건 아니었지만 질질 끌고 있는 건 사실이었다. "네가 하고 싶은 대로 해보라고. 가서 헬렌한테 싫다고 해. 네 뜻을 분명히 전하라고." 아델이 매몰차게 말했다. "이미 다 끝난 얘기라면, 어떻게 끝났나, 그 얘기를 해보든지." 아델이 너무 직설적으로 쏘아붙이는 바람에 메이블은 당황하고 말았다. "괜히 애매모호하게 말해서 복잡하게 만들지 마." 아델은 인정사정없었다. "말하고 싶으면 말해보라고." 메이블은 잔뜩 겁을 먹었다. 자리에 앉아서 설명을 시작했다.

방이 점점 커지면서 불길한 분위기로 채워지는 느낌이 들었다. 메이블은 반감을 거침없이 드러내는 아델이 무서웠다. 방에는 긴 침묵이 흘렀지만, 메이블에게는 그 침묵이 고함을 지르며 위협하는 소리처럼 느껴졌다. 메이블은 두려움에 점점 위축되었다. "잘 있어." 아델은 이렇게 말하고 가버렸다.

아델은 드디어 생각을 멈출 수 있게 되었다. 집에 돌아가 가만히 누워 있기만 했다. 한참 후에 자리에서 일어나 책상 앞에 앉았다. "나 정말 헬렌을 엄청나게 좋아하는 것 같아." 아델이 결국 이렇게 말했다. "아, 하나님." 아델은 신음을 내뱉었다. 엄청난 고통을 느끼고 있었다. 결국 다시 몸을 일으켰다. "가여운 메이블. 메이블한테 너무 미안한 짓을 한 것 같아. 분명 내가 엄청 무섭게 굴었을 거야."

그 후로도 아델은 메이블을 몇 번 더 만났지만 평범한 대화만 주고받았다. 한참 후에 그 이야기를 다시 꺼낸 건 메이블이었다. "네가 다 알고 있는 줄 알았어. 모르는 줄 알았다면 너한테 그런 얘기까진 않았을 거야. 네가 계속 묻기도 했고 말이야." "그래, 맞아. 내가 말해보라고 했었지." 아델도 기꺼이 인정했다. 고심하며 말을 꺼낸 메이블은 괜한 얘기를 했다는 생각이 들었다. "너도 알다시피……." 메이블이 말했다. "내가 너를 좋아하지 않았다면 그런 얘기는 절대 하지 않았을 거야." 아델이 웃었다. "그렇구나. 그렇게까지 나를 생각해주다니 정말 몸 둘 바를 모르겠어. 네가 나를 생각해주는 건 좋지만 헬렌은 어떻게 생각할까?" "나도 그게 걱정이야." 메이블도 동의했다. "내가 네게 이야기했다는 걸 헬렌한테도 말해야 할 것 같아. 헬렌이 기분 나빠할 것 같지만." "내 생각엔 그러지 않을 것 같은데." 아델이 여전히 웃으며 덧붙였다. "어쨌든 그렇게 마음먹었다면 생각이 바뀌기 전에 얼른 해치우는 게 좋을 것 같아. 헬렌이 다음 주에 온다고 하니까 기회를 놓치지 마. 이만하면 이 얘기는 충분히 한 것 같다." 아델은 이 문제에 대해서 더 이상 입을 열지 않았다.

아델은 헬렌에게 편지를 쓸 수가 없었다. 가슴이 찢어질 듯 아팠다. 걷잡을 수 없이 요동치는 감정에 휩쓸리느라 지칠 대로 지쳐 있었지만, 헬렌이 본모습을 아직 드러내지 않은 거라고 믿었다. 지금 상황만 봐서는 알 수 없었지만, 진짜 헬렌은, 아델이 사랑하는 헬렌은 아직 모습을 드러내지 않은 또 다른 헬렌이라는 확신이 아델을 사로잡았다.

아델이 갈피를 못 잡으며 괴로워하는 사이 일주일이 흘러갔다. 헬렌의 도착을 이틀 앞두고 또다시 헬렌에게서 편지가 왔다. "나는 이제 못 견디겠어. 네가 비겁하게 현실에 안주하려고만 하지 않고, 좀 더 나은 사람이 되려고 노력하는 모습을 보여줬더라면 아무리 상황이 힘들어도 참고 이겨냈겠지만, 지금은 네가 정말 무자비한 폭군이라는 생각밖에 안 들어. 너는 발에 걸리적거리면 무자비하게 짓밟아 버리는 사람이야. 그게 네게 의미가 있든 없든 개의치 않고 신경 쓰지도 않지. 내게 필요한 건 디오게네스처럼 정직한 사람이야. 존중할 수 있는 상대를 찾았다고 생각했는데, 할 수 있는 건 경멸뿐이라니. 네 나름대로는 최선을 다한 거겠지. 미안해."

처음 편지를 받았을 때 아델은 화가 나서 어쩔 줄을 몰랐다. 하지만 시간이 좀 지나자 힘들어하고 있을 헬렌이 딱하다는 생각밖에 들지 않았다. 헬렌의 고통을 어렴풋하게나마 알 수 있을 것 같았다. 아델은 자리에 앉아 답장을 쓰기로 했다. "헬렌은 더 이상 이 문제로 신경 쓰고 싶지 않을 텐데……." 아델은 주저했다. "헬렌이 신경을 쓰든 말든 상관없어. 헬렌이 솔직히 털어놨으니, 내 입장도 전달해야 해."

"더 이상 변명은 하지 않을게." 아델은 답장을 쓰기 시작했다. "다만 이 이야기만은 하고 싶어. 마음을 잡지 못하고 이리저리 방황하긴 했지만, 그럼에도 불구하고 너를 존중하고 아끼는 마음만큼은 점점 커지고 있어. 네가 힘들어하는 건 이해하지만, 그런 결론을 내리는 건 옳지 않아. 내가 예전에 가치 있다고 믿었던 것들이 이제 가치 있어 보이지 않고, 확고했던 신념이 뿌리째 흔들리는 경험을 하다 보니 마음을 가다듬을 수 없었던 건 사실이야. 그 부분에 대해서는 네가 엄청난 인내심을 보여줬다는 것도 아주 잘 알고 있어. 하지만 이거 하나는 알아줬으면 해. 나는 정말 최선을 다했어. 너는 그런

나를 경멸한다고 했지만 거기엔 동의할 수 없어. 그러니 폭군이니 어쩌니 하는 쓸데없는 소리는 하지 마. 감당하기 힘들면 빨리 현실을 받아들이고 정리하는 게 좋을 거야. 네가 그렇게 한다면 나도 그렇게 할게."

아델은 헬렌이 그녀의 편지를 받을 테지만, 다음 날 저녁이면 볼티모어에 도착하기 때문에 답장할 시간이 없다는 걸 알았다. 헬렌이 도착하면 세 사람은 오페라극장에서 만나기로 약속했다. 이런 상황에서 헬렌이 어떻게 나올지 확신할 수 없었다. 아델은 온종일 머리를 굴리며 헬렌의 생각을 알아내려고 했다. 헬렌이 아직도 자신을 경멸하는지 알고 싶었다. 아델에게는 아직 일어나지도 않은 일을 항상 최악의 상황으로 가정하고 먼저 포기해버리는 습관이 있었다. 정말 안 좋은 일이 일어날 수 있다는 생각만으로는 안 좋은 일을 대비할 수 없었다. 말은 그렇게 하면서 속으로 반대의 상황을 바라는 것 역시 마찬가지였다. 아델은 최악의 상황을 끊임없이 떠올리면서 마음의 준비를 하는 사람이었다. 아델은 자신을 믿지 못했다. 충분히 대비하지 않으면 힘든 일이 닥쳤을 때 버티지 못할 것 같았다.

그날 내내 아델은 모든 걸 다 포기하고 아무 기대도 품지 않으려고 애썼지만, 그럴 때마다 자신이 헬렌을 지나치게 신경 쓰고 있다는 사실만 깨달았다.

아델이 극장에 도착했을 땐 이미 오페라가 시작한 뒤였다. 아델은 속마음이 얼굴에 다 드러나는 사람이었기 때문에 어두운 곳에서 만나고 싶었다. 아델은 조용히 메이블 옆에 앉았다. 메이블의 반대쪽 옆자리에 앉은 헬렌이 메이블 너머로 인사를 건넸다. 헬렌의 태도는 평소와 다를 게 없었다. 아델은 자기가 마음의 준비를 충분히 하지 않았다는 생각이 들어 씁쓸했다. 이제 정말 마음을 내려놓아야겠다고 굳게 다짐했다. 다행히 오페라가 끝날 무렵에는 마음을 어느 정도 가다듬을 수 있었다. 아무 일 없었다는 듯 메이블에게 연주나 칼싸움 장면에 대해서 주절주절 떠들었다. 헬렌을 의식하지 않으려고 애썼다. 메이블이 중간에 앉아서 그나마 힘들이지 않고 헬렌을 피할 수 있었다.

아델은 그날 밤 오페라극장에서 상연된 〈카르멘〉*이 너무 짧은 동시에 너무 길게 느껴졌다. 끝날 시간이 다가올수록 절망할 시간도 점점 가까워지고 있었기에 오페라가 끝나지 않았으면 했다. 하지만 오페라가 끝나지 않으면 영원히 이 애매모호한 상황 속에 갇혀 있어야 했기 때문에 빨리 끝나길 바랄 수밖에 없었다.

아델이 어떤 말로 자신의 감정을 가장 정확하게 전달할 수 있을지 고심하는 사이에 오페라도 막을 내렸다. 세 사람은 메이블의 집에 잠깐 들렀다. 방에 앉아 있는 동안 헬렌과는 정말 끝났구나 싶은 생각밖에 들지 않았다.

"너 왜 이렇게 피곤해 보여? 무슨 일 있어?" 메이블이 아델에게 물었다. "아!" 아델이 변명을 늘어놨다. "챙길 짐도 많고 이것저것 준비할 게 많아서 말이야. 가기 전에 인사할 사람들이 많아서 매일 점심 저녁 약속이 줄지어 있었거든. 구운 청어를 어찌나 먹었는지 질려버렸어. 어쩌다 한 번 먹을 법한 요리를 삼 일 내내 점심 저녁으로 먹

---

* 1875년에 초연된 조르주 비제의 오페라로 비극적인 삼각관계를 주제로 한다.

었다니까. 그러니 이렇게 지치는 것도 당연하지, 뭐. 잘 있어. 귀찮게 내려오지 말고. 헬렌은 벌써 내려갔네. 주인 행세라도 하려나 봐. 잘 쉬고, 내일 또 보자." 메이블은 집 안으로 들어갔고, 헬렌은 불이 켜지지 않은 아래층 현관에 내려가 있었다. 아델은 침착해야 한다고 계속 되뇌면서 천천히 계단을 내려갔다.

"날 용서해주겠어?" 헬렌이 아델을 끌어당기며 말했다. "용서하고 말고 할 것도 없어. 그러니까 신경 쓰지 마." 아델이 답했다. 두 사람은 한참 동안 말없이 서 있었다. "때가 되면 우리도 친구가 될 수 있을 거야." 마지막으로 아델이 말했다.

"잘 가." 다음 날, 멀리 떠나는 아델에게 메이블이 작별 인사를 건넸다. "아, 맞다! 네가 가기 전에 얘기해야지. 헬렌이 화를 내긴 했는데 지금은 괜찮아. 배를 타기 전에 뉴욕에 며칠 머무르겠네?" 메이블이 계속 떠들었다. "일 년 내내 떠나 있지는 않을 테지만, 너무 오래 있지 말고 늦지 않게 돌아와. 네가 했던 조언도 생각해볼게. 네가 한 말은 흘려들을 얘기들이 아니니까." "그래, 그러던지." 아델은 이렇게 대답하면서 속으로 생각했다. "대체 날 얼마나 바보로 아는 거야?"

출발 전날 밤이었다. 아델은 헬렌의 방에 앉아 있었다. 이러고 있은 지 이미 한참이었다. 아델은 헬렌의 무릎에 머리를 기대고 바닥에 앉아 있었다. 헬렌을 가만히 쳐다보다가 간신히 기운을 내서 먼저 침묵을 깼다. "내가 떠나기 전에⋯⋯." 아델이 말했다. "직접 너한테 말하고 싶어. 너도 이미 알고 있을 것 같지만, 메이블이 너희 두 사람 사이에 있었던 일을 얘기해줬어." 헬렌의 두 팔이 아래로 툭 떨어졌다. "나는 전혀 몰랐어." 헬렌은 그대로 굳어버린 것 같았다. "메이블이 아무 얘기도 안 했단 말이야?" 아델이 물었다. "그래, 안 했어." 침울한 침묵이 방 안을 가득 메웠다. "네가 그렇게 이기적이지 않았다면 내가 이런 얘기까지 들을 필요 없었을 텐데." 헬렌이 말했다. 아델은 헬렌의 말을 제대로 듣지는 못했지만, 그녀의 모습을 바라보며 웬지 모를 경외심을 느꼈다. 아델은 또다시 침묵을 깨고 조금씩 마음을 다지면서 이야기를 시작했다.

"너를 알고 싶어 한 게 내 잘못은 아니야. 마음이 지나치게 여유로워서 마땅히 누려야 할 권리를 굳이 거부할 사람이 있을 수도 있겠지. 하지만 나한테는 알 권리가 있고, 그걸 거부할 생각이 없어. 물론 네 이야기를 너한테 직접 듣지 않고 메이블에게 들으려고 한 건 명백히 내 잘못이야. 내가 겁쟁이라 네게 직접 묻지 못했어." 헬렌이 잔인한 미소를 지었다. "겁낼 필요 없었는데." 헬렌이 말했다. "어차피 아무 얘기도 해주지 않았을 테니까." "아냐, 그렇지 않아. 너는 분명 이야기해줬을 거야. 하지만 네게 직접 듣는다면 내가 고통스러울 테니, 그런 상황은 피하고 싶었어. 그게 너한테도 나을 것 같았고. 아냐, 모르겠다. 내가 하고 싶은 말은 너를 알고 싶어 한 게 내 잘못은 아니라는 거야."

두 사람 모두 입을 꾹 다문 채 가만히 앉아 있었다. 저항할 수 없는데 피할 수도 없다면 어떻게 될까? 아무 일도 일어나지 않는다. 정반대의 성격 탓인지 둘 다 쉽게 양보하지 않았다. 보이지 않는 싸움이 길게 이어지는 동안 두 사람에게 음울한 그림자가 내려앉았다.

이건 단지 시작이었다. 지금까지 있었던 일은 서곡에 불과했다. 서로 각자의 입장을 확인했을 뿐이었다.

침묵이 흘렀다. 침묵이 마음을 무겁게 짓누르지는 않았지만 좀처럼 깨지지도 않았다. "아델, 나는 네가 정말 좋아." 마침내 헬렌이 두 팔로 아델을 끌어안으며 말했다.

한 시간 후, 아델이 결단을 내린 듯 숨을 내쉬며 말했다. "이별이 달콤한 슬픔*이라고 말한 시인들은 정말 엉터리야. 영원한 이별이 아니라고 해도, 이별에서 달콤한 부분은 티끌만큼도 못 찾겠어. 너를 두고 떠나기 너무 싫어, 헬렌." "그러는 나는……." 헬렌이 한숨을 내쉬며 말했다. "너랑 헤어지는 게 부모, 형제, 자식, 아니 이 세상 모든 것과 이별하는 것처럼 느껴져. 자기 말대로 정말 이별에는 좋은 게 티끌만큼도 없는 것 같아."

"시인들은 왜 책에 그런 말을 적은 걸까?" 아델이 침울하게 심통을 내며 말했다. "자기야, 그 시인들이 틀렸다는 건 알았으니 그걸로 위안 삼자. 어쨌든 그거 하나는 알았잖아. 그거 하나는 알았으니까 너무 슬퍼하지 말자. 알았지?" "그래." 헬렌이 답했다. "너무 슬퍼하지 말자."

아델은 증기선에서 메이블의 작별 인사가 담긴 쪽지를 받았다. 자기가 그런 이야기까지 할 수 있었던 건 순전히 아델을 아끼는 마음 때문이라고 적혀 있었다. 아델은 화가 났다. "메이블이 원한다면 어

---

* "Parting is such sweet sorrow." 윌리엄 셰익스피어의 《로미오와 줄리엣》에 등장하는 대사이다.

떤 방식으로든 기꺼이 싸워주겠어." 아델은 혼자 중얼거렸다. "은밀하게 싸우든 공개적으로 싸우든, 어둠 속에서 싸우든 밝은 데서 싸우든, 집 안에서 싸우든 밖에서 싸우든 상관없어. 어떤 식으로든 메이블에게 맞설 거야. 성공하지 못할 거라는 걸 알면서도 일부러 이러는 거야. 메이블의 계략을 비난하지는 않겠어. 손에 쥘 수 있는 무기가 그것뿐이라면 그걸로 싸워야겠지. 나약한 인간에게는 별다른 방법이 없을 테니까. 하지만 걱정해주는 척 위선 떠는 것까지 참아줄 이유는 없어. 상황이 이러니 직접 맞설 수는 없지만, 힘없이 당하고 있지는 않을 거야. 확실히 해치워버리겠어. 확실하지만 아주 복잡하게. 메이블이 그런 방식을 좋아하니까."

"사랑하는 메이블에게." 아델은 메이블에게 답장을 썼다. "너는 내가 생각했던 것보다 더 아둔한 것 같아. 그게 아니라면 내가 마냥 착한 바보라고 생각하는 거겠지. 네가 정말 아둔해서 그런 거라면, 너는 할 말이 없을 거고, 나도 말할 필요 없을 거야. 나를 바보로 여겼던 거라면, 너는 아무 의미 없었다고 말할 테고, 그렇기 때문에 네가 할 말은 또 없을 거야. 내가 지금 무슨 얘길 하는 건지 이해가 안된다면 나는 아무 소용없는 이야기를 하는 셈이고, 네가 내 말을 이해한다면 할 말이 많겠지. 하지만 결과는 똑같아." 메이블은 답장을 하지 않았다. 그러다 몇 달이 지난 후 다시 친근한 편지를 보내기 시작했다.

여름이 되었다. 아델은 일 년 전 자신이 그렇게 단순한 인간이었고, 도덕을 수학 공식처럼 단순하게 여겼다는 게 믿기지 않았다. 이탈리아에서 지루하고 게으른 나날을 보내는 동안 괜히 이런 고민까지 하고 싶지 않았다. 지금은 도덕적으로나 정신적으로나 복잡하게 얽혀 있었다. 복잡해도 너무 복잡했다. 뒤얽힌 걸 정리하려면 오랜 시간 열심히 노력해야 했다. 그래도 결국엔 정리될 거라고, 시간은 오래 걸리겠지만 다시 단순한 삶으로 돌아갈 수 있을 거라고 믿었다. 지금 당장은 그럴 가능성이 별로 없어 보이긴 해도.

아델은 헬렌과 편지를 열심히 주고받으며 마음껏 애정을 표현했다. 처음에 머뭇거린 건 사실이었다. 헬렌이 여름에는 거의 대부분의 시간을 메이블과 함께 보내기 때문에, 편지가 메이블의 눈에 띄기라도 하면, 편지를 지나치게 자주 주고받았다는 사실이나 편지에 적힌 내용 때문에 헬렌의 입장이 곤란해질 수 있었다. 아델은 이 문제를 헬렌에게 얘기하고 편지를 잘 감추라고 해야 하나 싶어 한참 고민했다.

아델이 고민하는 건 당연했다. 헬렌은 둘째 치고 자기도 이 감정이 어디까지가 진실인지 확신할 수 없었다. 자기 자신도 믿지 못하는 상황에서 또다시 뒷걸음 치게 될까 봐 결단을 내릴 수 없었다.

"어쨌든⋯⋯." 아델이 혼자 중얼거렸다. "이건 내 문제가 아니야. 나는 헬렌이 이끄는 대로 따르기로 했으니까. 그 길이 비뚤어진 길이든 떳떳하지 못한 길이든 상관없어. 그래도 헬렌에게 경고해야 하지 않을까? 헬렌도 나만큼이나 메이블을 잘 알고 있으니까, 걱정하는 일이 현실이 된다고 해도 헬렌은 별로 신경 쓰지 않을지도 몰라."

조심하자는 이야기를 할 때나 두 사람의 관계를 말할 때면 헬렌은 몹시 불편해 보였다. 헬렌은 잘못됐다는 생각을 하지 않기 때문에 양심에 거리낄 것도 없고, 죄책감도 느끼지 않는 것 같았다. 하지만 잘못됐다 싶을 땐 수단과 방법을 가리지 않았고, 그 일을 덮어버리기 위해서라면 양심도 내던졌다. 아델은 헬렌의 성격을 완전히 파악하지 못했지만, 아주 조금이라도 그런 가능성을 얘기하면 헬렌이 곧장 마음을 닫아버린다는 사실을 어렴풋하게나마 알고 있었다. 조심할 게 아무것도 없으니 죄책감도 느끼지 않는 것이다. 이렇게 생각하니 아델도 마음이 편해질 것 같았다.

어디까지나 아델도 막연하게만 생각할 뿐이었다. 구체적으로 고민해보지 않았기 때문에 헬렌에게도 직접적으로 이야기할 수 없었다.

아델은 양심을 계속 외면할 수 없었고, 도덕적 기준이 바뀌었다는 사실을 인정할 수밖에 없었다. 자기가 뭘 하고 있는지 알고 있었고, 이제 곧 무슨 일이 일어날지도 알고 있었다. 그리고 어떤 식으로 전개될지도…….

그렇지만 고민해봤자 소용없다는 것 말고는 그럴듯한 핑계가 없었다. "어쨌든……." 아델이 결론을 내렸다. "그것 말고도 이야기하지 말아야 할 이유는 또 있어. 가장 중요한 이유가. 편지를 주고받다가 중단해버리면 너무 쓸쓸하고 슬프니까. 그만두고 싶지도 않고, 그만두지도 않을 거야."

아델과 헬렌은 여러 달 동안 계속해서 열정적으로 편지를 주고받았다. 그러다 갑자기 헬렌의 편지가 끊겼고 삼 주가 지나서야 단순히 안부를 묻는 편지가 한 통 왔다. 그게 마지막 소식이었다.

영국에 머무르던 아델은 햇살 좋은 언덕의 푸른 풀밭에 누워 하루도 빠짐없이 이 문제를 곱씹었다. 불안한 건 아니었다. 그저 기분이 몹시 안 좋았다. 확신이 없어서가 아니라 외롭고 쓸쓸해서 기분이 좋지 않았다. 그나마 푸른 하늘과 아름다운 시골 마을을 매일 감상할 수 있어서 비참한 기분을 조금은 덜어낼 수 있었다. 누군가를 강렬히 원한다는 건 고통 그 자체여서 견뎌내기 쉽지 않았다. 허탈한 기분에 빠질 때마다 삶의 감각을 되찾고 싶은 마음에 시원한 풀밭에 얼굴을 묻었다.

"여러 가능성이 있을 수 있지만 이런 상황이라면 가능성은 하나뿐이야." 아델이 혼자 중얼거렸다. "내가 낙관적이긴 해도 믿음이 부족한 사람이라는 건 나도 알아. 하지만 헬렌이 변하지 않았다는 건 확실해. 지금 상황이 이렇지만 그건 확실해. 헬렌한테 문제가 생긴 거야. 메이블이 우리 편지를 봐서 문제가 터진 거야. 내가 메이블을 탓할 수는 없겠지. 우리 세 사람이 명예를 논하기에는 복잡한 상황이니까."

시간이 지나면서 헬렌에 대한 생각은 점점 확고해졌다. 하지만 아무리 생각해도 자신이 제대로 처신한 것 같다는 생각은 들지 않았다. 지금 이 상황에서는 어떤 태도를 취해야 할지 알 수 없었다.

"메이블은 전혀 신경 쓰이지 않아. 빚진 것도 없고. 메이블은 기분내킬 때만 나를 만났잖아. 우리는 아무 사이도 아니야. 그런데 메이블이 싸움을 시작한 거야. 그러니 결과가 어떻든 메이블이 감당해야지. 메이블과 나 사이에 책임질 일 같은 건 없어. 서로 믿지도 않았으니 신뢰가 금 갔다고 할 수도 없고. 메이블이 내 입장 같은 건 봐주지 않을 테니, 나도 절대 봐주지 않을 거야. 그렇게 단단히 오해하고 있으니 나도 어쩔 수 없어. 그나저나 정말 이상한 일이야. 간절히 원하는 게 생겼다고 해서 도덕관념이나 성격이 이렇게까지 바뀔 수 있을까? 인간은 정말 이상해. 나는 원래 마음도 약하고 물러터져서 항상 먼저 포기하는 편이었는데 이렇게까지 냉정하고 잔인한 생각을 하고 있잖아. 마음이 아주 어지럽지만 않으면 심각한 상황에서도 그 대단한 도덕관념을 생각하고 있으니 정말 고상하기 그지없네." 아델은 한숨을 내쉬다가 웃음을 터뜨렸다. "예전의 도덕관념은 이미 상실했으니, 대신 간절히 원하는 게 생겼을 때 쉽게 지치지 않고 버틸 수 있는 도덕관념을 가지고 살 수 있다면 좋을 텐데. 어쨌든 도덕관념을 떠나서 생각해도 메이블에게는 미안할 일이 없어.

하지만 헬렌을 생각하면 전혀 그렇지 않아. 헬렌에게는 마음의 빚이 있는데, 그걸 어떻게 갚아야 할지 모르겠어. 내게 헬렌이 절대 우선순위가 될 수 없다는 사실을 잊지 말아야 해. 메이블에게는 헬렌이 우선순위가 될 수 있지만, 내게는 더욱 중요한 다른 일들이 있으니까. 나는 메이블의 자리를 차지할 마음도 없고 그럴 힘도 없어. 그러니까 두 사람 사이에 끼어들면 안 될 것 같아. 하지만 생각을 달리해보면 도덕적인 면에서나 정신적인 면에서 지금 헬렌에게 가장 필요한 건 든든한 아군이고, 그 역할을 할 사람은 나밖에 없어. 지금까지 내 행동을 보면 근거 없는 주장 같지만. 다시 만나게 된다면 헬렌은 어쩔 수 없이 메이블과 나 둘 중에서 선택해야 할지도 몰라. 내가 헬렌에게 뭘 해줄 수 있을까? 고상한 영향력, 그게 전부인데.

쳇. 당장 빵과 버터가 없어서 굶어야 하는 사람에게 고상한 영향력 따위가 대체 무슨 소용일까? 헬렌이 부모님과 어정쩡하게나마 관계를 유지하고 있으니 헬렌에게 필요한 건 빵이 아니라 버터일지도 몰라. 메이블은 빵과 버터를 제공할 수 있는 사람이고, 앞으로도 기꺼이 제공하겠지만, 나는 아무것도 줄 수가 없어. 아, 이런. 버터도 못 발라주는 관계라니. 나처럼 비겁한 사람이 또 있을까. 그래도 이따금 마음을 느낄 수 있는 짜릿한 순간들이 있었잖아. 그런 순간에는 빵과 버터도 부럽지 않아. 헬렌의 삶에서 중요한 건 빵과 버터보다 그런 순간들인지도 몰라. 일단 헬렌에게 내 생각을 얘기하고 헬렌이 결정하는 대로 따르겠어."

아델은 헬렌이 집에 혼자 있을 시기에 맞춰 편지를 보냈다. "이젠 말할 수 있을 것 같아." 아델은 편지에 이렇게 적었다. "지난여름에는 불가능하다고 생각했어. 하지만 지금은 그 어느 때보다 확신할 수 있어. 너를 사랑하는 내 마음은 진심이고 앞으로도 변하지 않을 거라고 말이야. 너도 그렇게 믿고 있겠지. 우리 앞에는 여전히 어려운 문제들이 놓여 있지만 적어도 우리는 서로를 이해하고 신뢰하잖아. 그러니 이런 얘기를 해도 네가 오해하지 않을 거라고 생각해. 나를 포기하지 말라고, 좀 더 신중하게 고민해달라고 말이야. 나는 너에게 정말 아무것도 아닌 사람이고, 나 때문에 네가 많이 힘들지도 몰라. 솔직히 네가 나를 포기할까 봐 겁이 나. 그건 부인하지 않을게. 하지만 나 때문에 네가 괜히 골치 아픈 일들에 휘말릴까 봐, 그게 더 걱정이야. 지금까지 한 말 모두 진심이라는 것만 알아줘. 내가 적은 그대로 받아들여줬으면 좋겠어."

"그만해, 이 바보야." 헬렌이 답장을 보냈다. "어쩜 이렇게 바보 같은 소리만 하니? 이 세상에서 나한테 의미 있고 가치 있는 유일한 존재가 바로 너라는 걸 왜 몰라? 이번 여름은 정말 끔찍했어. 너한테 보내려던 편지를 메이블이 보고 어찌나 화를 냈는지 몰라. 메이블 말로는 어쩌다 우연히 발견해서 읽었다고 하지만, 나는 그 말 안 믿어. 네가 나를 좋아하는지 메이블이 묻더라. 모른다고 답하긴 했는데, 그건 진심이야. 난 정말 모르겠어. 나한테 너를 좋아하냐고 묻진 않았어. 내가 너를 좋아한다는 생각만으로도 힘들어했어. 내가 너를 생각하는 것조차 질투하는 것 같더라고. 그래서 혼자 가만히 네 생각을 할 겨를이 없었어. 그러니 내가 너를 포기한다는 그런 소리는 절대 하지 마. 네가 내 곁에 계속 있어주기만 한다면 너 때문에 내가 속상할 일은 없을 거야. 메이블도 이제 괜찮아졌어. 이제 두 번 다시 질투 같은 건 안 한다고 했거든." "세상에!" 아델은 낮게 탄성을 내질렀다. "질투하지 않겠다니 메이블도 정말 대책 없는 멍청이라는 소리잖아. 어쨌든 나는 앞으로 헬렌의 결정을 따르겠다고 했으니 그렇게 해야지. 그런데 그런 결정을 내릴 수 있는 여자라니, 아무리 생각해도 정말 대단한 것 같아."

3장

헬렌

1

전원에 파묻혀 살고 싶은 마음보다 더 강렬하고 더 본능에 충실한 욕구도 없다. 어떤 사람들은 향수병을 이야기할 때면 그게 마치 스위스 산지에 거주하는 사람들이나 스칸디나비아반도 사람들, 프랑스 사람들, 아니면 시 속에나 등장할 것 같은 풍경 속에 사는 사람들만 느낄 수 있는 것처럼 말한다. 하지만 향수를 느끼기 위해 시가 반드시 필요한 건 아니다. 향수란 고향의 특별한 공기를 간절히 원하는 것에 불과하다. 고향의 특별한 공기란 메마른 런던의 공기가될 수도 있고, 아메리카의 날선 추위가 될 수도 있다. 스위스 산악지대의 희박한 공기가 될 수도 있다. 고향의 특별한 공기만큼 중요한건 세상에 없다는 생각이 들 때 향수는 찾아온다. 그게 우리에게 남은 유일한 재산이라면, 고향으로 돌아갈 때를 대비해서 아껴두어야 할 것이다.

런던의 겨울 안개 속에 갇힌 미국인이라면 고향의 공기가 몹시 그리울 것이다. 절망에서 피어난 열망으로 마음이 가득 차 있을 것이다. 안개와 연기로 가득한 공기는 숨을 짓누르듯 무겁게 느껴지고, 예전에는 매일 같이 볼 수 있었던 파란 하늘도 이제 좀처럼 모습을 드러내지 않는다. 해와 달과 별들은 연기로 가득한 방의 천장에 붙여놓은 그림처럼 음울해 보인다. 비참함이 흐르는 질척한 거리, 구멍 난 치마를 아무렇게나 입은 여자들, 더러운 흙먼지 때문에 퉁퉁 붓고 뾰루지로 뒤덮인 얼굴들, 그런 추한 몰골이 이제는 자연스럽게 느껴지는 현실. 이 모든 것이 날마다 음울한 삶을 조금씩 내리누르고 있다.

희망이 넘치는 이는 저항한다. 이제 곧 모든 게 전보다 나아질 거라고 생각한다. 영원히 이렇지는 않을 것이다. 오늘 오후나 내일이면 숨을 무겁게 짓누르던 공기가 모두 걷힐 것이고, 사람들은 다시 깨끗한 공기를 들이마실 수 있을 것이다. 하지만 날이 갈수록 안개와 연기는 저열하고 악랄한 인간성의 무게와 함께 사람들의 등과 머리를 무겁게 짓눌러서, 그들은 몸을 쭉 펼 힘조차도 잃고 아무것도 짊어질 수 없게 된다. 그저 모든 걸 포기하는 심정으로 버티는 수밖에 없다.

짓누르던 영국의 공기 속에서 빠져나온 아델은 증기선의 휴게실에 서서 뉴욕항을 길게 뒤덮은 하얀 눈을 바라보았다. 아델 옆에는 조그만 여자아이가 서 있었다. 아이는 영국에 여섯 달 동안 머무르다가 이 배를 탔다고 했다. 두 사람은 얼굴을 유리창에 바짝 붙인 채 나란히 서 있었다. 국가 소유의 배 한 척이 깃발을 날리며 옆을 지나갔다. 여자아이는 그 배를 한참 들여다보다가 이제야 알았다는 듯 혼잣말을 했다. "저게 미국 국기구나. 멋있다." 아델은 그 말을 그대로 반복했다. 저기에 미국의 모든 것이 있었다. 전부 다 멋있어 보였다. 맑은 하늘, 하얀 눈, 일렬로 늘어선 밋밋한 건물들, 티끌 하나 없이 깨끗하고 차가운 공기.

돌아오는 날짜를 미리 알리지 않았기 때문에 아델이 배에서 내릴 때 마중 나온 사람이 없었다. "네가 정말 보고 싶었지만 그날은 참아야 했어." 한참 후에 아델이 헬렌에게 설명했다. "그냥 미국에 도착했을 뿐이니까. 시간이 촉박해서 친구들한테 알리지 못하고, 혼자 항구에 도착했지. 친구들이 보고 싶긴 했는데 만나려고 서두르지는 않았어. 대신 뉴욕의 길거리, 고가도로를 받치는 길고 가느다란 교각, 아무 장식 없이 늘어서 있는 집들, 텅 빈 하늘, 하얗게 뒤덮인 눈 같은 것들을 즐겼지. 이런 것들이 신비하지도 않고 복잡하지도 않다는 사실에 새삼 놀랍고 재미있더라고. 깨끗하고, 일직선이고, 무미건조하고, 단단하고, 하얗고, 높고. 그게 다잖아. 네가 보고 싶었지만 견딜 수 없을 정도로 간절하진 않았어. 결국 너란 사람은 내게 복잡하고 어려운 세계를 상징하니까. 이해하기 어렵지만 이해해야 하는 그런 세계 말이야. 그래서 복잡한 건 모두 잠시 내려놓고, 겉으로 보기에도 아주 명료하고 단순한 것들만 즐기고 싶었어."

그래서 아델은 뉴욕에 일주일 동안 머무른 후에 보스턴으로 향했다. 그곳에서 전형적인 미국인의 모습을 실컷 감상했다. 며칠 동안 보스턴의 거리를 여기저기 배회하면서 냉철한 지성의 얼굴을 구경했다. 전차를 타고 돌아다니면서 승객들과 자유롭게 이야기를 주고받거나 대수롭지 않은 농담을 던지기도 했다. 직설적이고 단순한 대화를 나누다 보니 아무것도 경계할 필요가 없었다. 완전히 새로운 경험을 하는 기분이었다.

이 사람들은 마음속 가장 깊은 곳까지 깨끗했고, 맑고 차가운 물이 끊임없이 흐르면서 그 마음을 더 깨끗하게 닦아놓았다. 깊은 이해를 위해 필요한 약간의 때가 그 물에 씻겨버렸다면, 그건 그 때가 충분히 더럽지 않아서 일지도 모른다. 하지만 검댕과 먼지로 꽉 막힌 목구멍에는 달콤한 한 모금이었다.

아델은 한 달 동안 이 깨끗한 공기 속에서 몸과 마음을 씻어낸 후, 복잡하게 뒤얽힌 도시가 그리워졌을 때 다시 뉴욕으로 돌아왔다.

돌아오고 나서 한동안은 헬렌이 거리를 두고 있다는 인상을 받았다. 아델이 일부러 그렇게 오래 떠나 있었다는 사실 때문에 헬렌은 마음의 상처가 깊었다. 하지만 아델은 자기 마음을 자기도 몰랐기 때문에 헬렌에게 뭐라고 변명할 수도 없었다. 다시 헬렌 곁으로 돌아오면 자신을 잃게 될까 봐 두려웠던 건 아닐까, 막연히 이렇게 짐작할 뿐이었다.

두 사람 사이의 서먹한 감정은 점차 누그러들었다. 이제는 아델도 헬렌의 방에서 오랜 시간 동안 굳이 입을 열지 않고 침묵을 즐기는 습관이 생겼다. 함께하는 시간이 길어지면서 두려움도 조금씩 사라졌다. 이제는 함께 있다는 것만으로도 충분히 즐거웠다.

어느 날 두 사람은 지금 이 순간이 완벽하게 행복한 상태와 다를 게 없다는 데 의견을 함께했다. "맞아, 잘된 것 같아." 아델이 다정하게 웃으며 말했다. "잘됐으니까 정말 좋은 거지. 나 제법 괜찮은 학생 아니야?" 아델이 물었다. "선생이 이렇게 훌륭한데 겨우 그 정도로 괜찮은 학생이라고 할 수는 없지." 헬렌이 답했다. "아, 뭐야!" 아델이 소리를 질렀다. "예전에는 전혀 몰랐는데 너를 보니까 나는 정말 겸손한 사람인 것 같아. 너처럼 거만한 사람은 정말 처음이야. 이제야 본모습을 드러내는구나." 두 사람은 또다시 현실을 잊고 행복에 몸을 맡겼다.

이것이야말로 진정한 망각이었다. 그러나 한 번의 입맞춤이 망각 상태였던 아델을 현실로 되돌려놓았다. 깊은 거부감을 일깨운 것 같았다. 순간 강한 혐오감에 사로잡힌 아델은 자리를 박차고 일어섰다. 헬렌의 존재를 잊기라도 한 것처럼 두 손에 얼굴을 묻은 채 가만히 있었다. "한 번도 생각해보지 않았어. 이런 상황에서도 나는 여전히 처녀인 거잖아." 아델은 혼잣말을 중얼거렸다. "파르지팔*처럼 한 번의 입맞춤으로 잠에서 깨어날 수 있다니. 정말 미쳐버릴 것 같아." 그렇게 넋을 잃고서 격한 혐오감에 깊이 휩싸였다.

아델은 가만히 누워 또 다른 망각에 빠져들었다. 마침내 몸을 돌렸을 때, 가만히 누워 있는 헬렌의 모습이 보였다. 얼굴이 온통 눈물범벅이었다. 아델은 평소처럼 뒤늦게 후회하며 헬렌을 위로해보려고 했다. "용서해줘." 아델이 말했다. "잠깐 뭐에 씌었었나 봐. 아니, 나를 용서할 필요도 없어. 다 내 잘못이야." "그럼 됐어." 헬렌이 말했다. 침묵이 한참 흐른 뒤, 헬렌이 물었다. "예전처럼 나를 믿을 수 없다고

* 성배를 찾아 나선 기사의 이야기를 모티프로 삼은 바그너의 악극. 주인공 파르지팔은 쿤드리의 키스로 엄청난 고통을 느끼며 깨달음을 얻는다.

생각한 거야?" "그래." 아델은 짧게 대답했다. "이건 용서할 수 없을 것 같아." 헬렌이 말했다. "내 생각도 그래." 아델이 답했다.

두 사람은 만남을 이어가긴 했지만 각자 다른 고민에 빠져 버둥거렸다. 결국 아델이 먼저 그 이야기를 다시 꺼냈다. "있잖아." 아델이 이야기했다. "내가 왜 거부감을 느끼는지 나도 모르겠어. 도덕관념 때문인지 아무짝에 쓸모없는 본능 때문인지 정말 모르겠어. 아무리 이성적으로 생각하려고 해도 무엇이 옳고 그른 행동인지 판단하는 덴 도움이 되지 않는 것 같아. 의무를 따르지 않으면 온갖 일이 다 일어날 수 있고 옳고 그름의 법칙도 소용이 없을 거야. 사람은 가치관을 가지고 살아야 해. 그게 아니면 자신의 본능을 믿거나 보편적인 가치를 따라야 해.

지금 나한테 딱히 무슨 생각이 떠오른 것도 아니고, 보편적인 가치를 따르고 싶어도 그럴 수 없는 게 사실이야. 그렇다고 내가 하고 싶은 대로 하자니 자꾸 본능에 거슬리고. 미국에서 엄격한 칼뱅주의적인 교육을 받았기 때문에 내 본성도 영향을 받은 것 같아. 어쨌든 나는 네 덕분에 내가 도덕적 종교적 가르침에 충실했던 게 아니라 비열하고 물질적인 사람이라는 걸 깨달았어. 그런데도 청교도적인 본능이 자꾸 내 발목을 잡는 바람에 내가 이렇게 엉망이 돼버린 거지. 나는 이제 내 본능을 믿지 않아. 내가 느꼈던 거부감도 도덕관념과는 전혀 상관없어. 단지 내가 비겁한 겁쟁이라 그런 거야. 어쨌든……." 아델은 이렇게 말을 맺었다. "이제 도덕관념 같은 건 나한테 중요하지 않아. 내가 본능을 상실했다면 그것도 나름대로 괜찮을 거야. 우리는 다시 시작할 수 있어." "내가 너한테 도움이 되진 않을 것 같아." 헬렌이 답했다. "네가 앞으로 무슨 짓을 하든 상관없어. 너 때문에 내 가슴이 갈가리 찢어진다고 해도 너에 대한 내 신뢰가 깨지지는 않을 거야. 나는 그렇게 믿고 버틸 거야." 아델은 한숨을 내뱉으며 말했다. "내가 정말 부족한 게 많구나."

끔찍한 혐오감을 야기할 만한 사건은 두 번 다시 일어나지 않았다. 하지만 두 사람 사이에 또 다른 문제가 뿌리를 내리고 있었다. 헬렌은 아델이 마음의 준비를 하기도 전에 반응을 요구했다. 두 사람의 리듬이 어긋나버린 것이다. 아델의 마음은 헬렌이 원하는 만큼 빠른 속도로 움직이지 않았고, 이미 지칠 대로 지친 헬렌도 더는 기다리기가 쉽지 않았다. 헬렌의 고통이 끊임없이 아델을 압박했다. 아델은 이미 자신에게 모든 걸 내어준 사람에게 싫다고 말할 수 없었다. 그래서 이미 자신이 할 수 있는 것보다 더 많은 것을 억지로 하고 있었다. 곤란했다. 헬렌이 더는 버틸 수 있을 것 같지 않았기 때문에 자신의 감정은 어떻게든 숨겨야 했다. 두 사람은 예전처럼 마음을 터놓고 이야기할 수 없었고, 아델도 더 이상 속마음을 드러내지 않았다.

헬렌은 아델의 이런 행동을 의도와 다르게 받아들이고, 아델의 느린 반응을 못마땅하게 여겼다. 아델이 등 떠밀리듯 억지로 움직이고 있으니 이런 오해가 생길 수밖에 없었다. 아델은 속상하고 불안했다. 헬렌에 대한 애정은 계속해서 깊어졌지만 만족하지 못하는 그녀를 보면 짜증이 나기도 했다.

두 사람이 레스토랑에서 만나 저녁을 먹고 헬렌의 집에 가기로 약속한 날이었다. 아델은 약속 장소에 삼십 분 늦게 도착했고, 도착했을 땐 헬렌이 무척 흥분해 있었다. "왜 그래? 무슨 일 있었어?" 아델이 물었다. "있었지." 헬렌이 대답했다. "네가 오지 않아서 기다리고 있으니까 어떤 남자가 다가와서 말을 걸었어. 이런 모욕은 정말 태어나서 처음이야." 아델은 깜짝 놀라 헬렌을 가만히 바라보았다. "그것참 엄청 큰일이네!" 아델이 큰 소리로 외쳤다. "어두울 때 혼자 밖에 나오면 그런 일이 생길 줄 몰랐어? 그 정도는 견딜 줄 알아야지. 남자들이 그러는 건 당연한 일이야." "당연하다니! 내가 모욕당하는 게 당연해?" 아델은 놀라서 고개를 가로저었다. "우리가 서로 이해할 수 있을 날이 오기는 할까." 아델이 말했다. "나처럼 세상일에 무관심하고 평범한 사람한테는 지극히 단순한 일인데, 너는 끔찍하고 불안한 일이라고 생각하는 것 같아. 그럴 때마다 나는 아무 일 없었던 것처럼 행동하는데……. 너무 깊이 들어가진 말자. 일단 뭘 좀 먹으면 기분이 나아질 거야."

"네가 조금만 더 늦게 왔더라면." 집을 향해 걷고 있을 때 헬렌이 입을 열었다. "나는 밖으로 나가버렸을 거고, 그러면 네가 사과할 때까지 너를 다시 만나지 않았을 거야." "허!" 아델이 큰 소리로 내뱉었다. "내가 사과해야 한다는 건 나도 동의해. 하지만 비난까지 받는 건 동의할 수 없어. 너는 무슨 이야기책에서 튀어나왔니?" 아델이 말을 이었다. "과장된 표현이나 귀부인의 신성한 권리 같은 걸 아직도 믿는 사람 같아. '네가 어떻게 감히!' 같은 표현을 쓴다는 건 네가 다른 사람보다 잘나서 너보다 못난 사람을 업신여긴다는 얘기지. 상대가 그런 말에 겁먹고 고개를 숙이면 다행이지만, 그렇지 않다면 결국 더 강한 사람이 이기는 법이야."

두 사람은 말없이 한참 동안 방에 가만히 앉아 있었다. 먼저 침묵을 깬 사람은 헬렌이었다. "왜 나는 나한테 부족한 사람만 좋아하는 걸까?" 아델은 잠시 헬렌을 바라보다가 자리에서 일어나 방 안을 서성거렸다. 다시 자리로 돌아와 앉았지만 여전히 표정은 굳어 있었다. "아, 다른 뜻으로 한 말은 아니야." 헬렌이 말했다. "그냥 그런 생각이 들었다는 거야." 아델은 대꾸하지 않았다. "내가 불안에 떠느라 지쳐 있을 때도 너는 참 잘 버티는 것 같아." 헬렌이 가만히 있지 못하고 또 입을 열었다. "내가 무슨 말을 해도 화도 안 내고 말이야." "네가 한 말이 진심이라고 생각하지 않으니까 참을 수 있는 거야." 아델이 대답했다. "네가 뭐라고 해도 신경 안 써. 문제는 네가 뭘 믿느냐는 거지." "하지만 네가 부족하다고 말한 건 너잖아. 그것도 여러 번." 헬렌이 따졌다. "그건 그렇지." 아델이 대답했다. "내가 그렇게 말하고, 내가 그렇게 믿는 건 괜찮지만, 네가 그렇게 말하는 것까지 괜찮지는 않아. 네가 그렇게 믿어버리면 상황이 완전히 달라지는 거라고. 그런 상황은 견딜 수 없어." 두 사람은 또다시 침묵에 빠져들었다. 초조하고 불안해 보이는 헬렌과 달리, 아델은 별로 동요하지 않는 듯 침착했다. "그냥 다 잊으면 안 될까?" 결국엔 헬렌이 울부짖으며 말했다. 아델은 자리에서 일어났다. "괜찮아. 너무 신경 쓰지 마. 네가 너무 지쳐서 그래. 누워서 눈 좀 붙여." 아델은 헬렌 곁에 잠시 앉아 있다가 다른 방으로 옮겨 가서 책을 읽었다. 별로 기분 좋지 않은 공상에 빠져 있을 때 헬렌이 갑자기 문을 열고 들어와서 아델은 정신이 번쩍 들었다. "정말 끔찍한 꿈을 꿨어." 헬렌이 말했다. "네가 화나서 나를 버리고 영영 떠난 줄 알았어. 떠나지 말아줘. 제발

나와 함께 있어줘."

"아직도 날 용서하지 않은 거야?" 다음 날 아침, 아델이 떠나려고
하자 헬렌이 물었다. "이건 용서의 문제가 아니야. 네가 어떻게 느끼
느냐의 문제지." 아델이 차분하게 대답했다. "네가 어젯밤 했던 말
들, 그게 진심이 아니었다고 말하지 않았잖아." "내가 뭐라고 했었는
지 모르겠어." 헬렌은 대답을 회피했다. "안 그래도 충분히 힘들고 괴
로운데 더 힘들게 만들어야겠어? 내가 그런 말을 했다고 해서 그렇
게까지 비난받아야 해? 정말이지 그런 말은 하지 말걸 그랬다." "어
쨌든 그게 진심이라는 거구나." 아델도 굽히지 않고 맞받아쳤다. "내
진심이 뭔지 나도 모르겠어. 이제 정말 더는 못 하겠다. 나 좀 제발
내버려 둬." "네가 고통스럽다고 해서 그걸 무기로 사용할 권리는 없
어!" 아델이 벌컥 화를 냈다. "그게 무슨 말이야?" 헬렌도 따지고 들
었다. "네가 고통스럽다는 핑계로 나를 몰아붙이고 나한테 모든 책
임을 뒤집어씌우려고 한다는 말이야. 내게 문제가 있다면 당연히 책
임지겠지만, 네 잘못까지 책임지진 않을 거야." "그럼 너는 책임이 없
다는 말이야?" 헬렌이 물었다. "네가 하고 싶은 대로 다 하는 동안
내가 가만히 참고 기다려주지 않아서? 나는 열심히 참고 견뎠어. 다
만 너를 붙들려고 하지 않았을 뿐이야." 아델은 헬렌을 가만히 쳐다
봤다. "너는 그렇게 생각하고 있었던 거네? 그럼 이제 더 말해봤자
아무 소용없겠어." 아델은 나가려다 말고 문 옆에서 서서 머뭇거렸
다. 헬렌은 두 손에 얼굴을 파묻었다. 아델은 헬렌 곁으로 돌아와 슬
픈 표정으로 그녀를 가만히 내려다보았다. "이러다 미쳐버릴 것 같

아." 헬렌이 신음하며 말했다. 아델은 그저 가만히 서 있었다. 헬렌이 한 손을 내리자, 아델은 그녀 곁에 무릎 꿇고 앉아 두 팔로 다정하게 감싸 안았다. 하지만 누구도 절대 물러서지 않을 거라는 사실을 두 사람 모두 잘 알고 있었다.

상대를 아끼는 마음이 너무 컸던 탓에 두 사람은 이야기를 끝까지 진전시킬 수 없었다. 끝까지 가버리면 돌이킬 수 없다는 걸 둘 다 잘 알고 있었기 때문이다. 지나치게 다른 가치관에 불만을 표현하지도 않았고, 누구의 책임인지를 놓고 공방을 주고받지도 않았다. 다만 변화가 있다면, 교묘히 의도한 것인지 무의식적인 행동인지 모르겠지만, 헬렌이 결정의 부담을 고스란히 아델에게 떠넘기고 있었다는 것이다. 어쩌다 그렇게 된 건지 알 수 없었지만, 언제부턴가 아델이 먼저 입을 열어야만 대화가 시작됐고, 아델이 먼저 물어야만 다음 약속 날짜를 잡았다. 헬렌의 태도는 마치 모든 걸 다 내주고 싶지만, 시간과 상황이 허락하지 않아 어쩔 수 없이 그러지 못하는 사람의 태도 같았다. 아델은 헬렌의 마음이 변한 건 아니라고 확신했지만, 의도했든 아니든 아델의 마음을 헬렌이 마음껏 이용하고 있는 건 사실이었다.

아델은 이렇게 일방적으로 휘둘리는 상황에 속이 탔지만 그럼에도 불구하고 이보다 더 공정할 수도 없다고 생각했다. 아델은 점점 더 많은 걸 내주고 더 많은 걸 포기했다. 다툼이 있던 날 밤, 아델은 처음으로 두 사람의 관계를 헬렌이 어떻게 생각하고 있는지 알게 되었고, 그러한 해석이 과연 정당한지, 자기에게 정말 그 정도까지 책임이 있는지 고민하느라 여러 밤을 괴로워하며 보냈다. 시간이 흐를수록 혼란만 커졌고 이 모든 상황이 슬프기만 했다.

어느 날 밤, 아델은 우울하고 암담한 기분으로 자기 방 침대에 누워 있다가 갑자기 소리를 질렀다. "아냐. 나는 비열한 인간이 아니야. 하마터면 헬렌의 말을 거의 믿을 뻔했지만 나는 비열하지 않아. 분명히 인식하고 시작한 일이야. 헬렌이나 나나 신중하게 생각하고 시작한 일이라고. 헬렌이 어떻게 생각할지 몰라도 난 절대 일부러 헬렌을 고통 속으로 떠밀지 않았어. 일단 발을 들여놨으면 어떤 결과에 도달하든 기꺼이 감당하고 자기 몫의 책임은 져야 하는 법이라고."

"네 태도를 정말 이해할 수가 없어." 다음 날 아델이 헬렌에게 말했다. "우리가 다퉜던 그날 밤, 너는 남자들이 너한테 말을 걸었다고 화를 냈어. 내 생각은 그래. 자기가 한 행동의 결과를 받아들이는 건 당연한 일이고, 자기가 한 행동이 어떤 영향을 끼칠 수 있는지도 생각할 줄 알아야 한다고 말이야. 너 같은 부류의 사람들은 자기 자신이 굉장한 영웅이라고 생각하는 것 같아. 나처럼 평범한 사람들보다 더 대단한 일을 하는 것도 아닌데 말이야. 겸손하게 받아들이는 게 당연한 그런 일을 가지고." "무슨 뜻으로 하는 말이야?" 헬렌이 물었다. "울타리를 넘어가다가 잡힌 사람은 화를 낼 권리가 없다는 뜻이야." "어떻게 넘어갔느냐에 따라 상황이 달라질 수 있는 거 아냐?" 헬렌이 되물었다. "상황에 따라 울타리를 넘는 사람의 권리는 존중할 필요도 있어." "잘못을 저지를 권리?" 아델이 물었다. "아니야. 그런 경우에는 잘못이라고 할 수 없어. 너는 아직 모르나 본데, 세상일을 모두 자를 대고 줄을 긋듯 구분할 수 없는 거야. 네가 무슨 뜻으로 한 말인지는 알겠어. 네가 이렇게 못마땅하게 여기는 건 내가 너를 더 이상 봐주지 않아서 그런 거겠지. 너는 아무것도 이해 못 하고 있잖아. 내가 용서했는데도 말이야." "아까는 농담으로 한 말이었지만 진지하게 다시 얘기할게." 아델은 화가 나 있었다. "어쩜 이렇게까지 오만할 수가 있어? 정말 속수무책이구나. 참고 용서할 수 있는 권한은 너한테만 있는 게 아니야." "아, 그래? 무슨 대단한 희생이라도 한 것처럼 말하는구나. 그런데 말이야, 나도 그렇게까지 멸시당할 줄은 몰랐어. 너한테 입맞춘 그날 밤, 너는 네가 원하는 게 뭔지 모른다는 핑계로 나를 무자비하게 내동댕이쳤잖아." "더는 못 참겠다." 아델이 거칠게 내뱉었다. "난 적어도 내가 항상 옳지 않다는 것쯤은 아는데, 너는 다른 사람의 입장을 이해할 줄도 모르고, 겸손하게 잘못을 인정할 줄도 몰라." "겸손이라⋯⋯." 헬렌이 말했다. "네 입에서 그런 말이 나오니까 정말 이상해." "그럴 수도 있겠지." 아델이 대꾸했다. "모든 건 상대적이니까. 나도 전혀 정반대의 사람을 만나기 전까진 내 장점을 몰랐거든." "아, 그럼 나도 겸손해질 수 있겠네." 헬렌이 맞받아쳤다. "좀 더 거만한 사람이 나타나면 알아볼 수 있을 것 같은데 아직 그런 사람이 안 나타났나 봐." "아니. 너는 태어날 때부터 눈이 멀어 있었기 때문에 절대 알아보지 못할 거야. 그게 진실이야." "그건 내가 눈이 멀어서가 아니라 중요한 게 뭔지 알기 때문이야. 뭐가 중요한지 이해한 다음에 행동에 옮기기 때문이라고. 그래. 너는 집에 돌아가서 충분히 생각해보고 나서야 마음을 여는 사람이잖아. 하지만 관대함이라는 건 본능적인 거야. 그렇게 따지면 우리 둘 중에 누가 더 나은 인간인지는 의심의 여지가 별로 없는 것 같구나." "그러시겠지!" 아델은 독한 욕설을 내뱉으며 거칠게 의자를 밀치고 일어섰다. 그리고 무한한 애정과 슬픔을 느끼며 두 팔로 헬렌을 끌어안고 입맞춤했다. "너는 정말 바보구나." 헬렌이 다정하게 말했다. "나도 알아." 아델이 울적하게 답했다. "하지만 그게 다 무슨 소용이야. 계속 화를 낼 수도 없는데. 금방 다시 후회할 걸 알면서도 왜 자꾸 미련하게 버티는 건지 나도 모르겠어. 그러다가 더 이상 버틸 수 없을 땐 뻔한 말들을 내뱉게 되면서. 그래도 잊지 마, 자기야. 이건 정말 네가 잘못한 거야."

마음을 터놓고 화해까지 했지만 두 사람의 관계에 큰 변화는 없었다. 헬렌은 여전히 아델이 원하는 만큼 관심을 보여주지 않았고, 아델은 나날이 비참해지는 기분을 느꼈다. 헬렌에게 애착이 커질수록 그녀에게 저항하고 싶은 마음 또한 점점 커졌다.

오래지 않아 메이블과의 오랜 문제가 상황을 더 복잡하게 만들었다. "이번 여름에도 메이블과 외국에 나갈 거야." 어느 날 헬렌이 이렇게 말했다. 아델은 아무 말 하지 않았지만, 대체 누구 돈으로 간다는 건지 묻고 싶은 마음이 굴뚝같았다.

메이블에게 마음의 빚은 전혀 없다고 확신하면서도 겨우내 메이블만 생각하면 마음이 불편했다. 메이블과 마주치고 싶지 않아서 보스턴에도 가지 않았다. 메이블을 만날 생각만 하면 괜히 수치스러웠다. 머리로는 자기에게 아무 잘못이 없다고 확신했지만, 마음으로는 다른 사람의 걸 빼앗았다는 죄책감에 시달리고 있었다.

어쩌다 이 문제를 이야기할 때면 헬렌은 메이블도 마음대로 행동할 권리가 있다고 주장하면서 메이블의 입장을 옹호했다. 그리고 둘 중에 한 사람을 포기해야 하는 극단적인 상황이 닥치면, 메이블이 아니라 아델을 포기할 거라고 거듭 강조하기도 했다. 아델이나 자기 같은 사람은 그런 시련이 닥쳐도 충분히 견딜 수 있지만 메이블은 그런 사람이 아니라는 게 이유였다.

아델은 어떻게 헬렌이 이런 말도 안 되는 생각을 하게 됐는지 이해되지 않았다. 나름대로 해석하려 했지만 납득되지 않는 건 마찬가지였다. 그렇다고 설명해달라고 할 수도 없었다. 아마도 메이블이 여행 비용을 대는 것 같았다. 아델은 여행 얘기를 듣는 순간 또다시 상황을 직시할 수밖에 없었다. 돈 문제는 분명히 하고 싶었다. 헬렌이 금전적으로 도움을 받고 어떤 식으로 갚을 것인지가 제일 중요한 문제였다. 헬렌에게 돈이 있을 수도 있지만, 아델 생각은 그렇지 않았다. 궁금해서 미칠 지경이었지만 헬렌에게 물어볼 수 없는 노릇이었다.

헬렌이 억지로 메이블을 따라가는 건 아니라고 생각하니 아델도 마음이 편해졌다. 이제 메이블을 만나도 수치스럽지는 않을 것 같았다. "어쨌든" 아델은 생각했다. "내가 메이블에게서 빼앗은 건 아무것도 없잖아. 결국 이긴 사람은 메이블이니 만나도 양심에 거리낄 건 없겠어." 아델은 헬렌이 유럽으로 떠나기 전에 일주일 동안 보스턴에 다녀오겠다고 말했다. 헬렌은 아무 말도 하지 않았지만, 속으로는 아델이 보스턴에 가지 않았으면 했다.

함께 보내는 마지막 한 달 동안 두 사람은 마음을 조금씩 닫았고,

상대를 신뢰하지도 않았다. 헬렌은 마음이 편해 보였고 아델에게 관심도 별로 없는 것 같았지만, 아델이 미심쩍어하는 기색을 보일 때마다 자신은 변한 게 없다고 끈질기게 우겼다. 아델은 헬렌에게 애착이 커질수록 불신과 거부감도 강해졌다. 요즘 들어 헬렌의 태도가 몹시 못마땅했다. 헬렌은 만족할 줄 모르는 어리광쟁이에게 자신이 줄 수 있는 모든 걸 내준 사람의 태도였다. 자신의 희생만 끊임없이 강조하고, 어떻게 해야 아델이 만족할지 모르겠다고 불평하는 헬렌의 모습이 경박해 보였다. 심지어 모욕당하는 기분마저 들었다. 결국 두 사람의 관계는 설명이 불가능한 상태에 이르고 말았다.

이제 헬렌의 태도에서는 수동적인 승리자의 모습이 엿보였다. 아델은 어쩔 수 없이 담담하게 받아들였다. 헬렌도 결국 부족한 인간이었고 전혀 관대하지 않았다는 사실에 그나마 위안을 느낄 뿐이었다. 이제 아델과 헬렌의 입장은 서로 뒤바뀌었다. 헬렌이 쉽게 짜증을 내고 불만을 표출하는 쪽이라면, 아델은 조용히 참는 편이었다.

"이탈리아에 가서 만날 수 있을까?" 어느 날 아델이 물었다. "그랬으면 좋겠다." 헬렌이 대답했다. "일주일 조금 넘게 있다가 보스턴으로 갈 거고, 그런 다음 뉴욕에 가서 며칠 머물렀다가 배를 탈 거야." 아델이 말했다. "언제 보면 좋을까?" "월요일 저녁." 헬렌이 답했다. "좋아." 아델도 헬렌의 제안에 동의했다.

월요일 아침, 아델은 헬렌이 보낸 쪽지를 받았다. 갑자기 친구가 방문하는 바람에 앞으로 일주일 동안은 아델을 만나러 나가기 곤란하다는 내용이었다. 하지만 친구와 점심 식사를 하는 자리에 아델이 오는 건 괜찮을 것 같다고 했다. 아델은 너무 가슴이 아팠지만 화가

나기도 났다. 일부러 그러는 건지 알 수 없었지만, 헬렌이 왜 약속을
미루려는 건지는 알 수 있었다. 헬렌이 목적을 달성하기 위해서라
면 조금도 망설이지 않고 아델을 고통에 빠뜨릴 수 있는 사람이라
는 사실을 깨닫자 아델은 몹시 낙담했다. 아델은 자기가 점심 식사
에 참석해봤자 식사가 즐거워질 것 같진 않으니 참석하지 않겠다고
했다. 하지만 저녁에 집에 있을 테니 생각이 있으면 오라고 쪽지에
적어 보냈다. 헬렌이 급하게 보낸 답장에는 아델을 다그치면서 원래
계획대로 하겠다고만 적혀 있었다. "아무래도 이걸로 끝인 것 같아."
아델은 혼자 중얼거렸다.

　"이제 가망이 전혀 없는 것 같아." 아델은 답장을 쓰기 시작했다.
"우린 이제 완전히 다른 방향을 바라보고 있는 것 같아. 그 어느 때
보다도 너를 이해할 수가 없어. 어쩌면 내 탓인지도 모르지. 하지만
너의 그런 태도를 이제 못 견디겠어. 내가 보스턴에 간다고 해도 너
는 전혀 불안하지 않겠지. 나도 문제를 일으키지는 않을 거야. 지난
일을 돌이켜봐도, 내가 너희 두 사람 사이에 끼어들었다고 할 수는
없을 것 같아. 너희에게 소중한 건 모두 그대로 남아 있으니까."

　"이걸로 다 끝이겠지." 아델은 우체통에 편지를 넣으며 쓸쓸히 내
뱉었다. 헬렌은 답을 하지 않았다. 시간이 너무 빨리 흐르는 것 같았
다. 모든 게 끝이라고 생각하니 마음은 편했다. 쐐기풀을 손으로 꽉
쥐고 있을 땐 따갑지 않다. 하지만 쥐고 있던 손가락을 조금씩 펴기
시작하면 진짜 고통이 시작된다. 재앙이 일어나는 그 순간, 마음 깊
은 곳에 자리 잡고 있던 고통과 회개와 아무 소용없는 후회는 무너
진 건물의 잔해 밑에 깔려버린다. 그러다가 진정되기 시작할 때쯤이

면 비로소 여기저기 고개를 내밀며, 마침내 걷잡을 수 없는 고통의 물결을 타고 세차게 흘러간다. 편지를 보내고 며칠 동안은 시간이 빨리 흘러갔다. 아델은 마음이 편했다. 그러다 주말이 가까워질 무렵, 시내에서 길을 걷다가 멀리서 헬렌을 보았다. 아델은 충격을 받았다. 처음에는 정신이 멍하긴 했지만, 마음에 어떤 변화가 있었던 건 아니었다. 하지만 시간이 지날수록 헬렌에 대한 열정이 다시 뜨거워졌고, 헬렌이 느낄 고통을 생각하면 마음이 아팠다. 아델은 깊이 생각하지 않고 편지를 써서 보냈다. 헬렌을 멀리서 보고 그녀를 아끼는 마음이 얼마나 큰지 새삼 깨달았다고 고백했다. 헬렌 때문에 속상했던 건 사실이고, 또 그런 생각을 편지로 써서 보낸 것도 잘못이라고 생각하지 않지만, 헬렌만 괜찮다면 월요일에 아델의 집에서 만나자고 했다. "당연히 갈게." 헬렌의 답변이었다.

마침내 만난 두 사람은 뻔한 말을 주고받으며 어색한 분위기를 풀어보려고 했다. 그러나 아델은 갑자기 말을 멈추고 창가에 서서 가만히 나무들을 응시했다. 방 한가운데 남겨진 헬렌은 잠시 버티다가 결국 아델의 곁으로 와서 섰다.

둘 다 적극적으로 화해하려는 마음은 없었다. 모든 걸 되돌리기에는 이미 늦은 것 같았다. 시간이 좀 지났을 땐 편하게 이야기를 나눌 수 있었지만, 속내까지 완전히 털어놓지는 않았다. "네가 속으로만 그렇게 끙끙 앓고 있으면 우리 관계는 나아질 수 없어." 헬렌이 이렇게까지 말했지만, 아델은 아무 말도 할 수가 없었다. 아델의 마음속에 있는 그 말들을 입 밖에 내면 헬렌이 견디지 못할 게 뻔했다. 두 사람은 서로를 여전히 아꼈지만 솔직하지는 않았다.

"네 편지 받고 너무 화가 났었어." 몇 시간 후, 헬렌이 다시 입을 열었다. "거의 실신할 지경이었으니까." "내가 답장을 간절히 기다린다는 걸 알면서 나한테는 한마디도 하지 않을 작정이었던 거야?" 아델이 물었다. "아니야." 헬렌이 대답했다. "내가 어떻게 그럴 수 있겠어?" "우린 자존심이 강한 여자들이야." 아델이 말했다. "하지만 나는 자존심을 그런 식으로 드러내지는 않아. 네가 나를 좋아한다는 믿음이 조금이라도 있었으면 아무리 고통스럽고 굴욕적이었어도 너를 만나러 갔을 거야. 너도 알고 있잖아?" 아델은 진지하게 물었다. "내가 못되게 굴었는지는 몰라도, 내가 하는 말이나 행동에 문제가 있었는지는 몰라도, 너만 바라보고 너만 생각하는 내 마음은 진실하다는 걸 말이야." "그래." 헬렌이 대답했다. "나도 알아. 나도 배운 게 많아. 네 마음도 잘 알고." 아델은 사랑하는 방법을 배웠고, 헬렌은 신뢰하는 방법을 배웠다. 이거 하나만큼은 두 사람 모두 분명히 알고 있었다. 그래도 두 사람 사이에 진정한 평화는 찾아오지 않았다.

"내 걱정은 하지 마. 보스턴에 가서 문제를 일으키진 않을 테니까." 헤어질 때 아델이 쾌활한 목소리로 말했다. "일요일에 돌아오지?" 헬렌이 물었다. "그래. 일요일 저녁에 볼 수 있을 거야. 그리고 며칠 있다가 배를 타겠지. 무선으로 통신을 주고받으면 몰라도, 한동안은 싸울 일도 없겠다."

아델은 보스턴에 머무는 동안 시시한 말과 애정이 가득 담긴 편지를 헬렌에게 보냈다. 그리고 돌아오기 직전에 퉁명스럽고 쌀쌀맞은 답장을 한 통 받았다.

"뭔가 잘못된 게 분명해." 아델은 조바심이 났다. "한시도 평화롭게 보낼 수 없는 걸까?"

일요일 저녁, 아델이 헬렌의 집에 도착했을 때 헬렌은 집에 없었다. 아델은 자리에 앉아 초조하게 기다렸다. 얼마 후 헬렌이 환하고 다정한 얼굴로 방에 들어왔지만, 왠지 낯선 사람 같았다. 아델은 말 없이 헬렌을 바라보았다. 헬렌은 이리저리 돌아다니며 쉬지 않고 떠들었다. 아델은 헬렌의 말에 아무 대꾸도 하지 않고 무심히 바라보기만 했다. 마침내 헬렌도 입을 다물었다. 아델은 한참 헬렌을 바라보다가 갑자기 웃음을 터뜨렸다. "너는 부끄럽지도 않니?" 아델이 물었다. 헬렌은 대담한 척하려고 했지만 실패했다. "그래. 정말 부끄럽다." 결국 헬렌도 인정했다. "네가 편지를 그렇게 멋들어지게 써서 보내니까 약이 올라서 어쩌질 못하겠더라고. 그래, 맞아. 나 너무 부끄러워. 정말 힘들게 말하는 거야." 아델은 즐거워서 웃었다. "네가 잘못을 깨닫고 인정한 건 오늘이 처음이야. 어쩌면 마지막일지도 모르고. 그러니 축하하자." 두 사람에게도 마침내 평화가 깃들었다.

하지만 평화로운 시간도 그리 오래가지는 않았다. 두 사람은 이내 예전 상태로 되돌아갔다. 헬렌은 속내를 드러내지 않았고, 아델은 화를 내며 슬퍼했다.

아델이 다음 날 배를 타야 했기 때문에 이 새벽은 두 사람이 함께 보낼 수 있는 마지막 시간이었다. 불확실한 상황 때문에 슬퍼하는 아델과 달리 헬렌은 비교적 차분하고 기분이 좋아 보였다. 아델은 감정을 들키지 않으려고 책장 앞을 서성거리다가 책을 꺼내 읽기 시작했다. 아델이 고집스레 책만 붙들고 있으니 헬렌은 화가 나서 곁으로 다가왔다. "쳇." 헬렌이 말했다. "마지막 시간을 이런 식으로 낭비하고 싶어?" "너무 슬퍼서 그래." 아델이 대답했다. "지금은 참았다가 떠난 다음에 슬퍼하는 게 좋을 거야. 나도 참고 있으니까." 헬렌이 말했다. 아델은 두 사람이 작별 인사를 나눴던 일 년 전 그날의 기억이 떠올랐다. 그때의 헬렌은 지금과는 전혀 다른 사람 같았다. "반박하고 싶지만……." 아델이 말했다. "그냥 안 할래." "내가 슬퍼하지 않을 거라는 얘기야?" 헬렌이 물었다. "아니. 확실히는 모른다는 얘기야." 아델은 이렇게 대답하고는 방 안을 배회했다. 그 모습이 몹시 침울해 보였다. 다시 자리로 돌아와 헬렌의 의자 팔걸이에 걸터앉은 아델은 무심한 얼굴로 가만히 있었다. "너는 왜 기분이 안 좋을 때마다 내게서 멀어지려고 해?" 헬렌이 결국 내질렀다. "나를 믿지 못하니?"

아델은 곧 떠나야 했다. 두 사람은 문 앞에 서서 하염없이 상대의 얼굴을 바라보았다. "너 정말 나를 좋아하니?" 아델이 결국 묻고 말았다. 헬렌은 화가 나서 두 팔을 축 늘어뜨렸다. "넌 정말 구제불능이야." 헬렌이 대답했다. "지금까지 살면서 그 누구에게도 기회를 한 번 이상은 준 적 없어. 너는, 너는 수없이 많은 기회가 있었는데도, 전혀 발전하지 못했구나." 헬렌은 체념한 듯 아델의 입술에 입을 맞췄다. "너는 결국 나를 죽이는 데 성공했고," 아델의 목소리에 슬픔이 배어 있었다. "이젠 너 자신도 죽이려고 발버둥 치고 있어. 잘 있어. 오늘 저녁에 잠시 들를게."

저녁에 다시 만난 두 사람은 이탈리아에서 만날 방법을 고민했다. "내가 거기서 너를 만나려면," 아델이 설명했다. "계획을 따로 세워야 해. 이번 여름에는 오빠가 남쪽으로 가고 싶어 하지 않아서 오빠를 따라다니다 보면 나는 프랑스에 있을 거야. 이건 전적으로 네가 결정해야 할 문제야. 나한테 너 말고 다른 이유는 없어. 내가 널 좋아하는 건 메이블도 아니까 숨길 것도 없고. 네가 어떻게 하고 싶은지 그것만 생각해. 나한테 결정하라고 하지 마. 너도 알잖아. 유혹을 뿌리칠 힘은 없지만 네가 하라는 대로 할 수는 있어. 그러니까 네가 결정해야 해." "감정을 숨기는 것 정도는 나한테 정말 간단한 일이니까, 네가 감정을 숨기지 못하더라도 걱정할 일은 전혀 없어." 헬렌이 대답했다. "오히려 너보다 내가 유혹에 더 약할 것 같아서 그게 걱정이야. 어쨌든 생각해볼게." 헤어질 시간이 됐을 땐 헬렌도 마음의 결정을 내린 상태였다. "네가 이탈리아로 오는 게 좋을 것 같아." 헬렌이 말했다. "알았어." 아델도 동의했다.

2

로마의 나치오날레 거리를 걷는 메이블 니스와 헬렌 토머스는 전형적인 미국인 여성 관광객의 모습을 하고 있었다. 단정하게 핀으로 고정한 블라우스, 모자 주름 사이에 아무렇게나 끼워 넣은 베일, 쇠사슬 달린 조그만 가방을 단단히 쥐고 있는 왼손, 곧추세운 허리, 열심히 관찰하는 모습. 모두 미국의 젊은 여성들에게서 흔히 볼 수 있는 요소들이었다. 이들은 하나같이 똑같이 생긴 드레스를 입은 유럽 여성들보다도 닮은 데가 더 많았다.

다수의 미국 여성은 소수의 유럽 여성보다 더 깊은 유대를 형성하고 있는데, 그건 미국인들이 내면부터 닮았기 때문이다. 미국인들이 서로 비슷하게 생긴 건 미국인들이 비슷해 보이고 싶어서도 아니고, 억지로 그렇게 된 것도 아니고, 단지 상상력이 부족하기 때문이었다.

유럽 여성들은 경제적인 이유로, 아니면 전통이라는 이유로 공통의 기준을 따랐다. 하지만 옷깃에 자수를 좀 다르게 넣는다던가, 매듭 묶는 방식을 좀 달리하던가, 아니면 모자에 다른 꽃을 꽂는 식으로 대담하게 개성을 드러내는 한심한 시도를 어디서든 목격할 수 있었다.

여기 있는 두 명의 미국인도 다른 미국인들과 다르지 않았다. 그들 역시 풍족한 삶을 원했고, 내면을 끊임없이 검열하며 절제된 행동을 했다. 그래서인지 삶에 관심 없는 사람처럼 보였고, 관찰 대상 앞에서도 진지하지만 냉담한 반응을 보였다. 두 미국인은 자연이 열정을 담아 즉흥적으로 만들어낸 이국적인 풍경에 둘러싸여 가급적 많은 것을 봐야 한다는 생각에 열심히 길을 걷고 있었다.

한 젊은 여성이 골목에서 걸어 나와 두 미국인 뒤에 섰다. 블라우스만 빼고 보면 이 여성이 미국 태생임을 눈치채기 거의 불가능했다. 큰 체격과 풍만한 가슴, 쾌활한 분위기가 부유한 로마인 같은 인상을 풍겼다. 하얀 파나마모자를 머리 뒤로 젖혀 쓰고 기분 좋게 길을 걷다가 자신을 즐겁게 바라보는 행인과 눈이 마주치면 조용히 미소로 답례했다. 이 여성은 앞에 걷고 있는 두 미국인을 발견하고 그들을 향해 뛰었다. 뒤에서 어깨를 툭 치자, 두 미국인은 놀라서 돌아보았다. 여자는 모국어로 인사를 건넸다. "안녕."

"아델." 헬렌이 놀라서 소리쳤다. "어디 있다가 온 거야? 이쪽은 검게 그을렸는데, 이쪽은 완전히 하얗고 깨끗하네. 방금 바다에서 뛰쳐나온 사람 같아." 세 사람은 함께 걷기 시작했다. 아델은 산타마리아마조레성당에 도착할 때까지 메이블과 신나게 이야기를 주고받았다. 친근한 분위기의 거대한 홀에서 아델은 헬렌과 짧게 인사를 나눴다. "어떻게 지내고 있어?" 아델이 물었다. "완전 엉망이야." 헬렌의 대답이었다.

세 사람은 한참을 이리저리 걷다가 마차를 타고 캄파냐*에 가서 바람을 쐬기로 했다. 이렇게 같이 어울려 다니는 게 세 사람 모두 탐탁지 않았지만, 열정과 우정을 즉흥적으로 발휘해 속마음을 감췄다. 사실 이 열정과 우정이 완전히 억지나 위선은 아니었다. 세 사람 모두 다른 걸 원한 게 아니었다면, 나름대로 무척 즐겁게 시간을 보냈을 것이다. 이 우정이 세 사람의 관계에서 상당한 시간 동안 탄탄한 기반이었던 건 사실이었다.

그들은 그날 함께 시간을 보내고 다음 날에도 함께 어울려 다녔다. 그렇게 갈등을 숨기고 마음에 없는 행동을 하다 보니 신경이 날카로워질 수밖에 없었다.

아무렇지 않게 즐거운 척, 평화로운 척 행동하는 게 쉽지 않았던 아델은 이제 지치고 말았다. 이따금 지루해하면서 조바심을 냈다. 처음에는 메이블도 아델이 뭘 하든 관심을 보이며 즐거워했지만 시간이 지나자 태도가 조금씩 바뀌었다. 헬렌은 한결같이 침울했고 말도 거의 없었다. 아델은 헬렌이 시간을 가지고 마음을 추스를 수 있

* 로마 인근의 평원.

도록 메이블에게만 집중했다. 지금 이 상황을 지켜보며 메이블은 처음으로 이런 의심이 들었다. 헬렌이 아델의 헌신을 받아들인 것은 물론이고 보답까지 해주었다고 말이다. 시간이 지날수록 의심은 점점 확신으로 바뀌었다. 아델을 지켜보던 메이블은 이제 헬렌을 뚫어지게 바라보기 시작했다. 점점 조바심이 나고 짜증이 치밀었다. 세 사람이 함께하는 동안 아델의 존재가 문제였던 적은 없었다. 하지만 이제는 확실히 큰 문제가 된 것 같았다.

둘째 날 저녁, 헬렌과 아델은 단둘이 밖에서 만나 삼십 분 정도 산책했다. "안 좋은 일이 있었던 것 같은데, 무슨 일이야?" 아델이 물었다. "이유는 나도 잘 모르겠는데, 요즘 들어 메이블이 유독 심하게 질투하는 것 같아. 너 때문에 그러는 건 아니야." 헬렌이 서둘러 말했다. "내가 조금이라도 관심을 보이면 아무한테나 다 그래. 네가 로마에는 한 번도 와본 적 없으니까 구경하고 싶어서 온 거라고 아무리 설명해도 믿지 않더라고. 네가 나한테 보낸 편지를 보여주겠다고 해도 절대 안 본다고 하더라니까." 아델이 웃음을 터뜨렸다. "너도 참 대단하다." 아델이 말했다. "그럼 뭘 기대한 거야? 메이블이 바보도 아닌데 아무 말이나 다 믿겠어? 어쨌든 로마에 오지 않았으면 나도 앞으로 일 년은 더 버틸 수 있었을 텐데 말이야." 아델이 말을 멈췄다가 잠시 후 다시 입을 열었다. "내 걱정은 하지 마. 내가 알아서 할 테니까. 내가 곧장 떠나는 게 나을 것 같으면 떠날게." "아니야." 헬렌은 지친 듯 말했다. "그래 봤자 소용없어." "너한테 갚아야 할 게 정말 많은데. 덕분에 많은 걸 배웠으니까." 아델은 몹시 진지했다. "이제 너에 대한 믿음이 흔들리는 일은 없을 거야. 너를 믿을 수 있다면 다른 건 아무것도 중요하지 않아." "정말 마음이 너그럽구나." 헬렌이 낮게 속삭였다. "너그러워서가 아니야." 아델은 반박하고 나섰다. "그게 당연하기 때문이야. 너는 내게 정말 중요한 사람이니까. 그것만 알아줘." "알았어. 그럴게." 헬렌이 대답했다.

아델은 주어진 임무를 성실히 수행하기 위해 계속해서 새로운 오락거리를 찾아냈다. 겉으로는 늘 활발한 척했지만 메이블을 생각하면 한시도 방심할 수 없었기 때문에 심한 중압감을 느끼고 있었다. 어느 날 아침, 아델이 예전처럼 헬렌과 신나게 말씨름을 벌이고 있을 때였다. 헬렌도 적극적으로 그 대화에 참여했는데, 한참 대화가 오가는 도중에 메이블이 자리에서 벌떡 일어나더니 혼자 나가버렸다. 헬렌은 대화를 멈췄다. "이러면 안 될 것 같아." 헬렌이 말했다. "더 조심해야겠어." 헬렌은 오후 내내 기분 좋은 말로 메이블을 달래느라 애를 먹었다.

"대체 왜 헬렌과 내가 이렇게 메이블의 비위를 맞춰야 하는 거지?" 아델은 짜증이 나서 혼자 이렇게 중얼거렸다. "헬렌이 원하는 건 또 뭐야? 돈 때문에 메이블을 이용하는 거라면, 그건 너무 심하잖아. 헬렌은 메이블을 사랑하지 않아. 순전히 친절한 마음과 의무감 때문에 그러는 거라면, 그저 메이블을 지켜주고 싶은 거라면, 나한테 떠나라고 하는 게 맞아. 메이블은 안 그래도 위선적이고 자기밖에 모르는데다가 속을 알 수 없는 음흉한 인간인데 갈수록 더 심해지고 있어. 내 입장에서는 아주 간단한 상황이야. 나는 메이블에게 빚이 없어. 내가 원하는 건 헬렌이고, 헬렌은 내가 여기 있길 바라고 있어. 아냐, 이건 정말 아니야." 아델은 이런 상황에 넌덜머리가 났고 짜증이 치솟았다. 잠시 혼자 떨어져 있고 싶었다. 헬렌은 점점 티를 내기 시작했다. 그러지 말자고 해놓고 우연히 잠깐 스친다거나, 말투나 태도에 약간의 변화를 준다거나, 온갖 미묘한 신호를 보내는 식으로 아델을 계속 자극했다.

"이런 못된 창녀 같으니라고." 아델은 웃음인지 한숨인지 모를 것을 내뱉으며 혼자 중얼거렸다. "설명해달라고 해봤자 소용없어. 케이트 크로이*처럼 그건 자기 문제니까 그 무엇도, 그 누구도 제물로 바치지 않을 거라고 말하겠지. 헬렌은 전부 다 갖고 싶어 하니까 정말로 가지려고 할 거야. 제기랄. 그런데 나는 헬렌이 정말 좋으니까, 그리고 헬렌을 믿으니까 내 능력이 닿는 한 헬렌을 도와주겠지. 단순히 기계처럼 움직이는 거라면 나도 할 수 있으니까. 하! 이렇게까지 했는데 아무것도 남는 게 없으면 너무 슬플 것 같아."

다음 날 아침, 아델은 몹시 의기소침했다. "내게 문제가 있다면 사랑 때문에 슬퍼하고 욕망 때문에 아파한다는 거겠지." 아델은 쓸쓸히 혼잣말을 중얼거리며 두 사람을 만나기 위해 숙소를 나섰다.

그날 헬렌은 유독 피곤해 보였다. 몸이 안 좋다고 했다. 아델은 그러지 않으려고 해도 자꾸 짜증이 나고 답답했다. 메이블은 아무 말 하지 않았지만, 여전히 두 사람을 주의 깊게 지켜보고 있었다. 헬렌이 지치고 불안한 눈으로 아델을 계속 바라보자 아델이 다그쳤다. "헬렌." 아델이 어느 교회의 그늘진 모퉁이에 서서 황급히 헬렌을 불렀다. "나 좀 그렇게 쳐다보지 마. 너 때문에 나까지 자꾸 불안하잖

---

*   헨리 제임스의 소설 《비둘기의 날개》에 등장하는 인물 중 하나다.

아. 네가 그렇게 쳐다보면 나는 아무것도 못 해. 나는 괜찮으니까, 네 걱정이나 좀 해."

"헬렌이 예전처럼 자신을 통제하지 못하는 걸까, 아니면 내가 달라진 걸까." 나중에 아델은 혼잣말로 중얼거렸다. "이젠 헬렌의 표정이나 태도가 조금만 바뀌어도 금방 알아차릴 수 있어. 그런데 지금은 그런 문제가 아닌 것 같아. 헬렌이 정말 지쳐버린 걸까. 그러면 내가 로마를 떠난다고 해도 전혀 소용없을 거야. 메이블은 지난여름에 그랬던 것처럼 끈질기게 헬렌을 괴롭힐 테니까. 내가 있으면 적어도 메이블을 헬렌에게서 떼놓을 수 있어. 그러면 헬렌이 혼자 시간을 좀 보낼 수 있을 거야. 헬렌이 정말 대가를 톡톡히 치르고 있구나."

상황은 좀처럼 나아지지 않았다. 헬렌은 날이 갈수록 더 우울해졌고, 아델도 이런 상황을 견디기가 점점 힘들어졌다. 아델은 따뜻한 마음으로 헬렌을 감싸주고 싶었지만 마음을 드러낼 엄두조차 내지 못했다. 헬렌이 아델에게 의지하는 모습을 보여주면 메이블에게 확실한 증거를 던져주는 꼴이 될 터였다. 가끔 헬렌과 단둘이 있게 되면 사랑과 연민과 신뢰를 간단하게 표현하는 걸로 만족하려고 애썼다. 마음을 충분히 전달하기에는 턱없이 짧은 시간이었지만 헬렌이 요즘 들어 유독 빨리 지쳤기 때문에 그 짧은 시간도 아껴 써야 했다.

어느 날 오후, 세 사람은 헬렌의 방과 메이블의 방을 오가며 평소처럼 휴식을 취하고 있었다. 아델은 침대에 누워 시선을 창밖으로 돌린 채 따스한 햇살을 잔뜩 머금은 파란 하늘을 멍하니 바라보았다. 메이블은 어두운 구석에 놓인 소파에 앉아 있었고, 헬렌도 메이블과 가까운 자리에 앉아 있었다. 얼마 있다가 아델이 방 안으로 시선을 돌렸을 때, 헬렌은 도움과 위안을 간절히 구하는 표정으로 멍하니 아델을 바라보고 있었다.

메이블은 두 눈을 크게 뜨고 이 상황을 찬찬히 뜯어보고 있었다. 메이블은 지칠 대로 지쳐 무언가를 갈망하고 있는 헬렌의 표정, 그리고 그 표정에 담긴 모든 의미를 하나씩 두 눈에 담고 있었다. 메이블의 두 눈이 너무나 극적인 분위기를 만들어내는 바람에 아델도 잠시 넋을 잃고 그 광경을 바라보았다.

헬렌은 얼굴에 감정이 고스란히 드러난 걸 모르는 것 같았고, 아델도 아무런 신호를 보내지 않았다. 헬렌이 이 상황을 의식하면 오히려 더 크게 무너질 것 같았다.

다음 날 만났을 때, 메이블이 하루 뒤에 로마를 떠난다고 해 헬렌과 아델은 저녁에 만나 작별 인사를 나눴다.

"다시 만나지 않는 게 좋을 것 같아." 아델이 말했다. "못 만난다고 생각하면 괴롭지만. 나는 아마 피렌체에 갔다가 시에나로 이동할 거야. 호텐스 블록하고 약속이 있거든. 자세한 얘기는 나중에 편지로 알려줄게. 나머지는 상황에 맡기자." "그래. 지금은 너무 슬프지만," 헬렌이 말했다. "그래도 가능하다면 너를 다시 만나고 싶어." 아델은 가만히 서서 힘없이 웃으며 헬렌을 바라보았다. 아델의 마음은 여전히 의문으로 가득했다. "나를 좋아하긴 하니?" 아델이 갑자기 물었다. "내가 너를 좋아한다는 걸 깨닫고 나니까 네가 나를 좋아한다는 생각이 들지 않아." "예전처럼 뜨겁지는 않지만 좋아하는 건 사실이야. 너 때문에 차갑게 식어버렸는지도 모르겠어. 어쨌든 처음부터 너한테 많은 걸 바라지는 않았어. 너를 믿을 수 있고 네게 의지할 수 있으니 나는 그걸로 충분해." 아델은 아무 대답도 하지 않았다. 헬렌의 말이 가슴을 너무 따갑게 찔러서 고통을 숨길 수 없었다. "알았어." 아델이 마침내 이렇게 대꾸했다. "네가 주는 거라면 뭐든지 받아들일게. 그렇게 해도 내가 너한테 빚을 지는 셈이니까." 잠시 후 아델이 소심하게 물었다. "메이블에게 정말 그렇게까지 해야겠어? 그렇게까지 굴복해야 하는 거야? 이런 말 하긴 정말 싫지만, 너희 둘 다 너무 사악해." 헬렌은 대답하지 않았다. "너를 사랑하는 건 진심이야." 아델이 고백했다. "나도 알아." 헬렌이 속삭이며 대답했다.

아델은 일주일 내내 혼자 로마를 배회하며 시간을 보냈다. 헬렌과 작별한 후 고통은 쉽게 치유되지 않았지만, 머릿속은 그 어느 때보다도 맑았다. 이제야 비로소 헬렌과 동등한 입장이 된 것 같았다. 헬렌이 베푸는 관용을 받을 자격도 없으면서 막무가내로 화만 내던 입장에서 벗어난 것 같았다. 아델은 참고, 견디고, 기다릴 줄 아는 사람이 되었다. 힘이 있지만 관용을 먼저 베푸는 사람이 되었다. 이별의 슬픔 때문에 너무 고통스러웠고 당혹스러울 정도로 무기력했지만, 이렇게 강인해진 자신을 되돌아보면 마음이 편안해졌다.

아델은 태양이 작열하는 황량한 로마의 여름에 모든 걸 맡겼다. 거대한 사막, 흉하면서도 웅장한 옛 건물, 친근함이 느껴지는 교회의 예배당에 있는 것만으로도 마음에 위안이 되었다. 그렇게 조금씩 자존감이 회복되었고, 조금씩 슬픔과 외로움도 가라앉았다.

헬렌을 다시 만나려면 아직도 몇 주 더 기다려야 했다. 그러는 동안 로마가 한껏 살려놓은 자존감도 서서히 닳아 없어지고 있었다.

아델은 불안하고 초조했다. 루카*의 언덕을 터벅터벅 거닐며 우울하고 착잡한 기분을 어떻게든 떨쳐보려고 했지만, 그럴수록 더 외롭고 초조해졌다.

아델은 로마를 떠나기 전에 두 사람에게 쪽지를 보내 피렌체와 시에나에 머물 날짜를 미리 알려주었다. 메이블과 헬렌이 자기를 피하고 싶다면 피하라는 의도였다.

아델은 피렌체에 도착했다. 거기서 시에나까지 함께 걷기로 한 친구를 기다리며 암담한 기분으로 거리를 돌아다녔다. 억지로 최악의 상황을 예상하면서 마음을 내려놓고 싶었지만, 두 사람을 만나는 게 최악인지 만나지 못하는 게 최악인지 알 길이 없었다.

어느 날이었다. 아델은 여느 때처럼 자조에 깊이 빠져 있었다. 점심 식사를 하러 레스토랑에 들어갔는데 뜻밖에도 그곳에 메이블과 헬렌이 앉아 있었다. 아델은 퉁명스럽게 인사를 건넸다. "안녕. 어디에 있다가 온 거야?" 그리고 지칠 대로 지쳐서 자리에 앉았다. 두 사람은 놀라지도 않는 것 같았다. "왜 그렇게 얼굴이 안 좋아? 무슨 일 있었어?" 메이블이 물었다. "그냥 좀 아프고 열이 나서 그래. 그게 다야. 루카에 있을 때 감기에 걸렸나 봐." 아델은 대충 둘러대고 입을 다물었다. 세 사람은 식사를 마치고 곧장 헤어졌다. "그럼 또 언제 만날까?" 메이블이 물었다. "저녁 식사 후에 내가 잠깐 들를게." 아델은 이렇게 대답하고 자리를 떴다.

"말도 안 돼." 아델은 기분이 상해서 혼자 중얼거렸다. "메이블은

---

* 피렌체 서쪽에 위치한 지역.

자기 마음대로 우리를 휘두르려고 하는데, 나는 이렇게 아프고 헬렌은 금방이라도 무너질 것 같은 몰골이라니. 큰일이야. 오늘 밤에 무슨 일이 날 것 같아." 아델은 조금이라도 기운을 추스르기 위해 서둘러 숙소로 돌아갔다.

그날 저녁, 어느 때보다도 분위기가 어색했다. 잠시 떨어져 있는 사이 세 사람의 입장에 변화가 있었던 건 분명했다. 헬렌은 로마에서 헤어지기 전보다 더 무기력해 보였다. 아델이 헬렌에게 끼치는 영향력은 줄어들었지만, 메이블의 영향력은 상당히 커진 것 같았다.

아델이 숙소로 돌아가려고 할 때 헬렌이 아래층까지 배웅해주었다. 두 사람은 전처럼 그다지 주의를 기울이지 않고 밝은 전등 아래에 서 있었다. 그때 헬렌이 짧게 입을 맞췄다. 아델은 헬렌에게 아무 말 하지 않았지만, 길을 걷다 보니 메이블이 작정하고 창문 밖을 내다봤다면 두 사람이 입 맞추는 광경을 목격했을지도 모른다는 생각이 문득 들었다. 메이블은 그걸 핑계 삼아 자신이 불행하다고 우길 수 있는 인간이었다.

다음 날 아델은 두 사람을 피해 다녔지만, 저녁에 다시 만나기로 했기 때문에 저녁이 되자 다시 그들이 묵고 있는 곳으로 향했다.

메이블은 이제 꽤 주인처럼 행세했고, 헬렌은 완전히 넋이 나가 있었다. 아델은 둘 다 무시하고, 외국에서 지낼 때의 단점들을 혼자서 열심히 떠들었다. 숙소로 돌아가려고 자리에서 일어났을 때도 헬렌은 전혀 움직이지 않았다. "일이 터진 게 분명해." 아델은 그곳을 나서며 혼자 중얼거렸다.

다음 날 세 사람은 미술관에서 만나 함께 점심을 먹었다. 메이블은 여전히 주인 행세를 하고 있었고, 헬렌은 메이블이 시키는 대로만 움직였다. 아델은 넌더리가 났다. "헬렌은 정말 마음씨가 곱다니까." 자신의 심술궂은 잔심부름을 처리하고 돌아오는 헬렌을 보며 메이블이 말했다. 아델은 헬렌을 보다가 웃었다. "나라면 그런 표현은 쓰지 않을 텐데." 아델은 경멸을 감추고 싶지 않았다.

시간이 좀 지났을 때 헬렌은 틈을 타서 아델에게 말을 건넸다. "그날 밤 메이블이 우리를 보는 바람에 난리도 아니었어. 정말 우연히 본 거라고 하지만 그 말을 어떻게 믿겠어." "이렇게 난리 치는 게 무슨 소용인지 모르겠어. 그 이유를 전혀 모르는 건 아니지만." 아델은 헬렌의 얼굴을 보지 않고 이렇게 대꾸할 뿐이었다.

상황은 나아지지 않았다. 다음 날 헬렌은 메이블에게 받은 정교한 골동품 장신구를 아델에게 보여주었다. 아델은 한동안 헬렌을 가만히 바라보다가 참을 수 없이 역겨워져서 몸을 돌려버렸다. "이건 정말 창녀나 하는 짓이야." 아델은 참담한 기분에 빠져 혼잣말로 중얼거렸다. "어떻게 헬렌처럼 자존심 강한 여자가 저런 장신구 따위에 팔려서 수치스러운 심부름을 하고 더러운 거짓말까지 할 수 있는 거지? 차라리 굶어 죽거나 직접 벌어서 먹고살고 말지. 정말 궁지에 몰린다면 그럴 수 있을지 나도 장담은 못 하겠지만. 원하는 걸 다 가질 수 있고, 별다른 노력 없이도 자립할 수 있는 사람은 쉽게 말할 수 있어. 나도 헬렌처럼 궁한 입장이 되면 돈 때문에 그런 일들을 할 수 있을까. 하지만 아무리 그래도 이건 너무 심해."

그때부터 아델의 불행도 더 깊어졌다. 이전에 느꼈던 분노와 슬픔은 지금에 비하면 우습게 느껴질 정도였다. 헬렌도 나날이 커지는 고통과 슬픔 속에서 여위어가는 아델이 걱정됐다. 하지만 메이블이 계속 고압적으로 굴었기 때문에 걱정하는 티도 낼 수 없었다.

아델이 피렌체에서 머물기로 한 마지막 날 오후, 메이블과 헬렌이 아델의 숙소를 찾아왔다. 메이블이 두 사람만 남겨 놓고 잠시 자리를 비웠을 때, 아델은 헬렌의 손을 잡고 입을 맞췄다. "나 아직도 너를 좋아하는 것 같아." 아델이 슬픈 목소리로 말했다. "네가 나를 좋아한다는 건 나도 알지만, 왜 좋아하는지는 모르겠어." 헬렌이 말했다. "그건 나도 몰라." 아델이 쓸쓸히 미소를 지었다. "그런데 쉽게 그만두지는 못할 것 같아. 그만둘 수 있어도 그만두지 않을 것 같거든." 아델이 서둘러 덧붙였다. "미안해. 너한테 해줄 수 있는 게 아무것도 없어서. 이제 정말 힘들어." 헬렌이 말했다. "너는 나한테 그런 말 할 자격 없어." 아델이 화를 내며 말했다. "나는 불평한 적도 없고, 너한테 뭘 해달라고 한 적도 없어. 그저 네가 주는 것들만 받았을 뿐이야. 내가 바란 건 없었어." 아델은 초조하게 방 안을 서성거렸다. 무슨 말을 더 하려고 했지만 메이블이 돌아왔다. 메이블은 헬렌이 몹시 창백해져서 기절할 것 같은 지경인 걸 보고 자리에 누워 쉬라고 했다. 아델은 갑자기 좋은 생각이 떠올라서 메이블에게 심부름을 시켰다. 아델의 부탁을 거절하면 두 사람을 염탐하고 싶다고 자백하는 셈이었기 때문에, 메이블은 어쩔 수 없이 심부름하러 나가야 했다.

아델은 헬렌을 진정시켰다. 잠시 후 두 사람은 함께 창가에 서서 멍하니 길거리를 내다보았다. "맞아." 아델이 진지하고 차분한 목소리로 말했다. "우리 관계가 이 지경이 되고 말았지만, 너에 대한 믿음과 너를 사랑하는 마음은 그대로야." "어떻게 그럴 수 있는지 나는 잘 모르겠어." 헬렌이 대답했다. "네 행동을 납득한다는 건 아니야. 모든 걸 가진 사람들은 불행한 사람들이 저지르는 실수를 쉽게 비난하는 경향이 있다는 건 나도 알지만." "네가 날 의심해도 널 탓할 생각은 없어." 헬렌이 말했다. "나도 내 행동을 납득할 수가 없어. 내가 그렇게 널 아프게 했는데 너는 화가 나지 않아?" "자기야." 아델은 감정이 격해졌다. "내가 화난 이유는 네가 너무 많은 걸 참고 견디려고 하기 때문이야. 용서의 문제가 아니야. 고통은 중요하지 않아. 물론 달갑지는 않지. 나도 고통은 싫어. 무서워. 하지만 네가 알아야 할 건 그게 아니야. 내가 걱정하는 건 신뢰를 잃고 즐거움이 뭔지 잊어버리는 거야."

그다음 주 내내, 아델은 또 다른 친구와 눈부시게 아름다운 햇살을 만끽하며 산책을 하고 편하게 이야기를 주고받으며 단순한 우정을 즐기고 있었다. 머릿속과 마음속에 복잡하게 얽혀 있던 거미줄이 모두 사라진 기분이었다. 토스카나의 아름다운 언덕들을 기분 좋게 오르내리고 흙먼지가 두껍게 쌓인 뜨거운 길을 따라 걷다 보니 불쾌하고 비참했던 기억은 싹 사라졌다. 항상 즐거웠던 예전의 모습으로 돌아온 것 같았다. 메이블과 헬렌이 시에나에 도착하면 피렌체에서의 상황이 또 반복될 것 같았다. 그래서 머리가 맑을 때 미리 마음의 준비를 해두기로 했다. 아델은 상황을 명확하고 냉정하게 정리해보았다.

아델은 헬렌이 메이블과의 관계를 솔직히 말하지 않고 모든 걸 감내하는 이유가 과거의 돈 문제 때문일 수도 있겠다는 생각이 들었다. 헬렌을 알고 지낸 지 얼마 되지 않았을 때 헬렌이 메이블에게 꽤 큰돈을 빌렸었다는 얘기를 들은 것도 같았다. 그리고 로마에 머물 때 헬렌이 아델의 질문에 대답하면서 메이블이 갈수록 위선적이고 이기적으로 변해가고 있는 건 맞지만, 그래도 자기가 보기엔 그녀만큼 관대한 사람도 없다고 했었다.

아델은 헬렌이 정말 빚 때문에 메이블에게 쩔쩔매는 건지 직접 물어보고 싶었지만, 헬렌은 현실의 문제를 입 밖에 내는 걸 견디지 못할 게 분명했다.

아델이 보기에는 돈 문제가 가장 그럴듯한 이유였다. 사랑하거나 돈을 빌렸기 때문이라면 그럴 수도 있을 것 같지만, 다른 이유라면 그런 행동은 절대 용납할 수 없었다. 하지만 헬렌에게 물어볼 용기가 없었기 때문에 알아낼 방법은 없었다. 그럴 가능성이 있다고 생각하는 것만으로도 위안이 되니 다행이었다.

그러는 사이 시간이 제법 흘러서 메이블과 헬렌이 시에나에 도착할 날이 되었다. 아델은 이미 과거시제가 되어버린 평화로운 사색에서 빠져나와 현재의 복잡하고 어려운 상황을 마주해야 한다는 사실에 온몸이 갈가리 찢기는 느낌마저 들었다. 아델은 따뜻한 햇살과 평화가 가져다주었던 건강과 활기를 잃어버렸고, 또다시 불안하고 초조한 상태로 되돌아왔다. 아무것도 바뀐 게 없었다. 메이블은 여전히 막무가내로 권력을 휘둘렀고, 헬렌은 군말 없이 따랐다. 아델은 말없이 참고 있기에는 이 상황이 너무 심하다는 생각이 들어 헬렌에게 한 번만 더 이야기해보기로 했다.

이제 일행은 네 사람으로 늘어나 두 사람이 따로 시간을 내기가 좀 더 수월했다.

어느 날 저녁, 네 사람은 함께 산책했고, 아델은 헬렌과 함께 걸으며 이야기할 기회가 생겼다. "다시 만났을 땐 얼굴이 좋아 보였는데 지금은 많이 지친 것 같아." 희미한 불빛 아래 서서 요새의 성벽 너머를 내다보고 있을 때 헬렌이 먼저 입을 열었다. 아델은 웃음을 터트렸다. "네가 사귀는 사람들이 다 그렇지, 뭐. 대체 뭘 기대한 거야?" 아델이 말했다. "너는 내가 쉽게 만족하는 철부지라 불만이었던 거 아니었어? 그럼 이제 만족하겠네. 그런데 너도 그렇게 잘 지내는 것 같진 않아. 전혀 나아진 것 같지 않다고." 아델은 좀 더 기운을 내서 말을 이어가다가 결국 울컥 내뱉었다. "이런 식으로 계속하다간 너와 메이블 모두 비참해질 거라는 사실을 왜 모르니? 솔직하지도 않은 이런 관계를 계속 이어가야겠어? 네가 이러면 메이블도 죄를 짓게 되는 거야. 너도 당연히 죄를 짓는 거고." "그렇지 않아." 헬렌이 쌀쌀맞게 대답했다. "네 말은 별로 공정하지 않은 것 같아." "내가 보기엔 공정해." 아델도 퉁명스럽게 대꾸했다. 두 사람은 말없이 숙소까지 걸었다. 다른 두 사람은 아직 도착하지 않은 것 같았다. 헬렌이 아델 곁으로 다가왔다가 금세 다시 물러섰다. "메이블이 행복하기만 하다면……." 헬렌이 탄식을 내뱉었다. "그게 아니야. 그건 정말 아니라고!" 아델은 미친 사람처럼 버럭 소리를 지르며 밖으로 나가버렸다.

아델은 며칠 동안 헬렌을 피해 다녔다. 헬렌과 마지막으로 나눴던 대화를 도저히 감당할 자신이 없었다. '메이블이 행복하기만 하다면'이라는 헬렌의 외침이 끊임없이 귓가에 맴돌았다. 이 말은 메이블이 우월한 위치에 있다는 사실을 자꾸 상기시켰고, 아델은 이런 생각만으로도 너무 괴로웠다. 결국 헬렌에게 제일 중요한 사람은 메이블이 틀림없었고, 이런 상황에서 아델은 더 이상 아무것도 할 수 없었다.

어쨌든 헬렌이 아델을 찾아왔을 때 두 사람은 어색하게나마 화해를 했다.

이제는 두 사람 사이가 이상할 정도로 어색해 보여서 단둘이 있는 것도 비교적 수월했고, 메이블은 다시 정중하고 너그러워졌다. 헬렌과 아델은 자신들과 무관한 평범한 얘기만 주고받았고, 그마저도 이따금 길고 답답한 침묵으로 가로막혔다. "나하고 말 안 할 거니?" 아델이 침묵을 견디지 못하고 말했다. "할 말이 없어서 그래." 헬렌은 조용히 대답했다.

"그날 저녁 피렌체에서 무슨 일이 있었던 게 분명해." 길고 불편한 대화가 끝나고 난 후, 아델은 혼자 생각했다. "나를 사랑하지 않았다고 말하는 걸로 부족해서 앞으로도 내게 관심 갖는 일도 없을 거라는 말까지 했어. 나를 사랑할 때나 사랑하지 않을 때나 똑같이 수치스러워하다니. 안 그래도 절망적이었는데 이젠 정말 끝장인 것 같아."

불편한 상황이 지지부진하게 이어졌다. 헬렌은 고집스레 침묵을 지켰고, 그 침묵 앞에서 아델의 분노는 점점 커졌다. 메이블은 친절하고, 사려 깊고, 믿음직스러운 사람처럼 행동했다. 마지막 작별을 하루 앞두고 아델과 헬렌은 함께 긴 산책을 했다. 두 사람의 대화는 여전히 답답한 침묵으로 이어졌다.

다시 시내로 돌아오는 길에 아델이 갑자기 멈춰 서서 헬렌을 똑바로 바라보았다. "말해봐." 아델이 말했다. "이제 나를 사랑하지 않는 거야?" "내가 너를 사랑하지 않았다면 여기 남았겠어?" 헬렌이 화난 목소리로 말했다. "그게 사실이라는 걸 언제 깨달을래?" 아델이 슬픈 웃음을 터뜨렸다. "잊은 모양이구나." 아델이 말했다. "세상에는 여러 사실이 있고, 각각의 사실에 무슨 의미가 있는지 알기 쉽지 않아." 다시 말없이 길을 걷던 중, 아델이 확신에 찬 목소리로 말을 이었다. "아니야. 네가 잘못 알고 있어. 네가 할 일은 침묵을 지키는 게 아니야. 내가 말을 너무 많이 했다면 너는 말을 너무 적게 했어. 너는 침묵 뒤에 숨은 거야. 너는 결정하는 걸 싫어하지만 그건 정당한 태도가 아니야. 명확히 사고하고 분명히 표현하는 것만큼 멋지고 신성한 건 없어. 너는 결정을 내리면 억지로 뒤집어야 할까 봐 결정하기 싫은 거야. 너한테도 잘못이 있다는 걸 인정하느니 스스로 바보가 되기로 작정한 거지."

"그건 중요하지 않아." 그날 밤, 마지막으로 헤어지면서 헬렌이 말했다. "우리가 지금 어떤 기분으로 헤어지든 조만간 다시 그 기분을 느끼게 되겠지." "그러겠지." 아델이 슬프게 답했다. 그들다운 마지막 대화였다. "잘 가." 아델이 말했다. "사랑해. 정말로." "나도. 정말로." 헬렌이 대답했다. "말로 충분하진 않겠지만."

몇 주 동안 두 사람은 전혀 교류가 없었다. 아델은 양심과 고통과 욕망을 붙들고 힘겨운 싸움을 벌였다.

"무슨 말을 해야 할지 정말 모르겠어." 아델은 결국 편지를 썼다. "내 생각을 그대로 말하면 네가 주제넘다고 생각할 것 같아서 솔직히 말할 용기가 나지 않아. 하지만 네게 간단한 안부 편지밖에 쏠 수 없다고 생각하면 그것도 너무 비참해.

너도 내가 뭘 원하는지 잘 알고 있을 거야. 나를 사랑하지 않았다고 말하지 않았으면 좋겠어. 그런 생각만으로도 나는 하늘에서 태양이 사라진 것 같은 절망에 빠져버리니까. 가끔은 네가 나를 믿지 않았으면 좋았을지도 모르겠다는 생각이 들어. 네가 나를 믿지 않았다면 나한테 관심을 더 가졌을지도 모르니까. 하지만 지금은 너도 알다시피 내가 너를 절대적으로 신뢰하고 그걸로 너는 충분히 만족할 테니까, 나는 네 곁에 있을 명분을 잃고 만 거야."

헬렌에게서 답장이 왔다. 헬렌은 여름 내내 참고 견딘 노력을 무너뜨리지 말아달라고 애원하면서 그런 일은 또다시 없을 거라고 약속했다.

아델은 초조하게 편지를 읽어 내려갔다. "그런 일이 언제든 일어날 수 있다는 걸 헬렌은 모르는 거야. 자기가 그런 상황을 피할 수 있을 정도로 대담하지 않다는 것도 모르고." 아델은 한탄을 내뱉었다. "헬렌이 강한 사람이라면 상황을 자기가 보고 싶은 대로 왜곡하지 않고 있는 그대로 볼 수 있었겠지만, 헬렌은 분명 강한 사람이 아니야.

이제 정말 이러지도 저러지도 못하는 상황이 되고 말았구나." 아델은 고개를 깊이 떨구며 한숨을 내쉬었다.

끝

1903년 10월 24일

옮긴이의 글

《Q.E.D.》는 스타인의 첫 소설이다. 1897년부터 1901년 사이, 스타인이 존스홉킨스 의과대학에 재학하던 당시 경험한 메리 북스테이버, 메이블 헤인즈와의 연애 사건이 이 소설의 모티프가 되었다. 스타인은 여행 중 받은 지인의 편지를 통해 메리 북스테이버가 디너 파티에서 스타인이 보낸 편지를 큰 소리로 읽었다는 사실을 알게 된 후, 그녀와의 관계가 완전히 끝났음을 깨달았다. 그리고 그 경험을 토대로 《Q.E.D.》를 쓰기 시작했다.

스타인이 집필을 완료한 건 1903년이지만 곧바로 출간하지는 않았다. 오히려 거의 30년 동안 원고를 간직하고 있다가 뒤늦게 미국의 소설가인 루이스 브롬필드에게 원고를 보냈다. 1941년에 출간하기로 했으나 스타인은 별안간 출판 계획을 철회했고, 결국 스타인이 죽은 후에야 앨리스 B. 토클라스와 칼 반 베히텐*이 《있는 그대로의 모습Things As They Are》이라는 제목으로 출판했다.

《Q. E. D.》를 집필한 후, 스타인은 《미국인의 형성The Making of Americans》이나 《펀허스트Fernhurst》처럼 백인 중간계급을 중심으로 한 글을 썼다. 그러나 존스홉킨스 재학 시절의 그 스캔들이 평생 스타인에게 깊은 충격을 남겼던 것 같다. 스타인은 메리 북스테이버와의 암울했던 관계, 그리고 삼각관계에서 느꼈던 좌절감을 잊고자 하는 마음에서, 혹은 현실의 괴로움을 예술 활동으로 잊기 위해 1905년부터 자신과 동떨어진 세계의 '애나'라는 인물을 중심으로 한 이야기, 즉 《세 명의 삶》을 쓰기 시작했다. 가장 먼저 쓴 〈착한 애나〉는 스타인의 하녀였던 '레나 레벤더'를 모티프로 했다. '애나'는 주변 사람들을 위해 희생을 마다하지 않고 여자라면 어떻게 살아야 한다는 단순하고 뚜렷한 가치관에 따라 행동하는 인물이다. 집안의 살림을 담당하는 집사로서 주인을 모시고 식솔들을 관리하는 데 전념하지만, 일생일대의 사랑이었던 렌트먼 부인과의 소모적인 관계는 애나의 생명을 조금씩 갉아먹었다. 결국 애나는 그녀를 끔찍하게 괴롭혔던 두통과 지병을 이기지 못하고 수술 후 목숨을 거둔다.

스타인은 《세 명의 삶》에서 전반적으로 반복적인 표현을 많이 사용했는데, 특히 〈착한 애나〉에서 짧고 단순한 표현의 반복은 애나의 단순하고 희생적인 성격을 강조하는 효과를 준다. 두 번째로 집필했지만, 마지막에 배치된 〈상냥한 레나〉는 〈착한 애나〉보다 젠더와 사회 이슈에 좀 더 초점을 두고 있다. 레나는 자기가 하고 싶은 게 뭔지 생각해본 적 없는 지극히 단순한 여성이지만, 자신의 성정체성과

---

* 미국의 작가 겸 사진작가로 거트루드 스타인의 저작물 관리를 위탁받았다.

결혼, 육아에 있어 단 한 번도 스스로 결정을 내리지 못하는 삶을 살게 되자 삶의 의지를 잃고 결국 죽음을 맞는다.

그리고 〈멜란차〉가 있다. 〈멜란차〉는 《Q.E.D.》와 배경만 달리하고 세 명의 등장인물을 멜란차와 제프 캠벨로 축소했을 뿐, 중심 이야기는 거의 비슷하다. 《Q.E.D.》에서는 아델에게 스타인 자신의 모습을 투영했다면, 〈멜란차〉에서는 남성인 제프 캠벨이 그 역할을 하고 있고, 멜란차는 헬렌의 연장선에 있는 인물이다. '아델/제프 캠벨', 그리고 '헬렌/멜란차'의 대립은 이성과 감성의 대립으로 읽히기도 한다. 또한 전자가 중간계급/흑인 사회의 가치를 탐구하고 이를 지키려고 애쓴다면 후자는 감성에 충실한 삶을 추구한다.

하지만 〈착한 애나〉, 〈상냥한 레나〉와 달리 스타인은 〈멜란차〉에 아무런 수식어를 붙이지 않았다. 이야기 속에는 독자들이 멜란차의 성격을 추측할 수 있는 근거도 그리 많지 않다. 항상 자신의 굳은 신념을 설파하던 애나와 아무것도 모르지만 그 자체로 자신을 보여주던 레나와 달리 멜란차는 자신이 어떤 사람인지 직접 말하지 않는다. 지혜를 찾아 이리저리 방황하며 노동자나 사무원 가리지 않고 만나는 여자, 자신에게 따뜻한 모습을 보여주지 않았지만 어머니라는 이유로 아픈 '미스 허버트'를 극진히 간호하고, 무식한 흑인 아버지에게 거침없이 독설을 날릴 줄 아는 딸, 친구인 로즈 존슨을 위해 희생할 줄 알지만 자신에게 최선을 다하지 않는 남자에게 미래를 걸어버린 어리석은 여자. 그러다 결국 멜란차 역시 모든 욕망이 좌절당했을 때 폐결핵에 걸려 숨을 거두고 만다. 이 글에서 파악할 수 있는 멜란차라는 인물의 모습은 이렇다.

어쩌면 이렇게 일관성 없는 멜란차의 모습은 스타인이 1904년 말부터 오빠 레오와 함께 수집하기 시작한 세잔의 그림 영향인지도 모르겠다(스타인이 세잔의 영향을 많이 받았다는 것은 널리 알려진 사실이기도 하다). 또한 〈멜란차〉를 집필하던 시기는 피카소가 스타인의 초상화를 작업하던 시기이기도 했다. 시점의 복수화, 대상의 동시적 표현, 단일한 진실의 거부와 같은 피카소 그림의 특징이 멜란차라는 그림을 그리는 제프 캠벨과 스타인의 시선에도 영향을 끼쳤으리라 짐작된다. 자신과 다른 계급, 다른 배경을 지닌 애나와 레나의 이야기에서 (흑인 사회를 배경으로 했다는 점은 다르지만) 자신이 투영된 〈멜란차〉로 돌아오면서 스타인이 멜란차에게 수식어를 붙이지 않은 이유는 멜란차가 단순히 메리 북스테이버의 대역이 아니라 스타인 자신의 모습 또한 담고 있기 때문이 아닐까 싶다.

이해의 시간 차에서 오는 오해의 벽을 극복하지 못하고 갈등하는 제프와 멜란차의 모습이 충돌하는 스타인의 과거와 현재 모습을, 서로 다른 시기의 가치관이 충돌하는 상황을 재현한 것이라면 스타인이 '멜란차' 앞에 수식어를 붙여 어느 한 시기, 어느 한 장면에 못 박을 수 없지 않았을까.

스타인이 《세 명의 삶Three Lives》을 집필하는 데에는 역시 오빠 레오의 소개로 접한 귀스타브 플로베르의 《세 가지 이야기Trois Contes》의 영향도 컸다. 그래서 스타인이 처음에 올케에게 읽어보라고 주었을 때 이 글의 제목은 《Three Histories》였고, 출판사에 원고를 보낼 땐 필명을 덧붙여 《Three Histories by Jane Sands》라는 제목으로 보냈다. 《세 명의 삶》 출판 당시 스타인은 인쇄 비용을 직접 지불하면서까지 원고의 모든 수정 제안을 거절했다고 하는데, 제목만큼은 출판사의 의견을 받아들여 지금의 제목이 되었다.

《Q.E.D.》를 먼저 읽고 〈멜란차〉를 접한다면 일종의 예습(또는 예방접종)이 될 수 있을지도 모르겠다. 인종, 계급, 성별 모두 다르지만, 두 이야기는 거의 동일한 뼈대를 가지고 있기 때문이다. 그래도 〈멜란차〉에서 끊임없이 주고받는 랠리와 같은 멜란차와 제프 캠벨을 대화를 따라가다 보면 머리를 쥐어뜯게 되고 답답해진 가슴을 치게 된다.

번역을 하기 전 원고를 여러 번 읽었고, 번역 후에도 퇴고와 교정, 교열을 여러 차례 거치면서 면역이 생길 법도 한데 둘의 대화에 매번 기가 빨리는 느낌이 드는 건 어쩔 수 없었다. 그러다 보니 분명 스타인에게는 이 모티프가 되었던 사건이 분명 괴로운 경험이었을 텐데 이렇게까지 생생한 상황과 대화를 만들어낼 수 있는 원동력이 과연 무엇이었을지 궁금해졌다. 단순히 지나간 관계에 대한 집착 때문은 아니었을 것이다. 그런 집착은 어느 자그마한 사건의 발단이 될 수는 있겠지만 이런 거대한 결과물을 낳을 수 있는 원동력이 되지는 못할 것이다. 오히려 둘의 대화를 따라가다 보면 작가의 고집을 넘어서서 어떤 투지까지 느껴진다. 그러다 마지막으로 교정을 보면서 '사람들의 고통을 이해하고 싶어서 의사 일을 한다'는 제프 캠벨의 말에 문득 눈에 들어왔다. 이 말에 스타인이 글을 쓰는 이유도 포함된 것은 아닐까.

한 세기 지난 현재의 시선으로 볼 때 인종 차별적인 요소나 여성 비하적인 요소가 묻어나기도 하지만, 타인은 물론 자신에 대한 이해를 절대 포기하지 않고, 자신이 사랑했던 사람들을, 그 사람들의 고통과 자신의 고통을 이해하고자 했던 작가의 욕망이 원동력이 되었기에 이들의 이야기가 오랜 세월이 지난 후에도 생생하게 살아 있을 수 있는 건 아닐까 조심스레 추측해본다.

2021년 5월

이성옥

큐큐클래식《세 명의 삶 \ Q. E. D.》
독자 북펀드에 참여해주신 모든 분께
감사의 마음을 전합니다.

감수미	김우희	박언희	신소현	이정민	조은빈
강혜빈	김유정	박예리	신승철	이정옥	주도영
강호진	김유진	박은숙	신은경	이종산	지동섭
고경아	김준희	박은지	신현정	이종현	지현아
고선애	김찬영	박정은	신혜운	이지선	진성완
고현진	김채현	박주연	심미현	이채영	진휘민
구 유	김초희	박주현	안영심	이호영	차정아
권유미	김초희	박현서	안호정	이화영	채선화
김건하	김태희	박화선	오정현	임도균	최다선
김근화	김한울	백민지	오주연	임수연	최이원
김나리	김혜린	백설희	오혜진	임유영	최준희
김나연	김희경	백지아	유예솔	장은재	최현식
김나은	김희선	범서미	윤소연	장준영	최혜원
김난희	김희수	변혜선	윤주영	전세린	표민정
김도형	김희정	서강현진	윤지영	전소영	하주애
김리나	나한비	서광석	이광영	전영규	한수정
김미선	남정연	서명원	이루리	정도영	현승민
김민성	노관희	서미연	이명기	정동훈	홍세라
김민영	노태훈	서지민	이보배	정선호	홍수민
김보라	노희정	서초희	이선경	정성희	홍진숙
김보영	도영민	석창진	이선민	정연식	홍화정
김새롬	모현주	소 희	이수언	정우영	황서희
김성진	문경록	손민정	이승은	정유리	황원미
김소희	문소희	손진우	이영래	정이현	황혜선
김수연	문창준	손현희	이유나	정재경	
김수정	문희정	송승환	이유신	정지영	외 67명
김승정	박선영	신나리	이은경	정하민	총 241명 참여
김아림	박소현	신동민	이은수	정한글	
김연우	박슬기	신동호	이은정	정해상	
김요한	박신애	신민경	이정민	조민준	

거트루드 스타인 Gertrude Stein

1874년 미국 펜실베이니아주 앨러게니에서 태어났다. 래드클리프대학 재학 중 교수 윌리엄 제임스의 권유로 1897년 존스홉킨스 의과대학에 입학한다. 이 시기에 만난 페미니스트 정치활동가이자 편집자였던 메리 북스테이버Mary Bookstaver와의 관계는 첫 번째 책 《Q. E. D.》(1903)의 기초가 되었고, 세 편으로 묶인 《세 명의 삶Three Lives》(1909) 가운데 중편 〈멜란차Melanctha〉에는 두 사람의 관계가 이성애로 표현되었다. 1903년 파리로 이주한 거트루드 스타인은 플뢰뤼스 27번지에서 살며 예술가들을 위한 살롱을 열었다. 앙리 마티스와 파블로 피카소의 작품을 처음으로 구입하고, 헤밍웨이와 피츠제럴드, 조이스, 엘리엇 등 미국의 예술가들과도 깊게 교류하는 등 예술가들의 후원자이자 예술품 수집가로 영향을 끼친다. 1907년 살롱을 방문한 앨리스 바벳 토클라스Alice Babette Toklas와 사랑에 빠져 평생의 동반자가 된다. 1930년 연인 앨리스 B. 토클라스와 '플레인에디션' 출판사를 설립해 작가와 편집자로 활동한다. 1933년, 살롱에서 만난 예술가들의 이야기와 그들의 삶을 엮은 《앨리스 B. 토클라스의 자서전The Autobiography of Alice B. Toklas》을 발표해 유럽 문화를 궁금해하던 미국인들에게 큰 반향을 일으킨다. 그 외에도 시집 《부드러운 단추Tender Buttons》(1914), 장편소설 《미국인의 형성The Making of Americans》(1925) 등을 통해 독특한 작품 세계를 보여주었다. 1946년, 벨기에 여행 이후 위암으로 건강이 악화되어 사망했다. 스타인이 남긴 유산은 가족들의 반대로 동반자 앨리스에게 돌아가지 못했다. 1967년 3월 사망한 앨리스는 거트루드 스타인이 묻힌 파리의 페르라세즈 공동묘지에 함께 묻혔다.

옮긴이 이성옥

1980년 서울에서 태어났다. 기술 번역으로 번역일을 시작해 지금은 주로 문학을 번역하고 있다. 옮긴 책으로 《더 사이트 오브 유》, 《P.S. 여전히 널 사랑해》, 《언제나 그리고 영원히, 라라 진》, 《우리가 키스하게 놔둬요》(공역) 등이 있다.

세 명의 삶 \ Q. E. D.

2021년 6월 1일 초판 1쇄 발행

지은이 거트루드 스타인 | 옮긴이 이성옥 | 펴낸곳 큐큐 | 펴낸이 최성경 | 편집 김보미 | 출판등록 제2018-000043호 2018년 6월 18일 | 주소 (04003) 서울시 마포구 동교로15길 4 | 팩스 0303-3441-0628 | 이메일 qqpublishers@gmail.com | ISBN 979-11-964381-5-9 03840